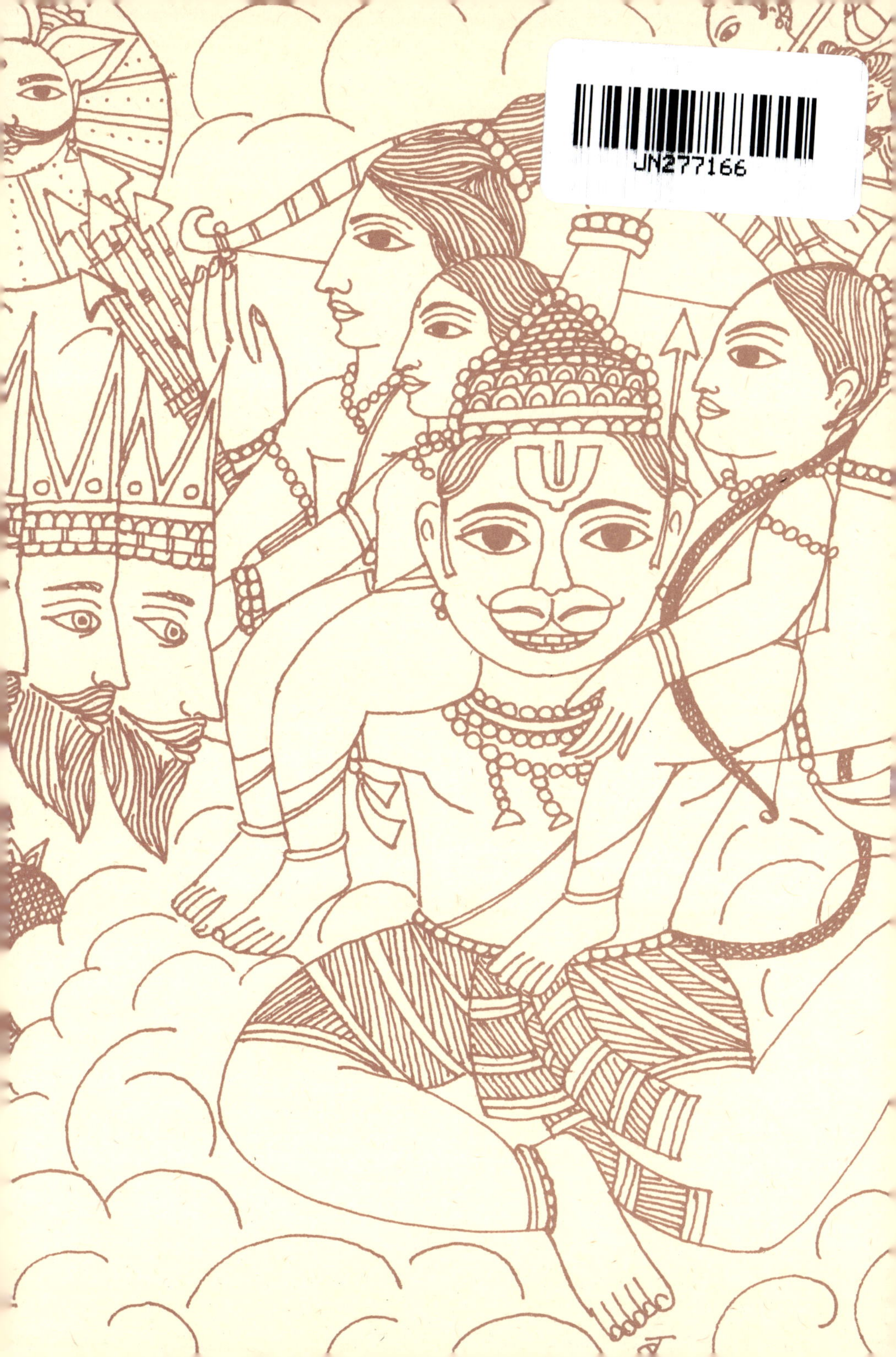

The Ramayana

現代版 ラーマーヤナ物語

ラクシュミ・ラー
谷口伊兵衛訳

挿絵　バドリ・ナラヤン

而立書房

I
（本文15頁）

Ⅱ
（本文25頁）

Ⅲ
（本文43頁）

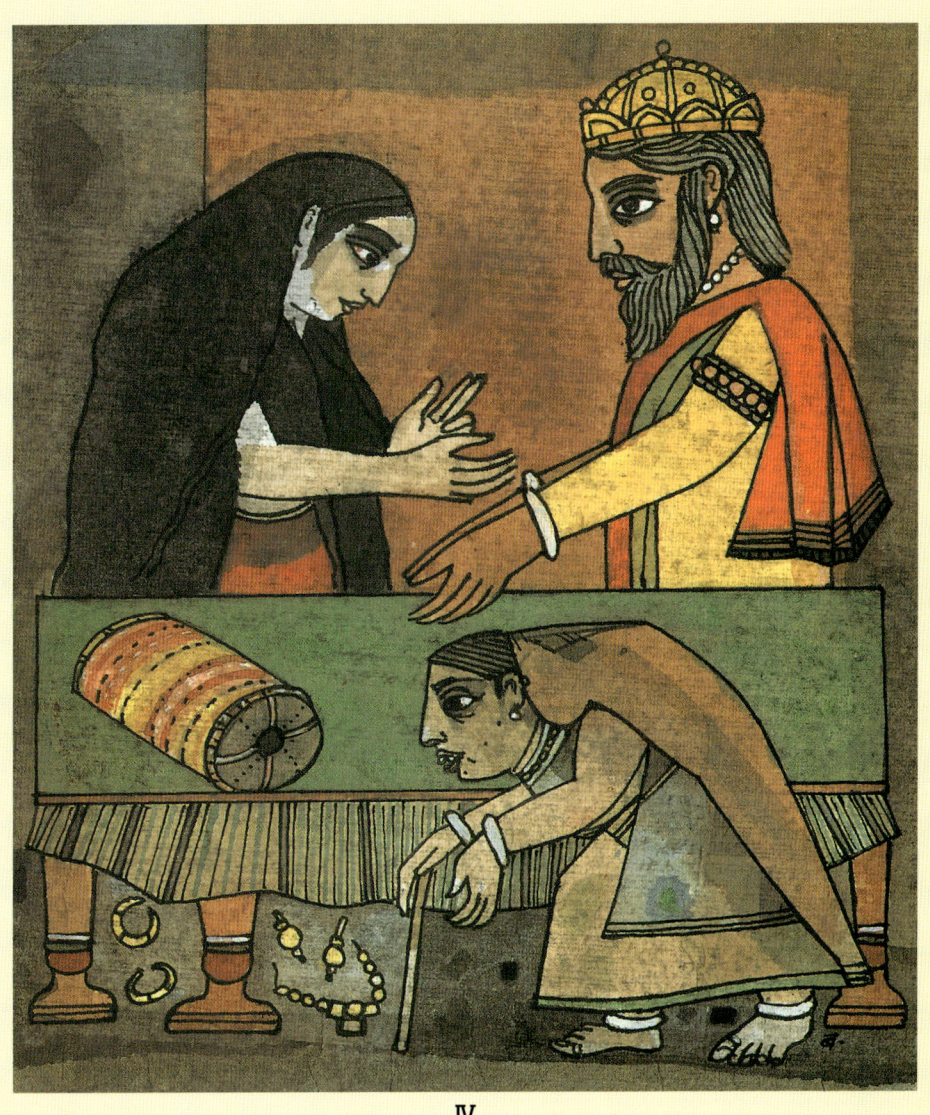

IV
（本文57頁）

V
（本文73頁）

VI
（本文93頁）

Ⅶ
（本文121頁）

VIII
（本文137頁）

IX
（本文155頁）

X
（本文179頁）

XI
（本文207頁）

XII
（本文251頁）

XIII
（本文261頁）

XIV
（本文277頁）

XV
（本文291頁）

目　次

はじめに　5
作品への手引　7

プロローグ　13
第1章　イクシュヴァーク族のラーマ　18
第2章　ミティラーでの結婚　38
第3章　王位の追放　50
第4章　アヨーディヤーの王座　72
第5章　羅刹たちの敗走　95
第6章　シーターの誘拐　110
第7章　キシュキンダーでの盟約　134
第8章　ランカー城におけるハヌマト　167
第9章　ランカー城を覆う戦いの雲　199
第10章　大出撃　219
第11章　ラーマとラーヴァナの対決　245
第12章　アヨーディヤーへの帰還　256
第13章　正法の名において　269
第14章　梵天の王国　288

付　録

『ラーマーヤナ』時代のインド　　297
『ラーマーヤナ』の所伝　　298
『ラーマーヤナ』の主要作中人物　　299
参考文献　　305
訳者あとがき　　307

　　　　　　　　　　　　　　　　　　　　挿絵：バドリ・ナラヤン

　注　本書を通して出てくる白黒の小さなカットは，神の使者ナーラダと，
　　　本叙事詩の作者である仙人ヴァールミーキとを表わしています。

現代版 ラーマーヤナ物語

恩師
故田中於菟弥（1903-1987）
先生に捧ぐ

The Ramayana
by Lakshmi Lal
Illustrations by Badri Narayan

©1988 Orient BlackSwan Ltd., Hyderabad

はじめに

　東西分裂の時代が過ぎた今，ラーマーヤナをわかりやすく述べる必要が生じています。東西相互の富化を目的とする余地ができているのです。地球的な文化蓄積はもはや夢ではありません。異文化交流が築き上げる精神力がはなはだ不可欠なわけは，私たちがいとも易々と溺れさせられかねない唯物論の波に逆らうためなのです。

　ラーマーヤナというこの特別な書き物で，私の心を鍛えたのは二つのこと——現代読者にとってこの古代作品が今日的意味を有することと，風味をほとんど失わずにエッセンスを伝えるようなスタイルを創出すること——でした。誇大な，経典的な，古めかしい表現法に，太古の砂金を振りかければ，現実離れすることは明白です。これでは，ラーマーヤナからその活力と生命力を奪い去ってしまうでしょう。ですから，私としてはヴァールミーキの生き生きした，カラフルな心象群に導かれるように決心し，そして，原語のサンスクリット語の平行法，象徴，逸話をずっと保持しました。途中で豊富にしてしばしば重苦しいインドの隠喩を引き伸ばしたり，ときには歪めて，妥協させたりもしました。とはいえ，ラーマーヤナの同時代性，その生身の性質，その生気はぴんと張りめぐらされたままにしてあります。もちろん，こうしたことはすべて，私がサンスクリット語原典を読もうと決心したことから生じたのでして，いかに忠実で，逐語的で，念入りな翻訳であれ，こういうものには依拠しないことにしたのです。

　ここで私の師匠であるG・H・ゴッドボウル博士に対し，私と一緒にサンスクリット語のラーマーヤナを読んでくださり，この古代インドのテクストについての博識でもって，間隙に光を当ててくださったことに，敬意をこめて深謝申し上げます。

　1987年4月　ボンベイにて

　　　　　　　　　　　　　　　　　　　　　　ラクシュミ・ラー

作品への手引

　古代インドを扱えば何事でもそうですが，ラーマーヤナも年代を正確に突き止めるのは困難です。歴史，神話，伝説，時間，場所，環境といった，一連のもつれがまとわりついており，これをほどくと，どの文学作品も口碑に触れないものはないことが明るみになるだけなのです。創作され吟唱されたものは何でも，成長して，付加されてきたのです。
　ラーマーヤナはたった一人の作者ヴァールミーキ——一般には，この作品の主人公ラーマと同時代人だったと信じられてきました——が大半を書き上げたものです。二万四千行から成り，七巻に分かれています。コサラー国の王子にして後の王，ラーマの物語を，叙事詩の吟遊詩人的スタイルで，明白な韻律に則り，極めて簡素に語りかけています。
　中心人物のラーマは，人間から超人となり，さらに最後には神となります。いわば超人性なる核の上に薄い層として神性が覆いかぶさっています。ラーマの詩的な旅がヴァールミーキのラーマーヤナの詩句を通して付加されたり挿入されたりして叙述されてゆくのです。ですから，数世紀もの時が経過して，私たちが手にしている今日のふくれ上がった，敬虔に信仰されているラーマは，インドの神聖詩人たちや作曲家たち——カンバン，トゥラシダーサ，ティアガラジャ，その他の人びと——の素晴らしい数多くの版本に浴していることになります。
　言語学や歴史学上の研究は，地理学や植物相，動物相の精査に助けられて，ラーマーヤナの年代と由来に関しての合理的な一連の推測にたどり着くことが，学者たちには可能となりました。ある学者によりますと，ごく初期の部分つまり，だいたい第二篇から第六篇に相当し，中核を形成している箇所は，西暦紀元前三〇〇〇年に溯るといいます。また，ある学者——ごく少数ですが——は西暦紀元前の一五〇〇ないし一四〇〇年に帰属させております。さらにもっと慎重な学者たちは，西暦紀元前五〇〇年から四〇〇年にかけての時期に中核を位置づけ，それからいわ

ばラーマーヤナが東南アジアへと海を超えた西暦紀元七世紀に至るまでも，付加や挿入が行われ続けたのだ，と考えています。

　事件展開の場面は，北西インドから，北中央および北東インドを超え，南インドにまで——ランカー（今日のセイロン島）は一時，中央インドの場所でもあったのですが——拡がっています。ランカーを今日のスリランカと同定するのは，ある人によると，後の出来事であるらしいのです。巨大な池，たぶん湖が，浸入により，渡り得ない大洋と化したのであり，ランカーそのものも，要塞の首都を擁する一人前の一つの島となったのです。ですから，時間も場所も，ラーマーヤナの拡大につれて変動し，ヴァールミーキの元の一万二千行から，今日私たちが手にする二万四千行へと増加したわけです。

　ラーマーヤナの素材の流れも，アヨーディヤー，キシュキンダー，ランカーの諸都市を中心とする一連の伝承歌謡として早くから存在したものと考えられます。周到な見解を採用すれば，それはおよそ西暦紀元前五〇〇年頃のことと言ってかまいません。これらの歌謡がそれから，ヴァールミーキによって変えられて，ラーマーヤナになったのです。いろいろの諸都市の記述，ある地域や国境への言及，といった付け加えが後からなされましたし，都会の描写はインド-ローマの接触によるところが多かったのでしょう。この段階は西暦紀元前三〇〇年から西暦一〇〇年の間であったのかも知れません。もっとも新しい付加としては，ラーマの神格化に属するものがあります。私たちが今日手にしているラーマーヤナの第一篇におけるバーラ・カーンダ（少年篇）や，最後の第七篇におけるウッタラ・カーンダ（大団円篇）という，超自然的で神話的な部分がそれです。これらは西暦二〇〇年に属します。この頃にはまた，この膨大でかさばる韻文集が七篇に区分され組み立てられました。H・D・サンカリアはこれらすべてをきちんとまとめ上げて，こう言っています，「今日私たちが手にしているようなラーマーヤナは，西暦紀元前四世紀から西暦二世紀にかけてのインドの社会政治状況を描いているようだ」，と。間々見受けられる驚くべき，はなはだしきは明白な，数々の矛盾とか時代錯誤も，こういう広大な時代の拡がりから説明がつくのです。

　本叙事詩への歴史的経路を明らかにした後では，それの伝説的・神話

的な道しるべに導かれるのが賢明でしょう。なぜなら，ある意味では，ここにこそラーマーヤナの真相，それの残存の秘密があるからです。この作品が寄せ集めたり，形づくったり，さらには大事に秘めたりしているのは，政治的手腕，人間行動，人間関係に属する倫理的・道徳的理想なのです。王，国，家族が力よりもむしろ正義の絆によってまとめられており，これらからラーマーヤナの主題は築き上げられているのです。

　ラーマーヤナは語の文字通りの意味で模範的でありますし，ですから，人間の理解力の範囲や，人間行動の範囲を超えることもあります。ラーマは一つの理想であり，ひょっとして，不可能な理想であるのかも知れません。自分の家族や仲間たちに不可能なことを企てるよう説得しています。彼本人は，暗黙に，しかもたいていは明示的に，不可能なことを成就しています。彼が取る不屈な態度は劇的に心を打ちますし，その結末は想像を絶するものです。彼は古代インドのもっとも強迫観念的な関心事たるダルマ——つまり，人間の生活における法および秩序，各人が発見してから，大方は追随し，一部は形づくらねばならない，個人的運命——での一つの教訓なのです。ラーマーヤナはこの意味では，客観的な道徳訓の一つの大要であり，高級な思考の一つの論文なのです。これは正法(ダルマ)がすべてをなしている，諸価値についてのインド書なのです。

　何事であれ，比較は疎(うと)ましいですが，避けられません。インドの第二の，より後期の叙事詩マハーバーラタが不格好に広がる不可避な，ありのままの人生についてのパノラマ的な概観であるとしたら，ラーマーヤナはあるべき，ありうる人生についての展望だ，と言っても間違いないでしょう。これは人間をその内部にある超人的で聖なるものの極限にまで引き伸ばした，一つの典型です。ラーマは高度の道徳的圧力のもとに生活しており，そして彼にもっとも近くて親愛な人びとに対しての彼の期待は，ほとんど不合理なものになっています。ラーマと暮らすことは，超人的目標をもつ世界の中で，生涯にわたり貸すことも与えることもなく，この目標に全力を尽くすよう期待されて生きることなのです。

　この脈絡において銘記すべきこと，それはラーマーヤナの設定が，この流れ去る時間の環を形成している四つの時期のうちの第二番目たる，トレータ・ユガ（薄明時代）であるという点です。無垢の時代（サタ・

ユガ）はトレータになるにつれて，いささか変色をきたし始めたのです。そして，ヴァールミーキが人びとに想起させにかかったのも，そう遠くない過去に支配していた——しかも今なお大半は優勢を保ち続けている——善なのかも知れません。その後のもろもろの付け加えはこのことを裏書きしていますし，また，事柄を正すために遺された神の化身という考え方を具現しているのです。周知のとおり，マハーバーラタの時代になると，世界情勢の状況は段階的に拡大し，危機（いつものことながら，道徳的危機）の性質を帯びていたのです。ダルマ（正法）は実質上くつがえっていました。なにしろ，マハーバーラタにあっては，私たちは四つの時期のうちの第三番目の，ドゥヴァパラユガに位置しており，サタユガからはずっと遠くに旅してしまっているからです。したがって，クリシュナは劇的な手段に訴えねばなりませんでした。全滅が続いて起こる，第四の最後の時期カリ・ユガ（末世）が目前に迫っていたからです。

　ラーマーヤナでは，希望に燃えた道徳的情熱が存在します。マハーバーラタ，とりわけその一部たるバガヴァッド・ギータ（ヒンドゥー教の聖典）になると，絶望やひどい混乱，信仰の喪失，心の闇が存在します。英雄的戦士にして超人のアルジュナは武器を捨てています。大事にしてきたもろもろの価値が千々に乱れる心の中でぼやけ，解体するにつれて，彼は恐怖のあまり失神します。ところが，ラーマーヤナには，これに呼応するような絶望的描写は存在しません。正法（ダルマ）のための戦いの中には，希望や自信が高らかに作動しています。同じく，敵の陣営には，敗北感が浸透しています。指針は明白だし，目標も明白です。ですから，ラーマの物語の中には無垢な清純さ，黎明の清澄さが存在するのです。これはまだ汚されていない，ヴェーダ流の生き方，迷信，儀礼に結びついた思考・感情の流れであります。これと平行して流れているのは，禁欲への強調です。精神的情熱に燃え立ち，精神的訓練で興奮した，内面生活の水晶のような明鏡止水を賢人たちは例証しているのです。ラーマは彼らの過度な，強迫観念的な生活様式を糧にしています。ラーマのラーヴァナに対する勝利は，内面生活への勝利だったのです。ラーヴァナの大規模な手段には，大いなる苦行や禁欲が含まれていたとはいえ，それらを導いていたのは，ダルマではなくて，ダルマなしにすませ，ダルマを克

服さえしたいという欲求でした。ヴァールミーキにあっては，ラーヴァナへの賛辞はどこにも見当たりません。彼にどんなに身近な人びとでも，非難をまぬがれてはいません。善悪のライン，いやむしろ，戦線はくっきりと引かれているのです。

　現代の人びとはカリユガという，流れる時間の環の中の第四番目の最後の時期に運命を成し遂げつつありますから，彼らにとって，ラーマーヤナはそのダルマ追求が強情に過ぎるように見えるかも知れません。私たちは道徳の薄暮の長い影の中で動いており，私たちの前に不気味に浮かんでいるのは，死せる価値や滅びつつある価値の暗闇なのです。私たちは自分自身や他人の内にある悪を弁明したり宥恕(ゆうじょ)したりする，不道徳という藁を握ろうとしています。私たちは不安な生を送っており，真実というまばゆい光，道徳という探照灯を締め出しています。私たちの世界は暗黒に滑り込む，灰色の領野なのです。でも，ラーマの物語は今なお魅力がありますし，今なお心に強く訴えることができます。一つには，これは広く普及していて，逃れられないからです。詩，歌，演劇がそれぞれの魔力を働かせておりますし，また，ヴァールミーキの幻影の種子は繰り返し新たな根を張ることでしょう。これはインドの隠れた武器の一つなのであり，見えざる驚異を遂行し，未知の力を与え続けています。ラーマーヤナのような文化的入力のせいで，たとえばインドの文盲の人びとを，世界のどこかの文盲の同胞とは，かくも抜け目なく異ならせているのです。

　ヴァールミーキのラーマーヤナは，ほかにもそれぞれの独自の権限において周知の数多くのラーマーヤナにとっての，苗床であり，無尽蔵の資源となってきました。インドのあらゆる主要言語で書かれたラーマーヤナがありますし，仏教徒のラーマーヤナや，ジャイナ教徒のラーマーヤナも存在します。十二世紀に書かれたタミール語による「カンバ・ラーマーヤナム」と，十六世紀に書かれたアヴァディ語によるドゥラシー・ダーサの「ラーム・チャリト・マーナス」については，特に言及されなければなりません。カムバンとトゥラシーは信愛(バクティ)運動という，献身的な宗教集団——当初は南部のヴィシュヌ派のアルヴァーズやシヴァ派のナヤンマーズのような忘我主義者たちや神秘主義者たちを産みだし，ずっ

作品への手引

と後には,ティアガラジャのような詩聖たちや作曲家を産みだしました——において高く崇拝されたカルト的人物です。こういう霊感を授けられたバクティ実践者(心酔者)たちは,ヴァールミーキの数世紀後にラーマが被り始めた神格化の過程を完成させる上で大いに役立ったのでした。

ラクシュミ・ラー

プロローグ

　鬱蒼(うっそう)たる樹木に囲まれ，香の煙と瞑想で重苦しい雰囲気の，とある森の中の一軒家で，消えかけている儀式用の残り火に投げかける月明かりのもと，二人の友が座りながら話し合っていました。一人は族長から転じて賢者となったヴァールミーキ，もう一人は吟遊詩人で予言者のナーラダです。

　ナーラダは弦楽器(ヴィーナ)を手に取り，過去・現在・未来という時のビートに沿って演奏するのでした。天界，地上界，地下界のすべてに踏み込み，自由に歩き回り，森羅万象を難なく飛び越えるのでした。彼は離間者，噂好き，お人好しの密偵のすべてを兼ね備えておりましたから，愛され，敬われもすれば，恐れられてもいたのです。ナーラダは情報を集めたり弘めたりして，世界を自分の知識・見聞・噂の宝庫と結びつけたのです。ことにナーラダが今ここの，現在にもたらした認識は，彼独特の，天与の，あと知恵と予知という才能で研ぎすまされていたのです。

　ヴァールミーキがずっと沈思黙考してきたのは，理想的な人間像についてでした。世界を広く旅してきた友人に向かって希望を抱きながら尋ねました，「三界全体の中で，人間以上の人物ははたしているのか，存在しうるのか？　約束を違えず，誓いをしっかり守り，学があり，雄弁でしかも魅力に富む，定評のある英雄は？　大地のごとく忍耐強く，なかなか怒らず，ただしひとたび怒るや，神々にさえ恐怖をかきたてることのできる者は？　そんな人物がいるか，教えてくれないか？」

　「もちろん，いますよ」，とナーラダはほんの少しのためらいもなく答えました。その顔は特異な経験の思い出で輝いていました。「アヨーディヤーのラーマと言って，力強く，博識で，節操が高く，弱者たちを衛り，抑圧者たちをくじく人物です」。

　ナーラダは愛用のヴィーナにもたせかけた指を時おり弾きながら，ラーマの生涯，時代や偉業の輝かしい物語をヴァールミーキに語るのでした。

プロローグ

　イクシュヴァーク族の宝石として、ラーマは正法(ダルマ)のために全力で戦いながら、地上での日々を過ごしました。広い畏怖を感じさせる肩、長くて筋骨たくましい腕、尊い紋章の付いた神々しい武器、といった物語でも周知な強みを発揮し、その鍛錬や持てる技をすべて動員して戦ったのです。何にもまして彼は勇敢な精神力をもって戦ったのでして、正義は必ず力に打ち勝ち、善は必ず悪に勝利するものだと確信していたのです。
　ヴァールミーキはナーラダのこの素晴らしい話にすっかり飲み込まれ、全身が発見の歓びで満たされ、想像力をかき立てられながら、座ったまま聞き入りました。ナーラダが立ち去ると、ヴァールミーキはゆっくりと起き上がりました。心の中に焼きついた素敵な幻影を乱したり散在させたりしたくはなかったからです。そして、ふらつく、おぼつかない歩行ながら、しっかり足並を整えるのでした。タマサ川の岸辺で、彼はこの幻影(まぼろし)の存在に気づきました。この幻影(まぼろし)がどうしても心から離れないものですから、彼はとうとうその清水の中に飛び込んだり、期待の高い幸せな気分で付近の森を彷徨したりしました。
　そういう気分でいたとき、たまたまひとつがいの世界から見失われた小鳥に出くわしたのです。小鳥たちは羽根を広げたまま木に止まり、愛

プロローグ

ヴァールミーキとサギ
仙人ヴァールミーキが，猟師の矢で殺された鳥を悲しんでいるところ。サンスクリット語のラーマーヤナが韻文で書かれるようになった由来を象徴的に表わしている。〔口絵Ⅰ参照〕

プロローグ

と欲望のきずなで囲むように抱きついていました。

ところが突然，小鳥が激痛の声を発したのです。すばしっこくて執念深い猟師の矢が雄鳥に命中し，雌鳥がつんざくような悲鳴であたりを乱しました。ヴァールミーキは夢想から覚めて，われに返り，小鳥の悲しみに呼応して，大声でこう呪ったのです。「猟師さん，あんたはこの鳥を殺して，満たされぬ欲望で苦しませた罪から，決して安静も避難所も見つかりはすまい」。

この呪いは特徴があり，この自然発生的な噴出には，独創的な挽歌の韻律形式を発火させる詩的な調子がありました。ヴァールミーキはこれを"シュローカ韻律"（文字通りには，「悲しみから生まれた」の意）と名づけました。

仙人ヴァールミーキは当惑し混乱しました。それというのも，悲しいと同時に同情もいたく覚えはしたものの，奇妙な達成感も体験したからです。そこで，忠実な弟子バラドヴァージャに対して，この詩句をただちに暗記しておくよう命じました。

一軒家に戻ってから，ヴァールミーキはうっとりとしながら，瞑想の静かな波に身を任せました。創造主の梵天神（ブラフマー）がまもなく現われ，仙人が待ち構えていたように，歓迎の儀式をうやうやしく行うと，詩句の記憶が戻り，それとともに，嘆き悲しむ鳥の苦しみも新たに蘇りました。ヴァールミーキはそこで，聖なる創造者の御前で声高らかに例の詩句を朗唱するのでした。

すると恩恵の施し主なるブラフマーが微笑を浮かべ，祝福を述べたのですが，これは何にもましてヴァールミーキが聞くことを欲していた言葉だったのです。「その律動の取れた句を詩作品に育てよ。そちの心のうちに宿してラーマの話をそれに語らせよ。山々が地上に聳え，河川が流れる限り，この物語は記憶され続けるであろう。その間にはずっと，そちもより高い領域に生きることであろう。それは余の意志でも喜びでもあるし，それはそちの運命でもあるのだ」。

こう言って，創造主は姿を消しました。ヴァールミーキの弟子たちは，この瞬間の魔力にすっかりとらわれ，繰り返し例の詩句を朗誦しました。すると，彼らの喜びは朗誦するたびに一段と高まり，彼の魂は詩の誕生

で湧き立つのでした。しかもヴァールミーキのうちにも神秘が目覚めて，ラーマの物語たるラーマーヤナ，アディカヴヤ，インドの最初にして最高のこの独創的な詩作品が生命の水の堰を解かれたように流れ出るにつれて，詩のありとあらゆる泉がこんこんと彼のうちにあふれてくるのでした。

第1章
イクシュヴァーク族のラーマ

　はるか昔，時の流れの環の中の四期の第二の時代トレータ・ユガ（薄明時代）に，神の血筋を受け継ぐひとりの男が暮らしていました。その名はラーマと言い，イクシュヴァーク王家の出でした。イクシュヴァーク（甘庶族）はもともと虚空(アーカーシャ)の出であり，その後は，造物主梵天(ブラフマー)ご自身より直接生まれたものとされてきました。この王家はマヌ，サガラ，ディリーパ，バギーラタ，ラグ，アジャ，ダシャラタといった数多くの英雄的な王たちを輩出しましたし，彼らの王冠と同じくらい自然に，名声と栄光を受けてきたのです。

　物語が始まるのは，長年にわたりコサラー王国を賢明かつ見事に支配してきたイクシュヴァーク族のダシャラタ王の宮殿・宮廷アヨージャにおいてです。王はコサラー王国とその首都アヨーディヤー（今日のアウド）の公務を，スマントラの率いる博学で経験を重ねた八名の大臣から成る評議会に基づき遂行し，公正，正義，フェアプレーの信条から決してそれることなく，正法(ダルマ)の尊い重荷を不屈の用意周到をもって貫き通しました。善政というこの困難な途を手引きしたのは，宮廷付きの祭司ヴァシシュタとヴァーマデヴァです。聖俗の両部門に熟達したこの二人の賢者に，他の六人が仕えていました。

　コサラーの首都であり，その栄光の絶頂の宝たるアヨーディヤーは，はるか昔にイクシュヴァーク族のマヌにより，サラユー河川岸に建設されました。見事に設計された市街，広い道路，平坦な公道を擁するこの盛大な都市は交易と商業の繁華な中心地でして，ここへは近隣の国々から商人たちがその繁栄に魅かれて押し寄せるのでした。高い邸宅が密集し，これらの壁には宝石がちりばめられており，戸口は金箔で覆われており，圧倒するような迫持(アーチ)（せりもち）や，頑丈な彫刻入りの楣(まぐさ)で飾られていました。テラス，小塔や櫓が突き出ていて，空を突き刺さんばかりでした。鎖状の難攻不落の要塞がこの盛大なコサラー王国を護ってい

第1章　イクシュヴァーク族のラーマ

ました。どの要塞にも精巧な武具を扱う装備の十分な見張りや，ちょっとした物音にも反応して目標を違えることなく射殺することのできる男たちが配置されていました。都市を囲む郊外には，マンゴーの果樹林の帯が広がっており，その先の，城壁や塁壁の向こうには，越えることの困難な広大な濠が張りめぐらされていました。

アヨーディヤーは頭上にさながら黄金の雲のように漂う繁栄を映し出していましたが，こういう華美と栄光に市民たちは浴しておりました。音楽で有名な隣国マガダからやってきた吟遊詩人たちや楽人たちが，歌ったり吟じたりしながら，有頂天の群衆の間を通って行くのでした。路地や横町には花々がばら撒かれて，足の疲れを和らげようと工夫されましたし，また夏のほこりを鎮めようとかぐわしい水しぶきが放たれて，雑踏した都市のかび臭い空気がさわやかさを回復するのでした。あたりは良い暮らし，正しい考え，幸福感がみなぎっていました。男たちは勇敢でしたし，女たちは貞節でした。実際，コサラー王国では万事が順調だったのです。

陽光が鮮やかな光輪をもって明るさと生命を降り注ぐのと同じように，ダシャラタとその傑出した大臣たちは臣下の民を養育し，民の繁栄を促進していたのです。

王国の安定振りに喜んだダシャラタは，王子がいなかったものですから，後継問題で思案していました。それで，大臣と聖職者から成る会議を召集して，伝統的な馬を捧げる儀式アシュヴァ・メーダ（馬祠の祭）を執り行いたいという意向と，後継者となる王子を得たいという望みを告知したのです。

ヴァシシュタを初め，他の者たちも王のこの計画に同意しました。そして第一には，適当な場所を選ぶようにと進言し，サラユー河北岸のとある場所を王に勧めるのでした。

さっそく準備にかかり，王たち学者たちが招待され，生贄の場所がきれいにされ，豪華な天蓋が張られ，生贄のための穴が掘られました。ダシャラタが最後の指示を下します。「生贄用の馬を解き放ち，一年間自由に動き回らせなさい。しっかりと見守るのだぞ。見張っていて，馬が摑まったり朕の力が挑戦を受けたりしないか，用意を万端整えておくよ

第1章　イクシュヴァーク族のラーマ

うに」。

　儀式は何らの妨げもなく順調に進行していきました。ひと春から次の春へと年が変わり，馬もいかなる王子とか領主とかからも挑戦を受けずに無事戻ってきました。金色の生贄用の穴からは，神秘に包まれた炎が視界から隠れて燃え上がりました。その穴の形は翼を広げた鷲みたいに作られており，宝石がちりばめられていました。神官が馬と一緒に，生贄のために用意されたほかの三百もの動物をも繋ぎ縄で繋ぎました。

　ダシャラタ王の第一妃カウサリヤーがうやうやしく馬の頭をはね，習慣に従って夜どうし従順に見張りを続けました。翌朝，王は神官たちの助けのもと，儀式の料理用に肉から脂身をそぎ落とし，定められた時間のあいだ聖なる芳香を吸い込みました。こうすることによって，王は身体に付着している罪の重荷を取り除こうとしたからです。さらに儀式が続行していくうちに，生贄も終わりに近づきました。

　ダシャラタは生贄が完了したことですっかり満足し，王国全体を職務

第1章　イクシュヴァーク族のラーマ

遂行した神官たちに差し出しました。それほどまでに王の心は寛大だったのです。神官たちが辞退すると，その代わりに王は贈り物として，金貨や銀貨，幾千頭もの雌牛を与えるのでした。しかしながら，王は完全に満足していたわけではありません。王の焦眉の目当てである，王子たち，わけてもコサラー国の世継ぎの誕生は，そう間近には結実しそうになかったからです。

　王の暗黙の思いに応えて，神官長はそれから，プトラカメシュティという，子宝を授かる特別の生贄を捧げました。

　ところで，天上では保持神ヴィシュヌが，その不可思議な意志に動かされて，それぞれが自らの神性の一部を分与されることになる四人の息子の父となるべく，ダシャラタを選んでいたのでした。地上では，ダシャラタの生贄のぎらぎらした炎から，太鼓の響きに合わせて，ある者が火明かりの中でほてった皮膚を紅潮させながら，煙たげな顔をして現われたのです。全身すっぽり赤い衣に包まれており，甘い牛乳とご飯でいっ

第1章　イクシュヴァーク族のラーマ

ぱいの，銀製の蓋のついた黄金の壺を差し出しながら言いました。
「余は創造主から，この生命を授ける酒を汝に与えるべく遣わされた。これを汝の妃たちに飲ませよ，さすれば彼女らはコサラーに世継ぎをもたらすであろう。」

ダシャラタはこの容器をおそるおそる感謝とともに頭上にかざしながら，内奥の住居にいる妃たちのもとへ向かいました。そしてカウサリヤー，スミトラー，カイケーイーにそれぞれ分け与え，そしてスミトラーには二回目の最後の一杯を与えたのです。妃たちはこの聖なる贈り物を飲みほしました，そして彼女らの祈りと希望は体内で，やがて現われるべき勇敢な王者の種子と化したのです。

時は流れて，妃たちには四人の王子が生まれました。カウサリヤー妃が生んだのは長子ラーマで，輝かしい，美しい幼児は，そこに居るだけで人びとを喜ばせるのでした。カイケーイー妃が生んだバラタは，大胆で，優美に満ちていました。スミトラー妃は双生児ラクシュマナとシャトルグナを生みました。二人とも気短くて，いつでもすばやく挑戦を受けたり，戦い始めるのでした。

ところで，アヨーディヤーからほど遠い，森林地帯で，神々の血統を引くと主張する並はずれた猿の一群も同時に生まれたのです。神々の主なるインドラからはヴァーリン，太陽神スーリヤからはスグリーヴァ，火の神アグニからはニラ，水の神ヴァルナからはスシェナ，また，風神ヴァーユーからはハヌマトが。神聖でもあり半神聖でもある血統の他の群は，彼らのうちでももっとも力の強いヴァーリンとスグリーヴァの周囲に集まりました。そこにはまた，古えの熊族ジャーンバヴァトも居たのです。天地創造とほとんど同じくらい昔のことですが，この者は梵天があくびをしたとき，その口から飛び出したのです。

こういう出来事はすべて，不可避な脅威が立ち現われたときに，正法(ダルマ)が存続するようこれの名分を守るための方策たる，ヴィシュヌの大計の一部だったのです。世間の人びとにできたのは，地上の王たちがじっと見張りを続けて，善と対決するために現われる悪や，正義をむしばむために現われる力の，最初のきざしを襲うのを，待って見守ることだけでした。神々のほうもまた，じっと待ち構えて，祝福，慈悲，恩恵をもっ

第1章　イクシュヴァーク族のラーマ

て介入しようと用意していました。神々の繁栄は世人の健康と幸福にかかっていましたし，神々の凱歌も世人の勝利にかかっていたからです。

　アヨーディヤーの王子たちは大いなる指導力，強さ，勇気の兆候を示しました。彼らはヴェーダの数々を学び，弓技や格闘技を訓練され，洗練された宮廷のたしなみを吸収し，すぐさまアヨーディヤーの寵児たちになったのです。ラーマとラクシュマナはさながら，姿と影，身体と魂みたいに一緒に行動しました。シャトルグナは，ラクシュマナがその偶像ラーマに示したのと同じ献身と忠誠心をもって，バラタの後に従うのでした。母親である妃たちの歓びたるやきりのないものでしたし，また老いたダシャラタのほうは，遅ればせとはいえ，この素晴らしい幸運を神々に感謝して止みませんでした。

　王子たちには，さながら穏やかな朝が訪れるように，成熟の夜明けが訪れるのでした。すらりとした身体はふくらみを増し，力強くしなやかに成長しましたし，ダシャラタは王子たちのためにふさわしい花嫁を夢見はじめていたのです。

　王と宮廷が若い王子たちの将来を画策している間に，仙人ヴィシュヴァーミトラがアヨーディヤーに到達し，王との拝謁を求めたのです。「彼が使命を帯びているのは明らかだし，しかも厳しいものらしい」と思いながら，ダシャラタは王家としての礼を尽くして彼を迎えたのでした。

　「ヴィシュヴァーミトラ殿，わざわざ余の宮廷をお訪ねいただいたのは，誠に幸いなことです。卿の必要なこと，望むことは何なりと躊躇なく列挙されたい。」

　この言葉はまさしくヴィシュヴァーミトラが期待していたものでした。「王よ，私はまさしく差し迫ったお願いの儀で参上致しました。私は一つの犠牲を捧げつつあり，私の精神旅行にもう一歩を踏み出したところなのです」。

　ここでためらいながら一呼吸を置きました。それでダシャラタは一抹の不安を覚えたのでした。

　「マーリーチャとスバーフという二人の強力で変幻自在の羅刹(らせつ)が私を苦しめております。彼らは私の生贄の祭壇を血まみれのずたずたに引き裂かれた肉塊で汚してしまいます。毎回，私は生贄を新たにやり直さね

ばなりませんでした。それで、とうとう私は嫌気がさして諦めてしまったのです。これらラークシャサ（羅刹）たちのために、私は我慢できぬほど悩まされてきたのです。」

ダシャラタは今やはっきりと心配になりましたが、でも仙人がさらに続けるのを待ちました。

「ご存知のとおり、私は彼らを簡単に組み伏せることはできたのです。でも、厳しい精神修業のせいで、私は彼らを呪うことはおろか、憤怒を表に出すことすらできないのです。それで、ほとほと困っているのです……。」

ヴィシュヴァーミトラが訪問の核心に触れるにつれて、ダシャラタは言い知れぬ不安で身震いするのでした。

「私が参上したのも、こうした羅刹の災厄を退治するためにラーマの助力を願う目的からなのです。王子が私の庵に十日間滞在していただければ、私の生贄は終了します。ラーマ王子を送り出すことにご同意をお願いします。」

しかし、ダシャラタのほうは、若くて大事な王子が経験不足の力で獰猛な二人マーリーチャとスバーフと戦うと思うと、卒倒するのでした。ようやく意識を回復して叫んだとき、その声には絶望がただよっていました。「ラーマが羅刹たちと戦うとは！ ラーマはまだ十六歳に過ぎない、青二才の少年ですぞ。お願いだから、ラーマの代わりに余と余の軍勢を連れて行っていただきたい。ラーマは経験も浅く、まだ敵の力や弱点を判断できません。さもなくばどうしてもラーマを連れ出さなければならないのなら、せめて余も連れて行っていただきたい。余の軍勢の四個師団も全部一緒に引き連れて」。

ヴィシュヴァーミトラはどうしても譲ろうとはしません。「だって、王は私の望むことは何でも約束されたじゃありませんか。私はラーマの奉仕を望んでいるのです。それ以上でもそれ以下でもありません。私には王とその軍勢をもてなすことなぞできません。私の庵はたいそう粗末なのですから」。

ダシャラタはそこで、最後の嘆願を試みるのでした。「余はラーマなしに生きてはいけません。ラーマはさんざん苦行と生贄を重ねた挙句に

第1章　イクシュヴァーク族のラーマ

ターラカーの殺害

ラーマによる女羅刹の殺害は，悪の諸力との彼の最初の対決である。これらの力は通常，不釣り合いな寸法をもつものとして醜悪に描かれている。〔口絵Ⅱ参照〕

第1章　イクシュヴァーク族のラーマ

授かった，余の老年になってからの子なのです。どうか心を頑(かたく)なにしないでいただきたい。余をおぞましい約束から解放してもらいたい」。

それでもヴィシュヴァーミトラが動じないと見るや，ダシャラタは続けるのでした。「こんな筋違いな要求はない。強制には従いませんぞ」。

邪魔をされて，この苦行者ヴィシュヴァーミトラは怒りに燃えて王に言うのでした。「王は私の欲求不満の火に油を注いでおられる。ラグ族の王家に属する王たる者が，あえて誓約を破るとは！」この侮辱にダシャラタが青ざめると，ヴィシュヴァーミトラはなおも捨てぜりふを吐くのでした。「王たる者は誓約の守り方をよくご存知のはずなのに」と嘲りながら，怒りと失望で顔を歪めるのでした。

信頼の危機でしたし，このとき，仙人ヴァシシュタは介入するのがふさわしいと考えました。「情け深い王よ，王は正義そのものであり，また慈悲でもあらせます。王の義務は保護することです。どうか私の言葉を信じてください，ラーマはご無事でしょう。ヴィシュヴァーミトラには武器も力もありますから，王子をかばい，守ることでしょう。私の言葉を信じてください，王子は決して傷つくことはないでしょう」。

ヴァシシュタのこの冷静な口調には，苛立った君主の心を宥める効果がありました。ヴィシュヴァーミトラも宥められたのでして，こうして，ラーマとラクシュマナという，切っても切れない二人はヴィシュヴァーミトラと一緒に出発しました。彼らの旅立ちのとき，涼しい微風が吹き，春の香気を運んでいました。風神ヴァーユーは宮殿の高い壁を超えて広大な外界へという彼らの初めての冒険を祝福していました。聖なる使命に目ざめ，初めての重荷を大胆にも懸命に引き受けて，ラーマとラクシュマナは希望に輝き，自信を振りまきながら，踏み出したのです。

やがてアヨーディヤーを少し外れたサラユー河の右岸に来たとき，ヴィシュヴァーミトラは歩を止めて，ラーマとラクシュマナに尋ねました。「ここにあるのは，余の最初の武器バラとアティバラじゃが，これを進呈しよう。これらは梵天の娘であるとともに，あらゆる技芸と学識の母でもある。呪文(マントラ)を唱えながらこれらを受け取りなさい。呪文で錠が開いたり閉じたりするから。これらの武器を装備すれば，飢えも渇きも，疲れも発熱も感じることはあるまい。サラユー河の水を手にすくって，

第1章　イクシュヴァーク族のラーマ

沐浴し，そして心から誠実に，これら秘法の力を吸収したまえ。」

　ラーマとラクシュマナは張りつめた身体の中を活力の液が流れるのを覚えました。これは秘法伝授だったのです。二人は成人へと歩を踏み出していましたし，宮廷生活の悪ふざけや娯楽はもうすっかり忘れてしまったのでした。使命の旅が緒についたのです。

　ヴィシュヴァーミトラと王子たちはさらに前進して，伝説に出てくる多くの場所を通り過ぎました。仙人ヴィシュヴァーミトラは次々と物語を語り続けて，二人の好奇心を満足させました。「ここの庵はシヴァ神のもので，ここの苦行者たちはその信者なのだよ。ここのまさしくこの木立ちの中で，愛神カーマはシヴァを礼拝したのだ。でもそのとき，カーマは誤って主神のシヴァに矢を放ってしまった。そこでシヴァは恐ろしい第三の目から眼光一閃，カーマを滅ぼした。でも，カーマはその身体の各部分をそぎ落とすという行法（アンガス）を用いて逃げとおした。こうしてどうにか生き残りはしたが，身体のない魂だけになってしまったのじゃ。ここからカーマはアナンガ（「体のないもの」）として知られることになり，また，この地方はアンガ（「手足」または「体」）と呼ばれているのじゃ」。王子たちはすっかり魅せられて聞き入るのでした。歴史，神話，伝説の中を彷徨して，自分たちの愛しい国に馴染んだのでした。

　夜明けに船に乗ってこの河を下ると，轟音をとどろかす急流にさしかかりました。ヴィシュヴァーミトラは目を大きく見開いた王子たちに説明してやるのでした。「サラユー河は君らの都アヨーディヤーを貫流しているが，元はと言えば，はるかに遠く離れたヒマラヤ山脈に端を発しているのだ。この河は古い湖マーナサより流れ出ているのだ。その清水はと言うと，創造主（ブラフマー）の心の中で，一瞬の思い，一閃の考えによって形づくられたものなのじゃ。水が轟音を立てて逆巻き泡立つこの場所で，サラユー河はガンガー河の道を横切るのじゃ。二つの河の合流に敬意を表したまえ」。実際，ガンガー河が仲間の河に到達して，一緒になり混じり合うかに見えるありさまは，騒々しい歓迎そのものでした。眺めは美しく，音も美しいものでした。

　河を横切ると，一行は暗くて不気味な森にさしかかりました。苦行者たちの詠唱に迎えられることはなく，聖火が燃えることもなく，平安な

第1章　イクシュヴァーク族のラーマ

集落も見当たりません。鳥や獣が好き勝手にかん高い声を発したり，吠えたりしており，昆虫が執拗に恐ろしい羽音を出し続けています。まったく荒涼とした土地でした。そこで，ラーマが質問したげな目つきでヴィシュヴァーミトラのほうを向くと，仙人は言うのでした。「昔ここはインドラ神御自らによって祝福された，繁栄した場所で，美しい二つの市があったところだ。ところが千頭の象の力を持つ邪なヤクシャ（富の神クヴェーラの侍神。薬叉）が，ここからほど遠くないところに住んでいるのじゃ。ヤクシャはマーリーチャの母であり，森の霊なのだ。名前はターラカーという。あるとき大仙アガスティヤが彼女の夫（スンダ）を呪い殺した。このことで彼女は激怒した。そこで，息子マーリーチャを抱えたまま，大仙に突進して，呑み殺そうとした。アガスティヤは彼女に怒りを向けた。『お前は女羅刹（ラクシャシ）に，お前の息子は羅刹になってしまえ』，と呪ったのだよ」。

いよいよヴィシュヴァーミトラは王子たちに，ターラカー殺しという最初の課題を課しました。仙人が話していた間にさえ，不恰好な醜怪な姿をしたターラカーが，彼らのほうに飛びかかってくるのが見えたのです。腕を振り上げ，巨大な足取りで砂塵の雲を巻き上げ，黒魔術を使って岩石を雨霰と降らせるのでした。

しかし，ラーマは少しもひるむことなく，邪悪との初対決を果たしました。弓を取りあげ弦をかき鳴らすと，その弦からは，来るべき滅びの警告音がブーンという音を立てて四方八方にこだましました。森の仲間たちはこれを破壊の恐怖というよりも解放の希望をもって聞き，身震いするのでした。

戦闘の開始です。雨のように降りかかる岩石の間をラーマはす早く巧みにかいくぐりました。接近して女羅刹の両腕，鼻，両耳を切り落としました。それでも女羅刹が見えたり隠れたりしながらす早く動き回るので，とうとうラーマはヴィシュヴァーミトラの指示のもと，矢を放つと，それに続いて悲鳴が上がりました。ほんの一矢で，ターラカーは倒れてしまったのです。

「女人を殺害したことを悔むなよ」とヴィシュヴァーミトラは言いながら，ラーマの自らの武勲の正しさについての疑念を晴らしてやるので

第1章　イクシュヴァーク族のラーマ

した。「こういう行為には神聖な前例があるのだ。行動には潮時というものがある。そなたの行為は防御と解放のためであり，気紛れの破壊のためではないのだから」。

　自然界は息を殺して見守っていましたが，ターラカーが断末魔の喘ぎ声をあげると，ほっと安堵の吐息をもらしました。森も目覚めて幸せな営みを開始し，木々は頭をもたげ，樹液がもう一度凍りついた葉脈の中を流れるにつれて，芳香の花を満開にして微笑み合うのでした。死のような静寂，陰鬱が勝ち誇った生の陽気な笑いに潔く道を譲ったのです。

　ヴィシュヴァーミトラはラーマの活躍に満足しました。王子が最初の戦闘に練達の戦士のような技と経験をもって臨んだからです。そこで，ヴィシュヴァーミトラはラーマにありとあらゆる聖なる武器を授けることにしました。愛情と賞賛の微笑を浮かべながら，王子を脇に招いて言うのでした。「ターラカーはほんの小手調べに過ぎない。もっと武器が必要になるだろうから，受け取る準備にかかりなさい。

　まず第一に，正義，時，罰の輪——ダルマチャクラ，カラチャクラ，ダンダチャクラ——じゃ。これらは恐ろしい武器であって，どれも一つの輪をなしているが，投げつけると致命傷を負わせるものなのだ。こちらはヴィシュヌの輪スダルシャナと，インドラの稲妻の矢ヴァジュラだ」。

　ほかの武器も次々と運ばれてきました。日照り，洪水，酩酊を招きもすれば，防止もするための武器，鳥や馬の頭がついていて，すべて聖なる力をたくわえており，善行・正義・真理により生み出される活力で燃え上がった武器が。これらは心正しい人びとが然るべき呪文を唱えながら使用すると，姿形を変えることができるのでした。

　身心両面からの武術に関する貴重な訓練が長期にわたって行われました。最後に，ヴィシュヴァーミトラは，この途方もない武具の集合を活用させるための呪文をラーマに教えました。「分別と技を発揮してこれらを使いこなすのじゃ」，と忠告を与えました。ラーマもこの破壊の使命をもつ本質と重みに気づき始めたのです。

　師弟が立ち上がると，武器たちが出現し，ラーマの命令に応じて命運を託すことに同意しました。ある武器は目前で閃光を発し，ある武器は柱状の渦巻く煙となって立ち上がり，またある武器は柔らかな月光の

ように輝きました。
　それからしばらくして，二人の王子と仙人は陽光と小鳥の囀りのみなぎるのどかな木立ちにさしかかりました。ラーマはここがヴィシュヴァーミトラの問題の生贄の場所シッダシュラマだ，と推察しました。
　仙人はさっそくこの場所の由縁を語るのでした。「ヴィシュヌの矮人の変身であるヴァーマナがここで礼拝を捧げた。そして，ヴィシュヌ自身はここで坐禅し瑜伽(ヨーガ)の瞑想に耽ったのだ。今度は私がここに留まる番だし，今から以後は私と同じくらいそなたの番でもあるのじゃ」。
　さて，ラーマはこの礼拝と禁欲の世界においてたいそう寛いだ気分を覚えるのでした。そこで，ヴィシュヴァーミトラに猶予することなくただちに儀式に着手するよう頼みました。ラーマはいや増す力を試したり，この場所から羅刹(ラークシャ)たちを永久に除去したりしたくて，ほとんど待ち切れなかったのです。
　ヴィシュヴァーミトラはそれから五日間，昼夜を完黙のうちに過ごしました。六日目になると，空がかき曇り，雷鳴が森を満たしたのです。「マーリーチャとスバーフが近づいてきたんだ」，と弟子は口を開きました。師のヴィシュヴァーミトラはなおも無言の誓いを続行したからです。
　するとそれから空が血の雨を降り注ぎ，聖壇を浸し，儀式を汚したのです。ラーマが稲妻のように動き，マーリーチャは数百マイル先の海へはね飛ばされて，そこで大怪我をしたまま横たわりました。残るスバーフもラーマによって殺されました。羅刹たちに従ってきた者たちも，さながら暴風を前にした雲のように，追い払われ一掃されてしまいました。
　羅刹の脅威が取り除かれて，庵は元の平安と禁欲の静寂に立ち返り，礼拝と儀式を繰り返すのでした。そこは再びシッダシュラマ（成就者たちの避難所）となったのです。

　ラーマとラクシュマナは，ヴィシュヴァーミトラの意志に従いながら，さらなる命令を待ちました。すると，庵の修道者たちが仙人の計画を明かしてくれたのです。「ヴィデハ王国のミティラーで，王ジャナカにより生贄の祭典がもう始められている。われらもそこへ招かれているのだ。そこでの大きな呼びものは，シヴァ神に属する古い弓だ。これは貴重な

第1章 イクシュヴァーク族のラーマ

先祖伝来の宝物であって、以前の生贄の祭典で神々からジャナカに授けられたもの。われらはミティラーに行くつもりだ。卿らもわれらと同道しなくちゃならない」。

ヴィシュヴァーミトラはさらに付言するのでした。「たくさんの王子たちもこの弓を取り上げて引こうと試みたが、みな失敗した。実はこれはジャナカが王女シーターの将来の夫になるべき者のために催した力だめしだったのだ」。ヴィシュヴァーミトラのこの謎めいた説明を聞いて、ラーマは奇妙な予感や、いや増す希望と力を覚えるのでした。

さて、ヴィシュヴァーミトラがヒマラヤ山脈への旅を企てたものですから、一行はまず北方へと移動しました。道中、ラーマとラクシュマナとはこの仙人の先祖について教わりました。

「余の曾祖父はブラフマの王子クシャだった——とヴィシュヴァーミトラは語るのでした——余の祖父クシャナバには百人の王女がいた。さんざん苦行を重ねた末、とうとう王子ガーディを得た。信心深くて博学な王子だった。私はこのガーディの息子なのじゃ。余にはサティヤヴァティーという姉が一人いる。夫リチーカが亡くなると、夫とともに生身のまま、死と天の門へのぼって行ってしまった。今日、彼女は余の先祖クシャに因んでカウシキ河としてヒマラヤから流れ出ている。余もこの先祖に因んで、カウシカと呼ばれることがあるのじゃ。いとおしいこの姉の傍にいたくて、余はカウシキ河の堤防に住んでいる。余の霊的な旅の目的地はシッダシュラマ。この悟りへの道をはっきりさせてくれてありがとう」。二人の客人の王子が眠ろうとするときには、夜も訪れ星明かりと神秘に包まれていました。一行のミティラーへの旅やさらなる冒険は明朝に始まることになるでしょう。

一行はショナ河を越え、はらはらさせるような木の生い茂った村や、こんもりと深い森を通って旅しました。ある午後遅く、一行は聖なる大河ガンガーの景観に慰められるのでした。この聖河は広大でゆったりと流れており、白鳥が澄んだ水面に滑降し、鶴が美しい岸辺に高くて白い姿をじっと静止させていました。一行はその夜はここで野営しました。ラーマとラクシュマナはこの河の中の女王、その由来やまことの歴史についての話に興味をかき立てられるのでした。すでに少年時代に、ガン

第1章　イクシュヴァーク族のラーマ

ガーについての伝説は断片的に聞いていたからです。優れた仙人ヴィシュヴァーミトラは，洞察力にもはなはだ恵まれていましたから，山々の子たるガンガー川の魅力的な物語を王子たちに語り始めました。

　万年雪と貴金属や鉱物の宝庫にして，ヒマラヤ山脈の王たる，ヒマヴァットまたはヒマチャラが結婚した相手は，世界の軸たるメール山の娘メナカーでした。その間に二女が生まれ，姉はガンガー，妹はウマーと言いました。神々が禊（みそぎ）の儀式のためにガンガーを必要としたため，ヒマヴァットは娘ガンガーを手放さざるを得ませんでした。ガンガーは新しい住居と義務を大事にしました。妹ウマーのほうはというと，厳しい禁欲苦行の後で，自ら選んだ花婿シヴァ・マハーデーヴァ本人に嫁（か）したのでした。

「では，どうやってガンガーは地上に降りたのですか？」とラーマが尋ねました。

「おんみらの祖先のひとりサガラ王がこれにいくらかかかわっていたのだ。幾世代もの苦難に及ぶ長い話なのじゃ。だが，まずはウマーとシヴァに振りかかったことを見るとしよう。この話は多くの点で結びつきがあるからだ。」

　ヴィシュヴァーミトラは，王子たちが夢中になって聞いているのに満足し，語り続けました。

　シヴァのウマーへの愛は烈しくて，すべてを燃焼させてしまうほどでした。彼女への情念のせいで，世捨人同然になり，ほとんど世間に無頓着となってしまったのです。神々はこの愛の力や，これが引き起こす活力を恐れました。神々は脅かされていると感じ出したのです。このような結婚から生まれた子孫は世界を破壊しかねない，と。それで神々は不用心な世界にこの力が放たれる前に，何とかしてこれをくい止めねばなりませんでした。

　神々はシヴァのところへ出向き，合掌するのでした。「偉大なる神さま，三界全体の安泰が危険に瀕しています。お願いですから，ウマーを御身の瑜伽（ヨーガ）苦行の仲間に加えてくださいませ。そうすれば，御身の活力は御身の内に留められて，ウマーへ流入することはないでしょうから」。

　シヴァはたいそうものわかりが良かったのです。「よし，余が活力を

第1章　イクシュヴァーク族のラーマ

押し止めておくとしよう。ただし，余がウマーを思うあまり，余の力があふれ出たならば，いったい誰がそれを受け止めてくれるつもりかい？」

「善良なる大地が」，と神々は一斉に大声を上げました。

実際そのとおりになったのです。大地の森，山々，海々がマハーデーヴァ（シヴァ神）の重い種子をくい止めたのでした。

ウマーのほうは，神々が自分にシヴァの子を孕むのを妨げようとしたこの策略を知ったとき，神々を厳しく呪いました。「そちらは子なしのままだぞ。大地も，共犯の罪で，不毛のままであれ」。こう言うと，ウマーはシヴァと一緒に北方の高い地方に旅立ち，当地で瑜伽の苦行にすっかり没頭して，多年の間暮らしたのです。

他方，天界では，ウマーの姉ガンガー（ガンジス）が神々の日常の聖務に仕えました。でも今やシヴァが北方へ旅立ってからというもの，神々は指導者を欠くことになったのです。シヴァはウマーへの情念という一つの極端から，涯しない禁欲生活というもう一つの極端へと大きく揺れていたのです。ここで神々は窮地に陥り，ブラフマー（梵天）に助けを求めに出かけたのでした。

ブラフマーの返事はこうでした。「ウマーの呪いを撤回することはできないが，アグニ（火の神）ならこの状況を救ってくれよう。アグニによってガンガーは息子を産むだろうし，その子をウマーは彼女本人の子として受け取り可愛がるだろう。この子がやがてそちらの軍勢を指揮するだろうし，そちらの保護者となることだろう」。

そこで，ガンガーは天界のニンフの姿をして，アグニのもとへ行きました。彼女が火の神アグニの力を体内に留めたために，彼女の手足は火を捕らえ，魂は純粋な活力の白熱を発散するのでした。彼女はこれに耐え切れなくなったため，ヒマラヤ山脈の雪に覆われた，森の生い繁った斜面に移動させられたのです。

生まれながらに白く輝くこの多くの物体，生命の素材は，山腹に脈々と延びており，さながら金，銀，銅やその他の劣等な金属と同じように，地中深く埋められて横たわっていました。この光景はまばゆいばかりの輝きを発散していましたし，ここからクマラが誕生したのです。そこで神々はこの幼児を育てるべく，七星として六つの星座（クリッティカス）

第1章　イクシュヴァーク族のラーマ

を用意しました。幼児はその六つの口でこれらの星座の胸から同時に吸って大きくなり，強くなったのです。後に彼は神々の最高指揮官となり，人びとからは，スカンダとか，カルティケーヤーとか，クマラというように，いろいろの名前で呼ばれたのでした。

　ラーマはこのガンガーの物語によって，先祖たちが為さねばならなかった行いに驚嘆しました。多くの人生，多くの世界をガンガーがうねって流れているように思えたのです。
　王子の質問を察知して，ヴィシュヴァーミトラは話を続けました。

　ラーマの祖先，アヨーディヤーの王サガラは馬祠祭（アシュヴァ・メーダ）を行った。サガラには二人の妃，つまり，ケーシニーと，ガルダの妹スマティがいた。ケーシニーとの間に王は一人の王子を，またスマティとの間には六万人の王子をもうけた。サガラの孫アンシュマットは従順で義務に忠実な王子だったから，儀式の定め通り，生贄の馬が放たれるときのこの馬の世話を任されていた。ところがインドラ神がこの儀式を妨害したくなって，その馬を盗み，隠してしまった。
　サガラは六万人の王子に地上をくまなく探させた。彼らは六万マイルもの深い穴を掘ったが，破壊をもたらしただけだった。収穫物を台なしにしたり，蛇や悪鬼や巨人たちの邪魔をしたり，殺したりしただけだったのだ。まさに一面に修羅場を現出した。神々がブラフマーのもとに馳せつけると，忍耐するよう忠告された。「そう長く待つには及ばない。仙人カピラがこれら性急な若者たちを抑圧する使者となるだろうから」。
　サガラの王子たちは果たすことなく戻ってきた。彼らは自らの探索と，これが惹起した混乱を楽しみだしていた。サガラが彼らにもう一度出かけるよう命じると，待っていましたとばかり，喜んで出かけた。それぞれの地点で，方角や四方位を守っている巨象に敬意を表してから，東，南，西を掘り起こすのだった。とうとう北を掘り起こしていて，獲物を発見した。例の馬はヴァスデーヴァ本人の分身とも言われる修行者カピラの傍で，静かに草をはんでいた。
　愚かにも王子たちはこの仙人が馬を盗んだものと早合点して，馬をつ

第1章　イクシュヴァーク族のラーマ

かまえる前に，仙人に一斉に飛びかかった。しかし，彼ら王子は無知のゆえに死を招くことになる。カピラは怒りで言葉もなかった。長年におよぶ苦行により積み重なったあらゆる力と，身の内に隠された神性とをもって，カピラは血も凍るような恐ろしい声で「シュー」と咆哮した。空気が恐ろしく振動して鳴り響き，サガラの六万の王子はたちどころに灰と化してしまった。

　アヨーディヤーではサガラ王は王子たちが出かけてからずいぶん経っても帰らぬために，不安を感じ始めた。それで，孫のアンシュマットに命じて彼らを探しにやった。アンシュマットは，王子たちが地面を掘り返した穴の中をとぼとぼと歩いたり，方角や四方位を守っていた巨象を調べたりした。とうとう大きな灰の山に差しかかる。明らかにこれはおじたちの遺骸だった。なにしろ，生贄の馬がその傍でまだ草をはんでいたからだ。この遺骸を水を注いで供養しようと水を探し求めていると，彼の大伯父ガルダである，大鷲が見えた。ガルダは少年に言うのだった。「普通の水を彼らに振りかけるでない。彼らを大地の束縛から解放するのは，ただガンガー河の水だけなのだ」。

　「天上のガンガーこそ，そちの先祖たちが地上のガンガー河の生涯と物語に入り込んだ場所なのだ」。実に長くて複雑な話でした。

　アンシュマットは馬を引き連れて帰国し，地獄に追いやられて横たわっている，亡きおじたちのことを報告しました。サガラは馬祠祭をやり終えました。しかし，もちろん，ことはこれで終わりはしなかったのです。

　サガラは三万年間も統治したのですが，誇り高いガンガーを地上におろす方途は見つかりませんでした。ガンガーは天界での恵まれた生活を放棄する気が少しもなかったのでした。サガラ王の後，アンシュマットは王子ディリーパに王位を譲って，三万二千年の苦行をつんでガンガーにせがんだが徒労でした。ディリーパ王も同じことをもう三万年の間行いました。しかし，ガンガーは王の懇願に耳を貸しはしなかったのです。

　それから生まれたバギーラタは，決意も新たに着手し，苦行が徒労に帰した祖先とその生涯の正しさを立証することになります。バギーラタには王子がいなかったため，王国を大臣たちに任せ，自らは先祖たちの

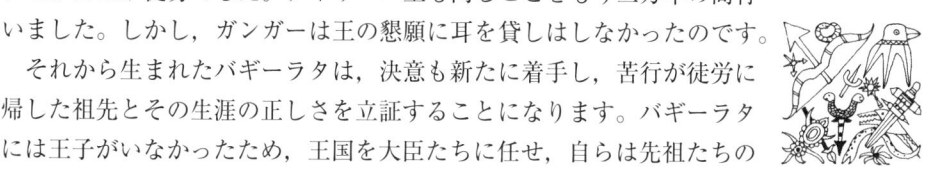

第1章　イクシュヴァーク族のラーマ

あらゆる苦行を合わせたよりも厳しい勤行を実行しました。

バギーラタは五感の欲望を克服し，月に一回食事を取るだけで一千年間ずっと立ち続けました。両腕は上げたままで，その脆弱な身体の周囲は五本のぎらぎら燃える炎が取り巻いていました。ついにブラフマーの嘉(よみ)し給うところとなり，こう宣うたのです。「ガンガーは落下するであろう。必ず汝の先祖たちは救われよう。しかもシヴァ神がガンガーの落下を支えねばならない。ガンガーを頭上で受けとめるに違いない」。バギーラタはシヴァに祈ることになってもみじろぎはしませんでした。まる一年間空気を糧に，片方のつま先で静止したまま立ち続けたのでした。

シヴァはバギーラタの誠実さに満足しました。よし，喜んで頭上でガンガーを受けとめよう，と言うのでした。目的が目前に迫っているようでした。でも，ガンガーの傲慢さを考慮に入れてはいませんでした。空から降りるのを余儀なくなって，ガンガーは激しい速度で落下することにしました。ガンガーは癇癪を起こし，洪水となったのでした！　でも彼女はシヴァの力を正しく評価してはいなかったのです。彼女の意図を見抜いて，シヴァは一つ懲らしめてやろうと決めました。そこで，シヴァは彼女を峨々たる頭髪の盛り上がったもつれの中に捕らえたため，彼女は戸惑わせる迷路の出口を見出そうとして，数年を費やしたのでした。

哀れバギーラタにはたいそう苦しいことでした。運命によって希望が再び打ち砕かれて，またも苦行をやり続けました。これが彼には生き方となっていたのです。でも，今度は成功が間近でした。

シヴァはとうとう頑固なガンガーを少し懲らしめてから，ビンドゥの湖に振り落とし，そこからは彼女は七つの流れに分かれました。三つは左，三つは右へと流れ出し，一つはバギーラタが年老い，賢くなり，悟りの途上で駆り立てた戦車の後を追って流れるのでした。彼はもう王なる賢者(ラージャリシ)の地位を与えられており，その苦行は厳格で不動そのものでした。

すべての生き物たちは聖なるガンガーの降るのを眺めました。祝福された路を走りながら，大地に豊かな水を授け，待ち構えている世界に気前よく水を振りまいたときの振る舞いはまさに壮観でした。でも，ガンガーは最後にわるふざけを一つやらずにはおれなかったのです。バギーラタがガンガーの小休止を振り返って見ると，大仙ジャフヌの庵と聖域

第1章　イクシュヴァーク族のラーマ

が水浸しになっていました。そこでジャフヌは彼女を飲み込んでしまって，彼女は再び姿を消してしまいました。神々は叫びました，「彼女は君の妹ジャーフナヴィーだぞ」。それで，仙人の怒りも鎮まり，彼女を耳から解放してやったのです。

　バギーラタはほっと安堵の大きなため息をつきました。ガンガーはもう一度彼と一緒になったのでして，大洋に近づくや，地下の世界に入りました。そこでは，サガラ王の六万の王子の灰が救いのときを待ち構えていたのでした。そして，ガンガーは彼らの罪を洗い去り，彼らを長い待機から解放したのです。ブラフマーは人類史上これまで先例のない，バギーラタの愛と義務のはたらきを見てとり，こう宣うたのです。「バギーラタよ，地上ではガンガーは汝の長女だ。世界は彼女をこの名で呼ぶであろう。また，彼女は三界すべてを貫流したがゆえにトリパタガ（三つの路を流れるもの）としても知れ渡るであろう」。

　バギーラタはようやく自分の王国へ戻りました。そして，待ち構えていた臣下たちは大喜びで王を迎え入れたのでした。

第2章
ミティラーでの結婚

　仙人と王子たちは今や彼らの目的地ミティラーにかなり近づきましたので、見捨てられた一軒家で休みました。「ここには古めかしい伝説が伝わっているのだ」、とヴィシュヴァーミトラが申しました。「仙人ガウタマとその愛妻アハルヤーという、信心深くて愛情深い夫婦がここに住んでいたんだ。神々でさえこの祝福された隠遁所を妬んだほどだった」。

　しかし、インドラ本人がこの平安を乱そうとしていたのです。ある日、ガウタマが外出していたときに、インドラが乞食の身なりをしてやってきて、アハルヤーに甘い言葉とさんざんおべっかを使って求愛したのです。彼女は喜びかつわれを忘れて、彼の甘言にすっかり屈してしまったのです。

　インドラがまさに立ち去ろうとしていたとき、ガウタマが戻ってきて、罪深い二人を驚かしました。二人の表情にすっかりそのことは現われたのです。ガウタマはインドラに激怒して言いました、「あなたは罪のせいで子なしになろう」。そして震えている妻に向かって叫んだのです、「不実な女め、お前とは縁切りだ。一千年間お前はここに独りぼっちで留まり、誰からも見られずに、空気で露命をつなぎ、灰の床に眠り、生ける石となるがよい。お前の裏切りを償う(あがな)ために、この上なく厳しい苦行を実行しなくてはなるまいぞ」。それでも、呪いを柔らげてこうつけ加えたのです、「ダシャラタの王子ラーマがこの人里離れた場所に足を踏み入れるときには、お前は贖(あがな)われて、私の許に戻ることになろうぞ」。

　ヴィシュヴァーミトラはラーマを庵に招じ入れました。そのときまで、アハルヤーは輝きがかすみ、煙に覆われた炎のようでしたが、急にはっきりと見えるようになり、まぶしいばかりに、すっかり浄化された姿を現わしたのです。彼女は王子とその一行にうやうやしく仕えたため、長くて孤独な不眠の難行と贖(あがな)いの終焉をやっと迎えることができたのです。夫のガウタマも約束どおりに姿を現わしましたし、二人は悔悛と信仰の

第2章　ミティラーでの結婚

生活を再び始めたのでした。ここの庵も，その女主人同様に，幾世紀もの静まり返った石のような眠りから起き上がったのです。

数日後，王家の旅人たちはミティラーの郊外に達しました。熱狂したような活況を呈していました——街道は頻繁に往来し，物資や人びとの動きも活発でした。民衆はジャナカ王の十二日間の供犠のために，長蛇の二輪荷馬車や四輪馬車に品物を積んで集合し始めていました。

ヴィシュヴァーミトラと王子たちは静かな場所を選んで，元気を回復しました。ジャナカは自分の王国に仙人が来ていると聞きつけて，王室つきの僧シャターナンダ（ガウタマとアハルヤーとの間の長男）と一緒に，挨拶にやってきました。僧は自分の母親の身受けのことはすでに聞いていたのでした。「ヴィシュヴァーミトラさん，ラーマを私の両親の庵に案内したのはあなたでしたか？　立派に尽くしてくれましたか？　私の母はラーマを情愛深く待っていましたか？」「シャターナンダさん，御両親はとてもお元気ですよ。お母様はもう晴れやかになられており，償いもすっかり終えておいでです」。

ジャナカはいつも以上に熱心に耳を傾けており，二人の美男王子について少なからず好奇心を抱いていましたから，いろいろと鋭い質問をしました。ヴィシュヴァーミトラは王に王子たちがどういう人物か，なぜ自分と一緒だったのかを語り，そしてまた，王子たちの武勇——ターラカーとその息子スバーフの殺害，弟マーリーチャの負傷と敗北——の話をも語りました。

君主ジャナカは感動しました。みんなを夕べの礼拝に専念させてから，さらに供犠の場所へと心からうやうやしく招待したり，また朝の謁見にも応じる旨の触れを出したりしました。

翌日には一同はジャナカの面前へ，しかるべき儀礼をもって迎え入れられました。ヴィシュヴァーミトラは即座に要点に触れて，「ダシャラタの王子たちがシヴァ神の大弓を見たがっております」と申しました。ジャナカは快く同意しましたが，まず第一に一同に武器の由来を告げたがりました。

この弓はシヴァ・マハーデーヴァ（大自在天）の品でした。彼は自分の舅の供犠を行っていたとき，見落とされ，無視され，そして侮辱され

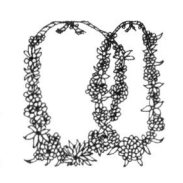

第2章 ミティラーでの結婚

たのでした。神々はこの屈辱に黙って加担していました。そこでシヴァは弓を取り出し、神々を目がけてからかいながら言ったのです、「そちらの美しい身体はもうすぐ破壊されようぞ。覚悟するがよい」。神々は命乞いをしました。マハーデーヴァは神々が謙虚になったのを見て、なだめられ、寛大にもその弓を神々に手渡したのです。それから神々は今度はそれをジャナカの祖先デヴァラタに与えました。それは一家の先祖伝来の家宝となり、しっかりと監視され、大事に扱われてきたのです。

ジャナカはそれから、それが多くの紛争、戦争すらもの原因となってきた因縁を一同に語りました。やや奇妙な状況のときに、王に娘が誕生したというのです。つまり、王が供犠の場所を儀式に則って準備しながら、鋤の刃で地面をすき返していると、一人の子供——少女——に出くわしたのです。王は彼女をシーター、つまり"鋤から生まれた"と名づけて、家に連れて行きました。彼女は今や、王の娘となって、王室で育てられたのです。

第 2 章　ミティラーでの結婚

　ところが，王の高貴な額には苦悩の線が幾筋も現われ始めたのです。「この子の結婚には問題山積なのです。婚資は高いし，結婚しようとする男はこの強力な弓をも引かねばならないのだから。花婿は文句のない武勇をもって娘を得なくちゃならないのです。シーターとは"武勇の褒賞"の謂なのです」。

　ラーマとラクシュマナが興味を示しながら聴き入っていることに，ヴィシュヴァーミトラは気づきました。また，ジャナカも気づいたのでした。

　「さよう，王子が次々と挑んでは失敗しました。彼らは絶望し欲求不満のあまり，手を結び，一年中ずっとミティラーを包囲したのです。ですから，彼らが退却する前に，私は機略を強化すべく供犠に着手しなくてはならなかったのです」。それから，ジャナカが思いがけず公言しました，「ラーマがこの弓を引ければ，シーターが花嫁になることを，お約束します」。

　ジャナカの声には期待がみなぎっていましたし，ヴィシュヴァーミト

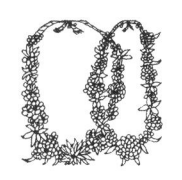

第 2 章 ミティラーでの結婚

ラがその弓を見せてくれるよう頼んだときには彼の声には自信があふれていました。ラーマは黙っていました。ヴィデハの王女シーター（大地の娘）はもう彼の心に入っていたのです。

ジャナカは例の弓を取りに行かせました。その弓は鉄の箱の中に納められ，白檀色の糊で塗られており，花々を山盛りにしてありました。五百名の力男が引く八輪車に載せられていたのです。ジャナカの仙人評議員たちが道案内をしていました。

「ほら，弓です」とジャナカは言ったのですが，二つの亡霊みたいにそこに立ったほっそりした少年たちを眺めたとき，当初の意気軒昂たる興奮は消え始め，疑念のかげを浮かべだしていました。「これは私の先祖が幾代も大事にしてきた弓です。神々でさえそれを引こうという思いにはくじけたものです。王子たちに見させてやっておくれ」。

顧問たちはもうほとんど望みを捨てました。多くの者が失敗したことや，彼らの恥，屈辱を思い出したのです。この上品な若者，冷静で謙遜な若者は，きっとこの弓の輝いている様子や，評判に怖じ気づき，たじろぐだろうし，王室のこの挫折の歴史に彼はきっと圧倒されるだろう。結論は初めから分かりきっているように思われました。ヴィシュヴァーミトラは，今にも挑戦しようと覚悟を決めて突っ立っているラーマに言葉をかけました，「ラーマ，いらっしゃい。弓を試しなさい」。

ラーマは肩を怒らせ，長い腕を優美に揺らせ，頭を高くし，目は愛と征服の夢でかっと見開いたまま大股で前進しました。箱を開け，立ったまま頭(こうべ)を垂れ，黙って祈り，それからジャナカとヴィシュヴァーミトラのほうを振り返りました。「この弓を持ち上げ，曲げてみたいのですが。よろしいでしょうか？」と手短に訊きました。

ヴィシュヴァーミトラはうなずいて同意しました。集まった数人が不信の念とともに眺めていますと，ラーマは屈んで，この恐るべき武具をほとんどもてあそぶかのように，片手で持ち上げたのです。興味のさざ波が起こり，その光景にはっと息をのむほどでした。ラーマは微笑しながら，ごく僅かな努力でそれをしっかり安定させてから，その弓の弦を張ったのです。興味はあからさまな驚きへ変わりました。それから，ジャナカがびっくり仰天したことには，ラーマはその弓を引いたのです。そ

第2章 ミティラーでの結婚

ラーマ，シヴァ神の弓を曲げる
弓のねじ曲げはラーマの力試しなのではなくて，ラーマの神性を証示するのに役立っている。この神性は，ヴィシュヌ神の青色を帯びた，ラーマの皮膚の色でも，また，ジャナカ王や仙人ヴィシュヴァーミトラの祈りのこもった態度でも暗示されている。

シーターは婚礼の赤服を着て，結婚の花輪を手にしながら侍っている。〔口絵Ⅲ参照〕

第2章 ミティラーでの結婚

の驚嘆はすぐさま動揺と化しました。大いなる評判以上に広いその弓が，まるでそれを握った少年の両腕の隠れた力にとうとう屈したかのように，二つにぽきっと折れてしまったからです。

　雷鳴のように轟き，地面が揺れました。地面のがらがらごろごろという騒音で，集まっていた者すべてが肝をつぶしました。これはミティラーにとって歴史的瞬間でした。ジャナカ個人にとっては，これは心底からの歓喜と安堵の一瞬でした。大地の宝ともいうべき娘がとうとう男たちの中の獅子，アヨーディヤーの英雄的王子ラーマと結婚することになるでしょうから。

　ミティラー地方とその王は大喜びしました。ダシャラタに告げて招待するための手配がただちに取られました。朗報を受け取って，ダシャラタは仲間とともにミティラーへ出発しました。ヴァシシュタおよび彼の仙人集団が先導し，王の兵隊が彼に続きました。挨拶と贈り物がやり取りされてきましたし，家系についても同様になされました。なにしろ二つの王朝は先祖を誇りにしてきたからです。

　ジャナカとダシャラタ，ヴァシシュタとヴィシュヴァーミトラはさらに，ラーマの三人の弟たちのための花嫁問題をも話し合いました。ジャナカは妹ウルミラーをラクシュマナに差し出しました。ジャナカの弟クシャドゥワジャには，マーンダヴィーとシュルタキールティという二人の娘がいました。彼女らはバラタとシャトルグナにとって理想的に見えました。賢明な忠告，助言，交渉の結果，間もなくイクシュヴァークとヴィデハという二大王朝は婚姻の固いきずなでしっかり接合されることでしょう。

　ヴァシシュタとヴィシュヴァーミトラはコサラーとヴィデハという二大王国とその支配者たちとの間につくり上げられつつある新しい絆（きずな）に満足しました。王たちは儀礼を交わし，四組の婚姻同盟に満腔の賛意を表したのです。

　仙人たちも大いなる栄誉を受けたのを感じましたし，また，世俗上や精神上の事柄に関する助言者としての彼らの地位は高められました。彼らは結婚式の準備を一任されたのです。ヴァシシュタの指図に基づき，ヴィシュヴァーミトラとシャターナンダは万事が円滑にはこぶように取

第2章 ミティラーでの結婚

り計らいました。

　ダシャラタは夕方には先祖のために生贄を行い，明け方には起きて，その日の最初の生贄のために施しとして雌牛を贈与する準備をしました。すなわち，四十万頭の健全な乳牛——それぞれが子牛を孕んでおり，角は金箔で覆われ輝いていました——が感謝を込めながら婆羅門たちによって連れ去られました。ダシャラタは習慣どおり，息子たちの名においてほかの贈り物も施しました。

　翌日，花婿たちは準備万端整えて，絹をまとい，豪華な飾りを身につけ，銘々がほかの花婿の輝きを高め合っておりました。そして，みんなのうちでもっとも光り輝いていたのは，年長で最好調のラーマでした。彼らの父親はヴァシシュタを先だって送り，万事吉兆の婚礼時のために準備が整っていることを告げさせました。ジャナカは答えて，花嫁たちが盛装し十分に飾り立てられて，用意ができ，待っていることを伝えました。そして年長の仙人ヴァシシュタに対しては，道案内をし，儀式を始めてくれるように要求したのです。

　ヴァシシュタはヴィシュヴァーミトラとシャターナンダに手助けされながら，供犠用東屋（あずまや）の中央に祭壇をしつらえました。祭壇の周囲には，生贄用のすべての品物——金の蓋つき彩色の水差し，芽を出した枝，巻貝，香，花々，白檀色のペースト——が置かれました。そしてすべてのものの上には，手続き全般を浄化し聖別するクシャの草のかたまりがまかれました。王子たちの結婚の証人となるべき儀式の火が燃え上がると，詠唱や呪文が空気を聖なる振動で満たしました。なにしろ，火の神アグニは最高の証人なものですから。アグニは奉納物を焼き尽くすとともに，人間の希望と願望を天上の神々へと運ぶ運搬者となるのです。

　それから，ヴァシシュタはシーターの手を取って，彼女をラーマに向かい合って座らせました。ジャナカは彼女の手をラーマの手の上に置くことにより，最年長の花嫁を新郎に渡しました。絆（きずな）の押印がなされました。同じようにまた，ラクシュマナはウルミラーから結婚の承諾を得，バラタはマーンダヴィーから，シャトルグナはシュルタキールティから，それぞれ結婚の承諾を得たのでした。儀式はカップルたちが火，祭壇，ジャナカの周りを歩き回って終了しました。神々に祝福され，天上の銅

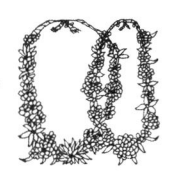

第2章　ミティラーでの結婚

羅が響き，巻貝が鳴るなかを，四名の王子たちは輝く花嫁たちを引き連れて去って行きました。そのとき，天はいたるところ——彼らの頭上，彼らの通り道，彼らの婚姻の部屋の中——に花々を雨のように降らせました。もう少年ではなくなって，彼らの五感は目覚めましたし，今や彼らは護ったり頼ったりするパートナーをもち，両肩に荷物を担いだ若い世帯主，未来の父親，来るべき世代のための手本，家系の継承者，となったのです。

別れの時が迫ってきていました。ヴィシュヴァーミトラはヒマラヤに向けて発ちました。ダシャラタとその結婚したばかりの王子たちと妻たちは，王室の側近と一緒にアヨーディヤーに向けて出発しました。王女たちは豊かな婚資——金・銀・真珠・サンゴ・毛布・贅を尽くした織物・豪奢な衣服・千頭の雌牛・男女の奴隷・象・馬・二輪馬車・歩兵たち——を持参しました。彼らが出発すると，見慣れぬ鳥たちがきーっと鳴きながら飛び去りました。鹿は怖じ気づいて，時計回りに円を描いて逃げました。ヴァシシュタはこれらの驚異の出来事をダシャラタに説明して言いました，「鳥たちは未知のことを暗示するものです。でも，鹿の合図では，万事が結局うまくゆくのでしょう」。

彼らがいぶかったまま突っ立っていますと，暴風が樹木を引き裂き，大地が振動しました。闇で日光は追い払われました。当たり一面がぼやけてしまいました。厚い層の埃や灰がすべての物の上に降り注ぎました。恐怖が広がり，彼らは右往左往し，狼狽しました。

この暗がりの中からパラシュラーマ——ジャーマド・アグニの息子——が姿を現わしたのです。彼のもつれた頭髪は高く山みたいに積み上げられており，その彼がこの好意と結婚の浮かれ騒ぎでほてった友好的な集団に，怖く迫ったのです。片方の肩の上には彼の有名な斧が担がれていました。もう片方の上には，弓と矢筒（えびら）が掛かっていました。パラシュラーマは地面を二十一回ぐるぐると回って，目に入るあらゆる武士や王を殺してしまったのです。それというのも，これら一族の一人が彼の父ジャーマド・アグニをかつて殺したことがあったからです。

仙人たちは互いに囁き合い始めました，「彼はもう一度あの死の斧を打ちつけるつもりだろうか？　この王家集団の光景が彼を興奮させるの

第2章　ミティラーでの結婚

だろうか？　彼は戦<small>いくさ</small>の血を十分に流してはいないのではあるまいか？」

　内心の混乱を抑えたまま、彼らはパラシュラーマを出迎えて言うのでした、「道中ご無事でしたか？　殿、私たちを新たな怒りの犠牲<small>いけにえ</small>になさらないでくださいな」。こう言って、彼らは何とかしてこれから起こるかも知れぬ攻撃の出鼻をくじこうと望んだのです。

　パラシュラーマはそっけなくうなずきました。もやもやした視線を向けながら、ラーマに対して申しました、「お前が例の弓を折ったことについては一部始終を聞いておる。儂はここに父上のもう一本の名だたる弓を持参しておるのじゃ。一家の先祖伝来の宝だ。引いてみろ。もし成功したら、儂はお前と決闘してやろう。その後でやっと、お前はたしかに無比の武勇を確立できようぞ」。

　ダシャラタは何とかして彼を宥めようとして言いました、「私どもの階級に対する貴殿の敵意はもう終わりにすべきでしょう。貴殿は軍事や兵器類をインドラ神の面前で放棄された立派な婆羅門<small>ばらもん</small>でいらっしゃる。今では苦行者であられます。もしラーマが殺されたりでもしたら、私どもは全滅してしまいます」。

　けれども、この老王が何も謀<small>はか</small>らなかったかのごとくに、パラシュラーマへの挑戦を固く心に決めていたのです。「世間は二本の天の弓を見てきた。二本とも聖なる設計者ヴィシヴァカルマンが設計したもので、ともに高く崇められている。一本はお前がへし折ったシヴァ神のものだ。もう一本はヴィシュヌ神のもの。儂はそれをここに持ってきているんだ」。みんなの目はこの武器に注がれました。その弓の弦は破壊の閃光を飛ばそうとしている電光石火みたいに輝きました。「こちらが二本のうちでより強力なものだということを、儂はたまたま知っているんだ。ある競技会で、お前の折ったシヴァの弓をこちらははずしたのだからだな。それだからこそ、シヴァはこれから免れたのだぞ」と嘲りながら言うのでした、「覚悟はできたかい？」

　ラーマは年長者への敬意から、そのときまで黙っていたのですが、とうとう口を開きました、「戦士階級へのあなたの悲しみも怒りもよく分かります。でも、私の武勇を過小評価されて、あなたは重大な判断ミスを犯されました。それじゃ、私の力をお見せして、これを軽々しく扱わ

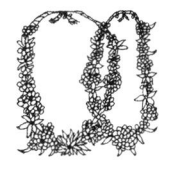

第2章　ミティラーでの結婚

ないように，あなたにお教えしましょう」。

　そしてこう言うなり，おとなしいラーマが当然ながら怒りに目覚め，ヴィシュヌの弓を摑んで，ぐいっと引き寄せ，矢をきちっとパラシュラーマに合わせました。「あなたの身体は免れさせてあげよう」とラーマは厳(いかめ)しく言いました，「あなたはヴィシュヴァーミトラには大事なんだし，しかも苦行者なのですから。でも，あなたの精神領域は掘り尽くして見せましょう。この矢であなたの精神の器量を破壊し，あなたの過度の高慢の鼻をへし折りますよ」。そう言うと途端に，パラシュラーマの堂々とした風采が霊気と輝きを失いました。彼の腕は萎(な)えて弱ってしまい，目はラーマの凝視にへこんでしまって，落ちぶれた降服の調子で嘆願するのでした。「せめて私が動く力だけは残してくだされ。今，私の住居のある遠いマヘンドラの区域に到着するために。あなたが私の弓を握ったときからも，ヴィシュヌの手だと分かりました。この武器はこれの真の主人には柔順に従ってきたのです」。

　ラーマはその矢を苦行者パラシュラーマの最大の宝，彼の精神的蓄えに飛ばして送ってやりました。埃，暗がり，混乱，すべてはまるで朝の霧みたいに消え失せました。ラーマがさながら差し迫った破滅の闇を世界から一掃して，そこに正義，秩序(ダルマ)の光を回復したかのようでした。

　一行は中断された旅を再開して，アヨーディヤーに到着しました。彼らはうやうやしく下臣たちから熱烈な歓迎を受けましたし，ダシャラタの女王たちは，義理の娘たちを大いなる愛情を込めて受け入れました。バラタは祖父（カイケーイーの父）によって呼び出されると，ほとんどたちどころにシャトルグナと一緒に立ち去りました。ラーマとシーターは完璧な夫婦になりましたし，彼女はきらびやかでしたし，勇敢で超人的な夫にすっかり惚れ込んでいました。

　幾年も経過しました。ラーマは父が政治をうまく牛耳っているのを見て，ダシャラタの王国とその臣下たちを知りかつ愛するためにやってきました。彼は人生の教訓を遵守したり吸収したりして，青春，全盛期を過ごしました。これらの時期は準備の年月だったからです。シーター，彼の秩序の追求の相手（ダルマパトニ）は，彼にとっての力のとりで，光ののろしでした。

第 2 章　ミティラーでの結婚

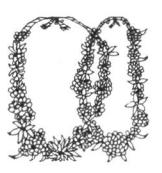

第3章
王位の追放

　ダシャラタは長男ラーマを愛し，誇りにしていました。でも，それは溺愛する両親の盲目愛というのではありませんでした。ダシャラタが彼を愛したのは，彼の人となりのせい，彼の大いなる美徳の総和のせいだったのです。

　知恵と節度が，ラーマの行動を特徴づけていました。勇気と武勇はそれだけで終わることは決してありませんし，もっぱら個人的栄誉のためだけに用いられるものです。それらは防御と矯正の手段でした。彼はものやわらかな話し方をしましたし，謙虚でした。冷静，大胆，寛大にして上機嫌でした。洞察力があり，哀れみ深く，庇い立てしていました。彼の主張は正当でしたし，それゆえ決して失敗したことがありませんでした。彼は最後の頼りになる人として闘いましたが，しかし勝つために闘ったのです。彼は謙遜でしたが，でも魅力ある人格を備えていたのです。彼は愛嬌のある微笑と物腰で人びとを引きつけました。彼は歓喜の権化でしたし，それゆえ，ラーマ「楽しみを与える人」として知られたのです。実際，彼は周囲の人びとにとって楽しみ，感じのよい善意の楽しみだったのです。

　ダルマ「正法」は，その下でイクシュヴァーク族のラグの子孫たちがいつも避難して保護されてきた力の傘（チュハトリ）でした。それは正法の限界を画す，羅利の輪の日覆いをかざしたのです。それは彼らにとっての特別な栄光でしたし，彼らはこれを大事に守ってきたのです。ダシャラタはラーマが真理を常に念頭に置きながら正法を実行するだろうし，慈悲が間近に続くだろうことを知っていました。

　ときは春でした。世間は花に包まれていましたし，この老王の心の中で，多くの希望のつぼみが開花しかけていました。多くの夢の枝は緑になろうとしていたのです。

　星くずは相続や即位を支持しているように見えました。ダシャラタは

第3章　王位の追放

　民衆からの要求や承認を探し求めて，大臣たち，廷臣たち，封建君主たちや大君主たちや指導者たちを町や田舎から喚問し，世継ぎ計画を公表しました。「朕は六万年間支配してきて，もう老い疲労しておる。諸君全員が承知しており，諸君から愛されている余の息子ラーマが朕の考えでは有能な後継者となろう。この一件に関しての諸君の見解はどうじゃ？」
　集まっていた者は一斉に王の布告に対して，雨雲の様子を見て踊り回るクジャクの欣喜雀躍をもって応えました。ダシャラタはまたしても，臣下たちの意向を察していたことを証明したのです。
　「もうぐずぐずしている暇はない」，と王は顧問で王家の馭者でもあるスマントラに申し渡しました。すると，スマントラはラーマを呼び寄せるために，渾身の速力で馬を駆り出しました。
　ダシャラタはラーマが王座に就くのを父親としての一抹の誇りをもって眺めました。王子はきちんとした，堂々たる足取りで一歩ずつ進み，さながら行列の象のように重々しい威厳であたりを圧倒しました。玉座に通じている階段を昇りながら，ラーマは頭を垂れて，父に挨拶しました。ダシャラタは自分の隣の，宝石をちりばめた椅子に息子を座らせてから，過つことなき臨機応変のセンスをもって，来るべき王位継承と即位を宣言しました。洗練された見事な遂行でした。権力の移動はいかなる過失もなく，またいかなる無器用な策略もなしに行われたのでした。
　ラーマと二人きりになると，ダシャラタは自らの心配なことを口にしました。悪夢に，つまり，荒れ狂う嵐やぶつかる流星の夢におこされ続けてきたのだ，ということを。ラーマが生まれたときの星々は収縮するもろもろの遊星によって拘束されていましたし，彼の運命が締めつけられること……病気，たぶん，死を暗示していたのでしょう。
　「余はそちが王位に就くのを，しかもすぐにでも見たいものじゃ。余はぐらつくかも知れん。誰か教えてくれないものか。心とは妙なものよ。それに，バラタ（ラーマの弟）じゃが……彼は優しいし，すっかりそちに尽くしているとはいえ，進行を妨げないとも限らぬ。なざしがたい恐怖が余の心をうろたえさせるのじゃ。猶予はならぬ。明日にもそちは即位しなくちゃなるまい。」
　宮殿の門の外では，ニュースがさながら自然発生した喜ばしい炎のよ

第3章 王位の追放

うに拡がりました。ヴァシシュタはもう即位祭の始まりを知らせていました。門，アーチ状の道，寺院，祭壇，邸宅はお祭りの姿を呈しました。花づなや翻る旗が雰囲気を引き立てました。白檀，香，花々が成功とお祝いの甘くてうきうきした匂いを拡げていました。人びとは通りの隅に集まって来るべきラーマの即位，アヨーディヤーとコサラーにとっての希望の戴冠式を話し合うのでした。

ラーマはみんなからの挨拶にこたえながら，馬車を疾走させました。

母親に朗報を知らせるためにカウサリヤーの住居に彼が到着したとき，母親は心の内に祈りを，唇の上には祝福を抱きながら待っていました。彼女の誇りと喜びは，息子のこの勝利の瞬間へと開花していたのです。シーターもそこに居ましたし，ラクシュマナも妻と一緒でした。

ラーマにとって，これは成功の経験，そしてまたみんなから称賛を受ける経験の最初でした。この経験は控え目なものでしたし，彼はいつもの知恵をもって反応しました。彼はこの貴重な荷物を分かち合い，友と

第3章　王位の追放

協定を結ぶ必要があったのです。彼の影，彼のイメージともいうべき，幼年期の伴侶ラクシュマナより以上に最適な者はほかにあり得ませんでした。

「ラクシュマナ，僕の勝利の時，僕のまさかの時には，近くに居ておくれ。僕が支配するとしたら，それは君のためだ。僕が生きるとしたら，それは君のためだ。君は僕のイメージ，僕の分身だ。」

これは終生の忠義の私的・個人的な誓約でしたし，来るべきいばらの王国の中に居合わせることになる王子どうしの兄弟のきずなでした。

素晴らしい日のために万端の用意がうまく整えられました。ヴァシュタはすべての儀礼・儀式は言うに及ばず，祝祭を担当しました。時間・場所・習慣・聖務の厳しい要請には応じなくてはなりませんでした。どんな細部も見逃されてはなりませんでしたし，いかなる逸脱も許されなかったのです。

ラーマとシーターは戴冠の前日に自分の儀式を遂行しなくてはなりま

第3章　王位の追放

せんでした。二人は日中を断食と祈祷で過ごし、夜をクシャの草の床の上で過ごしました。それは苦行・節制・高潔の儀礼的行為でした。しかも、それらに憂鬱かつ誠実な心の枠組を誘導することが計算されていましたし、厳粛な機会に適合させられていたのです。

　夜明けよりずっと前に、やがて皇太子および推定相続人として就任されるはずの王家の管理人は王室の飾りつけを監督するために起き上がりました。内部に向けられた王子の冷静な視線は、目に見えぬ目標に注がれているように見えました。彼の堂々とした体格は、王位の豪華で重い外套を受けとる用意ができていました。

　ラーマの高くて白い宮殿は、アヨーディヤーの晴天を走っているかのようでした。希望の花を咲かせた人びとでいっぱいの広々とした大地は、朝日を浴びて開花しつつある蓮の湖みたいでした。それら蓮の囁きは、美しい朝の鳥のさえずりそのものでした。

　戸外では、群衆が集まり、騒がしい歓喜の絶頂、その都ではほとんど抱え切れないような幸福の高潮に浮かんでいました。歓喜の供与者ラーマは、彼らの心をなみなみと満たしました。

　カイケーイーの家のバルコニーには、嵐が徐々に起ころうとしていました。カイケーイーのお手伝いさんで、せむしのマンタラーが光景をぼんやり眺めて立っていました。

　お祭り気分にとりつかれている都の押し合いへし合い、興奮、羽目外しが、カイケーイーの注意を引きました。「何のせいで浮かれているのかい？」と彼女はラーマのお手伝いさんに大声で叫びました。するとマンタラーはにっこり微笑みながら、「明日、ラーマさまが摂政の宮兼推定相続人に就かれることになっているのです」、と答えました。そして、もう一度戴冠式の狂乱状態の集まりへと急いで走って行くのでした。

　マンタラーの顔は怒りで歪みました。急ぎ戻ってきて、女主人をぶしつけに揺すって起こしました。「どうして休んでおられましょう？　あなたさまの幸運は一掃されつつあるのですよ。事件の潮流が私どもを呑み込もうとしているんです！　くい止めるために何かなさらねばなりません！」

　カイケーイーはほおっとして応じました。「あなた、大丈夫？　ずいぶ

第3章　王位の追放

ん狼狽し……興奮しているみたいね……」。

「ええ。とても。奥様，あなたさまのことが心配です。ラーマさまが摂政に任ぜられようとしています。旦那様は如才ないご老人であられますし，賢明で，しかも心がねじれてもおられます。あの方はあなたさまにへつらっておられますが，本当に愛しているのはカウサリヤーなのです。あなたさまはあまりにも信頼し過ぎ，純朴に過ぎます。」

カイケーイーはこの長広舌を聞いて，びっくり仰天しました。

「まだ終わっていません。事態ははるかにもっと深刻なのです。あなたさまは蛇を胸に抱き締めておられます。あの方は旦那様なのですか，それとも不倶戴天の敵なのですか？　今，私はあの方がなぜバラタを送り出したのか分かるのです。ああ，何と便利なことか！　摂政のラーマには！」こう言って，彼女は止めたのです。

カイケーイーの顔はカウサリヤーの息子が話題になってぱっと輝きました。彼はその母親にとってと同じくらい，彼女本人にとっても喜びだったのです。彼女は彼を自分自身とは別人とか，自分の世界から切り離されているとか考えたことは決してなかったのです。「摂政のラーマだって！」と彼女はマンタラーの怒りの爆発を無視して言うのでした。「私にとってこれ以上にどんな歓ばしいことがあり得るというの？　あなたが私に伝えたのは，これ以上ない朗報だわ。さあ，このお飾りを差し上げるわ」と彼女は言いながら，貴重な装身具を与えました。「もっと何かを差し上げるわ。何なりと選びなさい。お祝いするだけの理由があるのですもの。私はラーマとバラタとを区別してはおりませんのよ」。

マンタラーはその装身具を不機嫌に放りつけました。ことは彼女が期待していたようにはいかなかったのです。カイケーイーはうまく操られるべきなのでしょう。さもなくば，この女主人と自分自身にとってのマンタラーの野心は塵芥(じんかい)に過ぎないことになりましょう。

「あなたさまはおばかさんです。あなたの没落の間際に，あなたのライヴァルの勝利を喜んでいらっしゃるのですもの！　カウサリヤーの一家は栄えるでしょう。あなたとあなたの義理の娘はカウサリヤーの奴隷となるでしょうし，私たちは彼女の一家の働き人となるでしょう。私たちの前途はもちろんひどいものです。あなたさま，私たちすべてともい

55

第3章 王位の追放

うべき,あなたの息子さまは,なきに等しくなるでしょうよ!」とマンタラーは叫んだのです。

カイケーイーは信じないで,マンタラーの恐れを無視して言うのでした,「ラーマは高潔で公平ですよ。私の息子を父親同然に護ってくれているのです。バラタがきっとあの人の後を継ぐことを,私は承知しているのです」。

マンタラーは嘲笑しました。「あなたさまはこの世の行く手をご存じないのです。長男がいつも後を継ぐと決まっています。バラタは無視されるでしょう。相続の家系はラーマを通してなされるでしょう。あなたの息子さまの運命が不安定になっているのに,あなたさまはここで夢を弄んでおられる——それに,息子さまはここでさえ権利を守られてはいないのですよ!」とうとう彼女は痛いところに触れて,カイケーイーの心の清水の中に疑念を投じたのでした。カイケーイーは物思いに沈んだように見えました。

マンタラーは有利な立場を推し進めるために,母親としての心配と,その息子への野心とにつけ込んで言うのでした,「さあ,早く動いてください。出来事よりもっと早く。出来事は運命の速力であなたさまに突進して駆け抜けようとしているのですから」。

マンタラーがひねりだした次の描写には脅迫の痕跡すら現われていました。「ラーマはバラタを追放するでしょう。ひょっとして殺しさえするかも知れません。権力の手綱を握っているのですから。彼を先に追放すべきです!」カイケーイーが躊躇していると,彼女は強要するのでした,「奥様,私たちは遅刻しかけているのです。今でさえ遅過ぎるかも知れませんが,いくらか望みはあります。ラーマを追放して,バラタを摂政に就けねばなりません。ほかにうまい方法はないでしょう」。

毒の効果は覿面でした。カイケーイーの輝かしい顔はもう微笑でねじれることはなくなり,困難な決心の方向へ向けられたのです。もう貪欲でがつがつした女性となって言うのでした,「ラーマは立ち去り,バラタが即位しなくちゃ。きっとそうして見せるわ,マンタラー。でも,どうやったら? 物事の歯車を変える方法をお前さんは思いついているのかい?」醜くて,陰険なお手伝いの邪悪で破壊的な作用が利いていたの

第 3 章　王位の追放

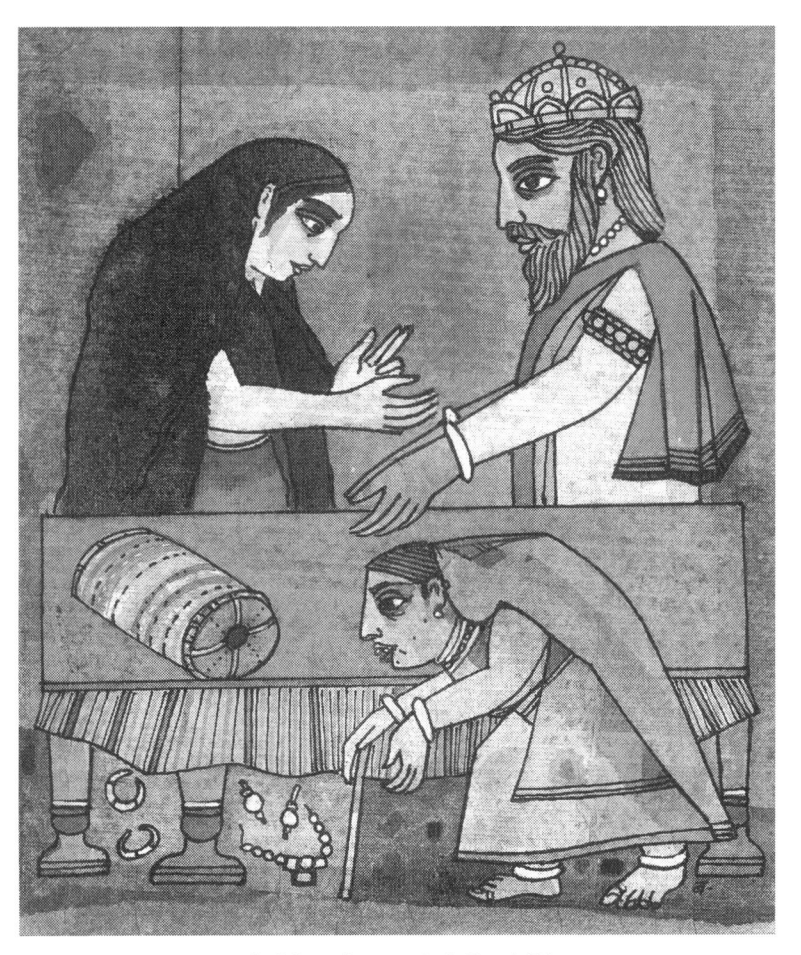

カイケーイー，マンタラーと王

ヒンズーの伝統では，妻は盛装して夫を迎える。本図版におけるカイケーイーのだらしない様子や散在する宝石はしたがって，夫たる王への強力なメッセージなのである。

また，嫉妬深いマンタラーの前屈みのくすんだ姿にも注目。彼女の注意が宝石に釘づけされているように見えるのも，意味深長だ。〔口絵Ⅳ参照〕

第3章 王位の追放

です。

　マンタラーは喜びで歓声をあげんばかりでした。彼女は万策を弄していたのです。「ずっと以前に」とカイケーイーに思い出させるのでした，「あなたの夫が神々と羅刹との戦闘で負傷して横たわったとき，あなたは身の危険を犯して彼の生命を救われました。それから，彼はあなたに二つの恩恵を申し出たけれど，あなたはそれは将来のことにしたい，そのときには差し迫った満足を希望しますとおっしゃって，それらの恩恵をお受け取りにならなかったですね」。

　カイケーイーはその機会と約束を二つともはっきりと思い出したのです。彼女の忠実な召し使いは何と素晴らしい宝石だったことでしょう！

　「ところで」とマンタラーは申しました，「その将来とは今日のことで，時は今なのです。あなたさまの言われた二つの恩恵ははっきりしています——ラーマの追放とあなたさまのご子息，バラタさまの即位のことなのです」。

　カイケーイーはほっと安堵のため息をつき，マンタラーはより大胆になりました。「ご存知のように，王はあなたさまのために火をくぐり抜けるでしょう。私の指示に注意深く従ってください。癇癪は捨ててください。怒った不機嫌な振りをしてください。王には好意をお与えにならないように。王の情動につけ込んでください。きっとあなたさまにぺこぺこされるでしょう。そうなったとき，あなたさまは王を手玉に取れます。これしかありません。それに，すでに申し上げたとおり，もうためらう暇はございません」。

　カイケーイーは今や完全に彼女の魔法にかかってしまいました。「マンタラー，そなたはせむしじゃないわ。そなたの身体はそよ風の中のハスの茎みたいに曲がるし，そなたの顔は花みたいだし，そなたの腰は内気にすらっと縮まる。それに，二輪馬車の輪みたいに高くて丸いそなたのこぶは，魔法の小山だわ。バラタが王位に就くときには，玉座を白檀色に塗り，香を焚いて崇拝することにしましょう。そなたには黄金の冠をつけて，ほかのお手伝いさんたちをしのぐようにさせてあげることを誓うわ」。

　マンタラーはカイケーイーのあり余る賛辞に冷静な助言で応じました，

第3章　王位の追放

「排水した後にダムを建造しても無用です。今行動してください！」

炎が燃料を補給されたみたいに，カイケーイーは決心でしっかりと鮮やかに輝きました。彼女は装身具を取り去って言いました，「ラーマが追放されず，バラタが即位しなければ，私は生命を捨てるつもりよ。王には私の決心を必ず聞いてもらうわ」。彼女はさながら，からみつこうとしている，とぐろ巻きの蛇みたいでした。

一方，王のほうは日中の活動で疲労しながら，カイケーイーの許へ向かうところでした。彼女に早く朗報を自分でもたらそうと望んでいたのです。愛とへつらいの技に巧妙な，愛妻のことを思って，元気づくのでした。彼女の庭と中庭は広くて，設備がしっかりしていましたし，落ち着いた音楽が王のいらいらした神経を和らげるのでした。王の悪夢や恐怖は退き始めていました。

しかし，彼女のソファーが空なのを見たとき，王の心臓はつっかえました。これまで彼女が王の期待に背いたことはなかったのです。王は重大な不快，癲癇すらをも心配したのですが，目にしたことの準備はできていませんでした。カイケーイーはというと，汚れた服をまとって床に横たわっていたのです。毛髪は乱れなびいており，顔は怒りと挫折感で歪んでいました。王は彼女の不幸な姿を見るのが耐えられませんでした。彼女の上にかがみ込み，おだてながら言いました，「宮殿の医者たちをすぐここにこさせよう。そなた，悪霊にでも取り憑かれたのかい？　ねえ，何なりと話してみなさい！　そちの用を申しつけなさい。頼みさえすればよい。太陽圏に延びている王国を余は支配しておる。そちの手の届かぬものは何もないのだぞ！」

ところが，カイケーイーの声はかすれきしんでいました，「私には一つ二つお願いがあるの。これを果たす，と言ってくださいな」。

ダシャラタは楽観的でした。「そちにも余にも親愛な者はラーマだけだ。彼にかけて，そちの意を叶えると誓うよ」。

王は妃の罠にかかっていたのです。カイケーイーの次の言葉は不吉なものでした。「遊星も，順行＊も，昼夜も，すべての空間，すべての被

＊　（占星術）太陽の一回の順行が一日である。（訳注）

第3章　王位の追放

造物も照覧あれ……」。

王がいぶかりながら、茫然として妃の言葉を聞いていると、彼女はまるで耳を聞こえなくする轟音かと思われるような調子でなおも続けました、「私はお願いしようとしているのですから、あなたはお約束で縛られているわけです」。彼女の調子は脅迫じみていました。

ダシャラタは不安でしびれました。どうやって遊星を呼び出したりしたのか？「私があなたのお命を救ってあげたずっと以前のあの日のことを思い出してくださいな。あなたは私に二つの恩恵を約束されました。今日こそそれを果たしてくださいませ」。彼女はす早くはっきりと言うのでした、「今度の戴冠式はバラタのために挙行すること。それが私の第一のお願いです。第二は、ラーマを十四年間森へ追放してくださることです」。

ダシャラタは魔法で静止させられた蛇みたいに金縛りになりました。そしてそのとき、われを忘れるほどの怒りがどっと血管をあふれさせたのです。

「ラーマがそちにいったいどんな害を及ぼしたというのかい？　それとも余が？　ラーマがそちの長男だと先日言ったばかりだぞ。彼はバラタ以上によくそちに尽くしてきた。ラーマはアヨーディヤーの親愛なる王子、将来の王だ。それを乞食みたいに荒野に追放せよというのか！　ラーマを追放することは断じてならぬ！」

カイケーイーは一歩も退きませんでした、「お誓いはお誓いです、たとえ正しかろうが不当だろうが。それを破ることはできません」。

ダシャラタは嘆き始めました、「そんなことを伝えたら、彼の顔から血の気が引き、彼の輝きは消え失せるに決まっている。どうして余にそんなことができようか？　しかも、あれの母はどうしたというのだ？　それに、スミトラーとシーターがどうしたというのだ？　そちの向こう見ずな甘さには毒がある。そちは余の首の周りをしっかり締めつけるくびり縄だ。お願いする、妃よ、余の命を助けておくれ」。

カイケーイーは足下にひれ伏しているダシャラタにべもなく拒絶して、立ち去りました。彼女は冷たく、よそよそしくなっていたのです。まるで死神が王の背筋に警告の寒けを送ったみたいでした。そしてその

第3章　王位の追放

とき，王は気絶したのです。

　ダシャラタが意識を回復すると，カイケーイーが彼を嘲って言うのでした，「あなたは真の大洋です。でも，誓約を守る大洋なら，岸がどれほど長く延びていようとも，決してそこを横切ったりはしないわ。あなたが約束を破ったとしたら，予言者たちや仙人たちにどう立ち向かうおつもりなの？　そのことを考えたことはおありなの？　私なら，死ぬ覚悟がありますわよ，もしあなたが私の望みを叶えてくださらないのなら」。

　ダシャラタは生気なく言いました，「余は聖なる結婚のきずなにより握りしめたそちのその手をこれにて拒否する，この結婚から生まれた息子をも」。でも，カイケーイーはひるみませんでした，「ラーマを呼びにやってくださいな。もう朝ですわよ」。

　ちょうどそのとき，スマントラが入ってきて，ヴァシシュタが戴冠式のための手配をすべて整えたことを告げました。彼はダシャラタが目を赤く泣きはらし，悲しみの重みに沈み，軛（くびき）につながれた老雄牛みたいによろめいているのを目にしました。代わりに，カイケーイーがスマントラに言いました，「ラーマをここに連れてきなさい」。スマントラはためらいました。王はなお狼狽しながらも，命令を繰り返したのです。

　ラーマは吟遊詩人や戦士の随行員と一緒に象に乗って出発しました。彼の耳は一行の賛辞で鳴り響いていました。民衆はパレードがお祭り騒ぎの街道を通り抜けると，彼に喝采を送りました。ラーマが到着，その様子は溌剌として，幸せそうでした。

　カイケーイーの部屋に入るや，彼はただちに，何かがひどく不都合なことを見て取りました。父の泣き濡れた顔はラーマにとってショックでした。ラーマは通りがかりの足に触れてびっくりした蛇のように後退りしました。

　「父君はなぜ動揺しているのですか？　何に苦しんでいるのですか？　母上が父上に不満でもこぼしたのですか？」

　カイケーイーは低い声で答えました，「別に何も不都合なことはないわ。夫には言うのをはばかる欲求があるの。あんたにからんでいるのよ。だから，私に言わせてもらうわ」。

　ラーマはじっと見上げました。「私に知らせてくださるだけでけっこ

第3章　王位の追放

うです。父上のおっしゃるとおりにきちんと行うつもりです」。

　カイケーイーはラーマをまじまじと見つめながら、告げました、「バラタが王となり、あなたは十四年間森に籠もらなくてはなりません。王があなたの面前で告げ難いと思っておられるのは、このことです。でも、王は私になさった約束で縛られているのです。それに、あなたも王の望んでいることを何でもすることにすでに同意したわね。王は真理の名においてこのことを望んでおられます。それに或る古い約束が戦場でなされていたのです」。

　ラーマは言葉同様に善良でした。「王であられる父君がご自身で私に告げられないことに心が痛みます。でも、ただちにバラタを呼びにやってください。もう猶予はありません。戴冠式は滞りなく進めるべきでしょう」。

　ラーマは頭上に王家の天蓋もなく、どちら側にもヤクの尾の扇もないまま、徒歩でカイケーイーの館を後にしました。これらの品は王家の印だったのですが、彼はもはや推定相続人でも皇太子でもなかったのです。彼は黙従の行動を取ったのでした。

　ラーマは何度も暇乞いをしてから出発しました。まず母親に挨拶しなければなりませんでした。彼女はうめくように言いました、「私が石女だったらよかったのに。私の心臓は洪水のときの土手みたいに崩れかけているわ。子牛を追いかける雌牛みたいに、私はあなたに森まで付いて行きたい」。

　ラクシュマナの反応は激しいものでした。「王は激情の奴隷になった！おいぼれだ」、と叫びました。そしてそれから、こう脅したのです、「この都からバラタの支持者どもを追っ払ってやる。王は投獄するか、必要なら、殺してやる」。

　ラーマは二人を宥めて、母に向かって言うのでした、「母上の場所は夫の傍にあるのです。私は王国だけのために不実を押し通すことはできません。（それからラクシュマナに向かい）私の父と母たちを宥めなさい。私の戴冠式を浄めるはずだった聖水のかめは、森へ向かう私の旅を今祝うことができよう。正法は真を通して確立される。しかもその真は目下のところ、父上の誓いなのだ。これは運命の女神の思し召しなのだ。

第3章　王位の追放

さもなくば，カイケーイーが平凡な女のような行動したのかもしれない」。

　ラクシュマナは運命の作用へのラーマの即時降伏をどうしても受け入れたがりませんでした。「あなたは実力に神の力が備わったお方ですぞ。英雄たる者，運命に屈してはなりませぬ！　英雄は自らの運命を雄々しさの力で築くものです。あなたの雄々しさ，あなたの力をもってすれば，運命を克服できるし，また克服すべきです。運命を打ち倒されよ。私に武器を使わせてください！　世界中のものをあなたの足下にひれ伏せさせてみせます！」

　ラクシュマナは当惑したまま，怒りの涙をさめざめと流したのですが，兄ラーマによって両手を縛られ，力は阻まれていたのです。ラーマはラクシュマナの流れ出る涙をぬぐってやり，その悲しみと怒りを優しくこう言って食い止めるのでした，「仕方がないんだ。僕は父上に服従するつもりだ。これが正道，ダルマの道なのだから」。

　カウサリヤーは息子がもう戻ろうとしないことが分かって，祝福の言葉をかけてやりました。彼女は息子の数々の善行や，彼女自身の善行，犠牲の力，息子を見守ってくれる森や天の精霊を呼び起こしました。彼女は祈祷と儀式をもって時空間や四大を呼び起こし，祝福されたり祝福したりしながら，息子を旅立たせたのです。

　次はシーターの番でした。これはもっとも厄介なことになろう，とラーマは考えました。彼が独りぼっちで，付き添いもなく入ってくると，シーターは何かをいぶかって，彼のほうに駆け寄りました。ラーマの蒼白な顔に気づいたのです。

　「あなたの玉座の天蓋はどこにあるの？　ヤクの扇，白鳥の羽毛みたいに白いあれは？　吟遊詩人たち，儀礼用の二輪馬車は？　それに，あなたのひどく蒼白で悩んだ顔はどうしてなの？　紅潮し輝いているはずなのに。あなたの即位の時間が迫っているのですから。」

　ラーマは彼女の質問の洪水を冷静に，気丈に受け止めて，言うのでした，「私はダンダカの森に追放されるのだ」。そして，バラタが即位するだろう。これは父上の命令だから，私はこれに服従するつもりだ。きみはここに留まって，私の父母，私の弟たち，とりわけ，きみの王にして保護者のバラタに奉仕しなくてはいけない。王たる者は敵に回してはい

第3章 王位の追放

けないのだ。そんなことをされたら，ひどく邪険になるかも知れず，自分自身の子供にもそっぽを向きかねない。それが権力者のやり方なのだ」。

シーターはラーマに聞き入ってから，言い返しました，「おっしゃることは王子や戦士には値しませんわ。私はそんなことは無視することに決めました。夫婦は分かち難く結ばれているのです。ほかの関係ならすべてそれぞれ独り歩きします。父，母，息子，娘はそれぞれの行動の報いで生きるものです。彼らの運命は彼ら自身の手で導かれます。でも，妻は夫とその生命のおかげで生きるのです。妻の救済は夫と絡み合っているのです」。

シーターは愛妻の役割についてはっきりと銘記していました。「妻は夫の足跡に自分の足を載せながら，この伴侶に付き添うものと考えられています。でも，私はそれ以上のことをするつもりですわ。あなたの道が森に通じているのなら，私がその道を切り開いて道案内をしましょう。そういう仕事のために，私はつくられているのですもの。私は森の愛し方を学ぶつもりです。一緒にお連れください。私はあなたと離れて暮らすつもりはありません」。そして，シーターはダンダカの森での牧歌的な生活の絵を思い描いたのでした。

ラーマは何とかして思いとどまらせようとして言うのでした，「森は恐ろしいところだ。野獣が人を漁ってうろついている。きみが有頂天に思い描いている池や湖にはワニが群がっている。断食と消耗と恐怖――こういったものが私たちの運命となるだろう。こういう人跡未踏の森には嵐がひゅーひゅーとうなっているんだ。厚い下生えがきみの足を踏み入れるのを阻んでいる。道中ずっと苦しむことになろう。さあ，安全で快適なきみの宮殿に引き返しなさい」。

シーターは泣きながら言いました，「あなたが一緒なら厄介も消滅することをどうやったら説得できるのか知ら？ 私に怖いものは皆無です。あなたが護ってくださる限り，何ものも私に触れたりはしないでしょうから。あなたは世界中を護っておいでです。私を護らないわけはないでしょう？ しかも，私はこんなことは予想していたのです。占星術師たちが何年か前に，森の中で私に予言していたのです。ですから，私は森の危険はすでに承知しています。しかも私の父の家の老婆がそういう危

険のことを，私に詳細によく語ってくれたのです。どうか私を連れて行ってください，私は引き返したりはしませんわ」。

こういう懇願をした後でも夫がためらっているのを見て，彼女は嘲弄で訴えるのでした，「私の父はあなたを見誤ったのだわ。あなたは臆病だし，男の姿をした女なのよ。あなたの名だたる武勇と栄光はどこにあるの？　私を他人に仕わせるために，まさかここに独りぼっちにするつもりでは？　あなたとご一緒することは天国です。あなたの居られるところは地獄じゃありません」。最後に，彼女は「もしも私があなたから切り離されたなら，自殺するつもりです」，という脅迫で結びました。

ラーマは彼女の性格の強さと，彼女が自分に寄せてくれている愛情の強さも分かりだしました。「シーター，一緒にくるがよい。私の幸せもきみのそれと結びついているのだから。きみと離れては，私には何の喜びもない」。

生涯のこの危機が二人の関係を強固にしていたのです。そのときまでもしっかりしていましたが，二人の愛は今や逆境を経験しても，無傷となり，かつて以上に強くなったのでした。ラーマはアヨーディヤーを去る重荷と，家族の荷の軽くなったこととをともに感じました。間もなく，都は二人の生活の一部であることを止めることでしょう，少なくとも幾年間は。

ラーマはシーターに持ち物——装飾品，豪奢な衣服，二輪馬車——を放棄するように頼みました。二人は以後，世間から疎外された者となったのです。

まだラクシュマナに対応しなくてはなりませんでした。彼は夫妻が将来の生活について話し合っていたとき，黙って泣きながら，傍に立っていたのでした。彼もこの生活の一部となる決心をしました。なにしろ，少年のときからも，ラーマと運命をともにしてきたからです。「私も連れて行ってください」と二人の足にすがりながら言うのでした，「私が弓を手にして，お二人の前を歩きます。お二人抜きの生活にはとても耐えられませんから」。

ラーマは彼を戻らせようとしました。「お前がやってきたら，誰が私の母とスミトラーを守るというのかい？　儂らの父はカイケーイーへの

第3章　王位の追放

情愛に引きずられている。しかも，カイケーイーは彼らを気にも掛けないだろう。バラタも，母の意のままに操られるだろうから，気に掛けなくなるだろうよ」。

でも，ラクシュマナは賢明にもラーマの主張を受け流しました。「バラタは従順だよ。もし従わなければ，彼と支持者たちを滅ぼしてやる。それに，カウサリヤーは資産家だ。彼女はたくさんの村人を抱えていて，何か困ったことが起きたとしても，保護者を欠くことはない」。

ラーマはラクシュマナの言い分に屈しました。彼もこの勇敢で向こう見ずの弟——いつでも言葉と行動の準備ができており，兄の幸せにすっかり没頭していました——なしには，人生を思い描くことができなかったのです。

「ラクシュマナ，儂らの武器を持ち出しておくれ。ジャナカの弓，二揃いの甲冑，無尽蔵の矢，二振りの金細工された剣を。これらはヴァシシュタの許にあるんだ。それをすましてから，ヴァシシュタの息子スヤイナをここに連れきて。彼に贈物をどっさりとやりたいんだ。」

スヤイナがやってきて，装身具，お金，宝石で飾った家具，ラーマの私有の象シャトルニャーヤを受け取りました。偉大な仙人カウシカとアガスティヤにも，雌牛と宝石の贈物が与えられました。ヴァシシュタには，ラーマは二輪馬車を与えました。彼の駅者は雌牛と生贄用の獣と宝石を受け取りました。ほかの婆羅門たちや役人たちや従者たちには，それぞれの身分と奉仕に応じてたくさんの富が配られました。

最期のもっとも厄介な別れの挨拶がまだ残っていました。ラーマはラクシュマナとシーターを従え，ダシャラタの宮殿へと歩き出しました。アヨーディヤーの民衆はバルコニーに群がりながら，窓からのぞき，三人が従者も王家の装いもなしに通りを下りて行くのを驚きと悲しみのうちに凝視するのでした。

「軍勢を従えていたラーマが，今は傍にラクシュマとシーターしかいない」。「シーターは平凡な女みたいに，みんなの目に曝されて公道を歩いて行くわ」。「ラーマは人類の木の根元だ。その彼が落ちぶれてしまい，俺たちも一緒に落ちぶれるんだ」。その朝，アヨーディヤーの通りには，失望の声が多く聞かれました。

第3章　王位の追放

そこには憤慨の山なす波もありました。また，市民たちは大っぴらに感情をぶちまけるのでした。「俺らも家，庭，田畑を後にして，ラーマに従おう。アヨーディヤーは見捨てられた家屋敷だらけの無人の場所となるがよい。蛇や野獣や鳥たちが森の住み処(か)を去って，こちらにくるがよい。そうなれば，アヨーディヤーはカイケーイーにふさわしい荒野となろうし，森はラーマにとって安全となるだろうし，俺たちにとってはもう一つのアヨーディヤーとなるだろう。ラーマが居るところには，アヨーディヤーがあるのだからな」。

ラーマは反抗と不平の騒音も耳にすることができたのですが，動じないで，ずっと歩き続けました。とうとう父の宮殿に到着，スマントラを見つけると，一行がきていることを告げてくれるように彼に頼んだのです。

ダシャラタは五感を麻痺させられ，知力も錯乱させて，まるで狂人のように座っていました。スマントラがラーマの到着を知らせて言いました，「殿，ラーマがお別れの挨拶にやってきました」。

ダシャラタは宮殿のすべての女性に，ラーマとのこの最期の出会いに集合するようにと頼みました。彼女らはカウサリヤーに続いてやってきました。みな押し黙って悲しそうにしており，その目は涙で赤く泣きはれたままでした。

ラーマが到着。彼を見るや，そこに集まっていた女性たちは大きなため息を上げました。ラーマは父親を直視して言いました，「お暇乞いします——シーターもラクシュマナも。二人とも私と一緒にきたがっていますので」。ダシャラタは叫びました，「余は理性を失ってしまったが，そちは理性を操縦しておる。余を投獄して，王座を占拠しなさい！　それが正しく公平なことだろう」。

ラーマの心は愛と同情であふれました。彼は老いた国王を祝福して言うのでした，「どうか千年間統治なさってくださいませ。私は十四年後に戻ってきて，御足に触れ，父上からの祝福をお願いするつもりです」。

ダシャラタは懇願するのでした，「この一夜を，もう一夜，もう数時間を余らと一緒に過ごして，そちの抱いている満たされざる欲求を何なりと満たしておくれ」。けれども，ラーマはもはや自分のものではなく

第3章 王位の追放

なった，コサラー王国，アヨーディヤー，その富，その臣民にすでに背を向けてしまっていたのです。

「私はカイケーイーに与えられた父上の約束を尊重して頂くようにという望みを除き，何の望みもありません。この王国はすべてバラタのものです。彼が然るべく責任を担うものと確信して，私は喜んで参ります。王たる者は保護し励ますのですから，どうか悲しむようなことはなさらないでください。父上が悲しみに屈したりなさるのは，ふさわしくありません。」

このとき，賢明な駁者スマントラがわっと泣き出しました。カイケーイーを除き，みんながラーマの追放を嘆いたのでした。

スマントラは不倶戴天の敵を殺さんとする戦士の獰猛さをもってカイケーイーを攻撃しました。「大地がぱっと開いて，あんたとその非道い行動を呑み込んだらよいのに！ 苦い樹木に甘い果実が育つことがありえようか？ あんたは苦い幹の出身なのだ。あんたの母親も，旦那さんの世話をほとんどしなかった。彼女は頑固で，気まぐれで，自己中心的だったんだ。娘は母親に似ると言われている。今こそそれが本当だと分かったぞ」。

スマントラは一息入れてから，またも攻撃を続けて，正当な自分の憤怒が彼女を和らげさせ，彼女に主張を撤回させるようになれば，と望んだのでした。「あんたがダシャラタを不正法(アダルマ)の道へ導いたんだ。あんたが正法の伴侶(ダルマパトニ)たるべきあんたが！ 今でも間に合う。この悲しい侵害を，最善の人，私たちの正当な摂政の君のために正しなさい」。

カイケーイーの顔は平然としていました。みんなが彼女に背いていたのですが，それでも気に掛けてはいなかったようです。

ダシャラタはいくぶん落ち着きを取り戻し，ラーマの追放の準備に忙殺されました。「ラーマに軍勢と，猟師たちと，護衛と，それに余の金庫から財宝も持たせてやっておくれ。たとえバラタがアヨーディヤーを治めるとしても，ラーマには王者としての生活を森の中で続けさせてやっておくれ」。

カイケーイーは立腹して言いました，「殿，私の息子には，財も力もない王国，味のないワイン一杯だけしか提供されないのですね。反対し

第3章　王位の追放

ます！」

　ラーマが割って入りました。「象が放たれてしまったというのに、どうして象飾りを手元に留めておく理由がありましょう？　私に樹皮の服をお返しください」。すると、カイケーイーはすでに腹づもりができていて、大急ぎで乱暴に言うのでした、「ほら、あんたの樹皮の服ですよ。ちゃんと準備してあるわよ」。ラーマとラクシュマナは二人でその衣服を受け取りました。カイケーイーはシーターのための衣服も差し出したのです。しかしシーターはその肌が柔い絹にしか触れたことはありませんでしたから、この見慣れぬ、粗末な品物をどう扱ってよいか分からないで、尻ごみしました。すると、ラーマが進み出て、優しく彼女の手伝いをしてやったのです。女どもはまたも泣くのでした。

　ヴァシシュタはこの間ずっと静かにしていたのですが、急にカイケーイーを罵って言うのでした、「とっとと遠くへ引き下がりなさい。シーターこそラーマの宮殿に留まって支配すべきなのですぞ。それが正しいやり方でしょうが。シーターが出て行かねばならぬ言われはありませんぞ」。さらに脅しつけて言うのでした、「シーターさまがラーマと一緒に去るのなら、私たち全員も──バラタとシャトルグナも含めて──ラーマと一緒に立ち去ります。そうしたら、つむじ曲がり屋のあなたは、荒野を支配するがよろしい。ラーマ抜きの王国は王国じゃない。ラーマが居るところはどこであれ──たとえそれが森であれ──真の王国なのです。あなたはバラタに恩恵を施したと思っているが、バラタはこんな虚しい贈物を受け取りはしまい」。

　ダシャラタはスマントラに、ただちに彼らを森の端まで馬車を駆るように命じました。実に感動的な一瞬でした。ラーマは言いました、「これからの十四年間は夢みたいに早く過ぎるだろう」、と。スミトラーは息子ラクシュマナを祝福して言うのでした、「今日からは、ラーマがあなたの父で、シーターがあなたの母ですよ。そして森がアヨーディヤーなのです」。

　二輪馬車が砂埃の雲を巻き上げて動き出しましたが、それにはアヨーディヤーの人びとの涙がにじんでいました。ダシャラタ、カウサリヤー、市民たちがその後を追いかけましたが、とうとう馬車は速力を増して、

第3章　王位の追放

視界からかき消えてしまいました。一同はじっと立ち止まっていましたが，その思いの中ではラーマの馬車と競っていたのでした。

　数多くの川を渡ってから，三人の追放者と駁者はガンガー河に到達しました。滝が山麓に編髪みたいに降り注いでおり，その行き着いた先の渦は，笑いながら咆哮しているみたいでした。百合や蓮の野原が広がり，紅白の斑点の光景を形成していました。夜になって一行は休止し，ニシャダ族の王グハに迎えられました。王はラーマに領地を提供しました。それほどまでに，彼はラーマの訪問を名誉に感じていたのでした。

　スマントラは自分がアヨーディヤーに戻る時間が迫っていることを知っていました。グハはラーマがガンガー河を漕いで渡るための手筈をすでに用意してありましたし，頑丈なボートがもう待っていたのです。スマントラは願い出て言うのでした，「私は貴下のために，誠実に，アヨーディヤーからの道中つつがなく馬車を駆って参りました。ですから，貴下の追放の終わりにお連れ戻せるよう，どうかご一緒させてください。貴下は私の推進力なのです。私は貴下の駁者なのですから」。

　スマントラはラーマにとって，その少年・青年期の都アヨーディヤーとの最後の絆でした。ガンガーを渡りながら，ラーマは二つの世界——アヨーディヤーと森——の架橋をも越えることになりましょう。でも彼としては，振り返って後悔することはできませんでした。

　カンガーとヤムナーの二大河の合流地点で，彼らはバラドヴァージャの庵にやってきました。この仙人は彼らが滞在するように勧めました。でも，ラーマはためらいました。そこはアヨーディヤーといろいろな思い出にあまりにも近く，そこの人びとにあまりに近づきやすかったからです。彼らは森の中へとより深く前進しなくてはなりませんでした。その後で初めて，彼らはしっかり引き寄せられてきた強力な絆を切断することができたのです。バラドヴァージャはラーマの賢い決心を見て取り，ヤムナー河の向こうのチトラクータ山についてこう告げるのでした，「河をたどって，西に進みなさい。そうすれば，よく踏み慣らされた道に出ます。その地点で河を渡りなされ」。

　チトラクータは理想的な選択のように見えました。冬が去って春となり，絢爛に花が咲き，鳥がさえずっていたのです。ヴァールミーキもチ

第3章　王位の追放

トラクータに庵を所有していたのです。そこからほど遠くないところに，彼らは或る開墾地，かくまわれた安心させるような林間の空地を発見したのです。

　ラクシュマナはここにすぐさま小屋を建て，かやの屋根をしっかりふき，葉っぱで涼しく覆いました。準備ができると，ラーマはこの家を暖める儀式を指揮しました。ラクシュマナは生贄の火を点火し，黒羚羊(カモシカ)を追い詰めて殺し，その皮をなめし，肉を料理しました。ラーマはそれから，きちんとした祈祷を唱え，四方角すべてに生贄用祭壇をしつらえて，神々が降臨し給い，彼らの質素な住居——彼らの夢と希望の小屋，彼らの平和の島——を祝福してくださるように，招じ入れたのでした。

第4章
アヨーディヤーの王座

　スマントラはアヨーディヤーに戻りました。そこでは，またしても悲しみと非難が噴出しました。カウサリヤーは夫を許すのが難しいと分かりました。王はわが身を鞭打ち，悲しみと自己憐憫に耽りました。「余は過去の非行の償いをしているんだ」とカウサリヤーに告げるのでした。「余は若かったとき，ある日狩りをしたんだ。ある動物が水を呑んでいる音がしたと思った。余は弓道で最近積んだ技を試したくなった。そこで，余は音だけで狙いを定めた。ところが，余が撃ったのは動物ではなくて，若い苦行者シュラーヴァナだったんだ。彼は盲目の両親のために水を汲みにやってきていたのだ。彼が独りで両親を支えていたのに，その彼を余は殺してしまったんだ」。

　ダシャラタはこの少年のいまわの際の願望を実行しました。すなわち，水をその両親のところに運び，身分を明かしながら，彼らの息子の非業の死を報らせたのです。すると，両親は彼を呪って言いました，「あなたはいつか息子のことで悲しみ，死ぬほど悲しむことになろう」。そして，彼ら自身で火葬用の薪の山に点火してから，亡くなったのです。

　「その呪いが今効きつつあるんだ。生命の炎はもう助長されるための油が切れており，明滅しながら止むところなのだ。余は死のたそがれ，暗闇が余の生まれ故郷を覆うのを感知できる。しかも，余の五感は弱まった。ぼんやりとしか見えないし，かすかにしか聞こえぬ。」

　終わりがやってきたとき，それは素早くて目にも止まりませんでした。カウサリヤーとスミトラが目覚めたのは，死とやもめ暮らしの朝のことでした。アヨーディヤーの全員が嘆き悲しみ，カイケーイーを指さして，あんたが俺たちに災難をもたらしたんだと非難するのでした。

　大臣たちは協議して，バラタが葬儀を行うように取り決めました。ダシャラタの死体は油を満たした大きな石樽の中に納められました。バラタは去っていましたし，やってくるまでには数日かかるだろうからです。

第4章　アヨーディヤーの王座

ダシャラタがシュラーヴァナを殺害
風景のこんもりした静かな緑や，川の傍の若い苦行者ののどかな態度は，この殺害行為の低劣さや無分別さを強調している。ダシャラタが物音のする方向に矢を放つときの彼の衣服は，平安に対抗しての傲慢で好戦的な様子を印象づけている。〔口絵V参照〕

第4章　アヨーディヤーの王座

ヴァシシュタはラージャグリハ（マーガダスの首都）の彼のところに使者たちを遣わしこう言いつけました，「よろしくと伝えておくれ。そしてただちにシャトルグナの許に戻るよう頼んでおくれ。悲しみの表情は一切示さないように。何も明かしてはならぬぞ」。

ところで，ラージャグリハではバラタは悪夢に，明かすのも怖い夢にうなされて一夜を過ごしていました。仲間たちが彼の心をまぎらわそうとしたのですが，不安は依然として残ったのです。親友の一人がどうしてなのかを尋ねますと，バラタはこう打ち明けたのです，「私は夜通し悪夢にうなされていたんだ。父上が髪の毛を削られ，色褪せた衣に包まれて，山頂から下の肥やしの山の中に転げ落ちたのだ。それから，その汚物の中でのたうち回り，わっと躁病患者みたいに笑い転げたんだ。私は海が乾上がり，月が落下し，大地がぱっくり割れるのを見たんだ。すると，再び王は黒服をまとい，赤い花輪を身につけ，ロバに引かれて二輪車に座っていたんだ。最後に，怪物みたいな女羅刹が王をいたずらっぽく誘惑して連れ去った。思うに，ロバに引かれた二輪車は火葬の薪の山を指し示しているらしい。私はこういう思いで喉が干上がっているんだ。私には恐れる理由はないのだけれど，神経が張り詰めているんだ。私はなざし難いこの恐怖にすっかりとり憑かれていたんだ。恐怖が私のあれこれの活動，私の楽しみ，私の終日に迫っているように見えるのだ」。

バラタがこの悪夢について語っていたときに，アヨーディヤーからの使者たちが馬で駆けつけて彼に挨拶しました，「おじさまと祖父への贈物と挨拶状を携えて参りました。すぐにお戻りください。緊急事がお帰りを待っておりますゆえ」。

バラタはとっさに尋ねました，「王であられる父上はお元気なのか？」それから，質問をあびせるのでした，「ラーマとラクシュマナはご無事かい？　シーターとスミトラーは？　それに，私の野心的で，攻撃的なカイケーイーは？　いったい彼女からどんなメッセージを持参しているのかい？」

すると使節団は遠回しに答えるのでした。「みなさんご無事です。万事順調な姿がご覧になれます。すぐお戻りになる用意をしてください」。

バラタの祖父とおじは彼に名残り惜しい別れを告げながら，珍しい豪

第4章　アヨーディヤーの王座

奢な贈物——貴重な象，長い牙とふさふさした尾をした猟犬，羚羊(カモシカ)の毛皮，馬，ラバ，大量の金——を持たせました。

　でも，バラタの心は夢の思い出や恐怖で陰鬱でした。使節団の唐突な到着や，彼らの即刻戻るようにとの要求は，彼の恐怖をいや増させただけでした。とにかく，シャトルグナと一緒に，心配しながらアヨーディヤーへの帰路に旅立ったのです。

　七日目に，彼らはアヨーディヤーの外れにきていました。遠くからでさえ，バラタは万事が必ずしもうまくいっていないことに感づきました。騒がしい都が静まり返ってしまったようだったのです。遊園地に人の姿はなく，公道を往来する車もなかったのです。

　一行が都入りすると，バラタが駆者に向かって話しかけました，「通りは掃かれていない。花も花環もないし，音楽の響きも，歓びのしるしも感じられぬ。寺の鐘も鳴っていないし，生贄の火も燃えていない。この都は喪に服しているみたいだ……」。そうこうするうち，一行は王宮の構内に到着しました。バラタが入って行き，父を探しました。

　父ダシャラタが見つからなかったため，バラタは母カイケーイーを探し出しました。すると，彼女は立ち上がって彼に挨拶し，それから，たわいもない質問をしながら，喋り続けるのでした。「いつラージャグリハを離れたの？　父上は元気？　兄弟は？　全部話して」。

　バラタはやや取り乱した様子で答えました，「僕は七日前に出発したのです。後ろにはみんながくれた贈物を残してきました。前進のスピードを遅くすると思ったもので。使者たちによると，私の緊急な手配を要することがあるとのこと。何かご存知です？　父上はどちらに？　いつもは母上とご一緒なのに。ひょっとして，母君カウサリヤーとご一緒なのですか？　お目にかかって，ご挨拶しなくてはなりません。お別れして，もうだいぶ時間も経っていますし」。

　カイケーイーはニュースを中断せずにはおれませんでした。彼女は無造作で率直な振りを装おうとして言うのでした，「あの方はあらゆる人間のやり方をたどったのです。私たち銘々が出くわす運命に遭われたのです。あなた，何を予期したの？」

　バラタは床に身を投げ出し，顔を覆い，子供みたいに声をあげて泣

第4章　アヨーディヤーの王座

ました。すると，カイケーイーは彼を叱責して言いました，「王家の人たる者は，そんな振る舞いはしないものです。あなた，自制しなさい」。

でも，バラタは母の願いには耳を貸しませんでした。「父上がいなくてさびしい。どれほど僕を可愛がってくれたことか！　生きておられたら，僕の手足から旅の埃をどれほど愛情深くふき取ってくれたことか！僕を兄にして友のラーマのところに連れて行っておくれ。今は彼が僕の父なのだから」。

それから，出し抜けに彼は質問したのです，「父上の遺言は何だったのです？」するとカイケーイーが答えました，「彼は叫んだね，《おお，ラーマ，おお，シーター，おお，ラクシュマナ》と。それからまた叫んだわ，《彼らが戻るのを見る者たちは，幸せ者だ》って。これが彼が最後に言ったことですよ」。すると，バラタはまばたき一つしないで母を見つめて，ゆっくりと重々しく，「その戻るべき彼らは，今どこにいるというのです？」とまるで無理やり言葉を引き出すみたいに，詰問するのでした。

「彼らなら森の中にいるわ，追放されて……」とカイケーイーは一部始終を語りました。「嘆くのはお止し，そして，あなたの王国を手に入れなさい。私が動くのと同じ速さで動きなさい。あなたは何か気まずい質問が提起される前に，アヨーディヤーの王位への要求をきちんと果たさなくてはいけません」。

バラタはなだれみたいにカイケーイーの上に，とどろき響いて押し寄せる非難の洪水を止められませんでした。「あなたは僕の神経を逆なでしている。父は死に，兄は追放だ。僕が王国をどうしようというのです？あなたは最後の審判の暗夜みたいだ。父があなたを娶ったとき，父は一つかみの火を手にしたんだ！」バラタは激怒していたのです。「僕が王だとは！　僕は王位のために育てられてはいない。なのに，どうしてそんなことを考えたりしたのです？　誰がそんな考えをあなたに吹き込んだのです？　あなたには剛毅，品性がないのですか？　あなたの野心には驚いた。僕がコサラー王だって？　あなたは不吉なだけではない，無知なんだ。王位を継ぐのは長男に決まっていることも知らないのですか？」彼はどうしようもない憤懣を発散しながら叫び続けたのです。

76

第4章　アヨーディヤーの王座

　彼はもっともっと言うことがありました。母親に非難，譴責を容赦することなく，とことんまで攻撃したのです。「残忍な殺し方をしたくせに，あなたの夫を悼みなさんな。あなたの息子の，この僕のために泣きなさい。僕はあなたには死人だし，あなたは僕には死人なのだから。僕はラーマを連れ戻し，彼の奴隷として働くつもりなんだ。これこそ僕の正しい身分なんだ。あなただが，あなたはその邪悪なたくらみの燃える地獄の中に身を置く前に，自分で生命を絶つべきだ！」

　バラタはさながら高山のほら穴に落ち込んで苦しんでいるライオンみたいに，吠え，うなり，咆哮しました。いくらか自制心を回復すると，彼は大臣たちの会議を召集し，カイケーイーと正式に絶縁して言い渡しました，「僕は支配したくはない。そんな役柄ではない。あなたも知ってのように，こんなことが起きたときには，僕はシャトルグナと一緒に遠くケケヤの王国に行っていたのだから」。

　そうこうするうち，カウサリヤーがバラタに逢わすように求めたのです。非難に満ちた声で，彼を嘲りながら，彼女は言うのでした，「あなたがいつも欲しがっていた王座が今手に入ったのよ。あなたの母さんがたくらんで手筈を整えたのですよ」。

　バラタは深く傷つきました。「あんたは無実の男を咎めている。僕は母が無分別だった──これは確かなのだ──ために，母に入れ知恵したやつを呪う。そいつは誰であれ，王家の殺人者の罪で汚れた，追放者として地上をさすらうがよい。われわれの聖典に書かれたすべての罪はそいつの罪を贖うためのものかも知れない」。

　カウサリヤーは動揺しました。彼を引き寄せて，祝福し，そして追放された息子と独りぼっちになった孤児みたいに嘆き悲しんでいるこの高貴な王子とのために愛の涙を流したのです。

　ヴァシシュタは今こそダシャラタの葬儀の問題を提起する好機だと考えました。彼はバラタに息子としてのその義務を手際よく想起させました。バラタは油の樽から父の遺体を持ち上げて，宝石をちりばめた豪奢なベッドの上に載せました。葬列が動き出しました。民衆は金や飾り物をばらまきながら，その前を歩きました。ある者は火葬の山のために多種多様な薪木や，珍しい香料を集めました。

第 4 章　アヨーディヤーの王座

　供物はまず，黙ってヴェーダ聖典の祈りをもって捧げられ，次いでサーマヴェーダの荘重な歌が続きました。遺体の火は儀式に則って聖水で消されました。ダシャラタは五つの元素を通して，自分の宇宙の自我へと還って行ったのです。

　葬儀は終わりました。シャトルグナとバラタは座って，過去数週間の悲劇的な事件のことをじっと考え込みました。

　「ラクシュマナは闘いを挑むべきだったのに」，とシャトルグナはバラタに言いました。バラタの思いはラーマと一緒のはるか離れた森にありました。彼は何とかしてラーマを戻らせる手段方策を練り上げていたのです。「ラーマは戻らねばなるまい。僕はそのことを確信したい」，とバラタは言うのでした。その顔は険しく，すべての計画を引っくり返したかに見える事件の重圧で引きつっていました。突如，扉のところでつかみ合いに続いて起こった，がやがやいう喧声(いがみ)が聞こえました。兄弟が立ち上がってみると，見えたのは，護衛たちが後ろにマンタラーを引きずりながら入ってくるのを眺めて，びっくりしている女たちの一群でした。

　「この怪物が陰謀の背後に隠れていたのです。彼女こそあなたの父の死と，あなたの兄の追放の唯一の原因なのです。」

　みんなはマンタラーが新しい物事の秩序から大いに儲け始めていたことを，すでに見抜けたのでした。彼女は立派な宝石で飾り立て，王女にふさわしい絢爛な刺繍入りの絹の服をまとい，白檀色のペーストをふんだんに塗りたくっていたのです。彼女は恥らいもなく，富を誇示していました。彼女の仲間はというと，彼女が獲得したばかりの地位を畏敬して，うやうやしく周りに立っていました。彼らはマンタラーが王座の背後で操っている力だということが分かりました。

　シャトルグナは虎みたいに彼女に飛びかかりました。彼女をひっ摑まえて，彼女の骨がぽりぽり音を立てるまで揺さぶりました。彼女の装身具が穀粒みたいに床一面に散りぢりになりました。それから，彼女をほとんど命がなくなるほど叩きました。とうとう，彼女は叫び声を上げながら倒れ込み，女主人の助けを求めました。すると，カイケーイーが駆けつけて，シャトルグナが怒りのあまりマンタラーを殺してしまう前に，彼女を救ってやってくれるよう，バラタに懇願するのでした。

78

第4章　アヨーディヤーの王座

「彼女を離してやりたまえ」，とバラタはシャトルグナに厳命しました。「女を殺してはいけない。ラーマがこのことを知ったとしても，われわれとは何のかかわりも持とうとはしまい。それだからこそ，私はカイケーイーを容赦したんだ」と母に対して，嫌悪と侮辱でいっぱいの視線を向けながら言うのでした。「さもなくば，彼女は私の手できっと死んでいただろうよ」。シャトルグナはなおも怒ってにらみつけながらも，マンタラーを解放しました。彼女の友だちも恐怖と混乱のうちに逃げ去りました。カイケーイーが慰撫の優しい言葉を囁いて，落ち着かせるにつれて，マンタラーの叫びやうめき声もゆっくりとおさまっていったのでした。

十二日間の服喪期はもう終わりました。大臣たちや顧問たちは会合して，ダシャラタの後継者を正式に宣言しました。彼らが満場一致で選んだのはバラタでした。

でも，バラタはアヨーディヤーの王座を引き受けるのを拒みました。彼は確固不動の態度で言ったのです，「諸君は一家の伝統をよくご存知だ。イクシュヴァーク家にあっては，長男が当然王位の権利を有しておる。諸君は私を王と宣言することはできない。それはラーマの権利なのだから。私はただちに彼をここに連れ戻したい。私は兄を探し出して摂政の宮として任命するために森に出かけることにする。それから，私は当地で然るべく彼に付き添うつもりだ。彼には王として親愛なるアヨーディヤーに入ってもらう。スマントラーよ，万事を，戴冠式に必要なすべてのものを用意しておきなさい。準備はいかなる場合にもほぼ完璧に整っているから，君はただそれらをラーマの居る森の陣営に移動させるだけでよい。

道路は修復して，平らにしておくように——とバラタは命じるのでした——一行に万事恙なきようにね。ラーマの王位への道は平坦で堂々たる栄光への公道でなければならぬ。彼の追放の不面目をわれわれは自ら洗い清める必要があるのだ」。大臣たちは彼を祝福し，幸福の涙を流すのでした。バラタの言葉を聞いた誰もが，彼に歓びと繁栄を望みました。なにしろバラタが発したのは，アヨーディヤーの民の真の声だったので

すから。ラーマは民衆から自発的に心底より選ばれていたのです。

　王家の一行は出発の用意ができました。大臣たちや僧たちが一行を先導しました。九千頭の豪華に盛装された象，六万台の二輪車，十万の騎兵，無数の射手が整然と従いました。その次には，カウサリヤー，カイケーイー，スミトラーの三王妃，それに，あらゆる身分の秀でた市民たちが妻とともに続きました。職工たちや労働者たちはしんがりを務めました。

　一行はガンガー河の岸で休止し，元気を回復したり，動物たちに水を飲ませたり食べさせたりしました。バラタもこの機会を利用して，この聖なる河岸で亡き父に献酒を捧げたのです。

　ニシャーダ族の王グハは遠方から一行を見かけて，これは卑劣な芝居ではないかと疑いました。ひょっとしてバラタはラーマを攻撃しにやってきたのでは，と不安気に臆測したのです。それでなければ，どうしてこれほどの大軍を率いようとしているのか？　ラーマを追放するだけでは満足しないで，もしや彼を殺したがっているのでは……。

　グハは部下の者たちに警戒するように頼み，帆船に戦闘員を乗り組ませ，いかなる偶発事件にも備えておくよう指し図をしました。それから，魚・肉・蜂蜜の贈物を積んで，彼はバラタに会って状況をよく調べるために，川を渡ったのです。

　スマントラーはグハを見るや，彼にバラタをラーマの親友にして味方なのです，と紹介しました。バラタは温かく彼に挨拶して言うのでした，「私は兄に会いたくてたまらないのです。でも，そこの森は私たちにはまったく未知の地域なのです。どうかわれわれを案内してくれませんか」。彼は直接手助けしてくれることを期待していたのです。

　バラタは心底からラーマに会いたがっているようでした。でも，どういう理由で？　本当かしら……？　とにかく，この王子は友好的なように見えました。「明日，私はガイドをあなたに手配しましょう。そのガイドがあなたをラーマのところに案内してくれましょう。でも……」，とグハは口ごもりました。バラタは彼のためらいを察知して尋ねました，「なぜ躊躇なさるのです？　何かお気にさわることでもあるのですか？」

　グハは真意を表明する決心をしました。すると，忠誠，愛情，献身に

第4章　アヨーディヤーの王座

あふれたバラタの答えが彼の恐怖を和らげたのです。「ラーマは私にとって父みたいな者なのです。私は彼を連れ戻しにきたのです。彼の家族と家臣は彼を歓迎しようと待ち構えているのです。アヨーディヤーはほかの王をもつわけにはいかないのです」。

グハはほっと安堵しました。ラーマのこの弟はさながら晴天の日の高い丸屋根みたいに、いかなる汚れもなかったのです。

一行は退いて休みました。でも、バラタにはその夜は長くて終わりがないように思えました。彼の心は恐ろしい野獣がしつこい不安だらけの錯綜した下生えの中で吠えながら荒れ狂っている、暗い絶望の森そのものでした。燠き火が熱して、発火しそうになり、悲しみと後悔で乾いた彼の心の虚空に、ぱっと広がらんばかりだったのです。彼がラーマに再会し、アヨーディヤーに戻るようラーマを説得するまでは、悩める心に平安はないでしょう。

彼は眠れなくて、グハと一緒に寝ずにいました。「ラーマ、シーター、ラクシュマナについて話してください。彼らは無事で元気ですか？」すると、グハがバラタに一部始終を伝えましたので、彼の目は当地での彼らの生活の様子を思い描いているように見えました。

「ここは川を渡る前夜に一行が眠った場所です」。すると、バラタの悲しみは、いやます圧倒的な気がかりへと強まったのでした。彼はその場所をじっと見入り、泣くのでした。

「彼の聖なる身体が圧しつけたこの草のベッド、シーターの衣服から出たわずかな絹片、これらが短刀みたいに私を突き抜けるよ。」

バラタの心の奥底には、恐怖と絶望のこぶがあって、それが過ぎ去る一瞬ごとに締まるようでした。ラーマにアヨーディヤーへの行程や、彼が後悔もなくただちに背後に棄て去った生活を、やり直させることは難しいし、たぶん不可能でしょう。彼の父が優柔不断な瞬間にわがままな王妃に与えた約束に比べて、王位は何と軽んじられたことでしょう。バラタは最初の曙光が射し込むや、出発する準備をしていました。ところが、それに先行してグハはもうこの先の旅のための食料を手配していたのです。「プラヤーガに庵を持っている仙人バラドヴァージャがあなたをラーマに案内してくれましょう。でもまず、あなたはガンガー河を渡

第4章 アヨーディヤーの王座

らねばなりません」。

グハは小形船の大隊、総勢五百の筏、ボートと屋形船が、一行を渡らせるために必要でした。バラタは万事が素早く効果的に整えられたことに感動しました。

二人の王子と王妃たちが航行したのは、素晴らしい屋形船でして、王家の装飾が施されており、グハ本人が指定し、運行しました。純白の織布の天蓋が設えてあり、優雅さと威厳に満ちた白鳥みたいに水上に浮かんでいました。グハの一族や召使いたちはその他のことを巧みに手伝い、そして彼らの動物やいろいろの品物をさまざまな船の上に安全に積み込んで、一行はプラヤーガへと出帆しました。巧みな水夫たちによって漕がれて、一行は間もなく安全に川を横切り、都合のよいときに下船しました。操作は迅速、円滑に行われ、熟練した手さばきでした。災難で旅が傷つけられることは皆無でしたから、バラタはかくも用意周到に差し伸べられたすべての助力に対し、グハに感謝しました。

一行が朝の休止の準備をしている間に、バラタとその顧問たちはほとんどすぐさまバラドヴァージャの庵へと出発しました。王子は簡素な服に着替えしていました。いかなる甲冑も、王家の装身具も身につけず、武器も携えませんでした。一同が庵にたどり着くと、バラタはほかの者たちに立ち止まるよう命じて、ヴァシシュタとともにバラドヴァージャに会いに進んで行きました。

ヴァシシュタを見かけると、バラドヴァージャが進み出てきて、温かい歓迎の言葉を口にしました。でも、彼もやはりバラタに疑いを抱いていることが判明したのです。「なぜそれほど大軍を引き連れていらしたのです？ 本意をお尋ねします。ラーマは十分に苦しんでおられますし、十分に諦めておいでです。私たちは彼をさらなる嫌がらせから衛るために全力を尽くしましょう」。

バラタは泣きながら、言明するのでした。

「あなたも私を疑うのでしたら、私は途方に暮れるばかりです。私は言葉とか行動では言うまでもなく、思いでさえ兄を害しようと考えてはおりません。私がここにやってきたのは、彼を連れ戻すというそれだけの目的からです。軍隊はここで兄を護衛して、ふさわしい王家のファン

第4章　アヨーディヤーの王座

ファーレとともにアヨーディヤーに入場してもらうためなのです。彼がいるところなら，どこなりとどうか私たちを案内してくださいませんか。」

ヴァシシュタは父のような誇りと愛情とをもってバラタを見つめました。バラドヴァージャも満足でした。彼の言葉が誠実そのものであることを誤解することはできなかったのです。「あなたの兄さんはここから遠くない，チトラクータ山の上に住んでいます。朝，彼の場所へ出発するのがよいでしょう。今夜はここに滞在していただければ幸いです。おっしゃってください」と彼は情愛をこめてバラタに微笑しながら続けるのでした，「でも，私の庵にいらっしゃるとき，なぜあなたの軍隊を後に残してきたのですか？」

バラタはすまなく思って言うのでした，「私の軍隊は大規模ですし，彼ら，とりわけ動物たちは厄介で始末が悪いのです。彼らはあなたの草地を踏みつけ，樹木を根こぎにし，総じてあなたの庵の平安と静寂を妨げてしまうことでしょう。それだから，私は彼らにここからいくらか離れたところに止まるよう命じた次第なのです」。

「彼らを呼びにやりなさい。私はあなたたちを王家としてもてなしたい。私にはそうするだけの力があるし，それを私は特権と考えたいんだ。」

そう言ってから，この苦行者は生贄の火の近くに立ち，目を閉じて，聖なる設計者ヴィシヴァカルマンやその他の神々にお祈りとお願いをするのでした。「河川が酒とサトウキビの甘い汁であふれますように。クベラが黄金の富を降り注ぎ，蘇摩(ソーマ)が以前夢にも見なかった味覚の楽しみを生じさせんことを……」。彼の思いはなおも続き，旅に倦み休息したがっている王とその随行員に適した接待の光景を呼び起こしたのです。

奇跡が生じました。柔らかくて軟かな緑の草原が見渡せる限り遠くまで延びたのです。楽の音が空気を満たし，香気がゆったりと涼しい微風に乗ってはためきました。花の豪雨が色とりどりの山となって降り積もりました。果実と花で一杯の樹木がいたるところにはえ出ました。公園や遊園地が質素な庵を歓びの都に一変したのです。

川が流れ去り，その土手には家並や館があり，これらすべてを睥睨(へいげい)する壮麗な，お金で買える最上のものを備えた宮殿がありました。富の神クベラがその豪勢な設備のために豊饒の瓶を空にしたかのように見えま

第4章　アヨーディヤーの王座

した。バラドヴァージャはバラタ、シャトルグナ、王妃たちをこの豊かな建物へと案内しました。黄金の玉座がそこで王を待っているようでした。そして、バラタはヤクの尾の扇を手にしながら、あたかもラーマの到着の準備ができたかのように、下座の席についたのです。感動的な振る舞いでした。

　軍隊は落ち着いて休み、元気を回復し、楽しく過ごしていました。全員のために風呂が設けられていて、芳香の油とお湯が張られておりましたし、山なす食物はこの世のものとは思われない薬味やソースで味つけされていました。天上の宮廷からの聖なる妖精群が、派手なまぶしい飾りを付けて、はるかな夜中へと踊り歌いました。彼女たちはまた、酒のジョッキや食物の瓶を満たしたり詰め直したりしました。それは雲のない、月明かりの空の下での星明かりによる夜長の酒宴の光景でした。それはまた、バラドヴァージャからの、暗黙の賛同の身振り、祝福でもありました。バラタの使節は賞賛すべきものであり、彼の母親の貪欲と野心に対しての正法(ダルマ)へのときの声だったのです。

　翌朝、バラタは別れの挨拶をし、立ち去る準備をしました。バラドヴァージャは彼に細かい指し図を与えました。「ここから数マイル行った、こんもりした森の真ん中に、チトラクータ山があるのです。マンダーキニー河がその北側に流れています。その流れに沿って進んでください。そこの木の生えた両岸とチトラクータ山との間の斜面を少し登れば、ラーマの小屋が見つかるでしょう。目じるしははっきりしており、容易にたどり着けます」。

　バラドヴァージャはそれから、三人の王妃を紹介してくれるようバラタに頼みました。「こちらの断食で細っそりしており、悲しみに苦しめられている婦人は、ラーマの母カウサリヤーです。彼女の側で、花がしおれた樹木みたいに、悲しくうつ向いているのは、ラクシュマナとシャトルグナの母スミトラーです。そして、そちらの離れたところで、恥知らずにも悔い改めないで立っている背の高い女性は、私が自分のものと認めるのも恥ずかしい、私の母親のカイケーイーです」。

　バラドヴァージャは三人を黙って眺めてから、バラタを慰めて言うのでした。「あなたのお母さんをあまり非難しないことです。ラーマの追

第4章　アヨーディヤーの王座

放は見せかけの祝福なのです。神々，羅刹たち，仙人たちは彼の追放から大いに利益を受けるでしょう」と彼は謎めいた言い方をして，打ち明けることができる——あるいはそうしたがっている——より以上にはるかに多くのことを知っている者の口調で閉じたのでした。

　バラタは怒った蛇のように外套のフードを上げて，今にも殴りかかろうとしていたのですが，おとなしくしました。やることがあまりにもたくさんあったのです。全軍は見慣れぬ領地を通過しなければなりませんでしたし，彼自身はラーマにじかに会って，アヨーディヤーの事態や，彼が理解したとおりの正法を伝えなければならなかったのです。それは簡単にいきそうではありませんでした。

　バラタの到着前に，ラーマとシーターはチトラクータ周辺の森を開拓しておりました。彼らの前には自然の豊かな富の数々——花咲く樹木，柔らかい草，鳥の囀り，蜂のうなり声——が広がっていました。暗い山の相貌は泡立つ白い帯状の水を迸(ほとばし)らせていました。その有様は寺院で口からあぶくを出している，わだちにはまった象みたいでした。貴重な鉱脈が青，黄，白，赤と，丘に筋(しま)をつけており，そして黄昏どきには，光がスカイラインとたわむれて，平坦な岩を館や公園に変えたり，一枚岩を不気味に浮かび上がらせたりするのでした。夜になると，魔法のような治癒力のある薬草が何百となく，月光の中で幽霊みたいに，先端に火をともして輝きました。

　マンダーキニー（天なるガンジス）も生き生きと流れていました。信心深い苦行者たちは清水の中に腰まで浸けて立ち，両腕は日々の挨拶のために朝日のほうに上げていました。ここでは自然が神に達しようとする人間に手助けしているかのように見えましたし，すべての生き物が一つの不可分の全体——生存の総和——へと引き入れられていました。ラーマとシーターは森とその雰囲気を知るようになっており，またいやます愛の私的世界の中で互いを知り合うようになっていきました。彼らは若かったために，彼らの感情を押し広げており，相互の賛美と情熱という黄金のもやの中にその感情を包み込ませるのを忘れるほどでした。

　ラーマは妻の輝くような美しさにすっかり包まれていました。彼女は

第4章　アヨーディヤーの王座

母なる大地同様に，初恋の春に，気取らずにみずみずしく輝きました。ラーマは王子としての熱意と丁寧さをもって応じました。花を摘んでは，彼女の黒く輝いている頭の巻毛にそっと挿してやったりしましたし，また，彼女が彼の美しい首の周りに芳しい花輪を掛けるときには歓びの笑い声を上げるのでした。二人はこういう素朴な楽しみを通して，愛の網織物を織っていたのでして，それはますます二人を親密に結びつけていたのです。

　ラーマは憑かれたようにじっと彼女を見つめるのでした。ある日，シーターは保存用の僅かな肉の蓄えを乾かしながら，しつこいカラスを躱(かわ)そうとしましたが無駄でした。カラスは彼女をつつき，彼女の首飾りをひっつかんだり，近くに飛んできて，翼で彼女の顔を叩いたりしました。ラーマは腹を立てました。草の葉を拾い上げて，彼は呪文を唱えました。すると，その葉が破壊力のある致命的な武器になるのでした。それがカラスの上を襲いかかって旋回し，とうとうカラスはびっくり仰天して屈服させられるのでした。「お助けください」とカラスは言いました，「私は誰も守ってくれません」。ラーマは不憫に思いましたが，いったん狙いをつけたからには，打ちのめせざるを得ませんでした。「お前の体の一部をあきらめろ，そうすれば解放されるだろう」，とラーマは言うのでした。それで，カラスは片目を放棄することを選びました。一般に信じられているところでは，このことから，カラスはいつも見張って，頭を傾け，ねじっているのだとのことです。なにしろ，片目でしか見ることができないものですから。

　シーターと一緒に座っていて，ラーマは近づく軍隊の騒音や喧噪を聞きつけ，ラクシュマナに調べるよう頼みました。そこでラクシュマナは高い木に登り，地平線をじっと見つめながら言いました，「装備のしっかりした大軍です。もうはっきり見えます。バラタの戦車と軍旗です。彼が殺害目的でやってくるのは疑いありません」。彼の声は興奮で調子が高ぶっていました。いつものように，彼は最悪の結論へと飛躍し，もう闘う覚悟をしていました。「私たちはしっかり防衛して反撃しなくてはなりません。カイケーイーは息子が象にへし折られた木みたいに倒れ

第4章　アヨーディヤーの王座

るのを見ることでしょう。私は彼らをすり抜けて，枯木に火が回るみたいに彼らに始末をつけます。チトラクータが今日血の川を見るだろうことを，断言します」と言い終えながら，彼は接近する軍隊を凝視するのでした。

ラーマはこの激昂し鬱積した感情に，いつもの冷静さをもって対応したのです。ラクシュマナに穏かにさとすのでした。「あんたの話し方は怒りに満ち，性急だ。バラタを殺してまで，どうして私が王国を欲したりするものか。私が欲しているすべてのことは，ただ私の弟たちだけのために欲しているのだ。それに，公平な手段，正当な手段，真正な手段による以外には，私は何ものも，王国でさえ手に入れるつもりはないのだよ。私にあるのはたった一つの方法，正義の方法，ダルマの支配だけ

第4章　アヨーディヤーの王座

だ。バラタを殺害するのは正義と真理の方法ではあるまいし，それは力と権威の方法だろう。それは私のやり方ではない」。

ラーマの叱責におとなしくなって，ラクシュマナは一部はラーマを和らげるために言うのでした，「私が間違っているのかも知れません。私たちの父が会いにきているのかも知れません」。軍隊は今ははっきりと見渡せましたが，その厖大なパレードには王の天蓋はまったくありませんでした。これは異常なことでしたし，不安の原因ともなったのです。

バラタは軍隊にキャンプを張るよう命じてから，グハとシャトルグナを連れて小屋の群れへと徒歩で出発しました。そのうちの一つの小屋が特にバラタの注意を引きつけました。それは多種の葉つきの板できれいに建てられており，うまくかやぶき屋根が施されていて，ゆったりしていたのです。開け放たれた戸を通して，クシャの草で厚く敷かれた床が見えました。壁には美しくて強力な武器の数々——弓，矢筒，金銀の鞘に入れられた剣や短剣——が掛かっていました。それらは王子のためのものでした。バラタはなおももっと近づき，のぞき込みました。そしてここで床の上に脚を交叉させて座りながら，かつてのこぎれいに毛繕いされた髪をどっしりした両肩の上にもつれたまま垂らしていたのは，ラーマ本人でした。そして，彼と一緒にシーターとラクシュマナが居りました。目が合うと，過去数週間の疲労，不安，悲しみと絶望がどっとあふれ，バラタはラーマの足許に倒れて，迷子みたいにすすり泣きました。「兄上は都の宮殿に，玉座に就き冠をかぶって住み，指導者たちでいっぱいの集まりを謁見すべきです。ところが，こんなところで，野獣に囲まれて座っておられるとは！　おぐしは優美に毛繕いされるべきです。ありふれた乞食のようにもつれた房状に，ぐにゃぐにゃとだらしなく垂らしたりしないで！　お身体は白檀油を塗り，柔らかい絹をまとうべきです。粗末な樹皮や羚羊(カモシカ)の毛皮にくるまるのではなく。この責任はすべて私ひとりのせいです！」と言いながら，バラタの涙が後悔の洪水となってラーマの両足を濡らしたのでした。

シャトルグナも王家の兄が森の小屋に住むようにさせられているのを見て，精神的に打ちのめされ，涙を流しました。ラーマは二人を抱き寄せ，バラタを膝の上に引っぱりながら，気遣いのこもった声で，彼にア

第4章　アヨーディヤーの王座

ヨーディヤーについて細かく尋ね始めました。

　「王はご無事かい？　あんたらはきちんと立派な助言を得て支配しているのか？　顧問たちを注意深く選んだかい？　どんな事柄でも混乱させるような百人の愚者を手元に置くよりも、一人の賢明な顧問を持つほうがましだ。あんたの下臣たちが恐怖からではなく、愛情からあんたの命令に従うようであって欲しい。あんたの軍隊には良い指導者はいるのか？　部下たちには良い食事を与え、給金をきちんと払っているかい？　不満を抱いた兵士はあんたの力に食い込むかも知れぬ。立派な使者、秀れた使節を任命したのか？　あんたの王国では学者は活躍しているのか？　あんたの女性たちを保護しているか？　部下を安心させるために、あんたはよく公けに姿を現わしているか？　義務と利益と娯楽を釣り合わせているかい？　ねえバラタ、あんたは公平、誠実かい？　良い統治は多くのことから出来上がる。王たる者はだらけたり、怠慢であってはいけないんだ。良き王は大地を治め、絶対権力を行使するが、ただし自分自身の利益とか名誉のために、ということではないんだ。彼は金庫を満たし、版図を強化したり拡大し、生贄の儀式を執り行うが、それはただ、自分の子供たち、臣下たちのためだけに行うのだ。彼は自分自身のことは度外視して、いつも彼らの繁栄のことを思って、彼らのために、彼らを通して生きるのだ。そういう支配者がこの世の真の君主なのだ。私たちイクシュヴァーク族はそうだったのだし、バラタ、あんたもそのようでなくてはならないのだよ。」

　バラタは彼の言葉に呑み込むようにして聞き入りました。彼はどのようにしてこれほどの高い完成度に到達できたのでしょう？　ラーマはちょっと黙ってから、尋ねるのでした、「でもなぜあんたたちはやってきたのかね？」

　「おお、ラーマ兄さん、父が亡くなったのです。父の愛した女性、僕の母が権力欲で殺しました。父はあなたの追放を終えるまで生き延びられなかったのです。僕がラージャグリハから戻ってみると、父はもう死にかけていました。耐え難い状況でした。僕は両手が父の死の血で汚れているのを感じています。もっと悪いことに、みんなは僕に王座に就き、兄さんに権利のある王国を手に入れるよう要求しています。それは犯罪

第4章　アヨーディヤーの王座

ですから，僕はとてもそんな罪を犯すつもりはありません。兄さんがアヨーディヤーに戻ってください。ここにいる大軍はあなたを護衛するためなのです。みんなが兄さんの帰りを待っているのです」。そして，バラタはもう一度服従の意を表して，兄の両足に触れるために身をかがめるのでした。

ラーマは弟の訴えを受け流しました。「父には追放の権利があるし，母にも命令の権利がある。私たちは両親の意志を尊重しなくてはいけない。あんたが支配しなさい，私は樹皮をまとって森の中を彷徨しなくてはならない。これがものの秩序というものさ」。バラタはもう一度試みるのでした，「それは公平でも正しくもありません。長男が王位を継ぐと決まっています。ご存知でしょう」。

ラーマはもうバラタに同意しようとはしませんでした。彼は父ダシャラタの突然の非業の死の報せに対しての悲しみを制御しようと努めていました。悲しみのあまり床に崩れ落ち，顔を壁にくっつけるのでした。バラタに対して言いました，「父は私のことを悲しまれて亡くなられたんだ。しかも，私は父の最期の儀式をするために，そこに居合わせることもしなかったんだ」。バラタ，シャトルグナ，ラクシュマナの三人は彼を抱き起こして，今からでも葬儀をおやりください，あなたは長男であるばかりか，愛息子だったのだから，と告げたのです。するとラーマは従うことにしました。

マンダーキニー河の両岸で，ラーマはカップ状にした手のひらに水を満たし，それを亡き父に捧げました。それから，クシャの草の山の上に儀式用の球状の食物を置き，亡き父の霊を安らかならしめようとしました。水と食物による儀式を終えてから，一行は厳粛な気分で歩いて帰ったのです。

キャンプの人びとはその間，彼らなりの結論に達していました。なにしろ，ただ大きな嘆き声が聞こえただけだったからです。「彼らは衝突したんだ，王子たちは衝突したんだ！」と叫ぶのでした。実際，音のする方向では軍隊が押し寄せていたのです。彼らは愛しいラーマに会いたくて待ちきれませんでした。

カウサリヤーともう二人の王妃たちは，ヴァシシュタを先頭にして歩

第4章　アヨーディヤーの王座

きました。その光景は大いなる後悔と非難に満ちたものでした。彼女らはバラタがはたしてどうラーマを説得し始めたのか，どんな理屈を用いているのだろうかと思いながら，夜に出発したのです。

　誰にとっても不安な一夜でした。兄弟は朝に会い，バラタはもう一度ラーマに訴えました，「コサラーの王国が僕に与えられたのですが，僕は兄上にそれを返したのです。出来事の波が僕らの王朝に破れ目を生じさせたのです。それを直せるのは兄上だけです。ロバは馬と歩調を合わせることはできないし，僕も兄上の歩幅についてはいけません」。

　しかし，ラーマは頑なでした。「一緒になるものはすべて分かれるものだ。上昇するものは落下するし，結合は分離するし，成熟したものは衰退するし，生は死を招く。死こそがわれわれの絶えざる仲間なんだ。死はわれわれとともに座し，立ち，歩む。死は生をかげらせながら進行する。太陽は昇るときでさえ，もう沈み始めてしまっている。各季節は歓びの元だが，死を意味している。先行する季節の死と，それ自身の接近しつつある死をね。あんたはわれわれの父をあまりにも悼み，私の追放をあまりにも悲しみ過ぎている。私が父上の言葉を守ろうとしている事実を受け入れ，またあんたの運命たる王国を受け入れておくれ」。

　負け戦でしたし，バラタは落胆し始めていました。彼は常人の群を抜いた巨人の道徳的な力に対して，自分の乏しい力を戦わせていたのです。でも，最後の，絶望的な手段を講じようとするのでした。草の山を拡げて，その上に横たわり，言ったのです，「兄上が戻られるまで，僕は動きませんぞ」。

　でもそのときまでには，ほかの者たちもラーマの見方が分かり始めていたのです。「ラーマの言うとおりだ。あなたがアヨーディヤーの責任を引き受けるべきでしょう」。

　バラタは依然としてラーマの代わりに支配するという気にはなれませんでしたが，でもコサラー王になれるのは彼だけでした。もう抜け道は見つかりませんでした。彼は進退きわまり，途方に暮れるばかりでした。

　「どうか兄上の草履を僕にください」，とラーマに乞いました。「これを履けば，兄上の力とエネルギーが注がれるかも。僕はアヨーディヤーから遠く隔たったところで――アヨーディヤーは兄上の首都ですから

第4章　アヨーディヤーの王座

——，この草履の栄光に導かれて支配します。そして憶えておいてください」と脅迫するのでした，「十四年以上たった一日も僕は支配したりはしません。もし兄上が遅れたら僕は生きたりしませんから」。

ラーマはその草履を脱ぎました。するとバラタはそれをうやうやしく頭に触れさせて，言うのでした。「僕は樹皮の服を着用し，兄の足の影の下で統治します。兄上のお帰りを待ちながら，誠実に王国を維持します。僕は保護下の統治者です」。一行はアヨーディヤーに帰還しました。バラタの使命は失敗したのですが，試みに欠けていたためではなかったのです。

アヨーディヤーはさびれて歓びのない，死者の都，波のない海，落下した流星，乾上がった河床のようでした。首都としてのかまびすしい名声は，かすんで消えゆく囁きとなっていました。ほとんど生気らしさがなかったのです。

バラタは王妃たちが宮殿にいるのを見て，自分自身はアヨーディヤー郊外の村ナンディグラマに移動しました。ラーマの草履はそこの王家の行進に持ち出され，崇められました。力と権威の王の天蓋が掛けられたのは，バラタではなくて，この草履の上でした。彼は王国がその正当な占有者ラーマのために信託に付されていることを，片時も忘れないようにしました。どんな問題でも，祈りと瞑想を通してこの聖なる草履に問い合わせられたのです。バラタはいわば，ラーマの足許に座りながら，統治したのです。

カイケーイーはバラタがラーマに代わって責任を取ることを欲していました。しかしながら，彼は国事を司り崇める代わりに，それを玉座の陰の下からへり下って遂行することを選んだのでした。カイケーイーの権力と栄光の夢はとどのつまり，無に帰したのです。機知，意志，野心，すれ違った目的，のこの闘争において，誰が勝ち，誰が負けたのかを言うのは困難でした。

バラタとその軍隊の到着はチトラクータの苦行生活者たちを混乱させました。彼らも家を破壊したり，生贄の火を汚したりする羅刹(ラークシヤサス)たちの繰り返される略奪行為を恐れたのです。彼らは離れる決心をしました。あ

第4章 アヨーディヤーの王座

バラタがラーマの草履を崇めているところ
伝統的に王位の象徴は玉座チュハトリ（王族の上にかざされた雨傘の形をした影）と，獅子の顔をした台座で示されてきたのだが，バラタの崇拝心はランプと，より聖堂に適した花々のふんだんな供物とに反映している。〔口絵Ⅵ参照〕

第4章 アヨーディヤーの王座

る老苦行者はラーマも移動するようにと忠告したのです。彼が言うには，羅刹カラ——十頭を持つランカー（セイロン）の羅刹王ラーヴァナの弟——がこの地域を脅しているのだ，とのことでした。でも，ラーマは居続けることにしたのです。彼が動じることなく，カラと闘う万全の準備をしているのを見て，何人かの苦行者は戻ってきて，平和な庵は徐々に正常に戻ったのです。

しかしながら，いろいろの記憶がラーマの心をかきむしりもしたのです。父，母，弟たち，愛しいアヨーディヤー，そしてバラタが抱え込んだ痛ましい光景——これらは彼が緩めなくてはならない枷(かせ)だったのです。そして，唯一の途はさらに遠く森へと移動することでした。そこへ行けば，家族，アヨーディヤー，そして彼の臣下たちはきっと遠い過去のものとなることでしょう。

ラーマ，シーター，ラクシュマナはダンダカーラニャ（ダンダカ）の深く暗い森へと出発しました。アトリとアナスーヤー（夫婦）の庵に少し止まって，彼らは過去を回顧しながら一夜を過ごしたこともありました。しかし，それはもうはるか以前のことでした。将来のことを設計しなくてはならなかったのです。未来は前途にぼんやりと開かれていました。羅刹たちがその無分別な破壊作業を阻止されることもなく，黒い姿でうろついていたのです。

第5章
羅刹たちの敗走

　チトラクータの人なつっこい温かみが，近づき難いジャングル地帯にとって代わりました。一行は森の音や静寂にも慣れ始めました。動物が隠れるように素早く駆け去るときの木の葉のさらさらという音にも，もうびくつくことはなくなりました。

　とある庵に一行は到着しました。遠方からも円をなす小屋が脈動する光の塊の中に納まっているようでした。ラーマはそれが精神的な炎の輝き，真の苦行者の霊気だと気づきました。

　そこは涼しくて歓迎してくれる，愉しい開墾地でした。しかし，空中には脅威の気配以上のものが漂っていたのです。隠者たちは，急襲して，冒瀆し，破壊し，殺害する羅刹たちのことについて，身の毛もよだつ話をするのでした。「私どもの王子として，あなたが私どもを衛ってくださるよう期待しているのです。こんな人喰い怪物たちと闘うことはできませんから」，と彼らは言いました。ラーマの答えは沈着で，頼もしいものでした。彼は彼らを助けるために，全力を尽くすつもりでした。

　翌日の夜明けに，彼らは巨大な恐ろしい生き物に出くわしました。血がしたたり落ちる虎皮にくるまって，彼らのほうにかっと口を開き，吠えながら，今にも呑み込まんばかりに彼らに向かってきたのです。

　怪物はシーターをぐいと引き寄せて叫びました，「この可愛らしい女は儂の妻にしよう。じゃが，その前に不法侵入者どもよ，きさまらの血を吸わねばならぬのじゃ！」

　ラーマは怒りで蒼白になりました。「シーターに触れさせてたまるか」と彼はしゃがれ声で言いながら，ラクシュマナのほうを振り返りますと，やはり彼も憤慨していました。

　羅刹が二人に挑んできました。「何者かい？　名を名乗れ！」

　「私たちはイクシュヴァーク王家の戦士だ。お主は？」

　「儂はヴィラーダだ。どんな武器でも儂を傷つけることはできぬ。分

第5章　羅利たちの敗走

かって欲しい。この女を後に残して立ち去るがよい。そうすれば命だけは助かるだろう。」

ラーマは激怒で言葉も出ませんでした。二本の矢がヴィラーダに命中し、さらに七本の、鳥のように速く、金の先端をした矢がミサイルのように飛び出しました。ヴィラーダはばったり倒れ込み、シーターを掴んでいた力がゆるんで、彼女を離しました。ほとんど同時に、ヴィラーダはもう一度立ち上がって、彼らに攻撃を加えようとしました。闘いは長く続き、決着がつきませんでした。ヴィラーダは武器には不死身だったからです。とうとう彼の両腕が折れてしまい、うつ伏せに横たわって、息が切れかけました。

「儂はクベラ（グフヤカ族の王）に呪われた天人じゃ。お主は儂の解放者じゃ。このことは予言されていたんだ」。彼はすぐに衰弱していきました。「お主はこのへんに不案内だ。忠告できるのは儂だけだ。仙人シャラバンガの庵に行きたまえ。彼がお主を案内してくれよう。彼はここからほんの少し離れたところに住んでおる。さあ、儂をこの苦痛から解放しておくれ。儂を生き埋めにしておくれ。どんな武器でも儂を殺せないのだから。若い衆、掘り始めてくれ。何も待つには及ばぬ」。そう言って、彼はこと切れたのでした。

シーターは葉っぱのように震えながら立っていました。「この森は夢想したこともない危険を孕んでいるのだわ」と彼女は考えるのでした、「でも、私の保護者は尋常の男ではない。あの人は神々の軍勢の力を持っているんだもの！」

シャラバンガの庵では、一同は天の幻のように扱われました。インドラご自身が金のように輝きながら、軽快な戦車に乗って庵の上を舞ったのです。インドラの周囲には、天上の客たちが付き添う遊星みたいに現われていました。ラーマは興奮しました。「あれはインドラご自身だと思う。ラクシュマナ、きみは彼らがどれほど若いか分かっているはずだ。二十五歳なんだぞ。彼らはずっとそのままだろう。なにしろ、彼らは永遠の若さを恵まれているんだから。私はもっと近づいて、確かめることにするよ」。

インドラはラーマが接近するのを見て、シャラバンガに言うのでした、

第5章　羅利たちの敗走

「私はそなたを梵天(ブラフマー)の天に連れてゆくためにやってきたんだが、でもこれからはそなた自身で付いてきてもらいたい。ラーマに見られたくないのでな。彼にはやり終えねばならぬ仕事があるんだ」と言いながら、少しばかり秘かな自己満足の体(たい)を示しました。「その後で、私は彼の前にも姿を現わすつもりじゃ」、とみんなから生贄を捧げられている神々の主は言うのでした。そして、姿を消してしまいました。

「あれは誰だったの？」とラーマが尋ねました。

「インドラです。私は一緒に付いて行くべきだったのですが、それは待ってもよいのです。とにかく、あなたに会えたのがうれしいです。見失うところでした。でも、今は急がなくてはなりません。あなたにはスティークシュナに会いに行くようお勧めします。次にどう行動すべきかについて、あなたの計画を助けてくれるでしょう。マンダーキニー（ガンジス川）に沿って行けば、彼のところにたどりつけるでしょう。それでは、私はすぐ行くことにします。私がこの厄介な身体を処分する間、あなたにはここに滞在してもらいたいのです。この身体が私の前進を妨げているのです」。

彼は火をつけ、それを供物で浄化し、そして何か呪文(マントラ)を唱えながら、聖なる炎の上に身を当てがいました。そして、一同が見張っていると、彼は若く蘇り輝いて天へ舞い上がり、永遠に続く梵天(ブラフマー)の至福の世界へと進んで行くのでした。

三人の王家の傍観者たちは思慮深くなっていきました。森が彼らに教えるための教訓の一端を担ったのです。精神的成長の力と神秘、その報いが徐々に彼らの若くて感受性豊かな心の中に明らかになりつつあったのです。彼ら自身の個々の運命もよりしっかりした形を取り始めていました。

シャラバンガの庵にいた苦行者たちはまるで満場一致によるかのように、ラーマの周囲に集合しました。彼らはこの元気旺盛な青年王子のせいで、深く同情の琴線を打たれたことが分かったのです。

ラーマは彼らをまじまじと眺めましたし、彼の好奇心と興味は、一見して職業的悔悛者たちのこの雑多な群れに目覚まされたのでした。月光で生きてきたり、あるいは水中に立って難行苦行の償いをしたりした人

第5章　羅刹たちの敗走

びとだったのです。ある者は地べたに眠ったり，あるいは年中戸外で暮らしたりしたのです。けれども他の者は太陽の焼けるような酷暑を求めたり，あるいは水と風だけで露命をつないだりしたのです。さらに，断食したり，際限なく祈ったり，高い山頂に座ったりする者もいたのです。

　厳しさの度合いは違え，あれこれの節制は，まったく新しい生活様式であるように思えました。禁欲にも上・中・下があったのです。

　ラーマは彼らが保護をやかましく求め始める前でさえ，彼らの心の内にあることが分かっていたのです。「弱くて無力な臣下たちを守る王こそありがたいもの。これら羅刹に惹き起こされた大混乱，彼ら羅刹がどこに行こうとも残さずにおかない，人間の大虐殺の跡をあなただけは眺めなくてはなりません」。

　ラーマは彼らを宥めて言うのでした，「私はみなさんをこの略奪者たちから救うためにここにきたのです。私はみなさんの避難所です。分かってください。弟と私は二人とも奮起しますから，恐れないでください！」この慰めの言葉を聞いて，苦行者たちは去って行ったのです。

　スティークシュナの庵に一泊してから，一同は進み続ける用意をしました。ラーマはダンダカの森の中のすべての庵を訪ねようと思ったのです。彼ははなはだ真剣に，この保護の使命を引き受けたようでした。

　そうこうするうち，シーターも一件をよく考えていました。彼女は自分の結論でラーマと対決しようと意を決したのです。「世間のことから起きる難事は三つあるのです」と彼女は機転をきかしながら語り始めるのでした，「偽り，他人の妻を奪うこと，挑発または敵意なしの暴力です。あなたは初めの二つの素振りをかつて示されたことがないし，今後もないでしょう。でも，あなたは三番目——あなたの敵ではない者たちを傷つけたり滅ぼしたりしようとすること——の素振りをいくらか示し始められたようね」。彼女は一息入れてから，自分自身の大胆さに驚き，口ごもりました。

　「それで……？」とラーマは励ますように尋ねました。彼女は勇気を回復して，話し続けるのでした。

　「あなたが森にいらしているのは，担保を引き受け，暴力とか殺害のことを考えずに，苦行者の生活をするためなのです。王とか戦士として

第5章　羅利たちの敗走

きているのではありません。それなのに，あなたは個人としては何の文句もない羅利たちを探し出して，殺すことを誓われました。このけんかはあなたとではなく，仙人たちにかかわっていることなのです。こんなことはかつて同じ状況で起きたことがあるように，ただ面倒を招くだけですわ。確かにそうに決まっています。」

　そして，シーターは悪賢いインドラが簡単な計略で大苦行者の気を紛らせようとした話を語ったのです。あまりにも簡単な計略だったために，その仙人はそれを見抜けなかったのでした。インドラがなしたすべてのこと，それは仙人に剣を手渡し，これを命をかけて守るように頼むことでした。仙人はどこへ出かけてもそれを持ち歩いたのです。だんだんと，連想と近さだけで，その剣は暴力という考えを吹き込み，彼は好戦的な態度を取り始めたのです。考えが行為へと変化するのは，ほんの時間の問題でした。

　「話を端折ると，彼は非行に走ることになったのです」，とシーターは続けるのでした。「武器は暴力を生じます。その過程は知らぬ間に進行するのです。戦士の義務は剣と結びついており，剣は戦士の力なのです。それは彼の武勇を育む燃料なのです。あなたがここにいらっしゃるのは，戦いを義務とする戦士としてなのではありません。あなたはここでは苦行者としていらっしゃっているのです。殿，私の見ますところでは，あなたの武器はあなたの思いに色を変え始めています。私は羅利たちを捜し求めてのダンダカの森へのこの旅には賛同できません。私はあなたへの心配から申しているのです。私の言葉は助言でして，非難ではございません。正法と悪の問題であなたを叱ることのできる者がこの世にいるでしょうか？」と彼女はやや興奮して語り終えました。

　「シーター，きみの言うとおりだ」，とラーマが言うのでした。彼はシーターの言葉にひたすら注意を払っていたのです。「でも，きみは保護者としての私の役割を忘れているよ。私は追放されているとはいえ，私の責任は残っている。ここの仙人たちはほかに避難所がない。彼ら自身は戦うこともできないのだ。苦行により，彼らはどんな武器も発揮できたためしがないほどの致命的な力を獲得しているのに，だ。いかなる行為，暴力という考えすらも，彼らの精神的な蓄えを帳消しにしてしまうだろ

第5章　羅刹たちの敗走

うよ。

　戦士としての王子たちは先んじるために武器を携行し，いやがらせの機先を制するのだ。ここダンダカでは，自制の限界はとっくに越えている。賢者たちは頼まなくとも，手にして当然の保護を求めねばならなかったんだ。しかも，私は約束をしている。これを破ることはできぬ。知っておいて欲しいのだが，私にとっては約束を守ることがほかのすべてに——きみとラクシュマナにさえ——優先するんだ。

　きみが心配してくれていることや，私に対するきみの大きな愛や，真実の事柄へのきみの専念には感謝している。でも，私も束縛されているんだ。私には自分の抑えられぬ衝動がある。きみは私をずっと信用し続けておくれ」。

　それは夫婦としての共同生活におけるもう一つの目じるしでした。それは疑わない妻があらかじめ定められた目標を闇雲に順守することではなかったのです。それは対話と討議が共通目標——真理追求への正しい生活と正しい行動——への道を切り開くような関係でした。

　ラーマ，シーター，ラクシュマナは十年間ダンダカの森を漂泊して，ほとんどすべての庵を訪ね，ときには数カ月間もぶっ通しで苦行者たちと一緒に生活したのです。それから，ラーマはスティークシュナの許に戻る時機がきたと考えました。数日後，彼のところを訪れてラーマは言うのでした，「私はアガスティアを訪問したいと思うのです。彼がこの森に住んでいることは知っているのですが，旅の道中，彼に出くわさなかったのです。彼のところに行くのにあなたの案内が必要なのです」。

　スティークシュナは一緒にこの大仙人を訪ねるのも良い考えだ，と思いました。「そのことは私も自分で提案しようと思っていました。あなたはただちに出発すべきです。私の庵の南方の，ここからほど遠いところに，彼の兄弟が住んでいるのです。その人があなたにどうやってアガスティアのところに行けるかを教えてくれるでしょう」。

　アガスティアの庵を見つけるのは難しくありませんでした。

　アガスティアの庵は難なく見つかりました。それは沼地の中の宝石みたいでした。樹木の葉っぱはきらきら輝き，特別な配慮をもってみんな

第5章　羅利たちの敗走

の上に閃いていましたし，鹿どもは恐れを知らず，飼いならされており，人の群れを見ても避けようとはしませんでした。真の苦行道では，動植物は感覚のあるものとして扱われ，愛情，心遣い，不断の注意をもって遇されてきました。あたりの雰囲気には妙なる香気が漂い，旅人の疲れた心を回復させるのでした。

「ここには羅利はいない」とラーマが説明しました，「アガスティアの力で追っ払われたんだ。彼は羅利でもっとも獰猛なヴァーターピーを吸い込み，ヴァーターピーの弟イルヴァラをたった一睨みで消化してしまった。傲慢なヴィンドゥヤ山が太陽を遮ろうとして頭（こうべ）をもたげると，アガスティアは霊力で上から抑えつけてしまい，しっかりとくい止めた。私は追放の残りの期間を彼と一緒に送りたいと思っている」。

ラクシュマナがラーマの到着を告げると，一人の弟子が出てきて，ラーマをこの有名な苦行者の前に案内しました。

アガスティアは苦行と禁欲が生んだ霊気を発散させていました。ラーマはアガスティアからの心尽くしに安堵を覚えるのでした。「ラーマ，私は特別の武器を用意してあなたを待っていたのです。あなたがここを去るときには，神々の力が備わっていることでしょう。

これはヴィシヌの弓で，ダイヤモンドをちりばめ，金の象眼が施されています。そしてこちらにあるのは，二個の箙（えびら）――松明のように輝く矢が詰まっています――，銀の鞘と，金細工の剣です。それに，ブラフマダッタの飛び道具もあります。これらをそっくり進呈します。これらであなたの技量が強まり，誉れがもたらされんことを」。アガスティアがラーマを祝福したときのその声には，予言的な響きが感じられました。ラーマの正法を守る戦士としての運命は，今やかつて以上にはっきりとしたようでした。

ラーマが聖なる武器の宝を受け取ると，アガスティアはシーターを称えるのでした。「大方の女性は気まぐれで，移ろいやすい気分に支配されていますが，あなたの奥さんは不動で忠実ですし，禍福いずれにあっても主人にとっての真の伴侶でおられる」。

アガスティアはそれから，伝統的な苦行者の歓迎をしました。疲れた両足を洗い冷ますために水が運ばれ，それから，森の産物――木の実や

第 5 章　羅刹たちの敗走

根──の捧げ物が持ち込まれました。「あなたは拙宅に滞在することを申し出られたけれども、あなたがたとえどんなに侘(わび)しかろうと家庭に憧れておられることは、私は分かっているのです」。ラーマはうなずきました。「樹木や流れる小川でいっぱいの、どこか静かで人里離れた場所を教えてくださいませんか？」と彼は頼みました。

「ふさわしい場所が頭に浮かんだところです。それはここから南方の、ゴダーヴァリー河の土手を挟んで、パンチャーヴァティーとして知られ

ているところです。環境は花の咲き乱れる樹木や豊富な野鳥で、きっとシーターのお気に召すことでしょう。あの山を超えたところです。登りはそんなにけわしくはありません。」

ラーマ、シーター、ラクシュマナはパンチャーヴァティーへの旅を開始しました。もう根を張る時機でした。彷徨の数年の後で、追放の残り四年間を過ごすべき場所、家庭が見えてきたのです。

パンチャーヴァティーへの道中で、一行は巨大なハゲワシに出くわし

第5章　羅刹たちの敗走

ました。兄弟たちはこれは鳥の姿をした羅刹かも知れぬと思いました。羅刹たちには意のままに姿を変える力のあることを一行は知っていました。ハゲワシに対して,「貴様は何者だ？」と攻撃的に尋ねたときの彼らの口調は荒らっぽいものでした。

　鳥が答えた声は,一行にはまるで大好きな親みたいに心地よく落ち着かせてくれるようでした。「私は鷲たちの王ガルダの弟,アルナの息子の,ジャターユです。私はあなた方の父上を存じ上げています。サンパー

ティは私の兄です。私どもは別の時代の超人プラジャーパティ族の子孫なのです。私の先祖はカシュヤパでした。この同じ種族から鳥獣王国全体が生じてきたのです。私どものもっとも身近でもっとも執念深い敵は蛇たちです。

　私どもは誰も足を踏み入れたことのない空中の通り道を歩いているのです。正常な人間の視界を超えた光景を私どもは眺めています。鷲とかハゲワシの目は遠くを見通しますから。不可視なものをも超人的な明快

第5章　羅利たちの敗走

さで正確に言い当てるのです。私はシーターを見張って，あなた方が離れておられるときも彼女のことに注意するつもりです」とジャターユは申し出るのでした，「どうかお仲間に加えてください」。

　ラーマは喜んで同意し，こうして四人はパンチャーヴァティーを目指して出発したのです。パンチャーヴァティーに着くと，彼らはゴダーヴァリー河が近くを流れている，避難場所を選びました。ラクシュマナは地面を切り開き地ならしをし始め，三人をゆったり収容するだけの広々とした小屋を建てました。土壁と竹枠が屋根を支えていました。屋根はヨシやあらゆる種類の草でしっかり編まれ，木の葉や枝で葺かれていました。質素ながら頑丈な住居でして，厳しい森の生活に耐えるように作られていました。ラーマは弟の不動の忠誠心，愛情，献身に改めて感動したのです。

　冬はもう始まっていました。霧が丘，川，樹木の上を覆っていました。風が吹きすさび，そのいぶきは山の雪に触れて氷のような冷たさを残すのでした。太陽は南方に向きを変え，北方をまるで吉兆の朱色をなくした女性の額みたいに蒼白で侘しくしました。象たちは水を飲むために鼻を伸ばし，あまりの寒さにしり込みして，激しく引っ込めるのでした。水鳥たちは川岸に立ちすくみ，まるで戦闘の思いから後ずさりする臆病者みたいに，水を避けるのでした。樹木は樹液を引っ込め，太陽から愛されているハスはもはや赤く燃えるように花を咲かせはしませんでした。

　ラーマ，シーター，ラクシュマナは季節が短い循環の輪に入り込むのを見つめるのでした——冷んやりした日々が弱い太陽で暖められ，長くて寒い夜々がにぶく冷ややかな月に照らされていました。彼らはバラタとアヨーディヤーを，鋭く強い憧れとともに思うのでした。ラクシュマナはなおもカイケーイーに立腹していました。ラーマは穏かに彼をたしなめるのでした。「カイケーイーは私たちの母だし，アヨーディヤーの三王妃のうちの第二位の方なのだ。彼女に怨恨を抱いてはいけない。でも，バラタの情愛はいとしいし，彼のことを思うと，私はくじけそうになるんだ」。

　生活はさざ波を立てる記憶の湖みたいなものだったのでして，ときどき悲しみと後悔の波が頂点に達したのでした。

郵 便 は が き

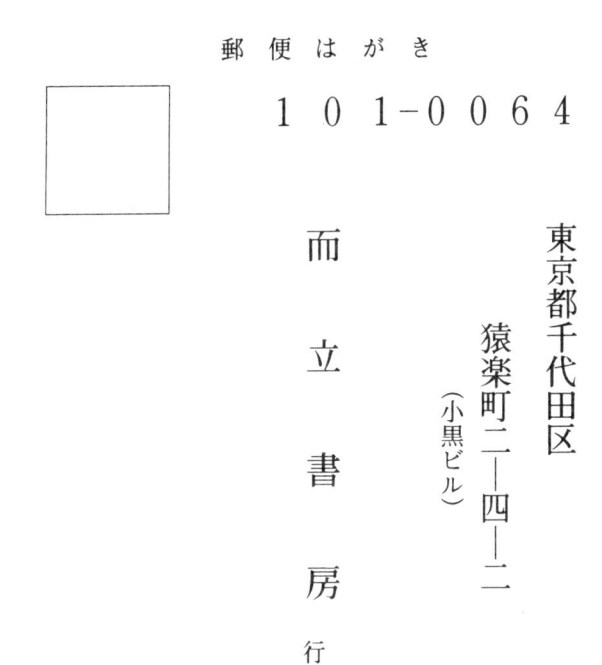

101-0064

東京都千代田区
猿楽町二―四―二
（小黒ビル）

而立書房 行

通信欄

而立書房愛読者カード

書　　名　　現代版ラーマーヤナ物語　　　　　　　　　　　369—2

御住所　　　　　　　　　　　　　郵便番号

(ふりがな)
御芳名　　　　　　　　　　　　　　　　　（　　　歳）

御職業
（学校名）

お買上げ　　　　　　　　（区）
書店名　　　　　　　　　　市　　　　　　　　　　　　書店

御購読
新聞雑誌

最近よかったと思われた書名

今後の出版御希望の本、著者、企画等

書籍購入に際して、あなたはどうされていますか
　1. 書店にて　　　　　　　2. 直接出版社から
　3. 書店に注文して　　　　4. その他
書店に1ヶ月何回ぐらい行かれますか

　　　　　　　　　　　　　　　　　　　（　　月　　　回）

第5章　羅利たちの敗走

　ある日，ラーマが聖典を唱えながら座していると，女羅利がたまたま彼を見かけたのです。彼女は神々しいばかりに輝いている，青春真っ盛りのこの美男子を見て，すっかり有頂天になってしまいました。彼の黒くて素晴らしい体，大きくきらきら輝いている目，もつれた髪の山が，愛神そのもののように彼女を引き付けたのです。

　両者は対照を成す典型でした。彼は痩せてすらりとしていましたが，彼女はずんぐりと太っていました。彼の目は大きく，しっかりと凝視していましたが，彼女は著しく斜視でした。ラーマの声はとどろく鐘のように響き渡りましたが，彼女の声はけたたましく，耳障りに空中をかきむしったのです。陰気に，やつれ，すっかり不愉快になりながらも，彼女はこの魅惑的で若い苦行者に惚れ込んでいたのです。

　ラーマに近づいて，彼女は尋ねました，「あなたはどなた？　樹皮をまとい，弓矢で武装し，羅利たちの縄張りたるこの森をさまよったりして。なぜこんな所に居るの？」

　ラーマは素早く答えました，「私は強力な王だったダジャラタの息子ラーマです。ここへは弟ラクシュマナ，妻でヴィデハの王女シーターと一緒に，ある誓いを果たしにやってきたのです。で，あなたは？」

　「私はランカーの羅利ラーヴァナの妹シュールパナカーです。クンバカルナ，ヴィビーシャナと，もう二人の好戦的で恐ろしいカラとドゥシャナも私の兄弟です。私はあなたの妻になりたいのです」と明言しながら，彼を愛情と熱望でいっぱいの目でじっと見つめました。「私は意のままに姿を変えられるのよ」，と思い切って言いました。それから，さらに希望を込めて言うのでした，「シーターを棄ててください。彼女はみじめな病身の人間です。日が暮れる前に，私は彼女もラクシュマナもむさぼり食うつもりです」。

　ラーマはいたずらを働いてやろうという気になりました。彼女を生贄にして少し楽しむ決心をしたのです。彼女は滑稽なほど彼にぞっこん屈服して，ひどく惨めな姿を曝していたのです。「私はもう結婚しているのです」，と彼は続けて言うのでした，「だから，あなたとシーターとの間で張り合えば，厄介なことになるでしょう。でも，ラクシュマナなら

第5章　羅刹たちの敗走

若くて独身だし，あなたのように，目が大きく愛らしい人を待ち焦がれていますよ」。

シュールパナカーは易々と心を動揺させられました。要するに，兄弟は二人とも同じように魅力的だったのです。どちらでもよかったでしょう。

彼女はすぐにラクシュマナのところに駆け出しました。彼は彼女の興奮したプロポーズに賢明な策略で応じました。ラーマがゲームをしかけていたのですが，ラクシュマナはそれに沿って進み，状況のひどい滑稽さにいくらかうっとりして，尋ねるのでした，「あんたは奴隷の妻になりたいのかい？ 兄の奴隷というのが，俺の現状なんだからね。あんたはもっとましなはずだ。言わせてもらえれば，ラーマなら少し説得でもしたら，気難しい老妻を棄て去るだろうよ」。

シュールパナカーは皮肉にも，策略にも気づきませんでした。彼女はラーマの許に走って引き返したのです。「この醜い老婆が私たちの邪魔をしてるんだわ。彼女もあなたの弟もともに食らうつもりよ」と彼女は叫ぶなり，シーターに飛び掛かりました。ところが，ラーマは彼女を阻止して，ラクシュマナに怒りながら言ったのです，「この羅刹を嘲るのを止しなさい。シーターが危ないのが分からないのかい？」

ラクシュマナは抜き身の剣を手にして，今にも攻めようとしていました。ラーマが命じて言うのでした，「彼女を殺してはいかん。彼女に姿を変えさせてから，逃がしてやりなさい」。ラクシュマナはすぐに兄の命令に従い，シュールパナカーの鼻と両耳を切り落としたのです。負傷し出血したまま，彼女はジャナスターナに居る兄カラのところに駆けつけて，彼の足許に身を投げ出したのです。

カラは妹が切りつけられ，血を流しているのを見て，かっとなりました。「儂の怒りの眠っている蛇を起こそうとしたのはどいつだ」と怒鳴るのでした，「死の縄がそいつの首の周りを締めつけようとしていることにも気づかずに，一日の仕事に着手しようとしているその男はいったい何者だ？ 大地が今日そいつの血を呑み，ハゲワシがそいつの肉を引きちぎらずにはおくまい！」

シュールパナカーはむせび泣きながら，言うのでした，「私にこんな

第5章　羅刹たちの敗走

暴力を働いたのは，ダシャラタの息子たちの，ラーマとラクシュマナよ。これもすべて若くて美しいラーマの夫人のせいなの。私は彼らの血を飲まねばならぬ。私は断固それを要求するわ」。

カラは最強の羅刹十四名を呼び寄せて言いました。「この若い二人の兄弟を追跡せよ。妹ののどの渇きはいやされねばならぬのじゃ」。

羅刹たちは槍でラーマとラクシュマナを攻め立てました。でも，ラーマは矢でもって空中でその槍を壊したのです。これは一方的な戦闘でした。槍は樵の鉞の前の樹木みたいに倒れたのでした。

シュールパナカーは大声でわめきながら，カラの許に駆けつけ，ラーマの勝利のことを告げました。すると，カラは彼女を叱責して言うのでした，「儂の精鋭の十四名がなくなってしまったのに，お前はまだ泣き言をいうとは！　どうして怒り狂う蛇みたいにのたうち回っているのだ？　お前は彼らの血がこぼれるとき，いいか，流れているままの生き血を飲むのだぞ！」

カラは黄金の戦車の軛に優秀な馬をつないで出発しました。一万四千名もの羅刹が彼に同行しました。ジャナスターナは彼らの身の毛のよだつ戦いの叫びで反響しました。

天上からは凶事の前兆を通して警告の合図が送られたのですが，カラは怒りで向こう見ずにも，それを無視することを選んだのでした。

彗星が音もなく転がり落ち，暗雲が血の雨を降らせ，まだ日中だったにもかかわらず，星々がホタルみたいに群がり，オウムが金切り声を出し，ハゲワシがカラの黄金の軍旗の上に前兆を表わすかのように止まっていました。

カラは挑発的に向こう見ずにも鼻にかけて言うのでした，「儂は死をも征服できる」。そして，羅刹の大軍がラーマとラクシュマナに飛びかかって，これまでジャナスターナが見ることを望んだことがないほどの戦闘をおっぱじめました。神々は喜び，仙人たちも喜びました。二人の王子が攻撃のために構えたとき，彼らは力に対抗して正義の打撃がとうとう加えられることを感じたのでした。

ラーマは破壊するつもりで，エネルギーを燃やして待ちました。敵がさながら大規模な雲が転がり落ちてくるみたいに歯向かってきて，朝の

第5章　羅刹たちの敗走

空の燃え立つ閃光みたいに，金の戦車と武具を輝かせたとき，ラーマはラクシュマナに激励の言葉を掛けるのでした。

「私の矢から煙が吹き出して飛び出そうとしているし，私の弓は攻撃したくてひとりでに動きかけている。私の腕は勝利に先んじて震えている。ラクシュマナ，私は敵が打ち負かされるのが目に浮かぶのだよ。」

敵の群れは武器やミサイルを浴びせかけながら，持てる力の限りを尽くしてラーマに焦点を合わせました。ラーマはさながら広大な大洋に川の流れの限りない水が注がれるみたいに，彼らを受け止めるのでした。矢の嵐の攻撃が続きました。ラーマはさながら雄牛が狼狽しないで雨雫をいつもふり払うみたいに，じっと退かずに足場を守り続けたのです。

彼の矢は飛び始め，点火した松明のように輝いて，敵の血を引き出すのでした。羅刹たちは枯れ木みたいに燃えかけており，そのありさまは巨大な鷲ガルダの翼の急襲でかき立てられた嵐の中で樹木が倒れるみたいでした。

生き残ったのは，軍の指揮官であるカラとトリシラスだけでした。トリシラスはラーマと闘おうと企てました。「カラ，儂を先に行かせてくれ。戦士の羅刹たちの死の復讐をするつもりだ」。彼は頭が三つあり，獰猛でしたが，武器を台なしにしました。彼の矢がラーマの額に命中すると，ラーマは叫ぶのでした，「お前の矢を儂の額の上の花輪みたいに飾りにしよう。さあ，今度は儂の矢に備えるがよい」。すると，トリシラスは三個の頭が全部ラーマの燃える矢で切り離され，彼の戦車は粉砕され，彼の馬は殺されてしまったのです。

カラはふと恐怖の痛みを感じました。彼の軍隊は大混乱に陥り，彼の指揮官（トリシラス）は殺害されてしまいました。彼は攻撃に取り掛かりましたが，炎に向かう蛾のように死を招いたのです。二人が一騎打ちで歯向かったとき，言葉の闘いが始まりました。

「ダンダカの苦行者たちを圧迫してきたお前も，最期が近づいたな」とラーマは叫びました，「悪事は苦い果実を生むものだ。儂の矢はお前の肉を刺し抜くぞ。蛇がアリ塚を通り抜けるみたいにな」。

すると，カラが怒りを高めて叫びました，「戦士は自慢しないものだ。とくに，今の貴様のように，死の瀬戸際にあるときはな。一万四千名も

第5章　羅利たちの敗走

の羅利が戦闘で死んでしまった。儂は貴様を殺して，親愛な彼らの涙を拭(ふ)き取ってやるつもりだ」。

　カラが魔法の杖を投げつけると，それが空中を突っ走り，途中にあるすべての樹木を灰燼に帰してしまいました。でも，ラーマがその杖を叩き落とすと，魔法にかかり力がなくなった蛇みたいに倒れてしまいました。それから，カラは一本の木をひっ摑み，大きな弧のように振り回して，ラーマにそれを打ちつけたのです。ところが，ラーマがその木を叩き落とすと，ぽきっと音を立てて，彼から離れたところに倒れ落ちたのです。それでラーマが強力な矢を放つと，それがカラに命中し，彼を焼死させたのです。

　一万四千名の羅利はジャナスターナで大量虐殺されていました。それは恐怖と圧迫の治世の終焉を画しました。ダンダカはもう一度，苦行道を受け入れる人びとにとっての平安の避難所となったのです。神々や仙人たちは喜びました。シーターは愛と歓びと驚きの快感のうちに，勇敢な夫の傷の手入れをしたのでした。

第6章
シーターの誘拐

　ラーヴァナの使者アカンパナはかろうじて大量虐殺を免れて，ランカーに戻ってきました。彼は恐怖で目を丸くしながら，王に報告するのでした，「ジャナスターナは破壊されました。羅刹たちは殲滅され，カラも殺されました。私が生き残ってこうしてお話できるのは不思議なくらいです」。

　ラーヴァナの燃えるような目は怒りで煙を出さんばかりに見えましたし，彼の声は雷鳴みたいでした。「儂の民を殲滅させ，ジャナスターナを破壊することまでしでかしたのはどいつだ？　誰も儂の罰から奴を救えはしまい。儂は時の経過を命令しているのだし，風にしてからが儂の命令で吹くのだ。儂は火を点けたり，殺害させたりしているのだ。アカンパナ，言うがよい。そいつは誰だ？」

　「ダシャラタの息子ラーマです。強靭な肩と長い腕をした，獅子みたいな男です」とアカンパナは言いながら，ジャナスターナにおけるラーマの活動振りを想起するのでした。「奴の声は太鼓の音みたいにぶく響き渡り，顔は月みたいに丸く輝いています」。

　「奴は神々に助けられていたのかい？」とラーヴァナはすっかり仰天して尋ねました。

　「ラーマの弟ラクシュマナが奴の火に風を吹きつけ，奴のエネルギーを燃え立たせたため，ジャナスターナは破壊されてしまったのです。羅刹たちを焼き尽くしたのは神々の仕業ではなくて，奴の蛇頭の矢の力です。そのありさまは森林火災に呑み込まれる樹木みたいでした。」

　「両人とも殺してやる」とラーヴァナは脅すように，座席から半ば立ち上がるのでした。

　「でも，まず私の話をお聞きください。ラーマの逞しい力を推測してみてください」とアカンパナは忠告するのでした。「奴はその矢でもって洪水の川を阻止したり，大洋を移動させたり，大地を水浸しにしたり

第6章　シーターの誘拐

することができますし，それから水没した大地を再び洪水から立ち上がらせることもできるのです。奴は全世界を破壊したり，新しい世界を創造したりすることができるのです。そういう力を奴は振るっており，奴の名声も相当なものです。とてもまともな闘いでは打ち負かせません」。

ラーヴァナは聞きながら，ラーマの力量を見抜こうとしました。アカンパナは共謀的な声調で言うのでした，「私が思いつける唯一の出口，方法が存在するのです。ラーマには妻がおり，これが青春まっ盛りの，見事に均斉のとれた，浅黒くて，金色の美しさを備えているのです。何とかして奴らをしばらく離れさせ，それから彼女を連れ去ることです。奴は彼女なしでは生きられないでしょうから」。

ラーヴァナはこの考えが気に入り，躊躇なく実行することに決めました。それで，戦車を呼び寄せて，ターラカーの息子で苦行者である，羅刹マーリーチャの許に駆けつけたのです。ラーヴァナは言葉も時間も無駄に使いはしませんでした。「あんたも知ってのとおり，ラーマがジャナスターナを破壊した。どうか儂が奴からシーターを誘拐する手助けをしてくれないか」。

マーリーチャは仰天しました。彼は大昔，当時少年のラーマから自分と弟スバーフが攻撃されたとき，命からがら逃げ出したことがあったのです。そして，さらに最近にもそういうことがあったのでした。

「そんな考えをあんたの頭に吹き込んだのは，いったい誰だい？　その者は友人ではなく，敵だ。あんたが素手で恐ろしい蛇の毒牙を引き抜くことをも期待しているんだ。シーターを連れ去るとは！」

マーリーチャは耳を疑いました。恐怖ですくみながら，茫然として続けるのでした。「儂ら羅刹を餌食の鹿にしている，眠れる獅子をあんたは刺激するつもりなのかい。死を求めて危険の大洋に身投げする気かい。ラーヴァナ，元の場所やあんたの女たちの許に戻りなさい。シーターのことを夢みるのはやめなさい。彼女はラーマのもの，ラーマだけのものなんだからね」。

マーリーチャがたいそう熱心だったため，ラーヴァナはシーターのことを考え直していました。彼女のことを考えるのは狂気の沙汰だ，とやっと確信したのでした。

第6章　シーターの誘拐

　シュールパナカーもそのときまでに，羅刹たちの屈辱的敗北のことを聞いていました。彼女はランカー城への旅に出発しました。この新たな挫折で彼女の悲感と屈辱感が高まったからです。この都に到着するや，彼女は兄の宮殿へと直行しました。

　ラーヴァナは謁見式を行い，集会をその十個の頭と二十本の腕で驚かせていました。その大きな身体には，以前の勝利の印が飾られていました。インドラの象アイラーヴァタがその身体に傷跡を残しており，またインドラの雷電ヴァジュラもその跡を残していたのです。ラーヴァナは慣習を無視して，好きなときに暴れ出したり，あらゆる道徳律を破ったり，他人の妻を誘拐したり，生贄の祭壇を汚したり，天上の庭園を踏みにじったりしていたのです。梵天から授かった恩恵のせいで，彼は神々，羅刹たち，空中または地下の精霊からの攻撃にも損なわれなくなっていました。シュールパナカーは彼が黄金の玉座に就いているのを見たとき，彼の力，名声に敏感に気づきました。それで，彼女は報復を求めてその

第6章 シーターの誘拐

目的を達することにしたのです。

彼女は負傷させられた顔を兄に近づけて,わめき散らすのでした。「あなたは敗北を軽視しているわ。ラーマは一万四千名もの一族全体を全滅させ,弟カラも殺したのよ。あなたは危機に瀕しているのを感じるべきなのです。ところが,あなたはここに坐って,快楽にふけったり,五感を満足させたり,誤った安心感に宥められたりしている。そんなことをしていると,藁の切れはしみたいに玉座から追い払われるわよ」。

ラーヴァナは妹が言ったことに注意せざるを得ませんでした。彼女は彼の性格における重大な欠陥を指摘し,彼の防御における弱点を明らかにしたのです。要するに,彼はいい気分になり過ぎていたのでは？ ラーマの力の誇示は挑発だったし,彼によるシュールパナカーへの扱い方は厚かましい侮辱だった,というのです。ラーヴァナはどちらも無視するわけにはいきませんでした。彼の名声は危うくなっていたのです。ですから,彼も陰謀の対象にされていたわけです。

第6章 シーターの誘拐

「そのラーマとは何者なのかい？」と彼は妹に訊きました。「なぜ奴はここにやってくるのかい？ どんな姿をしているのかい？ 話しておくれ」。

シュールパナカーは有利な立場をさらに進めて，だんだん雄弁になるのでした。「彼は愛と美の化身です。彼は力とエネルギーをあふれさせているわ。彼の弟は彼を敬い，影，一心同体みたいに彼に従っているわ。彼の妻シーターについて言うと，彼女は第二の月みたいに大地を歩いており，その皮膚は輝く金の色をしており，その身体はそれ自体の美の重みでしなり，丸みを帯びており，甘い約束に満ちているわ」。

ラーヴァナの興味は今やはっきりとかき立てられ，彼の眠っていた欲望はシュールパナカーの恍惚とさせる描写に覚醒させられたのでした。シュールパナカーは相手の心を惑わすようしめくくりました。「実は私が彼らに近づいたのは，シーターをあなたのために手に入れるためだったの。彼女ならあなたにぴたりの配偶者になるでしょうから」。

もうラーヴァナを止めることができないことを，シュールパナカーは分かりました。彼女の策略がうまくいったのです。

ラーヴァナは今度はしっかりと計画を立てて，再びマーリーチャの許に出掛けました。彼は満足げにこう言うのでした。「金の鹿の姿をしなさい。シーターを魅惑するのだ。彼女はきみを手に入れたがるだろうし，ラーマとラクシュマナにきみの後を追いかけさせることだろう。そして，ラーマは悲しみで死ぬだろう。儂は奴から解放されることになろう」。

ところがマーリーチャは彼に思いとどませようとするのでした。「儂が苦行者になったのは，ラーマの矢を避けるためだったんだ。彼は儂の悪夢なんだ。この森の中に千人のラーマが潜伏しているのが見えるときだってあるんだ」。

ラーヴァナは自分の計画に熱心なあまり，耳を傾けようとしませんでした。ほとんど聞こえてはいなかったのです。

「ラーヴァナ，その考えは止しなさい。ことは簡単ではないんだ。ラーマは有徳だし，世間中から愛されている。シーターは彼に忠実だし，彼女の美徳はまるで精神的保護の光輪みたいに彼のかさになっている。そのほか，あんたの力を彼のそれと比べてごらん。シーターはあんたの転落の因，しかもわれわれみんなの転落の因となるだろうよ。あんたが性

第6章　シーターの誘拐

急にその使命をやらかす前に，弟のヴィビーシャナやそのほかの大臣たちとよく相談するべきだよ」。

　ラーヴァナは激怒しました。もう思うままに行動しかけており，いかなる抵抗をも許そうとはしなかったのです。「あんたの憂鬱な話や落胆した気分に儂は耐えられぬ。儂がここにやってきたのは，相談するためじゃない。あんたの助力を求めにきたんだ。儂ほど強力な王に加勢を拒否するとは，あんたも愚かじゃのう。あんたが演ずるべきなのは金色の鹿の役と，シーターを捕えることだけさ。それをなし終えたら，戻ってよろしい。いずれにせよ，もう選択の余地はないんだ。あんたが拒めば，儂は殺すぞ。ラーマの傍に出掛ければ，あんたは死の危険を犯すだけだが，儂の言うことを拒めば，死を確実にすることになるんだぞ！」

　マーリーチャは同意せざるを得ませんでしたが，それでもラーヴァナに警告して言うのでした，「あんたは儂ら全員をあんたの破滅に一緒に引っ張り込むことになるよ。でも，死ぬ定めになっている者たちは，よい忠告を顧みないものだ。それが世のならわしなのさ」。

　ラーヴァナはマーリーチャと一緒にパンチャヴァティーに到着したとき，すっかりやさしくなっていました。「ここがラーマの庵だ。計画を実行するぞ！」

　マーリーチャは銀の斑点のついた金色の鹿に変身しました。枝角には先端に宝石が付いており，頭上に広くカーヴして立派に枝分かれしており，朝日を浴びてきらきらと輝きました。その口はバラのように赤く，耳と丸い腹は晴天の青色をしていました。そして，エメラルドのひづめで誇らしげに歩き出しました。首はぴんと高く持ち上げ，その尻は彼が樹木の間を出たり入ったりするたびに，紅色に波打ち，光と色彩の塊がちらちら揺れるのでした。跳んだり走ったりしながら，木の葉の網目をぱっと突き抜けて，五感をくらませるのでした。

　シーターは庵の庭で花を摘んでいて，この輝かしい，宝石をちりばめた光景を目にしました。鹿は跳ね回ったり，戯れたり，じらしたりしながら近づくかと思えば，立ち止まってほとんど見えなくなるのでした。この美しい姿に魅惑されて，この鹿からほとんど目を放せなかった彼女

第6章 シーターの誘拐

は，ラーマとラクシュマナに出てくるよう呼び掛けるのでした。「すぐにいらして。何か不思議な奇妙なものが見えたわ。金色の鹿が虹の七色に彩（いろど）られているのを」。

みんなはしばらくその動物を眺めました。ラクシュマナは疑いました。「あれはマーリーチャです。油断した王たちをきっと狩りに誘い込もうとしているのです。あれは黒魔術の効果，幻覚なのです」。

でも，シーターはその鹿を手に入れたがっていたのです。「私はこの庵の周りでたくさん素敵な動物，その或るものは半ば神々しいものを見てきたけれど，この鹿はうっとりさせるわ。何とすばらしいことか！生け捕りにして頂戴。私たちがアヨーディヤーに戻ると，宮殿の庭でさぞかし美しく見えるでしょうに」と彼女は夢見るように言うのでした。そして，それから頑固に言い張るのでした，「どうしても手に入れなくては。これまでこれほど欲しくなったものはないわ。生け捕りにできないとしても，毛皮は素敵な上掛けになるでしょうよ。若夫人が手に入れるというのは，むごい考えかしら？ 私はもうどうしようもない」と言いながら，興奮してラーマのほうを見つめ，とっぴな期待の波にさらわれていました。「ああ，何とかしてあの鹿に乗り，つやつやしたあの柔らか味を感じ，貴重な宝石が私の後ろでひらめくのを見たいわ。あれは女王にぴたりの宝石だわ」。

ラーマは彼女を大目に見て，ラクシュマナに言うのでした。「誰だって魅せられずにはおくまい。あの動物はなんとぱっちりした目をしていることか。舌は空気をなめる炎みたいに突き出ている。あの輝きは何と森を明るくしていることか！ あれがマーリーチャだとしても」，とラクシュマナの反対に先んじて明言するのでした。「儂はあれを殺して，森から奴の不吉な存在を取り除かねばならぬ。これまで二回も儂から逃げてきたんだからな！」

ラーマは出掛ける前にラクシュマナに指示するのでした。「シーターを見張っていておくれ。儂があの動物を生死を問わず連れて戻るまで，彼女を独りぼっちにしないでおくれ。聖鳥ジャターユもいるし。ラクシュマナ，君の命を賭けて彼女を守っておくれ」。こう言って，ラーマは逃げ去る動物を追いかけて行きました。その動物は庵から離れて，ますま

第6章　シーターの誘拐

す深くジャングルの中へと彼を導きました。

陽気な追跡でした。鹿は茂みの中に駆け込んだかと思うと，素早く姿を現わし，まるで雲の固まりに稲光が石化のように走るみたいにうねるのでした。ラーマがその点滅する形を見逃さないでいるのは困難になりつつありました。摑まえかけたと思うときに，その動物は高く跳び上がって遠ざかり，それからじっと立ち止まり，待ち構えるのでした。

ラーマはだんだんこらえ切れなくなりました。狩りが彼を疲れさせ始めていましたし，それで彼はその鹿を殺して狩りを終えることに決めたのです。持ち合わせのうちからより鋭い矢を取り出して，心臓に狙いを定めました。

その矢は血を吹き出させ，動物は苦痛であえぎながら，矢の傍に横たわりました。ラーマは金色の形が薄い空気となって消え失せるのを見ました。そして，その場所にはマーリーチャの巨大な姿が残されたのです。そう，ラクシュマナの言ったとおりでした！　これはいったい何というぺてんだったのでしょうか？

ちょうどこのとき，マーリーチャがラーマの声調をまねながら，苦痛で叫びだしたのです，「おおシーター，おおラクシュマナ！」これが彼の最後のぺてん行為でした。

ラーマは取り乱していました。シーターがこの声を聞いたなら，どうするだろうか？　ラクシュマナは？　彼は大いに困惑することだろう。「この瞬間もあそこで何が起きているかはあえて考えまい。できるだけ早く戻ったほうがましだろう」，とラーマは考えました。それでもう一頭の鹿を素早く射抜くとそれを肩に掛けて，急ぎ戻ったのです。

事態はラーマが想像した以上にひどかったのでした。シーターはラクシュマナに行くように促して言うのでした，「ラクシュマナ，ラーマは圧倒されているわ。早く行って！　大きな危険に陥って，叫んでいるに違いないのよ」。

けれども，ラクシュマナは行くのを渋っていました。兄から彼女を独りぼっちにしないよう命じられていたからです。ラクシュマナが躊躇しているのを見て，シーターはやけっぱちになりました。彼女は彼の不実を責め，しかももっとひどいことを言ったのです。「あんたは私が欲し

第6章 シーターの誘拐

いのよ。私を手に入れるために，あんたはラーマが死ぬのを望んでいるんだわ！」

ラクシュマナは彼女を説得しようと試みました。「ぼくは確信しているんだ。神であれ，羅刹であれ，人間であれ，何物も誰も彼を打ち負かすことはできぬ。僕はあんたを独りぼっちにはできぬし，許されないのだ。あの声は彼が発したのではない。羅刹がラーマの声をまねてるんだよ」。

するとシーターが罵るのでした，「あんたは邪悪で嘘つきよ。いつもそうだった。あんたはラーマへの愛情の仮面の下に意地悪を隠して，私たちの所にやってきたんです。あんたは私に情欲を燃やしているのです。私がラーマのような人と結婚した後で，あんたみたいな凡人を愛せるとでも思っているの？　それとも，あんたはバラタの手先なの？」さらに彼女はあらゆるバランス感覚を喪失して，言い続けるのでした，「あんたはあんたの野心に立ちはだかるものがなくなるよう，私たちを殺すために送られてきたのですか？」

ラクシュマナはこれ以上聞くのが耐えられませんでした。「あなたは僕にとって女神だということはご存知ですね。あなたの言葉は差し迫っている矢みたいに僕の耳をつんざきます。僕はこのような，怒りに燃えた不当な爆発にも動じはしません。女性は話す前に考えないものです。不用心で気まぐれで，不和を惹き起こすのです。あなたが僕にそんなことをするとは，困ったお人です。この森が僕の無実とあなたのひどさを目撃し，神々があなたを守ってくださらんことを！　僕が戻るとき，はたしてあなたと一緒のラーマが見られるものやら，怪しいものだ」。

シーターはヒステリーに陥っていました。「万一ラーマに何か起きれば，私は自殺します」，と彼女は叫びました。それで，ラクシュマナはむりにその場を離れました。そして，道中，さながら彼女を記憶に永久に焼き付けようとでもするかのように，幾度も振り返るのでした。

ラーヴァナは乞食に変装して薄暗がりの下で待ち伏せしていました。そして，ラクシュマナが離れるや否や，サフラン色の服をまとい，杖と水差しを手にして姿を現わしました。その態度全体が善意，節制，謙遜を物語っていました。

第6章　シーターの誘拐

　今や彼はシーターをはっきりと見ることができました。彼女は迫りくる薄暮の中、金色の、鮮やかでうっとりさせるばかりの顔を涙に濡らし、黄色の絹の服で身の周りを柔らかく包みながら座っていました。彼はしばらく立ち止まり、目は悲しげに下を向いた彼女のすらりとした姿に釘づけにされるのでした。それから、彼女のほうへと歩き出したのです。

　樹木は邪悪の存在を感じて、静止しました。ちょうど風が突然止むみたいに。ゴダーヴァリー河はほとんど流れを止めるほどに減速し、さざ波を立てているだけでした。自然も恐怖で息を止めたのです。

　ラーヴァナはシーターに優しく宥めるような口調で話し掛けました。「あなたは聖なるニンフですか、それとも女神ラクシュミーご本人ですか？　あなたは私の目を楽しませてくださいます。その美しい首の周りに花輪をつけたあなたは、私には満開の、喜びにあふれたハスの花に見えます。こんなところで、お独りで何をしていらっしゃるのですか？」

　この礼儀正しい苦行者を疑う理由はありませんでした。シーターはこの疲れた旅人のために食べ物と水を取りに入り、彼にはくつろぐように申し出ました。

　そしてその間ずっと、不安で落ち着かなかった彼女は、兄弟が戻ってくる気配を求めて、大きな、輝く目で、迫りくる闇をしきりに見渡したのです。

　ラーヴァナは乞食であるという見せかけをすべてかなぐり捨て、自分の正体を明らかにし、自分自身をありのままに示しました。彼はランカー城の輝かしい描写を行い、シーターに安楽と奢侈の生活、地上・天上両方の富を申し出ました。「五千人の召使いが私の首都ランカー――南海の宝石――であなたをお待ちしているのです」。

　シーターは恐怖でちぢこまり、耳元では心臓がどきどき打つのでした。「あんたは雌獅子を渇望しているへまな熊だわ。あんたは燃えるか、切れるか、溺れるか、どちらかよ。太陽の光を掴んだり、鋭い刃をなめたり、その首の周りにくくりつけられた石で大洋を横切ったりしたがっているんですから。しかも、ラーマの愛しい女を欲しがったりしている！　あんたは失敗と災難を運命づけられているのよ」。

　シーターは恥と義憤でカッカしていました。彼を軽蔑をもって見下し

第6章 シーターの誘拐

たのです。「ラーマが象だとしたら、あんたは平凡な猫よ。彼が荘厳な白鳥だとしたら、あなたは醜い猛鳥よ。彼が白檀の芳香だとしたら、あんたは粘土の塊よ」。彼女は嫌悪と軽蔑の噴出を堰止めることができませんでした。「あんたは私に手を伸ばそうと、槍の上を歩いているのです。あんたは私を捕らえようと、燃える火を衣に集めているのです。あんたは私をものにしようと、小っぽけなハエのくせに、ダイヤモンドを飲み込もうとしているのです。いいですか、よく注意しておくけど、私はラーマに愛されている、シーターなのですよ」。

彼女が怒りで震えながら立ったときやることのできたすべて、それは侮辱に侮辱を重ね、そしてこうすることにより、ラーヴァナの不遜な前進を一掃することでした。

ラーヴァナの誇りは傷つきました。彼はほらを吹いて言うのでした、「私は富の神クベラの異母兄弟です。死神だって滅ぼせるのです。あなたは私と一緒にくるほうがよいのですよ」。すると、シーターは答えるのでした、「あんたなら、たとえ不死の水をすすったとしても、きっと死にますよ」。

「女め、気でも狂ったか。これがわしの正体だ。よく見ろ！」そして、彼は血のように赤い衣服をまとい、怖い十個の顔すべてを彼女に向け、二十本の腕を広げて、そこに突っ立ったのです。彼女の髪の毛を摑み、彼女ごと彼の戦車に持ち上げ、空へと昇り始めたのです。シーターは樹木、川、森の精たちに死に物狂いで訴えかけ、ラーマに自分が窮状に陥っていることを訴えるように頼むのでした。彼女は聖鳥ジャターユが木の上で居眠りしているのを見て、叫びました。「あんたがこの邪悪な羅刹と戦えないのは分かっているわ、でもラーマに私が無理やり連れ去られたことを知らせて頂戴」。

ジャターユははっと目覚めました。素早く考えて行動しなくてはなりませんでした。まず、説得を試みることにしたのです。

「王たるものは善悪の器だし、下臣たちへの模範ですぞ。なのに、あなたはどうして他人の妻を連れ去ったりできるのですか？」

それでも、ラーヴァナはスピードを緩めさえしませんでした。

そこで、ジャターユは脅迫するのでした、「私はもう一万六千歳になっ

第6章 シーターの誘拐

ラーヴァナがシータを欺く

この絵はインドの語りの伝統の一例であって、三重の裏切りの話が一つの枠の中で告げられている。したがって、私たちはラーマによる偽鹿の狩り、ラーマを模した叫び声へのラクシュマナの反応、ラーヴァナの変装した姿、を同時に目にすることになる。

木の葉のくすんだ色は、悪の現前への自然の反応を示す。鹿の生気のあるまやかし動作はより軽快な色調で表わされている。〔口絵Ⅶ参照〕

第6章　シーターの誘拐

ているが，あなたは若い。あなたは私の前を，シーターを連れて通過することはできませんぞ。ちょうどあなたが吠蛇(ヴェーダ)の知恵を論理で滅ぼせないのと同じようにね。あなたはその戦車から転がり落ちるでしょう。熟した果実が茎からぽとりと落ちるように」。ラーヴァナがなおも無視して走り続けたとき，ジャターユは起き上がり，そして風に警告を発して，この羅刹の通路を阻止したのです。

　風たちは嵐に駆り立てられた雲や，翼を生やした山みたいになってぶつかりました。ジャターユの羽ばたく翼で起こされた空気の流れがラーヴァナの戦車を揺り動かし，ラーヴァナの矢がもうどっさりと素早く飛んできたのですが，ジャターユはそれをうまくかわしました。一本の矢，また次の矢を破壊し，それらを万力のような爪でぽきっと二つに折ってしまいました。それから，ジャターユはその巨大な鳥の姿ごと戦車に飛びかかったため，とうとうラーヴァナの戦車は壊れて散り散りに落下したのです。

　ラーヴァナはそれでも，なおもシーターを摑んだまま，地面にひらりと跳び降りて，剣を振り回しました。ジャターユは息を切らし，苦痛であえぎながらも，何とかこう言うのでした，「あんたは哀れな魚だ……釣り針を呑み込んでしまったんだ……餌を付けたラーマの怒りの針を。それがあんたの喉に絡むだろう。もう逃れることはできぬぞよ」。

　老いたジャターユの力がだんだんと確実に弱まりながら，ついに体力を消耗したのを見て，ラーヴァナは再び飛び上がりました。ところが，ジャターユは負傷し出血しながらも，元気を回復し，昇ってラーヴァナに追いつき，彼の髪の毛を引き抜き，彼の背中と両腕から肉を引き剥がしたのです。ラーヴァナはもう一度落下しながら，シーターを放し，そして怒りを爆発させながら，ジャターユの翼と両足を切り落としてしまいました。

　この勇敢な鳥もついに地上にぱたりと倒れて，自らの血に濡れたまま横たわりました。シーターがその傍に駆けつけ，愛情と感謝でいっぱいになりながら，この鳥を胸に引き寄せるのでした。

　ラーヴァナが戻ってみると，後にしてきた場所にはシーターはもう見当たりませんでした。彼は追跡しました。下に急降下して襲いかかり，

第6章　シーターの誘拐

　シーターをつまみ上げようとすると，彼女は滑り去り，木から木へと走り続けて，助けを求めて叫び声を上げ，何とかして彼から逃がれようとしたのですが，無駄でした。

　どうにもなりませんでした。ラーヴァナはシーターをぐいっとひっつかみ，二人はすぐに空高く舞い上がって，ランカー城へと向かったのです。彼女の髪は緩み，その黄色の衣服はなびき，その宝石はまき散らされました。ラーマの若妻はさながら，ひらめく流星のように空中を通過したのです。

　森の動物はシーターの誘拐の現場から遠く離れてゆく，彼女の影を追っていたのですが，取り乱して逃げるのでした。悪しきものが通過したのを直感したからです。奇妙なことですが，神々は満足していました。なにしろこの大悪でもって，正当な破壊の歯車がとうとう回転しだしたからです。もうそれを阻止することはできませんでした。梵天(ブラーフマ)は神々の集会を催して宣言したのです，「わが仕事は成就せり，わが使命は完成せり」と。

　ラーヴァナは空中で炎を上げる火山みたいに，シーターの金色の姿を支えながら，移動しました。その周囲には，金色の絹の波がうねっていました。

　シーターはどぎつい言葉を掛けましたが，それも馬耳東風に終わりました。「金の枝をした地獄の木を見せてやるわ。エメラルドの葉をむしり取っても，深く鋭く切りつけられるだけよ。血が流れる恐ろしい川を見せてやるわ。ラーヴァナ，それがあんたの運命となるでしょうよ」。

　シーターはさながら母親から力を引き出すためででもあるかのように，何度も大地を見下ろしました。そして，高い山の上に五匹の巨大な猿が見えたのですが，彼らは助けを求めるシーターの叫び声が聞こえるかのように，見上げていました。彼女はとっさに自分のマントと宝石を投げ落としました。ラーヴァナは狂喜の声をあげたのですが，その喜びがどうなるかは全然気づきませんでした。彼が両腕に受け取ったのは，死と破壊だったのです。実際，彼女という金の木は，彼自身の邪悪さの地獄の中で成長し，苦い果実を産み落とすことに決まっていたのです。でも，当面彼は歓喜の幸せに浸ったのでした。

第6章　シーターの誘拐

　彼は大勝利の気分でランカー城に到着しました。シーターを真っ直ぐに奥の住居に連れて行き，女たちに指図するのでした，「男女を問わず，誰も儂の許しなしに彼女に会うことはならぬ。彼女が欲しがる衣服と装身具は何でも彼女に与えなさい。よく奉仕してやりなさい。彼女に一言でもきつい言葉を発すれば，儂の不快を招くことになる。良いな！」
　それからラーヴァナは八名の強力で有能な羅刹をただちにジャナスターナに行かせ，ラーマを何とかして殺すように命じたのです。「ラーマが滅ぼされるまでは儂は平和に眠ることができぬ。お前たちの動静と奴の動きとを儂に知らせておくれ」，と彼は命じたのです。
　ラーヴァナの心はすでにシーターとその美しさについての夢想でいっぱいになっており，彼は彼女に言い寄ってものにするという思いにすっかり耽っていました。第一に，彼はシーターに壮麗な宮殿を見せることに決めました。金の階段が各部屋に通じており，部屋には大理石の床や，象牙の扉や，宝石を象眼した窓が付いていたのです。そして，外を眺めれば，花咲く樹木や，ハス池や，不思議なツタの絡んだこんもりした木に包まれた，ゆったりした宮殿の庭が見えたのです。二人は泉や流れる小川を歩いて通り過ぎ，ある木の下で止まりました。
　「これがすべてではないんだ」とラーヴァナは誘惑するのでした，「老若を問わず，何百万もの羅刹がランカーには住んでいるんだ。儂個人は一万の強力な羅刹を支配しておる。これらの羅刹はまた，それぞれが儂に千名の奴隷を提供しているんだ。あんたは彼らの女王，儂のすべての連れ合いの女王，ランカー全域と，あんたへの愛と欲求でいっぱいの儂の心との女王になるんだ」。
　ラーヴァナは軽蔑して付け加えるのでした，「あんたのラーマは王国も，資力もない男，被追放者，何の期待もない森の住人だ。ラーマがあんたに何を提供できるというのかい？　彼から離れて，儂のものになりなさい。ランカーは無敵だ。ラーマはここを手に入れようと夢想したりはできぬ。そのことを考えることさえしないだろうよ，誓ってもよい」。
　この間ずっと，シーターは顔を覆い，黙って泣きながら立っていました。ラーヴァナは間もなくシーターが手に入るだろうことを確信していたのです。彼は彼女の前でぺこぺこして言うのでした，「女にこれまで

第6章 シーターの誘拐

お辞儀したことのないこの十個の誇らしい頭を，あんたの愛らしい足に触れることにする。儂の愛の捧げ物を受け取ってもらいたい，王女様」。

シーターは涙をぬぐい，頭を高くしてそれら十個の頭の間に細長い草の葉を置きました。それは意味ある身振りだったのでして，それらの間には克服し難い障壁のあることを示す彼女なりの方法だったのです。それはまた，ラーヴァナが彼女に提示したあらゆる誘惑に対する彼女なりの評価でもあったのです。それらの誘惑は，ラーマを愛し，ラーマとともに暮らしてきた夫人（ヴィデハの誇り高い王女，ジャナカの娘）にとってほとんど，またはまったく問題にもならなかったのです。

「あんたがやってきたとき，仮にラーマがそこに居合わせたとしたら，あんたは生き永らえて，こんな馬鹿げたことを言ったりはしなかったでしょうよ，彼は太陽や月をも地上に引き寄せたり，広大な大洋をその力で干上がらせたりすることだってできるのです。あんたはランカー城が，無敵なことを考えるがよいわ。ラーマがやがてそのことを証明してくれるでしょうよ。ランカー城はあんたとその愚行のせいで，蹂躙させられ荒れ果てることでしょう。王家の白鳥が平凡な野鳥をどうしてつがいの相手に引き受けられるというのです？」

ラーヴァナは激昂しました。「十二カ月だけ猶予を与えよう。それが過ぎてもなおラーマの許に帰るなぞという愚かな夢を追い続けたりしたら，宮殿の料理人たちがあんたをぶった切って，儂の朝食にしてくれようぞ」。するとシーターは平然と答えました，「そうしてもらってけっこうです。私のこの肉体は無感覚な肉の塊で，私の精神，私の魂の抜け殻です。心はラーマと一緒にあって，ほかの誰のものでもないわ。私は私の身体が待ち受ける運命には無関心なのですもの」。

ラーヴァナは足を踏み鳴らして，地面を震わせ，シーターを守っている女羅利たちをおののかせました。彼は彼女らに命じて言うのでした，「この女の意志を打ち破れ。野生の象を仕込む調教師みたいにな。甘言，脅迫，何でも使え。何としてもシーターを儂のためにうまく手馴づけなくてはならぬ」。

そして，彼は怒りと欲求不満を発散させながらも，こらえたのです。彼は邪魔されることに慣れてはいなかったのです。その富と権力のせい

第6章　シーターの誘拐

で，欲することをいつでも何でも得てきましたし，また実際彼はたくさんのことを欲してきたのでした。

パンチャヴァティーでは，ラーマがシーターの失踪や，ひょっとして誘拐されたのかも知れぬことを知るようになっていました。彼は鬼神マリーチャを殺害してから急ぎ戻る道中で，ラクシュマナに出くわしたのです。ラクシュマナは独りぼっちでしたし，見るからに落胆した格好で前かがみでしたし，その顔は深刻に狼狽していたのです。

ラーマは疑念と不安を洗いざらい吐き出しました。「どうして独りぼっちなのかい？　シーターはどこに居るの？　なぜ彼女を独りだけにしてきたのかい？　そんなことをしないよう命じておいたはずだが。一体全体，どうして私の厳しい指図を破ったりできたのかい？　彼女を無防備にしたりしてはいけないぞ。何か悪いことが起こっていはしまいか心配だ！」

ラクシュマナはラーマの長広舌に耳を傾けてから，みじめな説明をするのでした，「僕は動きたくなかったし，動くつもりもなかったんだ。でも，《おお，シーター，おお，ラクシュマ》という声が響くのを聞くと，シーターは狂人のようになってしまった。僕は彼女を宥めすかそうとしたのだけれど，彼女は頑固だった。僕も一歩も退かなかったし，同じように頑張った。すると，彼女はとうとう言葉に表わせないようなことで僕を責めだした。彼女は言ったんだ，僕があんたを亡きものにして，彼女を手に入れたがっている，僕がバラタと一緒に，あんたを殺すことを共謀している，と。こんなひどい言葉を聞いて，どうしてその場にじっとしていられよう？　僕はこれはきっと罠だと思ったのだけれど，でも僕にはどうしようもなかったんだ」。

「それは罠だったんだ」とラーマは重苦しく言うのでした，「それはマリーチャのせいだったんだ。あんたは彼女にも，あんたの傷つけられた自尊心にも屈すべきではなかったんだ」。二人が恐れたとおり，庵は空っぽでした。どこにもシーターの姿形はありませんでした。ほんの一瞬，ひょっとして自分をじらそうとして彼女がどこかに隠れているのでは，と思いました。そこでラーマは狂人みたいに，樹木や，小鳥たちや，川に対して，シーターの情報を尋ねて動き回ったのです。

最初の警告は，ラーマが後を付けてくる鹿を見たときに生じました。

第6章　シーターの誘拐

鹿たちの目は涙に満ちていたのです。「ラクシュマナよ，万事が順調というわけではないぞ。ほら，鹿どもが涙を流しているじゃないか。シーターのために泣いているんだ」。ラーマは再び気を取り直し始めました。彼女はハスの花を摘みに川へ行ったのかも知れぬ，と。でも，彼女はやはりそこにも居ませんでした。

ラーマは近くにひとかたまりになって無言のまま座っている野生の鹿の群れをにらみつけました。「ラクシュマナよ，奴らは何か言おうとしているぞ」と言いながら，むせび泣きでむせぶ，感傷的な声調で，ラーマは彼らに尋ねるのでした，「シーターはどこに居るんだい？」すると，鹿の群れは一斉に立ち上がり，頭を南に向け，首はあたかも一点を強調するためでもあるかのように伸ばしました。ラーマとラクシュマナが南方に歩き出し，鹿は二人の前を道案内しながら歩き，ときどき二人が後を付いてきているかどうかを見るために振り向くのでした。

手がかりが見えだしました。まず，シーターの花々です。ラーマはすぐそれらに気づきました。「これは私が彼女に与えたものだ」，と拾い上げながら言いました。次に二人は彼女の足跡を見つけ，乱雑な進路を上下，左右にたどりました。すると，それからさらに大きな手がかりが続いており，彼女の壊れた装身具の破片が出てきたのです。証拠は固まってきました。立派な弓は壊れて散らばり，金の武具もあたりに散在していたのです。王家の天蓋は打ちつけられており，戦車は引っくり返り，ラバたちは怪物の頭で苦しめられ，みな殺しにされていました。これらの残骸に次いで，御者たちが死んでいるのを見つけたのです。彼らは鞭紐や手綱を，なおも伸ばした手の中に摑んだままでした。

「シーターを連れ去ったのはさぞかし強力な羅刹だったに違いない」，とラーマが言いました。するとそれから，彼の怒りは破壊の津波みたいに噴出するのでした。「ラクシュマナよ，今日きみは私のうちに隠れている恐怖が込み上げてきて，嵐——破壊の嵐——で世界を巻き込むのを見るだろうよ。神々が今日私のもとにシーターを戻さないのは，三界が全滅させられたも同然だからだ。私の怒りを切り抜けるものは一つも許さぬ。ラクシュマナよ，私の弓とすべての武器を手渡しておくれ。見ていろ，どの矢も放たれ，どの武器も投げつけられ，どのミサイルも発射

第6章　シーターの誘拐

されるから。私の矢筒は空になり，私の甲冑は使い果たされようぞ」。

　ラーマは弓を引き，その上に矢を当てがった。ラクシュマナは恐怖で蒼白になり，遠慮なく言いました，「一人の男の罪のせいでどうして世界を破壊するのです？　こんなのは軍隊の仕業とは思われない。ここには死に物狂いの闘いのしるしが見られるけれど，二人の間の決闘だったということはほとんどはっきりしている。私たちは思慮もなく破壊する前に，敵が誰かを見つけ出し，突き止めなくてはなるまい。

　あんたは正義と同情の人だ。制御できなくなり，こんなふうに激しく打って出るのはよろしくない。あくまでもみすぼらしく，忍耐強く，慎重に彼女を突き止めるまで探しまくろうよ。それで駄目だったなら，そのときにはあんたは不注意な神々の支配する不当な世界に，公平に怒りを発散させるがいい」。

　ラーマは落ち着きましたが，深く悲しみ，慰撫されるのを拒みました。ラクシュマナはそれでも，知恵と慰めの言葉で彼を宥めるのでした。「どの人間もみな逆境に晒されているんだ。あんたも悲しみに直面した。あんたはそれに耐えて，敵を見つけて滅ぼすよう決心すべきなんだ。知恵は勝たねばならぬし，命は続かねばならないのだ」。

　こうしてラクシュマナはとうとうラーマを説き伏せて，ジャナスターナへの組織的な探索をすることになりました。

　ジャターユが血の海に横たわっているのを見つけたのはラーマでした。「これはあの悪党のせいだ。あの悪鬼がハゲワシの姿をして，シーターをむさぼり食おうとしたんだ」と彼は言うなり，これを殺しに飛び出したのです。

　ジャターユは血を吹き出していながらも，言うのでした，「自分がシーターを殺したのではないんです。悪鬼ラーヴァナにより，ここに放置されて死ぬところだったんです。奴と全力で戦い，奴の戦車を破壊し，奴の御者を殺しもしたんです。でも，自分はあまりに老いているし，奴には弱過ぎることがはっきりしたんです。私の力が衰え，奴はシーターを無理やり奪い取り，空中に彼女もろとも飛び上がったんです。彼女は生きていますよ」。

　ラーマは跪いて，ジャターユをかき抱きました。ジャターユの声はほ

第6章　シーターの誘拐

とんど聞こえないほど弱くなっており，その目は迫りくる死で覆われつつありました。「ジャターユよ，シーターは何と言ったのかい？　どのような姿をしていたのか？　ラーヴァナのことを私に詳しく話しておくれ」とラーマは言いながら，彼は傍に屈み込むのでした。「ラーヴァナはヴィシュラヴァスの子で，クベラと兄弟です」，とジャターユはかすかにあえぐように囁きました。「もっと，もっと話しておくれ」，とラーマは嘆願するのでした。

　しかしジャターユの嘴は一，二度黙って動いただけで，その目は死の眠りについてしまい，地面にじっと伸びてしまいました。「ラクシュマナよ，われらの父の友ジャターユがいま亡くなった。私の凶運には切りがないのか？　もし私が今大洋に跳び込んだなら，私の悲しみで海も乾上がるだろうよ」。

　ラーマはジャターユの葬儀を執り行いました。数頭の鹿を殺して，聖典を唱えながら，儀式用の肉の玉を献じ，それから，ゴダーヴァリー河の岸辺で斎戒沐浴の儀式を行いました。みんなは，ジャターユの霊が間もなく，勇敢で無私な者たちのために用意された浄土へと舞い上がるだろうことを望んだのでした。なにしろこの霊鳥は友だちのために，負け戦さの中で血を流しながら亡くなっていったからです。

　王子たちは人跡未踏のジャナスターナの森をさらに突き進み，シーターを探して遠くへ入って行きました。マタンガの古めかしい庵の近くで，彼らはと或る羅刹に出くわしました。胸についた一つ目が彼らを憎らしげににらみつけており，腹の中に切り刻まれたその口は大きく開いていて，今にもむさぼり食わんばかりでした。森の一方から他方へと伸び出た長い腕をしていました。ラクシュマナはこの恐ろしい怪物を見て震えだし，ラーマでさえ，いくらか恐怖を覚えるのでした。「儂はカバンダだ」とその羅刹は吼(ほ)えるのでした，「お前ら二人は儂の今日の朝食だな」。

　その両腕は頑丈そのもので，しかも唯一の生活手段にもなっている——なにしろ，この羅刹は生贄たちから見られる前にそのほとんどを引っつかんでしまうことにより，食いついないでいたからです——と推測して，兄弟は左右に分かれて，両腕を素早く切り落としました。カバンダは倒れたとき，二人が何者でなぜここにやってきたのかを悟りました。カバ

第6章　シーターの誘拐

ンダは自分を長年の呪いからラーマが解放してくれることになっていた旨を二人に告げました。「どうか私を火葬にしてください。炎で私が焼かれ，本来の姿に戻りましたとき，あなた方をシーターへと案内してくれる誰かへの道をお示ししましょう。でも最初に，火葬して私をお送りいだかねばなりません」。

カバンダはもう不格好な怪物の姿ではなくなり，炎の中から白鳥の引く戦車に駕して昇天するのでした。そして，言ったのです，「ラーマよ，パンパー湖岸に到達するまで西のほうに進んでください。その両岸の向こうには梵天（ブラフマー）によって特別に創られたリシャムーカという大きな山が聳えております。そこには，周囲の岸壁から切り出された洞窟があり，その中にスグリーヴァという，スーリヤの息子で，猿族の王が四名の仲間と一緒に住みついています。このスグリーヴァをお探しください。彼はきっとあなたのシーター捜しを助けてくれるでしょうから。ご無事で」。

二王子は出発しました。ダンダカーラニヤの不吉な闇も，二人が偉大な聖者に献じられたマタンガの森に到達すると，ひとりでに晴れたように見えました。そこにはすべての動物が互いに平和に暮しており，四季ごとの草花が全部一度にぱっと，一年中咲き乱れていました。「これらの花々はマタンガの弟子たちの汗で水分を取っている。彼らの額の汗は霊火で熱されたものだ」，とカバンダもかつて言っていたのです。

二人はシャルバリーの庵に到達しました。この老いた女苦行者はそこで，何年もの間つとめてきたのです。彼女は二人を待っていたようでした。ラーマはシャルバリーから両足を触られると，彼女にいつも通りの質問をしました。「あなたは怒りと飢えという二つの火を鎮圧しましたか？　苦行精進があなたの生活の一部になりましたか？」

「大聖マタンガの弟子である，私の導師たちのおかげで，私は苦行精進をうまく追求してやってこれました。あなたがチトラクータに足を踏み込まれるや否や，導師たちは心静かに天上の家へと出発したのです。なにしろ，ラーマよ，あなたさまは私を地上の束縛から解放する運命にあるからです。」

シャルバリーはうやうやしく話すのでした，「私はあなたが近づいてくることに気づいていました。それで，パンパー湖の土手からこれらの

第6章　シーターの誘拐

第6章 シーターの誘拐

野生の果実を集めてここでお待ちしていたのです。どうか殿よ，このささやかな私の贈り物をお受け取りください，そして私を祝福してくださいませ」。ラーマは祝福しようと両手を差し出し，果実を食べたのです。

ラーマはマタンガの庵の聖域にいたので，その聖霊を何か体験しようと欲しました。「あなたの大師たちのことは聞いておりました。仙人たちの住所をお示しいただけませんか？」

シャルバリーは二人を森の中に連れて行きました。「ここは普通の森ではありません。私の導師の呪文を唱える声は，聞こうとする者には今なお響いていますし，聖火は今なお四隅を照らし，すべての方向に輝いていますし，世界の海が傍を流れています。苦行者たちは精進苦行で衰弱し，動くことができなかったからです。彼らの樹皮の服は聖なる生活で湿ったまま，今なお掛かっており，また彼らが献じた青いハスは決して色褪せることがありません」。

シャルバリーがふと立ち止まり，すでに燃やしておいた火の中に跳び込むと，清らかな光を放って炎が空中に上がりました。

ラーマとラクシュマナは霊魂の努力と救済という独特な雰囲気に包まれるのを感じました。それはまるで防護服のようでした。二人は生活の一部になっていた暴力と悪から洗い清められるのを感じました。彼らはやり出したように，もう一度勇敢にも希望を抱いて，シーター探しを再開したのです。

遠方にリシャムーカ山が見えました。ラーマとラクシュマナは歩いて，とうとうパンパー湖に到達しました。その水は水晶か，仙人たちの洗練された心みたいに澄んでいました。二王子はその冷たい清水で沐浴し，しばらく悲しみと憧れとの重荷を流したのです。

春は微風を片手に，花開く樹木や花吹雪の中を通って猛烈に接近し，鳥たちや蜂たちに囀ったりうならせたりしていました。それはラーマの心の庭をも駆り立て，シーターを憧れる蜂のハミングや苦痛のつぼみと花でその心を刺激したのです。彼は彼女の不在を嘆き悲しみ，過去の歓ばしかった光景で彼女の現前を呼び起こすのでした。シーターが鳥の囀りやカッコウの鳴き声や，跳びはねるガゼルや，踊るクジャクや，狂お

第 6 章　シーターの誘拐

しい香りを放つマンゴーの花に歓喜していたことを。生長のそれぞれの単純な出来事も，彼女にあっては生の称賛だったのです。春の魔法はまたしても空中に漂っており，すべての頭を目もくらむ喜びで振り向かせていました。でもラーマにとっては，シーターの居ない，愛のない，生気のない春だったのです。

第 7 章
キシュキンダーでの盟約

　二王子は今やリシャムーカ山の麓にさしかかっていました。猿の首領スグリーヴァは二人がやってくるのを見かけました。二人の歩き方，王家らしさ，二人とも武装しているという事実から，彼は恐怖と疑いでいっぱいになったのです。ひょっとして秘かな悪事を働くためにやってきた，兄ヴァーリン王のスパイではあるまいか？　そこで，彼は身を隠して，いやます恐怖で震えながら見守ったのです。家来たちに相談せざるを得ませんでした。

　大臣たちを召集して，二人について今や確信するに至った，自らの疑念を表明しました。すると，家来たちはすぐ行動に着手しました。てきぱきとしっかり移動し，密集防護の非常線の輪をつくって，その中にスグリーヴァを置いたのです。それから，異国者たちのために，破壊力の見世物をやって見せたのです。そのために，崖から崖へと跳んだり，丘の斜面を彼らの跳躍で揺さぶったりしました。樹木を引き倒し，動物たちを蹴散らかしたりしました。

　その後で，家来のうちの一頭がスグリーヴァにきっぱりと言い放ったのです。その声には明らかに威厳のようなものを帯びていました。「全然恐れたもうな。影を怖がって，御身を不安にし，びくびくさせているのは，山猿の性なのです。放心して興奮されていますが，それは集会でのふさわしい態度とは言えません。私どものリーダーであられるのですから」。

　すると，スグリーヴァは弁解して言うのでした。「あの二人を見て，恐怖に打たれぬ者がいるだろうか？　ヴァーリンは手強いのだ。それに，王たる者はあまたの友を持っておる。われらはいい気になって，油断してはいかんのだ」。こう言って，彼は探検に出かけることを指示したのです。「ハヌマトよ，御身は乞食に変装して彼らに近づき，彼らの会話を確かめなさい。仕草，外見，話し方をじっと観察すれば，多くのこと

第 7 章　キシュキンダーでの盟約

がはっきりしよう。すぐに行きたまえ。御身は彼らと渡り合うのに最適なのだから」。

　命ぜられるやハヌマトはひと跳びでラーマとラクシュマナの道に立ちふさがりました。もちろん，彼は猿の姿を振り捨てて，苦行僧を装い，うやうやしく柔らかい口調で話しかけました。でも，そのやり方はまさしく敬意と信頼をかき立てるように計算されていたのでした。

　「御身らはどなたさまですか，また何ゆえにいらっしゃったのですか？こんな森の平安を乱してまで。御身らの巻き毛はからみ合い，戦士のごとく踏破され，しかも弓，箙（えびら），剣で完全武装されておられます。ところで，ここには兄より追放されて，その名にふさわしい王国もない，猿の首領スグリーヴァが住み着き，友情の手を差し伸べております。私は風（パヴァナ）＊から生まれた弟子の猿ですが，スグリーヴァの命を受けて苦行者に身をやつして，彼の善意の言伝てを御身らのところに持って派遣された次第です。」

　ハヌマトは二王子が答えるのを待ちました。すると，ラーマはラクシュマナに穏かに言うのでした，「彼に親しく語りかけてみたまえ。なかなかよい印象を与えている。もろもろの聖典を学び，文法について通暁した者しかこんなに見事に，完璧に，しかも要点を外さないで語ることはできまい」。

　ラーマは夢中になり，興奮していました。「彼は優秀な人物だ。立派な体格だし，その鍛えられた声は，音と言葉を巧みに，かついとも容易に操っている。どの音節も明晰だ。その見事に調節された声には調和がある。学問と自制の威厳で魅惑している。こういう使者を持つ王なら，いかなる冒険をやってもうまく成功を収めるに決まっている。彼の弁舌には思わず魅せられてしまう」。

　ラクシュマナは取り組み方では同じように直接的でした。「わたしらは実際，スグリーヴァを探しており，今は御身の案内を待っているところなのです」。ハヌマトはスグリーヴァのために一生懸命でした。彼は二人の苦行者と直接同盟を結ぶ決心をしたのです。それは真正な，同等

　＊　ヴァーユーともいう。

135

第7章　キシュキンダーでの盟約

の心の出会いでしたし，両方にとって縁起のよいものでした。

ハヌマトは猿の姿に戻って，ラーマとラクシュマナを強力な両肩に載せ，川や湖の上を跳んで，スグリーヴァの許に向かいました。彼らは道中情報を交換しました。そして，到着すると，ハヌマトは二人をスグリーヴァに紹介し，スグリーヴァにはシーターが誘拐された一部始終を伝えたのです。

スグリーヴァは友愛のこもった正式の動作で片手を差し出し，それから，簡単な儀式が続きました。すなわち，ハヌマトは二個の木片をすり合わせて火を起こし，それに花を供え，スグリーヴァとラーマはその火の周りを歩きました。彼らは友情を確認し，火の神アグニがこの契約に立ち会ったのです。

スグリーヴァは花や，葉のついた娑羅の枝を折り取り，それを広げて，ラーマと一緒にその上に座りました。ハヌマトも芳しい白檀の花咲く枝をラクシュマナのために広げ，話すために一緒に座ったのです。スグリーヴァが口を開きました，「御身は私の友人ですし，私どもは悲しみを共有しているのです。ヴァーリンは私を追放し，私の妻ルーマーを無理やり奪い去ったのです」。

ラーマは答えました，「私はかならず御身の兄を殺し，御身の妻を取り返してあげます」。すると，スグリーヴァはいかめしく言い放つのでした。「私はシーターを御身にかならず取り戻すでしょう。彼女がたとえ天国に居ようと地獄に居ようと。私には小さな手掛かりがあるように思われるのです……」。

そして，彼がラーマに語ったところによりますと，ある日，彼と友だちが山上に居たとき，女人が連れ去られながら，自由になろうともがきつつ，「ラーマ！　ラクシュマナ！」と叫んだというのです。「あれはシーターだったに違いありません。彼女はことさら目的があってのように，肩掛けと宝石を落としたのです。私はそれらをここに保管してあります」。

ラーマは我慢できませんでした。「どうか，すぐそれらを持ってきてください。待ち切れません」。その宝石が持ってこられると，ラーマはそれを確かめてから，ラクシュマナに指し示して言うのでした。「これらはシーターの宝石に間違いないね，ラクシュマナ」。

第7章　キシュキンダーでの盟約

王子たちがスグリーヴァに立ち向かっているところ
この絵はハヌマトの英雄振りや，彼の半神的な属性をともにうまく表わしている。ハヌマトの身体の赤色は，彼の抜群の力と勇気を象徴している。ヒンドゥーの慣習では，ハヌマトの偶像は朱色の硫化水銀と油を塗られている。〔口絵Ⅷ参照〕

第7章 キシュキンダーでの盟約

ラクシュマナはちょっと見るなり，言いました，「これらは耳輪と腕章ですね。私は毎日シーターの足もとに跪いていましたから，彼女の足輪しか知りません。私はそれより上を眺めようと欲したり，あえてしたりしたことがないのです」。彼は最後の出会いのことや，彼女の乱暴な非難のことを思い出していました。

ラーマはその宝石をしっかりかき抱きながら，シーターのことを思い出して，悲しみの熱い涙を流しました。それから，弱さのあらゆるしるしをかなぐり捨てて，叫んだのです，「あの悪党が死の戸口に立って，戸を開けようとしている。死の開かれた扉への小道を急いで行って，奴に追いついて見せるぞ！」

スグリーヴァは自分の追放についてラーマに語り始めました。

「ヴァーリンは私の兄でして，私は彼を愛していたのです。父が亡くなると，彼は王座を継ぎ，そして首都キシュキンダーから支配したのです。私は彼の下臣となり，忠実に仕えました。」

ある日，マーヤーヴィンという阿修羅——偉大なドゥンドゥビ・ダーナヴァの息子——が，ある女性をめぐってヴァーリンとの怨念を晴らそうとしたのです。彼は夜中に都城の門にやってきて，咆哮しながらヴァーリンに決闘を挑んだのです。ヴァーリンが出てきました。そして，彼の妻たちが押し止めたにもかかわらず，また，スグリーヴァが彼の足許に倒れて，何とか彼が行くのを阻止しようとしたにもかかわらず，彼を引き止めることはできなかったのです。それで，スグリーヴァも彼の後を追ったのでした。

「それは月明かりの夜でした。私たちはマーヤーヴィンが先に逃げ走るのが見えたのです。それから，地下の洞穴に消え失せました」。ヴァーリンがマーヤーヴィンを追って中に入る間，スグリーヴァには洞穴の外で待つように命じたのです。スグリーヴァはまたもヴァーリンに思い止まるように説得しようとしたのですが，やはり阻止できませんでした。ヴァーリンは今や制御不能なまでに奮起しており，ひたすらマーヤーヴィンを殺すことに没頭していたのです。

「私は待ちました」，とスグリーヴァは言うのでした。「まる一年も，

第7章　キシュキンダーでの盟約

あえて動こうともしないで，待ったのです。そのとき，私は血が洞穴から流れ出てくるのを見，マーヤーヴィンの咆哮を聞いたのですが，兄からの勝利の叫び声はまったくしなかったのです。そこで，私は兄は死んだものと判断し，阿修羅の出口を塞ぐために透き間に大岩を転がしてから，立ち去ったのです」。スグリーヴァは秘かに葬儀の供物を供えてからキシュキンダーへ戻ったのでした。

「私が王国を簒奪したかったとしたら，すぐさま兄の死を布告しないでおこうとしたでしょうか？」とスグリーヴァは傷つき，悲しんだ様子で言うのでした。大臣たちはほどなく何が起きたのかを推測して，彼を王位に即くよう強く主張したのです。それで彼は国事をしかるべく誠実に遂行し始めたのでした。

ところがそうこうするうち，ヴァーリンが戻ってきたのです。彼はスグリーヴァの行っていることを裏切りだと非難し，彼に弁解する余地も与えずに，彼を追放し，彼の閣僚たちを投獄し，彼を公けに告発して，事件の経緯を勝手にでっち上げたのです。

「弟のスグリーヴァが私を裏切ったのだ。彼は命じられたのに，私を待つことをしなかった。それどころか，私の出口を塞いで立ち去ったのだ。私はマーヤーヴィンとその仲間とのまる一年もの闘争で疲労困憊していたのだが，何とか岩を転がして，やっとのことで出てきたんだぞ。」

ラーマはこの安直な勝利のことを思って，微笑しました。「ヴァーリンが生き延びるのも，私が奴に出会わない間だけで，一瞬たりともそれ以上ではないでしょう。スグリーヴァよ，私のこの矢は決して的を外したりはしないのです」とラーマは約束しました。でも，スグリーヴァはそれほど確信が持てなかったのです。ラーマにヴァーリンの剛勇をはっきりさせておく必要がありました。

そこで，彼はラーマに率直に言うのでした，「御身の評判は存じております。御身は無害な灰で隠されて，目に見えずにくすぶっている火のようだと言われております。でも，ヴァーリンの剛勇についての恐ろしい数々の証例についてもお話したいのです」。

スグリーヴァはヴァーリンの英雄的行為や，彼が日の出の前に毎朝北から南，東から西へと大地を渡り歩くことや，筋肉を動かして山の峰々

第7章　キシュキンダーでの盟約

を空中に突き上げ，これらを鞠みたいに受けとめることを証明したのです。また，かつて彼が野牛の姿をした阿修羅ドゥンドゥビに挑戦したことのあることも。

ドゥンドゥビは大地をうろつき，大洋や山々の力に挑んでいたのです。一戦交えずとも，これらは敗北を認めるのでした。それから，ドゥンドゥビはヒマラヤ山脈に傲慢にも尋ねるのでした，誰か儂の力に匹敵する者はいまいか，と。すると，山脈は答えたのです，インドラの子ヴァーリンしか考えられません，と。虚栄を誇り，うぬぼれの強いドゥンドゥビはすぐにキシュキンダーに直行し，都城の門を荒々しくこじ開け，そこに突っ立って，吠えたり，大騒動を惹起したりしたのでした。

ヴァーリンが妻たちと一緒に出てきて，きちんと測ったような，均一の調子で尋ねました，「どうして御身は私どもの都への入口を塞ぎ，そんな乱暴な振る舞いをなさるのです？　御身の生命が惜しくはないのですか？」

この言葉だけでドゥンドゥビを挑発するのには十分でした。彼は闘いをおっ始めるための口実をひたすら待ち望んでいたからです。

「ヴァーリン，さあ出てきて戦え。だが，まずそちの女どもを抱いて，別れの挨拶をしろ，そしてキシュキンダーにも最期の一瞥をしておけ。」

ヴァーリンは素手で攻撃し，この阿修羅の角を摑みました。それから，岩や石ころを使ったのです。すると，阿修羅は大の字になって地面に横たわり，動かなくなりました。素早い，無残な死でした。

ヴァーリンはこのドゥンドゥビを持ち上げて，かなたへ投げ飛ばしました。衝撃で彼のあごは粉々になりました。その口からはどっと血が流れ出ました。すると，風に運ばれてその血のしずくが大仙マタンガの庵に落ち，これを汚したのです。

大仙はドゥンドゥビの遺骸を見て，これはヴァーリンの所業だと推測しました。そして，彼を呪って言ったのです，「おのれの庵を汚したり，おのれの樹木を折ったり，おのれの植物を踏んづけたりした者がこの森に入るならば，必ず死ぬであろう。その者の猿の仲間たちもここに踏み込んだなら，ただちに報いを受けるであろう。一千年の間，石に変えられたままになるだろう」。

第7章　キシュキンダーでの盟約

　「このことは私にとって祝福の偽装であることが判明したのです」、とスグリーヴァは言うのでした。「ヴァーリンはリシャムーカのどの近くにもやっては来られませんので、そこは私と私の大臣たちにとっての避難所となったのです。少なくともそこでなら、私は彼の憤怒から安全でおれますから」。スグリーヴァの目は恐怖でいっぱいでした。明らかに、兄を怖がっていました。

　「ヴァーリンがラーマの好敵手なぞではないことを、どうやって御身に説き伏せたものか？」とラクシュマナは真に剛勇者のなさけを発揮して言うのでした。

　「目の前にご覧のこれら高い樹々も、ヴァーリンが通り掛かったり、触れたりすると、恐怖から葉っぱを落としているのです。ヴァーリンが個人でも集団ででも、一本の矢で幾度もそれらの樹々を突いたからです。もしラーマ殿がそれらの樹の一本にうまく命中させられれば、私は殿が有能な戦士だと判断するでしょう。第二に、もしラーマ殿がドゥンドゥビの死骸を片足で蹴り、それを弓丈二百倍かなたへ投げ飛ばせられれば、私もヴァーリンとの対決の危険を犯すつもりです。」

　スグリーヴァは弁解するのでした。「どうか私を誤解したり、立腹なさったりしないでいただきたい。私は臆病者でして、殿のお力のちゃんとした証明なくしては、ヴァーリンに立ち向かうのが怖いのです」。ラーマは彼が言い終えるのを待っていました。そして、軽々と足を延ばし、爪先をもって、ドゥンドゥビの遺骸を要求された距離よりはるかかなたに蹴り飛ばしたのです。

　百聞は一見に如かず。でも、スグリーヴァの自信はヴァーリンによってひどくうち砕かれていましたから、今なお恐怖を抱えていたのです。「血と肉でどっしりと重い生身の死体と、この乾燥した軽い骨の山とでは雲泥の相違があるのです。私はまだ決心がつきません、ラーマ殿。私には二重の確信が必要なのです。第二の証明をしてくだされば、御身の力をより正確に測れるでしょう。私のしつこい疑念をお許しください。これも私の自信のなさと恐怖のなせるわざです。私は比較をしたり、御身を侮辱したりするつもりはございません」。

　ラーマはじっと我慢しました。彼は弓を引き、狙いを定めました。矢

第7章　キシュキンダーでの盟約

はただちに七本の樹木、山を貫いて、それから地面を突き抜けてから、再び矢筒にきちんと戻りました。

今やスグリーヴァは、疑いもなくヴァーリンが好敵手に出くわすだろうことを知ったのです。

ラーマは責任を引き受け、スグリーヴァが従うべき戦略を立てたのです。「ただちにキシュキンダーへ出発しようではありませんか。私どもが攻撃の手はずを整えて隠れている間に、御身はヴァーリンを挑発せられよ。その時点からは、御身のためにも御身の王国のためにも真剣勝負が始まるでしょう」。

彼らはキシュキンダーに到達し、宮殿の外側の木の茂ったあたりで停止したのです。スグリーヴァは昔の自信をいくらか取り戻していました。ヴァーリンに挑戦して、新たな勇気に満ちた咆哮を上げました。それを聞いて、ヴァーリンが激昂し、荒れ狂いながら走り出てきました。弟がかくも生意気なやり方で挑戦してこようとは！

両者は掌（たなごころ）をとどろかせながら、拳骨（げんこつ）と拳骨（げんこつ）を固くして互いに打ち合いました。そのとき、ラーマは両者の進み具合を注意深く測りながら、じっと注目し、介入すべき瞬間を待ちました。

ところが、予期せぬ問題が持ち上がりました。二頭の猿が同じように、取っ組み合ったり、倒れたり、起き上がったりするように見えましたし、彼らの勝利と苦痛の咆哮もほとんど同じだったのです。彼らの黄褐色の体は、ぶつかり合うたびにまばゆく輝き、闘いを一戦一戦と繰り返すたびに、取っ組み合ったり、離れたりするのでした。

そのうち、スグリーヴァは勇敢に戦いながらも、疲れ出しました。とてもヴァーリンの好敵手ではなかったのです。どうしてラーマがヴァーリンを殺して自分を救い出しに現われないのか、といぶかったのです。盟約を破って、自分を辱（はずかし）める気になったのか？　怖じ気づいたのか？

スグリーヴァには好機はまったくなかったのです。命からがら走り去りました。ヴァーリンのほうは、彼を哀れんで、まるで厳罰を加えるのではなく、ただ思い止まるすだけでよい食（は）み出し子みたいに、放置しておいたのです。しかも、リシャムーカは立入禁止区域でしたから、スグリーヴァがそこへ直行するに違いないことを彼は知っていたのです。

第7章　キシュキンダーでの盟約

　スグリーヴァがラーマとラクシュマナに出会うと，恥辱に震えながらも非難して言うのでした。「御身のような強力な戦士を味方に持ちながら，私の人生における運命はどうも敗北と決まっているようです。御身がヴァーリンを殺そうとは欲しておられなかったのなら，私に警告しておいてくださるべきだったでしょうに。私はこんな立場に身を曝したりはしなかったでしょう。逃亡者や宿なしの放浪者でいるのはとてもひどいことですが，御身が私に勧められたあの輝かしい挑戦の後で，鞭打たれる動物みたいに追跡されるとは，実に屈辱的です。私はそれを辛うじて免れられはしたのですが」。

　ラーマの声は慰撫するものでした。「スグリーヴァよ，私の窮地を分かっておくれ。ヴァーリンと御身は双児みたいだった。見分けがつかなかったのです。だから，私は矢を射らなかったのです。御身を殺す危険をどうして犯したりできたでしょう？」

　ラーマはうまく説得しました。「もう一度ヴァーリンと決闘するのです。ただし今度は，決闘に行く前に，御身の目印になるような何かを体につけておくことです」。

　ラーマはラクシュマナに，花盛りの蔓を花輪としてスグリーヴァに与えるように頼みました。それで，スグリーヴァはどうにか宥められました。そして，一同はもう一度キシュキンダーへと出発したのです。今度は，この猿の支配者もよりましな心構えになり，あらゆる疑念や嫌疑も晴れ，そして長い苦労の終わるのを感じたのでした。少しばかり幸運に恵まれればもう一度，愛しいキシュキンダーで暮らし，そこに小塔が遠くに聳えているのが見られるだろう，と。彼はラーマに言うのでした，「さあ，キシュキンダー城の黄金の壁が陽光を浴びているのをご覧ください。猿の衛兵たちも。城壁は，すぐに攻撃しようという衛兵たちでいっぱいです」。

　ラーマは恐れませんでした。そのことをスグリーヴァに告げ，また彼に勝利を約束もしたのです。「勇気を出されよ。ヴァーリンは誇り高いから，御身の罠にはまるでしょう。けしかけるのです。さあ，最善を尽くしてください。それだけでうまくゆくはずです」。

　スグリーヴァの心は新たな自信で高まりました。嵐に激しく打ちつけ

第7章　キシュキンダーでの盟約

られる大洋みたいに、自らを鞭打って高く勇気を奮い立たせたのです。さて、ヴァーリンが城門で闘いに出てこいという弟の雄叫びを聞くと、たちまち憤怒で身震いするのでした。気まぐれな快楽で五感がたきつけられているときに中断させられるのは、腹立たしいことでした。妻たちが彼の周りでちやほやしたり、甘やかしたりしていたのです。ですからここでは、スグリーヴァがまたしても邪魔者だったのです。ヴァーリンはこの無作法に金輪際けりをつけようと思ったのでした。

　彼が叫びながら跳び上がると、王妃ターラーは情愛をこめて彼をかき抱きながら、引き止めました。賢夫人でしたから、スグリーヴァが戦いを挑んでいる以上、彼が強力な同盟からの支えを確信しているはずだと推測したのです。彼女は夫とは違って、耳目を光らせ続けていたのです。

　「戦うのは明日になさったら。明日にはあなたがもっと冷静になりますから、そのときにスグリーヴァと戦ってください。スグリーヴァの挑戦には、目にとまる以上のものがあるのです。何か隠れた大きな力がなくては、彼があなたに挑もうとしたりはしないでしょう。どうしたらよいか、私には妙案があります。」

　彼女は知っていることを話すのでした。「イクシュヴァーク王家のラーマが、立派な弟ラクシュマナと一緒に最近ここにきております。私たちの息子アンガダが、ラーマとスグリーヴァとの間に密約のあることを、彼の信頼できる密偵から聞いたのです。ラーマに敵対するのは賢明ではありません。彼の高い名声はご存知のとおりです。ラーマはいつも弱者、抑圧された者の側に立っており、悩める者の庇護者になっています。スグリーヴァの王位復権のための闘争は、彼にも名分がありますし、しかもラーマが擁護することは何でもただちに成功を収めます」。

　それでも、ヴァーリンは一向に静まる様子を示しませんでした。それで、ターラーは説得が失敗したように思えたところで、情愛をこめて彼に勝利してもらいたいと欲しながら、もっと近づいて言うのでした。「スグリーヴァはあなたの弟御であり、生まれつきの味方です。あなたは彼にとって父親のようなものです。どうか和解の意志表示をして、あなたの守備力を強めてください。ヴァーリン、ほかに選択の余地はありません。いいですか、あなたは少しも品位を下げることにはならないで

第7章 キシュキンダーでの盟約

しょう。スグリーヴァは立派な親族ですし，ラーマとの友情はこの上なく望ましい動きなのです」。

それでも，ヴァーリンは常識に耳を傾ける気にはなりませんでした。彼にとってまさに生涯が転換点にさしかかっていましたし，運命が惑わせる手招きをしていたのです。

ヴァーリンはターラーを安心させながらこう言って，出発したのです，「ラーマは正義の塊だ。公平でも正当でもないことは何も行うまい。だから，恐れないでおくれ。私にしても，スグリーヴァを殺すつもりはない。ただ彼にしたたか鞭打ちを加えて，彼の誇りを卑めてやるだけなんだ。よいな」。

そこで彼はスグリーヴァに向かってこう叫びながら突進したのです，「お前をこの拳の一撃で始末してやる」。

スグリーヴァも同じように脅迫しました。「ヴァーリン，俺はこの拳でお前の頭蓋骨を砕いてやる」。二人は闘って，さながら狂った雄牛のように打ち合って，血が流れました。スグリーヴァは予想どおり，最初に敗北のしるしを示し始めました。すると，ラーマの金色の矢が炎の舌のごとくにひらめき，ヴァーリンに致命傷を負わせ倒してしまいました。彼は油断しているところを捕らえられたのです。血を流し，打撲傷を負って倒れたありさまは，突然の嵐に襲われた真っ赤な花を咲かせた樹木みたいでした。インドラの子も父の強力な旗がなぎ倒されて埃の中に消えるみたいに地面に横たわったのです。

ヴァーリンは辛うじて息をしており，なおも燦然と輝いていました。父の首飾りが彼の分厚い胸の上に掛かったままきらきら輝き，彼の栄光を眺めていたからです。ラーマとラクシュマナが思案げに，そっと彼に近づくと，ヴァーリンは悲しそうに失意の眼差しで，衝撃を受けたまま二人を見つめました。彼の論証は公正ながら，苛烈極まるものでした。

「ラーマよ，世間は御身に賛辞を送っているし，余もそうしてきた。御身は公正，勇敢で，学があり，啓発されていると思われている。御身は汚れなき栄光で名高い，イクシュヴァーク一族の出である。ところが，余がほかの者との闘争に熱中している間に，御身は余を射倒した。しかも，御身が誰なのかを明らかにしないまま余を射倒した。御身はずるい

第7章　キシュキンダーでの盟約

殺し方をした。蛇が眠れる人を襲い，見られずにこっそり立ち去るみたいに。余は御身が表に出てきて余に挑むことを期待したかった。もしそうしてくれたとしたら，御身が余の代わりに死にかけていることだろうに。

　御身は戦士階級が守るべき原理を侮蔑した。余は御身の公然たる敵ではない。御身は余と対等な喧嘩をしなかった。民衆は国土，金，女性のために闘う。御身は何ゆえに余と闘われたのか？　われらの間に何があったというのか？

　余はふさわしい敵ではない，対等の者ではない。たんなる猿に過ぎないのだから。御身は人間であり，しかも王子だ。余の皮は御身の役には立たないし，こんなものをまとうことは慣習からして許されていない。それに猿の肉は禁じられた食物だ。ラーマよ，それなのに，なぜ御身は余を殺そうとしたのか？　スグリーヴァの機嫌を取るためだったのか？　余は御身の盟約のことを聞いている。余はシーターだけでなく，罪で鎖につながれたラーヴァナをも連れ去っておけばよかったものを。スグリーヴァは不当にも手に入れた王座に即くことだろう。彼は待ったならば，正当にそれを手にしたことだろうに。

　余は死を恐れるものではない。でも，御身は王国の法規・秩序の見張り番，御身の年長者や目上の人びとにその行いをどのように説明するつもりなのか？　御身のために残念に思っている」。こう言ってから，ヴァーリンは沈黙しました。

　ラーマは彼の論証に短く，適切に反論しました。

「ヴァーリンよ，御身の話し方は子供っぽい。私の主な，たぶん唯一の役割は，弟バラタの王国において正義と善行の掟を守ることだけである。御身はこれらの掟を踏みにじり，かつ社会慣習を無視した上，スグリーヴァの妻に情欲を燃やし，彼女と一緒に暮らしてきた。彼女の夫，つまり御身の弟がまだ存命だというのに。これが死罪に値することは，御身も承知のとおりだ。

　罪人にも正義の配分者にも，償いをすることによって解放は得られる。もし私が御身を罰しなければ，罪は私に帰せられる。私が御身を必要もなく殺すのでは，との御身の質問に対しては，これが答えとなるはずだ。

第7章　キシュキンダーでの盟約

私が所在を隠して公けにしなかったことに関しては，これが狩りの掟なのだ。御身は動物である。罠や仕掛けはまったくきちんとなされたものである」。

　ここに至って，ヴァーリンはラーマの説明を感謝とともに受け入れました。それは人間の間では正当化し難い，道徳的状況の公平な評価だったのです。ヴァーリンはラーマの手で死ぬことを解放と考え始めたのでした。「アンガダの面倒を見てやってください」と彼は言うのでした，「彼はひとり息子です。また，彼の母ターラーを，余の非行のせいで苦しめたもうな。このことにしかと注意されよ」。

　ヴァーリンは顔を未知なるものの闇により暗くしながら，待ちました。ほかにできることはほとんどなかったのです。

　ターラーは死に瀕しているヴァーリンのことを嘆き悲しんで言いました，「大地はあなたの妻なのですね。あなたは王なのですもの。でも，私への愛を残したまま，大地をそんなに抱擁なさるとは。あなたの血は絹みたいにあなたの棺架の上一面を覆っていますわ」。

　ヴァーリンの将軍ニーラが，ラーマの放った金の矢を引き抜きました。鮮血が吹き出し，それとともに，悲しみの新たな洪水がターラーの顔から流れ出ました。彼女との間の息子アンガダを，ヴァーリンがスグリーヴァに手渡ししながら，「彼の面倒を見てやっておくれ。彼はほかに誰もいないのだから。そして，私がまだ息をして身につけている間に，この聖なる首飾りを取り外しておくれ。これがもつ栄光と力も，私の命の息とともに消滅するだろうから。どうかそれを輝かし続けておくれ」。

　スグリーヴァは悲嘆にくれ，罪に苦しめられました。「私の最善の伴侶が逝き，罪で焼かれ，後には私の罪のかすを残した。私は悲しみと後悔に苦しんでいる。兄のことが痛ましい。王国ははたしてその名に値するのだろうか？」

　生とその流れの源たる時間は，キシュキンダーの勇敢な王ヴァーリンにとっては，もう尽きていたのです。今やこの王を容赦なく，死へと運んだのでした。時間は死とその流れの源でもあるからです。これが人間の旅なのです。

　ヴァーリンは火葬され，スグリーヴァはラーマの祝福とともに王位に

第7章 キシュキンダーでの盟約

即きました。アンガダは法定推定相続人と定められました。森の中への追放の誓いに縛られて、ラーマはキシュキンダー市に入ることができませんでした。ラーマとラクシュマナはプラスラヴァナの丘に退き、雨季をやり過ごすことにしました。スグリーヴァは雨の後で、空が晴れるやただちにシーター捜しに兵隊を派遣する約束をしたのでした。

雨季がやってきました。空は太陽に傷つけられて、赤味を帯びており、黄昏どきには、愛で蒼白いサフラン色をして病みながらたなびいていました。風は湿って、飲めるほどに重く吹きつけました。高く浮かぶ雲は、空を鞭打ち、苦痛で咆哮させる稲光の旗をはためかせていました。クジャクは翼を広げて踊るのでした。蛙は夏の長くて乾燥した眠りから目覚めて、楽しげにゲロゲロ鳴いていました。鳥は木の葉のひだから雨しずくをすすり、蜂は湿ったハスの萼(がく)からひもじそうに吸い込んでいました。

ラーマは思い込んでいました。「ラクシュマナよ、万物は家に帰ってゆく。白鳥はヒマラヤのマーナサ湖に戻ってゆく。鶴は楽しそうに編隊を組んで、空をハスのような花輪で飾りながら飛んでゆく。旅人たちはいずこでも妻の許へ戻る。スグリーヴァは王国で喜びながら、新たに見つかった幸せに夢中になっている。彼もシーターを捜す時期になれば、きっと私のことを思ってくれるだろう」。

ラクシュマナも、ラーマの思いや感情や希望を共有しながら、待っていたのです。彼は長い四カ月を耐えねばなりませんでした。

キシュキンダーでは、スグリーヴァはシーター捜しや再発見のために計画を実行に移す気配を全然見せませんでした。それで、ハヌマトはやや厳しく彼に想起させて言うのでした、「御身は友だちを獲得して、友情を保つようにすべきです。そうすれば、王国の名声は大きくなるでしょう。御身の強力な同盟者ラーマが待っています。彼への義務を遂行しなくてはいけません。彼は自らことを起こすのをためらっておられるのでしょう。彼が御身に希望を口にされる時点まで遅延されないように、私はお勧めしたいのです。彼を敵に回すようなことをなさらないでくださいませ」。

するとスグリーヴァは素早く反応し、軍隊の長ニーラに命じるのでした。「すべての猿軍に指示せよ。どこにおろうとも、統率者とともに全

第7章　キシュキンダーでの盟約

力でここに集合するように。遅刻して，十五日以内にここに到着しない者は死刑に処されるであろう」。

　ハヌマトは状況を正しく判断していました。ラーマはスグリーヴァの無関心のことを気にするにつれて，憂鬱が深まっていたのです。雨季が過ぎたことは気づいていました。世界は煌めき，新たに洗われて，乾きわたったのです。夜がくると，秋の空想的な白い月光で覆われました。川が両岸から退くさまはさながらヴェールがゆっくり後へ引っ張られて，隠れた魅力を露にするみたいでした。愛らしくけだるく，銀色の魚に取り囲まれながら流れてゆく様子は，恋を夢見る女性のようでした。秋は鶴や野鴨の泣き声で鋭くつんざいていました。ラーマは思い起こすのでした，「シーターも彼らの鳴き声をまねて，叫び返したいだろうに」。

　彼は思い起こして，立腹するのでした。そして，憤慨は一日一日が過ぎ去るにつれて増していきました。「王たちはもう作戦行動に出ている。道路は途絶えて乾燥している。それなのに，スグリーヴァがわれわれのために遠征隊を寄こす気配は見られぬ。この四カ月はゆっくり経過する百年みたいに，だらだら進んだ。スグリーヴァは私にもう何の思い，何の同情もないのだろうか？　それとも，私に同盟者，軍隊，王国がないゆえに，私を無視してかまわぬとでも思っているのか？」こう考えると，腹が立ってきたのです。「ラクシュマナよ，行きなさい」と彼は命じるのでした，「そして，この伝言をスグリーヴァに伝えなさい──『野獣でさえ，恩知らずな者の肉を食べるのを拒む。御身はラーマの金の矢が飛ぶのを見，ラーマが御身と闘うときに彼の大弓がしなる音を聞きたいのか？　ヴァーリンがたどった道は御身と御身の全家族を連れ去るだけの広さが十分にあるのだ！』，と」。

　「スグリーヴァには，誓約を尊重して，シーター捜しを開始するように告げなさい。さもなくば，私があの世のヴァーリン捜しにスグリーヴァを送るだろう！　と。」

　ラクシュマナはかっと怒りっぽくて，いつも恨みを晴らす気でいましたから，すぐさまキシュキンダーへと出発しました。

　彼の進み方は破壊的でした。樹木を引き抜き，岩を壊して道を開け，キシュキンダー城壁へと突進したのです。今やこの要塞が山中に高く聳

第7章　キシュキンダーでの盟約

えていて，いかに難攻不落であるかが分かりました。巨大な猿の衛兵たちが潜伏場所から現われて，根こぎにした木を手に，打ちつけようと身構えながら，周囲を睥睨(へいげい)していたのです。このことはラクシュマナをさらに怒らせました。

彼に会いに出てきたのはアンガダでした。ラクシュマナは彼に，自分がラーマの使節として到着したことを告げるように頼みました。その口調は怖いものでした。猿たちはびくびくして囁き合い，ときどき勇気を奮い立たせようと咆哮するのでした。

スグリーヴァは酔っ払ってうとうとしながら横になっていたのですが，物音に目を覚まし，なぜそんなに騒がしいのかを知りたがりました。それで，ハヌマトを迎えにやったところ，彼は鋭くこう言ったのです，「御身は毎日快楽にひたるあまり，時期を見逃してしまわれました。私どもがシーター捜しに出かけ，ラーマへの誓約を尊重するころあいだということは御身にはすでに申し上げました。今，ラクシュマナが御身の戸口に立ち，怒りで地だんだを踏んでいます。何とかラーマと取り引きするほうがましです。優しい言葉を用い，何とかして彼の心を落ち着かせてください。さもないと，御身はこっぴどい目に遭われますぞ」。

アンガダはラクシュマナに付き添いながら，都のスグリーヴァの宮殿までやってきました。キシュキンダーは巨大な洞窟のある山の要塞でして，花咲く森の中にあり，深い峡谷，険しい渓谷，迷宮のような小道が岩面に切り刻まれていました。そこの住民は半ば神のような類人猿でして，堂々としており，意のままに姿を変えることができました。その周囲は，白檀やアロエやハスの香りが混じっており，野生の蜂蜜から醸造するブドウ酒のツーンと頭にくる刺激性の臭いが漂っていました。

王宮は金と宝石で輝く，白い高い岩の上に置かれていました。その壮麗な山の要塞は，豊かながら，控え目で近づき難いものでした。ラクシュマナは中に入り，中庭から中庭を全部で七つ通過して行きました。内側はすべてが奢侈と安楽そのものでした。金銀のソファーが戸口から輝いており，愛らしい女たちが座って，花輪を編んでいました。

ラクシュマナは女部屋の真ん中に入りました。くるぶし飾りのちりんちりんと鳴る音が彼をいらだたせました。彼は女のけばしばしい装飾品

第7章 キシュキンダーでの盟約

の眺めや物音を消すためでもあるかのように，弓の弦を困惑げに引っ張り，片隅に引っ込み，そしてスグリーヴァから何か言葉を聞けるものと控え目に待ち構えました。

スグリーヴァはラクシュマナが到着し，まさにこの瞬間に女部屋にいることを知っていました。でも，彼はまだラクシュマナに顔を合わすだけの自信がありませんでした。それで，ターラーを遣しながら，こう言い聞かせたのです，「彼は立腹している。だから，そなたのいつもの手管で彼を懐柔しなさい。彼は女性を傷つけるようなことはしないだろう。その後で，余は会うことにする」。

ターラーはややふらつきながら，目はブドウ酒と不眠で赤くしたままやってきました。でも，彼女の話し方は心地よく見事なものでした。「私どもはあなたの怒りの野火が広がるのを目にしました。いったい何が原因でしょうか？」と彼女は無邪気に始めました。

ラクシュマナは礼儀正しく会話する気分ではなかったのです。「スグリーヴァは放縦であって，色欲に没頭しておられるようですな。一つには，ブドウ酒の杯を注ぐことで時間の感覚をなくしてしまわれたとお見受けします」。

すると，ターラーはすぐに彼の弁護にかかるのでした。「休みなき猿族には，快楽は普通の営みなのです。猿に反する性質をどうして保てましょう？ それに，あなたはスグリーヴァに不正をなさっています。彼はすでに捜索の準備をしているのです。猿軍は四方八方から大挙して集結しつつあります。ラクシュマナよ，一緒にいらしてください。スグリーヴァのところへお連れさせてください。彼は今か今かとあなたをお待ちしております」。

第7章 キシュキンダーでの盟約

　スグリーヴァは父なる太陽の輝きで光っていました。「王位は彼にぴたり似合っている」，とラクシュマナは嫉みながらも考えるのでした。猿族の王はというと，ラクシュマナがいつも眺める者を焦がすかと思われるほどに燃えるような炎でいっぱいの目をし，抑えつけた怒りでずっともやもやしながら，歩いて上がってくるところをじっと凝視していました。

　二人の戦士は互いに静かに見つめ合いました。それから，やおらラクシュマナがスグリーヴァに話しかけて，虚偽とひどい忘恩を責めるのでした。「御身は虚言者である。そのために何か償いがなされて然るべきである。一頭の馬について虚偽を言うのは，百頭の馬を殺戮するのに等しい。一頭の雌牛について虚偽を言うのは，千頭の雌牛を殺戮するようなものである。人に虚偽を言い，その人を裏切るのは，自分自身とその家族を滅ぼすことである。御身の虚偽はこの最後に属している。

　でも，御身は虚偽よりもっとひどいことをした。御身は忘恩だったのだから。そして，忘恩の罪には正当な償いのしようがない。御身はただちに行動し，破廉恥なその行為をすすがなくては，きっとだめになってしまいますぞ」。

　ラクシュマナのこれらの言葉をあえて遮ったのは，ターラーでした。「あなたはむごい喋り方をして，無慈悲な判断をなさっています。スグリーヴァは脅迫され，追いつめられてきたのです。ずっと長らくヴァーリンを毎日恐れて生きてきたのです。彼がしばらく自分自身と義務を忘れたとしても，それを見逃してやるぐらい寛大であられるべきですわ。それに，とどのつまり，彼がどんな罪を犯したというのでしょう？　偉大な仙人でさえ分別を失って時間を空費してきました。ましてや私どもは猿族に過ぎないのです。

　スグリーヴァは責任を回避するつもりなぞありません。もうすでに厖大な資力を集め，猿軍を配置しつつあります。あなたはこれら援助の群れをシーター捜しに派遣するだけでよいでしょう。なにしろ彼女は厳重に監視され，隠されているに違いありませんから。その後には，ラーヴァナとその羅刹の群れに挑む必要も生じましょう。でもそれは，ここキシュキンダーにいる猿たちがどんなに強かろうとも，その手に負える仕事で

第7章　キシュキンダーでの盟約

はありません。それには集中した努力と深謀術策が必要です。とにかくラクシュマナよ、お怒りを収めてくださいまし。あなたは私ども雌猿を恐怖で震わせさせているのですから」。

スグリーヴァは自分が勘弁されたとしても、爆発しやすいラクシュマナを注意深く扱わねばならぬことを知っていました。「ラーマはラーヴァナと闘ったり、シーターを取り戻したりするために援助を必要とはしておりません。私が自軍の力で支援するのは、彼が為されたことに感謝し、僅かながら奉仕にでもなることを希望してのことなのです。それでも、私が彼の私に対する信義を何か逸れるとか裏切ったとかしたのであれば、どうかご勘弁をお願いします」。

ラクシュマナはスグリーヴァの謙虚さに心をうたれました。「権力の絶頂にありながら、これほど謙虚に自分の落ち度を認める者はおりません。御身は実にふさわしい同盟者です。私の叱責と陳述をなにとぞ許されよ。これもかっかしていたときに、私の兄への大きな愛ゆえに出たものだからです」。

両方の側がすべての障壁を取り除いたとき、長い待機の不安と緊張が外れたように思われました。そして共通の目標——ラーマの消え失せた妻の捜索——へと一緒に協力に取りかかりました。

ハヌマトは今度は第二の使者たちを四方八方に派遣して、猿の群れを召喚し、問題を手早く片づけるようにしました。スグリーヴァのもっとも有能な大臣が張りめぐらせた広大な網から逃れた猿は一頭もおりませんでした。

猿族はキシュキンダーへと流れ込んできました。東西南北の大山脈から、森、海岸、太陽に近い地域から、彼らはやってきて、スグリーヴァへの捧げ物として珍しい薬草、果物、岩間の魚や鳥を持参したのです。彼らは尊敬、好奇心、冒険心からやってきたのです。また、恐怖と大きな期待からやってきたのでした。ある者は何ゆえかを知りもせず、問いもせず、気にもかけずに、不承不承やってきたのでした。でもとにかく、彼らはやってきたのです。スグリーヴァの言葉は猿族にとっては掟だったからです。これは共通目的のために共通の旗の下にかつて集められたうちで、猿族の最大の集会でした。

第7章　キシュキンダーでの盟約

　スグリーヴァは肩かごと王家の天蓋を取り寄せました。ヤクの尾のはたきで風を吹きつけながら，彼は王家の盛装をしたラクシュマナとともに，出発しました。武装した猿たちが王家の人を護衛し，この一行に従って，ラーマの許に出頭すべくプラスラーヴァナへと前進するのでした。当地へと彼らは曲がりくねりながらゆっくりと，堂々たる行進を続けて行きました。

　ラーマが彼らを見ると，心は希望と勇気で満ちあふれました。彼の前にハスの芽のふいた大きな湖のように広がったのは，厳選した指導者を引き連れたスグリーヴァの随行員たちでした。成功は輝かしく満開になり，大地をそれの甘い香りであふれさすことでしょう。彼はその香りをすでに空中に嗅ぐことができたのです。黒くて美しい王子の顔は，青いハスのつぼみが開くように，開花していたのです。

　ラーマが見上げると，援軍が日中の太陽を暗くするほど埃の雲をもうもうと巻き上げながら，前進してくるのが見えました。彼らは名声歴然たる指導者とともに気をつけの姿勢を取りました。各指導者は何百何千に達する，訓練の行き届いた兵隊を率いてきたのでした。そこにはシャタヴァリや，ターラーの父スシェナもいました。スシェナは金箔の丘みたいに速く動いたのです。スグリーヴァの妻ルーマーの父は，若々しい太陽みたいに輝きわたりました。さらに，ハヌマトの父，ケサリン，熊の仲間を率いたデュームラー，そして彼らに加わった古老の熊ジャーンバヴァトもいました。このリストを埋めていたのはニーラ，初めて軍事行動の準備をしていた若いアンガダ，そして最後に，ハヌマト本人――キシュキンダーの王座および計画全体の背後の，真の実力者――でした。

　スグリーヴァにとっての誇らしい瞬間，ラーマとの連合の画期的な事件でした。彼には，貴重な奉仕と分かっていたものを捧げる特権があったのです。彼は多くの猿の力――この品種の狡猾さ，敏捷さ，不屈さ，凶暴さ――をラーマの自由に任せました。そして，彼らのうちの最善の者に備わっていた神聖さが，難局に対処し，輝いて，いざ行動の時が訪れたときにはこの冒険を聖別することでしょう。

　「ラーマよ，ここにいるのは御身の軍勢です。お気に召すようになされたい。御身の命令を待っております。」

第7章　キシュキンダーでの盟約

猿族の集合

この絵における鮮やかな生き生きした色彩や，きびきびした動きは，猿族が彼らの王スグリーヴァのために供物をもって集合するときの，子供っぽい活力や無邪気なたわむれを活写している。〔口絵IX参照〕

第7章　キシュキンダーでの盟約

　ラーマは一つの指示だけを与えた後で,スグリーヴァに責任を任せて言うのでした,「シーターを見つけて,われらをラーヴァナの住んでいる場所へ連れて行っておくれ」。そして,さらに付け加えました,「スグリーヴァよ,彼らに指令したまえ。もしラーヴァと対決するときがやってきたら,私が引き継ぐことにする。御身は私の命令を遂行するのじゃ。それまでは御身に全責任を任せよう」。

　スグリーヴァは力を発揮し始めました。彼の頭には明確な計画があったのです。彼はその計画を説明し,明白な指示を与えにかかりました。

　「国中を探せ,懸命に細心に探せ。一寸の土地たりとも監視せよ。

　まずは東の区画だ。ヴィナターよ,御身はそこに取り組んでもらいたい」。それから,スグリーヴァはヴィナターが到達して捜すべき特別な場所,川,森や,彼が探索すべき部族を詳しく吟味したのです。

　「御身はバーギーラティー河,サラユー河,ヤムナー河,紅河ショナとその荒れ地,赤くて恐ろしい海ロヒタを超えて行くのじゃ。巨大鷲ガルダ,千頭を持つ蛇アナンタの館を通過して,太陽が昇り日光が空を横切り始めるウダヤ山へと進んで行きなさい。ここは世界の出入り口,東方である。その近くには,ヴィシュヌ神が三歩で地球を測る土台にした山の踏み台もある。ここを超えて太陽も月も輝きはしない。ここが御身の探索の境であり,御身は引き返さなくてはならぬ。よいか,御身に割り当てられた時間は,今日から一カ月だぞ。」

　次には,アンガダの番がやってきました。彼はハヌマトを長とする大勢の猿族を従えていましたが,ニーラ,ジャーンバヴァト,ガジャ,ガヴァークシャも一緒でした。

　「御身はほかの地域をさしおいて,ウトカラ,カリンガ,ヴィダルバに入り,ナルマダー河とゴダーヴァリー河を超え,さらにヴィンディヤ山の彼方に赴くのじゃ。パーンディヤ,チョラ,ケララ国に出ると,白檀の森や金色のマヘンドラ山が見えよう。これは仙人アガスティヤにより渡るために大洋の中に置かれ,インドラ神により規則正しく訪問されている。さらにボガヴァティーという蛇の都を訪れると,そこには蛇族の王ヴァースキが住んでいる。牡牛の形をしたリシャバ山を超えると,見えなくなろう。というのも,ここはヤマの地区(冥界)であって,死

が支配しており，この境を超える者は戻ることができないからだ。御身は一カ月ののちにここに戻ってもらいたい。」

ターラーの父スシェナは西方へ派遣されました。スグリーヴァは，彼の軍隊が横断しなくてはならなくなる砂漠の土地や，道中の重要な目じるしに言及するのでした。

「御身はチャクラヴァンなる山を見るであろう。ヴィシュヌ神が円盤と巻貝を得られた場所だ。その後，メル山を見るであろう。この山は『汝および汝の全部類はそこに住む者すべてとともに，昼夜を問わず金のごとく輝くであろう』という言葉でもって太陽に祝福された。この地区では光が欠けることは決してなく，この区域は水の神ヴァルナによって見守られている。

太陽がアスタチャラ地域の裏に沈むとき，天人たちが毎日夕暮れに太陽を拝みに集まるところへ行きなさい。この地点を超えると，未知の広大な場所が横たわっている。そこを探検しようとしてはいけない。私が課した一カ月という日限を越える者には，私は死をもって罰することになる。」

シャタバリには，富の神クベラの領地たる，北方地区が割り当てられました。「ヒマラヤ山脈を探検しなさい。カイラーサ山へ行くと，御身は聖なる建築家ヴィシュヴァカルアンの建てたクベラの館を見るであろう。そして，さらにマイナーカ山とクラウンチャ峠に出る。ここの山々が豊かに輝いているのが見えるだろう。そして，神々や天人たち——聖なる者や半ば聖なる者——に出会うであろう。御身の行き止まりはソマ山である。そこから引き返しなさい。きっかり一カ月後にここに御身が戻るのを待っています」。

以上のような全般的な指示を四匹の猿の分団長に与えた後で，スグリーヴァは特別な集まりのためにハヌマトを呼び寄せました。彼はハヌマトを称えたのですが，その称賛は鼻につくものでした。

「御身の迅速さ，御身の力は，御身の素姓をはっきり示している。御身は風神ヴァーユーの子だからな。地上であれ，海上であれ，空中であれ，何物も御身をはばむことはできぬ——御身はどんな障害の上をも超えて飛んで行けるのだから。御身は力，勇気，知恵に等しく恵まれてい

る。身体，心,魂の諸性質が，御身にあっては完全に均斉が取れている。御身は時間，場所，機会に対する並外れた感覚を持っている。それゆえ，われらのすべての計画，成功へのすべての希望を余は御身に託することにしたい。」

　ラーマは王と大臣のこの両名を眺めていて，両者を結びつけている強い信頼の絆を感じました。それは計画された過去の戦略や，勝利した作戦計画に基づくものだったのです。ラーマはハヌマトとの最初の出会いのことを思い出しました。あのときもやはりすぐさま，彼はその物腰と風貌で印象的だったのです。そのときにも，ラーマは希望が心にあふれるのを感じていたのでした。今，スグリーヴァのいう言葉を聞いていて，ラーマは分かったのです，ハヌマトがきっとこの行動計画の成否の鍵を握ることになるだろうということを。

　ラーマはハヌマトに印形（いんぎょう）つき指輪を渡しました。彼がシーターに出会うようなことがあれば，身分を明かすのに必要となるだろうからです。ハヌマトは敬意を示してお辞儀しながらラーマの両足に触れてから，頭にその指輪を載せるのでした。ラーマとハヌマトとの間にも，相互の尊敬と敬意の絆が築かれたのでした。

　軍勢が散って行ってから，ラーマはスグリーヴァに感心しながら尋ねるのでした。「どうやって御身はこんなだだっ広い国でこれほどの宝庫のようなものになられたのか？　御身の指図はてきぱきしており，しかも詳細です。私は御身が指令を出しておられる間，ずっと心の中で旅を続けていたのです！」

　スグリーヴァは微笑しました。「物事にはすべて明るい面があるのです。私は兄ヴァーリンから逃れて，狩り立てられた動物みたいに場所から場所へと移動し，どこでも長らく止まることはできなかったのです。この国，その広大さと多様さ，その多くの川と山，森，大洋，その町や都，聖地を知るに至ったときもそうなのです。とうとう，私はハヌマトが仙人マタンガの呪いによって，ヴァーリンがリシャムーカ山やマタンガの森に立ち入れないことを話してくれたおかげで，やっと休息するに至ったのです。さもなくば，私は今なお走り続けていたか，おそらくは死んでいたことでしょう。なにしろ，ヴァーリンが私に追つき，私を殺

第7章　キシュキンダーでの盟約

していたでしょうから」。

　猿の軍勢はシーターを求めて東西南北，四方八方で探索しました。彼らは次から次と帰途につきました。月の経過は彼らが想像していたよりも速かったからです。最初に帰還したのはヴィナターです。東方地区は何らの手掛かりも与えてくれませんでした。その次にはシャタバリが疲れ果て，失望して足をひきずりながら，帰還しました。山々はすばらしかったのですが，彼らの目的とするものには到達しなかったのです。シーターにせよ，ラヴァーナにせよ，どちらとも何らの兆候もなかったのです。次に帰還したのはスシェナです。彼は西方地区をわが手のひらみたいに知悉していましたし，この困難な土地を片隅も見逃してはいなかったのですが，シーターについて伝えるべき情報は何もなかったのです。この挫折の一カ月は，無益な探索だったのです。

　でも，彼は希望を捨ててはいませんでした。ラーマとスグリーヴァがプラスヴァナ山上の高い崖に座していたため，その前に立って，彼はうやうやしく言うのでした，「ハヌマトがシーターの所在について情報を私たちにもたらすでしょう。彼は心悲しく空手で，私たちみたいに帰還することはないでしょう」。

　スグリーヴァも希望を抱いていましたし，ラーマも絶望に屈するのを拒みました。あのすばらしい大臣は，ひときわ優れ，沈着かつ賢明でしたから，目と心でばかりか，全身全霊をもって探すことでしょう。彼は疑いもなく，心酔者だったのです。

　けれども，事態はハヌマトの集団にそれほど順調だったわけではありません。彼らは水がひどく不足していたヴィンディヤの山々の洞窟を捜索していて，広大なとどろく大洋の岸に近づきました。彼らは疲れ果て，怒りっぽくなっており，希望を失いかけていたのです。

　アンガダは或る羅利を攻撃し，これをラーヴァナと見誤って殺してしまいました。そしてそれからというもの，ほとんど絶望にも近い深刻な失意の気分に陥っていたのです。彼はスグリーヴァとラーマに顔を合わせるのを怖がりました。失敗がただではすまないだろうことを感じていたからです。彼は最悪のことを想像し始めたのでした。

　「私らの時間は尽きているというのに，何も見つからなかった。スグ

第7章　キシュキンダーでの盟約

リーヴァに何と告げたものか？　当然ながら，彼は私を恨むに決まっている。スグリーヴァではなく，私を法定推定相続人にしたのはラーマである。スグリーヴァはだから，私の失敗を口実に，私を追放するだろう。ラーマも結末に激怒するに違いないし，私らはこの結末の道具として当然報いを受けるに決まっている。」

アンガダは絶望的な策しか思いつきませんでした，「こうなったからには，飢え死にしよう。それが最善の道だ。私らが死ぬことにした以上，時と場所と死に方を選ぶとしよう」。

すると，ハヌマトが彼に思いとどまらせようとするのでした。「スグリーヴァが御身を損うようなことはしないでしょう。彼は御身の母上を喜ばすために何でもやるはずです！」

それでもアンガダは疑っていました。スグリーヴァに対してこれまで抑えつけてきたあらゆる敵意が顔を見せてきたのです。「スグリーヴァは道徳上のためらいをする男ではない。彼は自分にとって母も同然の，兄の妻と一緒に暮らしている。彼はラーマへの誓約を忘れてしまったんだ。そして，仮にシーター捜しに出掛けたとしても，それは義務感からではなくて，ラクシュマナを恐れてのことだったのだ。彼は私が帰還すれば，私を投獄することだろう。そうだ，むしろ私はここで死ぬほうがましなのだ」。

ほかの猿族が彼の周囲に集まり，みんなが座って，クシャの草から水を吸うのでした。この草の先端は，死を意味する南方を指していました。

ハヌマトは僅かな反抗分子を手中にしていることを悟りました。それで，彼は窮地に陥れられながらも，次の手をじっと考えていたのです。そして，猿たちが小さな丘の集団みたいに座りながら自分らの運命を嘆いているのを眺めて，ほとんど敗北感や挫折感に屈しそうになりました。

彼らがそこに座って，近づく死のことを話し合っていると，一羽の巨大な禿鷹サンパーティが岩間の洞穴からゆっくりと姿を現わして，彼らを見下ろしました。この鳥は立ち聞きしていて，大喜びしました。「さては，彼らが死んだら，一頭ずつ食らうとしよう。ありがたや！　餌食が文字通りわが口に入り込んできたわい」。

アンガダはこの言葉を聞いて，蒼白になって言うのでした，「私らが

第7章　キシュキンダーでの盟約

使命を失敗したばかりに，死そのものが私らを要求してこの場に忍び寄ってきている。ハヌマトよ，生きとし生けるものはラーマの意志に屈するのだ。ジャターユもジャナスターナでシーターのために命を捨てて昇天したんだ……。」

大鳥もこの痛ましい言葉を聞いて，動きを止め，悲嘆に暮れた声で言うのでした，「わが弟ジャターユのことを語るのは何者ぞ？　しかも久しぶりに彼の名を聞いたというのに，彼が死んだというのかい？　われに告げよ，ジャターユがどのようにしてラーマに会い，どのようにして死んだのか。われはジャターユの兄サンパーティなるぞ」。

大鳥は崖の端に歩いて行って言うのでした，「この倒れているわれを助けておくれ。翼が太陽で焼かれて飛べないんだ。老いていてどうにもならないのだ」。この禿鷹は衰弱しており，おののいていて，ひどく悲嘆に暮れているようでしたが，猿たちはためらいました。

とはいえ，常識が勝ったのです。とにかく死ぬ決意をしていたのです。「この禿鷹なら私たちを手早く片づけてしまうだろう。ゆっくり飢え死にするよりもそのほうがましかも知れない」。そこで，アンガダが倒れている禿鷹を手助けし，そして，シーターの誘拐のこと，ジャターユが彼女を救おうとした勇敢な努力，彼のラーヴァナとの致命的な闘い，それに続く彼の死について一部始終を禿鷹に告げたのです。

サンパーティは泣きました。「僕は弟の復讐すら果たせないのだ。まだ二人とも若くて愚かで，力を誇っていた時分には，ジャターユと僕は太陽の近くに飛び上がり，僕らの持久力を試したり，二人のうちどちらが秀い出ているかを知ろうとしたんだ……。

太陽は天頂にあった。ジャターユは熱で卒倒し始めた。僕は彼の翼がなおもふくらみ，彼の頭が垂れ始めるのが見えた。僕はこの山の上に倒れてしまい，それ以来ずっとここにいたんだ。まる一世紀も経過してしまった。ジャターユに何が起きたのかはどうしても分からなかった」。

アンガタが尋ねました，「御身はここに長くおられた。この高山の上に止まって，その鋭い目で空を凝視してこられた。もしや羅刹ラーヴァナの居所の何か手掛かりでもお持ちなのではありませんか？」

サンパーティは答えて言うのでした。「僕は御身の手助けができると

第7章　キシュキンダーでの盟約

思う。御身の推測どおり、ここに座しながら、儂はずいぶんと見てきている。先日、可愛いい女性が大きな羅利の両腕の中で自由になろうともがいているのを見た。二人が頭上を飛んで行ったとき、彼女は『ラーマ、ラーマ』と叫んだ。あれはシーターだったに違いない。それ以上のこともお話できる。なにせ儂らはガルダの子孫だし、第六感に恵まれているのだから。儂らは遠く離れた彼方が見えるのだ。ラーヴァナはランカーという、ここから八百マイル南の島にある黄金の都に居る。そこでシーターは、厳重な見張り下に置かれている。御身は彼女のところへは大洋を超えて行かねばならない」。

猿たちは歓喜で跳び上がりました。「やっと生きた心地になれるぞ。シーターの情報をつかんだのだから！」サンパーティの話はまだ終わりではなかったのです。猿たちは熱心に耳を傾けました。

「儂は飛べないものだから、息子が食物を運んできている。御身らもご存知のとおり、鷹は大食いなのじゃ。飢えは怒りが蛇の鎌首をもたげるみたいに、儂らの内臓を引き裂く。儂らは飽食することは決してないのじゃ。」

サンパーティの息子は餌食を待ちかまえて、マヘンドラ山の上に立っていました。すると、大羅利が両腕に女性を抱えて通り過ぎたのです。サンパーティの息子が飛び掛かると、羅利が逃がしてくれるようにとへり下って懇願したため、不憫に思って寛大にしてやったのです。その女性の名はシーターでした。

以上がシーターがラーヴァナと一緒に生きていることをサンパーティが知るに至った経緯なのです。

老サンパーティは話を語るのにゆっくり時間をかけました。さらに思い出したことがあったのです。「儂が倒れたとき、ジャターユと儂が子供の時分によく訪ねた仙人の庵の近くに倒れたのである。彼は儂の翼を見て予言したんだ、『御身は猿たちにシーターに情報を与えるためにここに連れてこられたのです。御身は猿軍が到着するとき、御身の失った翼、御身の力、御身の失った若さすらをも取り戻すでしょう。彼らをここでじっと待っていなくてはなりません』と」。

サンパーティは話したとき、両肩が新たな生命でうずくのを感じたの

第7章　キシュキンダーでの盟約

です。鮮血が老いた血管を走りましたし，目が若さで輝き出し，そして大きな新しい翼が伸び広がったのです。とうとう飛び立つことができるようになったのでした。

禿鷲はあたかも翼を試すかのようにばたつかせ，巨大な嘴を引き戻しながら，頭を持ち上げました。猿たちは羽根と力と幸運の急襲を感じました。生命がこの上なく貴重で，しかも死に触れた後でも生きる価値があるように思えるのでした。彼らはきっと成功するはずだったからです。

欣喜雀躍し，歓声をあげたりしながら，猿たちは南の大洋へと進みました。そこで立ち止まり，広大な海原を見渡すと，ときには眠っているようでもあり，ときには岸辺と戯れているようでした。ときには，海原が海の生物を抱えて押し寄せる波で脅かしているようにも見えました。

アンガダが言いました，「猿たちよ，そなたらのうちの誰が大洋を横切るつもりか？　誰ができるか？　銘々がそれぞれの力量を言ってみろ！」「私は百マイルを跳躍できます……私は三百マイルを跳躍できます……私は五百マイルを……六百マイルを……七百マイルを跳躍できます」。それぞれの騒がしい申し出の声が収まったとき，アンガダがこう言い放ったのです，「距離は儂の力量の範囲だが，儂には二度とやれる自信がない。たぶん，戻ってはこれまい」。

すると仙人ジャーンバヴァトが言うのでした，「御身が試みるべきだとは思いません。御身は隊長，この遠征隊の根っこです。私どもはその根を断ち切る危険は冒せません。御身はお命を賭けるわけにはいきません。むしろ，それを守らなくてはいけません」。

すぐにもう絶望し始めて，アンガダが言うのでした，「儂らは幾度となく飢え死に直面しているように思われる以上，すでにそうなっていたところへ戻るだけの話じゃ。さればジャーンバヴァトよ，御身の高齢の知恵をもって，この問題についてまじめなお考えを述べられよ」。

すると，ジャーンバヴァトは一つの解決策を示したのです，「それがやれる，しかも易々とやれる者が私たちのうちに一人だけおります。ただ，彼は離れたところに黙って座っています」。

ジャーンバヴァトはハヌマトを意味ありげにじっと見つめてから言うのでした，「なにゆえに御身は黙しているのか？　御身は力ではラーマと

第 7 章　キシュキンダーでの盟約

ラクシュマナにさえ匹敵する。御身は風神から，この神のそなたの母アンジャナーへの愛から生まれた。御身はこの風神の力で動かされているのだ」。

ジャーンバヴァトはハヌマトの誕生の残りの話を語るときだと感じました。というのも，これから以後は，明らかにハヌマトが主要な役を演じることになるはずだったからです。ハヌマトの母は聖なる精女（アプサラ）だったのです。彼女は呪いのせいで，猿アンジャナーとして生まれたのですが，彼女がそうしたいと思ったときはいつでも女人に変身することができたのです。彼女は山々を愛していました。ある日のこと，雲や雨や銀色の霧の中を歩いていました。彼女の絹の衣が体にくっつき，宝石や花輪が彼女の体の周りで風に揺れ，彼女の顔は幸福で輝きました。風神が彼女の周囲に吹きつけ，彼女の髪の毛，彼女の花々，彼女の衣服とたわむれていて，すっかり魅惑されてしまい，彼女の神秘的な美しさに惚れ込んでしまったのです。風神は彼女を愛撫し，彼女にいちゃついたため，と

第7章　キシュキンダーでの盟約

うとう彼女は風神の存在に気づき，叫びながら，警告したのです，「私を抱擁しているのは誰？　私は猿の王ケサリンの貞淑な妻なのに。いったい何が起きようとしているのか知ら？」

すると，風神ヴァーユーは彼女をこう言って安心させるのでした。「これは二つの愛する心の出会いである。われらの結合から，われらの経験と等しい，黄金のような優れた栄光の息子が生まれるであろう。息子は余の速さ，余の力，余の知力を授かるであろう」。

ジャーンバヴァトはハヌマトに言いました，「御身もとりわけ祝福されてきた。そして，御身が望むときに初めて，死ぬでしょう。御身の力をよく認識して，それを正当な大義のために活用せられよ。ハヌマトよ，猿族を救われたい」。

ハヌマトは答えながら，獅子が目覚めるときのように，両手を伸ばしたり，あくびをしたりしました。彼は両腕を曲げながら，増大する力がまるで魔法のマントみたいに自分に積もったことに大喜びしたのです。

第7章　キシュキンダーでの盟約

突如，超人的な存在が出現して発言するのでした，「余は空間を成分として持つヴァーユーの息子である。父は跳躍し，回り，潜水し，移動するし，しかしてその存在は空間にある。余は休みなく千回も大山メルを旋回したり，すべての海をかき回したりすることができる。余は父と同じく，空間をむさぼり食っておる」。

第8章

ランカー城におけるハヌマト

　今やハヌマトは元の完全な巨人の姿を回復していました。まるで大洋さえ小さく見せて，大空を埋めつくすかのようでした。彼は自分本来の姿になって，危機的な折に，救世主としての自らの運命を再認識したのでした。

　さて，着地に適した場所を見回しました──空間（ランカー）へと大きく前進する跳躍の衝撃を吸収できるような山間の高原を求めて。然るべき場所を捜しながら闊歩しては，立ち止まり，その長い尾を振り回し，それを巻きつけながら，休眠している蛇みたいに，それを背中にたくし上げました。彼は両腕を硬直させ，首を引っ込め，身をかがめながら，飛び立つ態勢を取りました。「これからラーマの矢のように速く飛んで行こう。そして，シーターを発見しなければ，余はラーヴァナ，またはランカーそのものを大洋から引き抜いて，持ち帰ることにしよう。だが，何かが余はシーターを発見するだろうと，余に告げてくれている」。

　彼は跳躍し，鳥たちが巣くう花咲く樹木全体を引きずり，そして山々を打ち倒しました。空には，神々の祝福，芳しい恩寵みたいにおびただしい花弁を巻き上げるのでした。

　猿たちは彼に後ろから叫び掛けるのでした，「私どもはここで，お帰りになるまで，片足で立ったまま，お待ちしております。これは私どもの償い行為となるでしょう」。

　風神の息子，猿族の王スグリーヴァの顧問にして大臣たるハヌマトは風に運ばれて，とうとうラーヴァナの居るランカー城へと向かったのです。

　この大猿は山の片面に燃える火みたいに，目を輝かしながら，空中を移動しました。彼は太陽のように赤く銅色に輝きましたし，その尾はインドラの勝ち誇った旗みたいに揺れるのでした。彼が飛ぶと，海は大きく波打ち，彼に挨拶するために魚を持ち上げるのでした。

第8章　ランカー城におけるハヌマト

　大洋は援助したくてうねりました。なにしろその存在そのものを，イクシュヴァーク家のサガラ王に負っていたからです。大洋は冥界の悪霊たちに対する防波堤として海中に沈んでいる，崇高なマイナーカ山に盛り上がるよう頼みました。飛翔に疲れた翼をハヌマトが休められるようにするためです。すると，マイナーカは喜んで承知しました。マイナーカも果たすべき恩義があったからです。ですから，ハヌマトが頭上を通過すると，マイナーカが姿を現わしました。印象的な，森でこんもりした頂きは，花の咲く樹木で覆われており，滝が流れていて，海中庭園さながらでした。

　けれども，ハヌマトはこれを障害物と誤解し，これを強力な胸で押しつぶし，押し返すためにその上から圧迫したのです。マイナーカは喜びの叫びを発してこう言うだけでした，「ハヌマトよ，私は休息所としてわが身を差し出していただけなのです。御身の父君がインドラがすべての山の袖を切断して去ったとき，私を隠すのを助けてくれたのです」。

　すると，ハヌマトはマイナーカを放して言うのでした，「余の時間は切迫していて，待てないのだ」。それから，マイナーカにそっと触れて，挨拶し祝福してから，立ち去りました。

　しばらくしてから，ハヌマトは本当の障害物に出くわしたのです。蛇族の母スラサーが女羅刹の姿をして，彼の通路を封鎖し，口を開けて彼を呑み込もうとしたのです。

　「御身は私のために残された食い物なのです。どうぞお入りくださいな」，と彼女は言いました。

　「シーターを見た後の，帰路でならきっとそうしよう」，とハヌマトは答えました。スラサーは言い張るのでした，「私がひとたび口を開ければ，誰でもそれに逆らい得ないような頼みごとを受けてきたのですよ」。

　「よろしい，それじゃ口をもっと広く開けてくれ。余の体には合わないだろうが」，と彼は言うのでした。そして，彼女が彼に合わせるために，口を広げれば広げるほど，彼はますます大きくなり出したのです。そしてそれから，彼女がそのことに気づく前に，彼は自ら極小サイズに縮み，素早く口の中に入り込んでから，再び走り去ることにしたのです。

　「余は義務を果たしたのだから，御身の頼みごとが空しかったわけで

第8章　ランカー城におけるハヌマト

はない。余は御身の口の中に入ったのだ。だから，さあ，余を行かせておくれ。」

　実は神々が彼を試練にかけようと計画したもう一つの障害があったのです。シムヒカーは人びとを影を摑むことにより捕らえることのできる女羅刹でした。さて，彼女はハヌマトの大きな影をぐいと摑んだのです。この猿のハヌマトは突如，もう動けないということを感じ取り，何が自分の力を弱めているのかといぶかったのです。そして，周囲を見回したとき，事態がどうなっているのかが分かったのです。そこで，シムヒカーの口のサイズを測定しながら，彼は正しい寸法に縮まり，彼女を目がけて突進したのです。彼の体はダイヤモンドみたいに堅かったため，彼が通過したとき彼女を苦しめましたし，彼の爪は彼女の内臓を引き裂いたのです。彼がすり抜け出ると，彼女は破滅されたまま，沈んだのでした。

　神々は満足でした。なにしろハヌマトは成功するための四つの資質——決意，先見，知恵，技術——を完璧に結び合わせていることを証明したからです。ラーマがラーヴァナ征伐へのハヌマトの作戦行動を助けるならば，きっとうまくゆくことでしょう。

　ハヌマトはランカー城を見つけ，降下し始めました。彼はそっと〔ランカー城近辺の〕トリクータ山の上に着地しました。不相応な注意を引きつけたりしたら，賢明ではなかったでしょう。

　彼は少しも旅に飽むことはありませんでしたし，逆に春の瑞々しさが彼を生き返らせたのです。彼は緑の野原や，春の開花と新たな始まりに満ちた，蜂蜜の香りのする森の中を歩き通しました。周囲は誕生と成長と発芽で囲まれていました。隠され，まどろんでいた生命が，無理やり明るみに出てきて，冬の死に対する勝利を誇示するようになっていたのです。

　彼は安全で，隠れた有利な位置から，ランカーを鳥瞰し，山の頂上に止まりました。彼は控え目ながら，まだ大またで闊歩していたからです。

　ランカーは神々の建築家ヴィシュヴァカルマンが，富の神クベーラのために建設し，後にクベーラの羅刹の弟ラーヴァナ——目下，ランカー王——が獲得した都ですが，これをハヌマトは初めて見渡したのです。

　ここは永遠の都でして，すべてが白と金色で，しかも青々と茂る木の

第8章 ランカー城におけるハヌマト

葉で縁取られていました。その都を取り巻く塁壁すらもが，金色でした。完全武装の獰猛な羅刹たちが，戦略上のあらゆる入口は言うに及ばず，主要玄関に立っていました。ハヌマトはすべての印象，すべての細々した事実を観察し，記録するのでした。とどのつまり，彼は使者兼スパイとして，敵の領土にきたわけです。

　一つのことは明々白々でした。ランカー城が実に厳重に見張られていたために，一陣の風でさえ見逃されて通過することはないだろうということです。ハヌマトは考えるのでした，ラーマが今ここにいたとしたら，何をしただろうか？　と。御身でもこの敵を不意打ちしたり，防御されたこの敵を引っ掴まえたりはできないであろう。ずる賢い猿族でもこ

第8章　ランカー城におけるハヌマト

れらの衛兵をかいくぐることを期待できるのはアンガダ，スグリーヴァ，ニーラ，ハヌマトの四名だけであろう，と。保安対策は完璧に近かったのです。

「これについて心配するのは後にしよう」とハヌマトは考えて，手元の一つの仕事に集中し，このつきまとって離れない不安を払いのけるの

でした。「自分が企てた仕事は自分の全注意を必要としている。使者によっては使命を遂行したり台なしにしたりするかも知れぬ。この場合，自分は一つでも違った措置をしでかすわけにはいかないのだ！」

ハヌマトは最初の一段を計画しました。まず猫ほどの大きさの小猿になり，それから夜陰に乗じて都に押し入ることにしよう，というのです。

第8章　ランカー城におけるハヌマト

　日が沈むと，彼は都に接近し，暗くなるや否やどうにかそこに入り込みました。予期していたとおり，たちどころに見つけ出されてしまいました。恐ろしい女が彼を見つけ出し，厳しく訊いたのです，「この小猿よ，お前は誰だい，何の用かい？」

　すると，ハヌマトはおとなしく穏かに答えるのでした，「お知りになりたいことを何でもお知らせします。でも，まず言ってくださいな，あなたがそんなに怒っているわけを」。

　すると，その女はもっとひどい反応を示したのです，「私は都の精ランカー本人だ。私はラーヴァナの命を受けて生命を賭けてこの都を守っているのだ」。

　ハヌマトは脅されるのを拒否して，冷静に説明するのでした，「私はランカーを，その宮殿，公園，庭園，木立ちを見にやってきました。この美しい都のことをくり返し聞いていましたもので」。

　すると，彼女は我慢できなくって言うのでした，「お前は分かっていないらしいね。この都をさすらい歩いてはならぬ。お前に許可を与えるのはおことわりだ」。

　ハヌマトは退かずに，繰り返しました，「都を見てから，立ち去ります。ずっと，ただこのためにやってきただけなのです」。すると，ランカーは腹を立てて，両手で彼を攻撃しました。ハヌマトは一瞬身のほどを忘れて，拳を固め，殴り返しました。すると，びっくり仰天して彼を眺めながら彼女は倒れ込んだのです。こんな小猿のどこにこれほどの力が！　猫ほどの大きさもないのに，と彼女は思ったのです。

　ハヌマトは性急な行動を後悔しました。女を殴ってしまった。こんなことをするのは下劣なことでしたから。彼女は彼の不意をつく行動に出てきました。急を告げる代わりに，彼女は虚勢をすっかり捨てて，従順に彼を見つめました。声を低くしながら，彼女は謎めいた言い方をするのでした。「時がきたの。創造主が予言して，ある猿が心を強めてランカーの神格を支配するようになる日には，ラーヴァナとその羅利たちは無敵ではなくなり，ランカーは傷つきやすくなろう，と告げていたの。だから，私の命を助けて！　強い人たちは情けを示すことができるものだし，よくそうしてきているのだから」。

第8章　ランカー城におけるハヌマト

　彼女の声は沈んでいました。「好きなところへ行ってよいわ。好きなものをご覧なさい。時がきたのです」と彼女はぼうっとして繰り返しながら，ハヌマトが市壁の上を跳び越えて，都に入るのを見つめるのでした。

　月は涼しげに，穏かに白々と，白鳥さながらに星明かりの空の下を進んで行きました。ハヌマトは通りを歩き，女たちが笑ったり，飲んだりし，そしてただ快楽だけが仕事のように見える男たちに歌をうたったりしている家々を，通り過ぎて行きました。彼らは美しい姿で，放蕩三昧に，奔放な暮らしをしており，好き勝手に愛し合っていました。

　飲んで浮かれ騒ぎをするか，飲んでがなり立てるかでした。ごった返しの声が湧き上がり，酔っ払いの口論や定めない論争で腕を振り上げたりしていました。羅刹の集団がラーヴァナ賛美の唄を歌いながら，練り歩いていました。音楽はヴェーダの歌と入り混じっていました。

　ハヌマトが羅刹の都ランカーの通りを歩いて行くと，そこの現状——富んで，退廃し，明日のことを気にかけない——や，そこがこれからどうなるかということに気づいたのです。そして，シーターを探し，居そうな場所や居そうにない場所までも探しました。遠方で，ラーヴァナの宮殿が一段と高く，白く空中に輝いていました。ハヌマトは都とその光景を見ながら巡回してから，そこの宮殿に引き返しました。微風が両耳に当たり，顔を海ででもあるかのように打ちつけるのでした。ランカーは吹きさらしの島でして，ときには風が荒れ狂うこともあったのです。

　彼は宮殿全体や，ラーヴァナの弟たち——クンバカルナとヴィビーシャナ——の館や，彼の息子インドラジトの宮殿を探すために，耳目を終始じっと開けっぱなしにしました。しかし，シーターはどこにも見当たりませんでした。

　ハヌマトはラーヴァナの宮殿に入り込みました。雰囲気は緊張していました。時折，沈黙，恐怖の沈黙が支配していました。また時折，音の波が立ち上がっては下がりました。それは気分——ラーヴァナの気分——にかかわるものでした。彼は一瞬微笑したり嘲笑ったりするかと思えば，次の瞬間には，怒りでうなったり，羅刹のような笑いで吠えたりしていました。

第8章　ランカー城におけるハヌマト

　五感を喜ばせるありとあらゆることが，ここでは充満していました。庭園の中にはまた庭園がありました。粘土と材木の山々は，素晴らしい技巧の産物たる森の連なり，ハス池や花咲く樹木で自然を嘲っていました。娯楽や快楽の楽園を地上につくり出すために，いかなる考え，いかなる努力，いかなる出費も惜しまれることはなかったのです。隔てられており，厳重に見張られた構内には，ラーヴァナの空中戦車，有名なプシュパカ・ラタが立っていました。宮殿は彫刻され，金箔を張られ，宝石をちりばめられており，多くの部屋，東屋（あずまや），バルコニーを備えていて，さながら空中に高く聳え立つ館が飛び立とうと構えているみたいでした。思いで煽り立てられ，心で駆り立てられたそれは，ラーヴァナのもっとも貴重な所有物でしたし，それは苦行と勇気によって獲得されたものでして，しっかりと守られていたのでした。ハヌマトは春のように花開く，この黄金の眺めを見つめました。それは羽ばたく鳥，花々，芳しい微風をちりばめていました。ヴィシュヴァカルマンの天の職人たちによる手細工だったのです。それをのぼりながら，ハヌマトはラーヴァナの広々とした居住区域を見渡しました。

　彼が五感を総出動させて，詳しく調べたり観察したりしていますと，かすかな芳香——食物やワインのおいしそうな匂い，王家の晩餐の微妙な芳香——を汲み取りました。その方向をたどって行きますと，彼は間もなくラーヴァナの部屋に違いないところ，彼の夜の酒宴の現場へとやってきたのです。

　彼は入り込み，探検をやり始めました。彼の前には部屋また部屋が広がり，何百人もの女たちがきれいな服を身にまとい宝石を身につけたまま，疲れ果て，髪をふり乱して，横たわりながらも，ラーヴァナを楽しませようと骨折っていました。彼女らは深い眠りに陥りながら，その美しい顔は官能の歓びの中で過ぎた或る夕べのことを感傷的な混乱の中で夢みたり，それを思い返したりして，その顔にはなおもかすかな微笑が浮かんでいました。彼女らのうちの何人かはあたかもラーヴァナが傍にいるかのように，互いに抱擁し合っていました。手に手を組み合わせ，腕は酔っ払った投げやりな態度でほうり出し，酒臭い息が彼女らの顔や姿の周りにおぼろげなヴェールをゆったりと揺らしていました。彼女ら

第8章　ランカー城におけるハヌマト

が広間を満たしているありさまは，鮮やかな花輪が傷つき，愛しくもぞんざいに投げだされているかのようでした。

「ここにいるのは，最上の女性たちなんだなあ」とハヌマトは考えました，「仙人の妻たち，天人たちがここに無理やり連れてこられ，今やラーヴァナの富と魔力によって隷属させられ，虜（とりこ）にされてしまっているんだ」。シーターももしや屈伏してしまって，彼女らのうちにまじっているのではあるまいか？　と彼はいぶかるのでした。でも，彼はこの考えが起きるやすぐさまこれを退けたのです。

どんづまりの，四本の金のランプで照らされた部屋の中で，ラーヴァナはふくれ上がった山みたいに眠っていました。その息は不吉なしゅっという音を発しながら，その恐ろしい音で部屋を満たしていました。彼の傍では，柔らかなランプの光を浴びて，一人の女がぽつりと横たわっていました。ほっそりした体格をしており，花のように，たいそう美しい姿で。「あれはシーターに違いない」とハヌマトは考え，尾と両手をぱたつかせながら，猿らしく小躍りして喜ぶのでした。

でも，彼の歓喜は束の間だったのです。シーターなら，主人抜きに眠ったり，着たり，身を飾ったりしはしないだろう，と思い出したのです。「これはラーヴァナの貞淑で美しい妻マンドダリーに違いない」。

ハヌマトはさらに多くの部屋を通り抜けながら，捜し続けました。目にしたのは，特上肉の大皿，珍しい酒の瓶，酔いつぶれて身を持ちくずした多くの女たちでした。彼は懲らしめられたような後悔を感じました。ほかの男たちの眠っている妻を通して，非難すべき行為を見て取ったのです。でもほかに，どのような捜し方ができたでしょう？　彼は女部屋の中や，ラーヴァナの寝室をのぞかざるを得ませんでした。屋根裏部屋，地下室，秘密の部屋や奥まった場所の上下をくまなく捜しました。一インチの空間も見過ごさないほど，徹底して捜したのです。禿鷹サンパーティが彼をランカー城とラーヴァナの宮殿に指し向けたのですが，彼のシーター捜しは空しくて，無駄なように思われてきました。

この使命の唯一の対象，ラーマの愛するシーターは，いったいどこへ行ったのか？　恐ろしい可能性がすばやく頭をよぎるにつれて，彼は恐怖に襲われるのでした。彼女は羅刹と闘っていて，敗走し，溺死してし

第8章 ランカー城におけるハヌマト

まったのか? 羅刹の強腕の中で圧死させられてしまったのか? それとも、激しく上下する大洋を見下ろしながら、ショック死してしまったのか? 羅刹かその妻たちが彼女を食べてしまったのか、それとも羅刹の娯楽用のおしゃべり鳥みたいに、この広い宮殿のどこか片隅で檻に入れられてしまっているのか?

ハヌマトには千々の思いが浮かび、心を引きちぎられるのでした。「失敗の事実にラーマを直面させるわけにはいかない。そうなったら、ラーマはきっと自殺するだろう。ラクシュマナが後を追い、それからバラタ、シャトルグナ、それに彼らの母親も続くだろう。スグリーヴァも自殺するだろうし、ターラーもきっとアンガダと一緒に後を追うに決まっている。そうなったら、イクシュヴァーク王家とわれらの部族はともに絶滅に直面するであろう。私はとても帰還して失敗を告げる気にはなれぬ。むしろ世を捨て、餓死するか、自殺し、ラーヴァナを殺して彼を猿たちの待っている別の海岸に投げ飛ばして、祈る……ほうがましだろう」。

ところが、ハヌマトがラーヴァナの宮殿のうっとうしい雰囲気を出てから、庭園へと入ると、隠された、内部の源からの勇気より生じた希望が彼をもう一度満たし、絶望を追い払ったのです。実はこの複雑な塊の中で彼がまだ探していなかった箇所が一つだけあったのです。それは彼の目の前にありました。つまり、花々の繁茂する、ラーヴァナの無憂樹の苑があったのです。今や希望がふくらみだして、ハヌマトの上に成功を約束する新生の大潮のように打ち寄せたのです。

彼は祈りました。彼は思いの中に、ラーマとラクシュマナ、あらゆる神々、自らの全力、精神集中のあらゆる蓄えを総動員するのでした。それらすべてを総動員して、ほかの一切を排除し、シーターとラーマへの思いだけで満たされるまで、それらを無憂樹の苑に集中させたのです。

そこは果実と花々でいっぱいの、歓喜そのものの苑でした。ハヌマトは芳しく従順な、落下した花弁で厚くなった地面を踏んで、こんもりした木立や木陰をうねって通じている道をたどり、小川や、滝や、ハス池や、金色の四本の柱に支えられた東屋を通り過ぎるのでした。あたりは静寂そのもので、鳥の囀りや水のしぶく音以外には聞こえませんでした。いかなる生気、シーターのいかなる形跡もありませんでした。

第8章　ランカー城におけるハヌマト

　それから，小川のさざめきを通しながらも，彼の鋭敏な耳にはくるぶしにつけた鈴の音が聞こえたのです。彼はすぐさま踏み込んで，一本の木に登り，女たち，シーターを見渡しました。きっと彼女はラーマに恋い焦がれ，彼への一日千秋の思いでここのこの私有庭園にやってくることだろう……と。

　ハヌマトが木の葉の間からのぞき見ていますと，すっかり悲しみに打ちひしがれ，弱々しく，ため息をつきながら，汚れた服をまとっている一人の婦人が目にとまりました。その長い髪はくねくねと編まれたまま，膝下に垂れていました。彼女の周囲には，獰猛な女羅刹たちが取り囲んでいました。何という落胆させるありさまだったことか！「これはシーターに違いない」と彼は思いながら，彼女のおもかげを想起しつつ，心の中で次々とイメージを追いかけたのです。

　彼女はかつては丸く鮮やかにいっぱいに輝いた新月みたいだったのに，今は孤独な，細ったディジット，欠けた繁栄の貧弱な気運，いかなる意味もない祈りの反響みたいでした。「彼女は懐疑に動揺させられた信念，曇った知性，非難で汚れた名声だ。彼女は鋭敏さがぼやけた感覚でよどんだ弁舌みたいだ」，と彼は考えました。そのとき，彼女のみじめさが彼の想像力に押し寄せ，彼の心を苦しめるのでした。彼女は悲しみでわれを忘れていて，おそらくもう全然彼女自身ではなくなっており，絶望で狂っていました。彼が彼女を凝視していて，もう疑いの余地はありませんでした。確かにシーターでした。彼女が身につけていた衣服は，リシャムーカ山で彼女が落としたものに似ていましたし，宝石も同様でした。ハヌマトは思いの中でラーマを賛美し，シーターを懐かしむのでした。羅刹たちの醜さ，不細工さ，歪んだ怖さを眺めたり，シーターのひどい悲しみを感じたりしたときでさえ，彼は歓喜の涙を流したのでした。彼はラーマのことをなおも考え，感謝をもって一心不乱に考えました。彼は祈ったり，祝福したり，祝福されたりする必要がありました。祈祷と祝福とは，ほかのすべてのことが欠如していたところでも効果を及ぼすでしょうし，シーターおよび成功へ向けて彼に道を開くことでしょう。結末がとうとう見えたかのようです。彼は静かに座り，懸命に考えたの

でした。

　もう夜もふけていて，夜明けになりかけていました。ラーヴァナはヴェーダ賛歌，音楽の響き，シーターへの思いで目覚めました。彼女を求めて，ただちに彼の快楽の苑へと出発し，手にしているあらゆる資材でもって求婚して彼女を手に入れようと決意していました。

　賑やかな側近とともに出掛けるのでした。苑は黄金のランプ，水やワインの黄金の瓶，黄金の権標で輝いていました。百名の女が眠気で目を重たくしたまま，だるそうに揺れながら，ラーヴァナに付き従って行きました。彼女らはだらしない着方をしており，ベルトはずり落ち，装いや宝石は場ちがいになっていました。

　ハヌマトは葉っぱの多い枝の裏に身を隠し，じっと待っていたのです。すると，ほんの少し前に眠りから覚めたばかりのラーヴァナに気づきました。この王の輝きはハヌマトをも驚嘆させるものがありました。誇り，欲望，ワインで，王の目は赤らみ，広く開き，ランプの明かりで，凶暴かつ銅色に輝いていたのです。

　この王がシーターの前に立つと，彼女は美しい胸を隠そうとして，恐怖と慎みで低くかがみこみ，この公然たる無恥な情念の展示に震えるのでした。彼女は主人，保護者たるラーマへの思いにふけりながら，心を取り戻すのでした。彼女は日光にしおれたハスの茎，夏の酷暑で干上がった川のようでした。彼女は王の欲望の熱風，その熱烈ながら，ずうずうしい求婚に耐えられませんでした。彼女は自分の殻に引きこもり，彼のほうは破壊を招きながら，あからさまな誘惑の言葉と身振りとをもって彼女に近づくのでした。

　「どうして御身は余からしりごみされるのじゃ？　余は御身を気も狂わんばかりに愛しておる。余の目が御身の愛らしい身体を見ると，はてしない喜びを楽しむ。余は御身と結婚することを熱望している。われら羅刹どもはわれらが好きなところ，好きなときに楽しむことにしておるが，余は御身が余を受け入れるまで慎んでお待ちしたい。ただし手間取らせないでもらいたい。青春は流水のごとく過ぎ去り，二度と戻ることはないのだから。

　余の愛を受け入れられよ。世界でもっとも愛らしい女たちの中の頭と

第8章 ランカー城におけるハヌマト

ラーヴァナがシーターを苦しめているところ
すっかり観念したシーターの姿勢と，ラーヴァナがここで彼女に接しているときの傲慢な態度とは，くっきり対照をなしている。夫から隔離された貞淑な妻に特有の，ほどけた髪やさえない衣服に注目のこと。〔口絵Ⅹ参照〕

第8章 ランカー城におけるハヌマト

なられよ。余とともに空を巡り，ランカーの海で洗われる岸を歩かれよ」。

シーターは冷静な態度を保ち，心はラーマに固めていました。それから，二人の間に侮辱と嫌悪の障壁として，細長い草の葉を置きながら，奮い起こせるだけのあらゆる勇気と尊厳とをもって言うのでした，「どうか思いとどまってくださいませ。ご自身の女性の方々を守ってくださいませ」。そして，彼に背を向けながらも，彼への賛辞を惜しまなかったのです。「御身の奥方が保護を必要として求めておられるのと同じように，他人の妻たちもそれを必要としております。御身はラーマとラクシュマナが不在のときに，無理やり私を連れ去られたのです。私は御身が卑怯者であられるし，人間のうちの二頭の虎みたいな，この両人が居るというほのめかしだけでも，脅えて逃げ出すだろうことを存じています。御身は滅ぼされることでしょう。私は矢の雨がすばやく飛んできて，ランカーに死と破滅をもたらすときに，御身がすくむ姿を目にすることでしょう。ラーマは太陽が水溜りを干上げるのと同じようにすばやく，御身の生命を枯渇させるでしょう。

私をラーマの許にお返しください。遅過ぎとなる前に，御身が夫の弓の弦の音を聞かれる前に，彼と和解なさってください」。

すると，ラーヴァナは怒鳴りつけるのでした，「御者が奔馬を御するのと同じように，余の怒りをくい止めているのは，ただ御身に対する愛だけなのだ。御身を即死から救っているのは，余の御身への愛ゆえなのだ。だが，余の忍耐，御身の時間はともに尽きようとしておる。シーターよ，二カ月だけ待ってやろう！　御身が余と寝床をともにするか，それとも御身をぶった切り，朝食にしてしまうかだ。この脅迫を繰り返すのも，御身に覚えておいてもらうためなのだぞ！」

シーターの返事はそれ以上に辛辣なものでした，「御身に思いとどまらせられるような忠告者は，ランカーにはいないのか知ら？　私を自分の連れ合いと考えるだけでも，破滅を逃れる人がいるでしょうか？　ジャナカの娘である私を見つめて，御身の目がどうして抜け落ちないのか知ら？　そんな中傷を並べて，御身の舌がどうしてずたずたに切れないのか知ら？　ラーヴァナよ，御身を滅ぼすのが運命の神秘なやり方なのです。御身の終わりは近いのですよ」。

第8章　ランカー城におけるハヌマト

　すると，ラーヴァナは山のようにシーターの上に聳え立ち，力を抑えて，にらみつけるのでした。彼女はなよなよと震えながらも，彼と争う覚悟を決めました。まさに向こう見ずな対決でした。

　ラーヴァナは離れ際に，見張りの羅刹たちに指令するのでした，「シーターを説き伏せろ。どんな手段でも使え。まず説得を試みろ。そして，それが駄目なら，脅せ。シーターを怖がらせろ。暴力を振るえ！」

　すると，女羅刹どもは時間を浪費しはしませんでした。そのうちの一人はラーヴァナの家系を引き合いに出すのでした，「彼はブラフマーの心霊から生まれたプラスティヤの孫なのだ。これより高い信任状を求めることはできないだろうよ」。また別の女羅刹はシーターの虚栄心に訴えるのでした，「彼はお前のためにほかの妻たちを捨てるつもりでいるのだ。彼の妃となりなさい」。三番目の女羅刹は彼女を怖がらせようとするのでした，「彼が通り過ぎると，風がそっと吹き，太陽は青白くなり，樹木は怯えて花を落とし，山々は助けを求めて叫ぶ。それなのに，お前は怖くないのかい？」

　シーターが歩いて去って行くと，女羅刹たちも後についてきて，いじめたり，せがんだり，脅かしたりしました。するととうとうハヌマトが座り込み，シーターに会って話すための計画で頭をひねりつつあった，ちょうどその木の下にシーターが通りかかったのです。

　今や女羅刹たちの語調は脅迫じみていました。彼女らはシーターを，この上なく美味な，人肉のより抜きのひと口と見なし始めたのです。彼女を餌食にしようという思いを抱き始めたのです。

　「お前のうまい心臓を引き抜いて食ってしまおう。お前に目を向けてからというもの，お前の柔らかい手足をかみ切るために，お前の頭をかみつぶしたかったのだ」。「お前の細っそりした首を締めあげよう。時間を浪費しないことだ。お前が死んだとなれば，ラーヴァナはきっと私らにお前を食べさせてくれよう。彼は気前のよい人物なんだもの」。「公平に分けなくてはならぬ」ともう一人の女羅刹は小競り合いになりかけるのを見たとき，言うのでした。「シーターをうまくぶち切りにして，平等に肉の球を作り，これを分配しよう。そうしたら，喧嘩にはなるまいて。晩餐の用意をするんだ。ワインを持ち出し，その場を花で飾ろう」。

第8章　ランカー城におけるハヌマト

　ラーヴァナの妹のシュールパナカーがこれまでの屈辱に復讐するのだという思いで有頂天になりながら，宴会を認めて，「賛成だ」と言うのでした。「シーターを食べよう。シーターをワインで流し込んでから，陽気に祝って，私らの守護女神ニクンビラの前で踊るとしよう」。

　シーターはこの言葉を聞いて恐怖に襲われましたが，本当の気持ちを隠して，誇らしげに，挑戦的に言い放つのでした，「ラーヴァナになぜ私の左足すら触れさせないわ，どんなことがあろうとも。どうして彼の話を私にしたりするの？　代わりに，ラーマとその武勇を話してちょうだい。ジャナスターナで一万四千名の羅刹を始末したのは誰か知ら？」

　どうしてラーマがここにきてくれないのか，と彼女は乱暴にも考えるのでした。ひょっとして死んだのか知ら？「ランカーは今ごろ死んだ羅刹たちの焼き場，墓地になっているはずなのに」と彼女は大声で叫びながら，ふいに泣き出し，運命を嘆いて，自信を失いかけました。「あの人は私を忘れたのか知ら？　それとも私を心配するのを止めたのか知ら？　愛は距離や接触不足で弱まるもの……。いや，そんなはずは断じてないわ！」それから，地面に身を投げ，のたうち回り，顔は涙で濡らし，愛らしい体には彼女の母なるプリティヴィー（大地の神）の埃をこびりつかせたのです。

　女羅刹たちは金切り声を発し，咆哮しながら脅迫をいや増すのでした。ところが，そのうちのひとり老トリジャターがみんなを抑えたのです。

　「聞いて警戒するがよい」，と彼女は言うのでした。「私は恐ろしい夢を見たのだよ。ラーマが象牙でできた天上の戦車に乗り，千頭の馬に引かれていたんだ……。ラクシュマナは白布をまとい，花輪をかけていた……。白衣をまとったシーターは海に囲まれた白い玉座の上に座っていた……。シーターはラーマと一緒に輝いていた……。ラーマはプシュパカ・ラタに乗って，北を目指して進み，ラーヴァナは頭を剃り，香油にまみれ，出血しながら，プシュパカ・ラタから追い落とされ，一人の女によって引きずられていた……。ラーヴァナは驢馬に引かれた戦車に座し，赤い布を身にまとい，死を意味する油を飲んでいた……。ラーヴァナは頭がなくて……どうやら破壊の化身らしいカーリー本人が彼に花輪をかけ，踊っていた。それから，カーリーは彼を死神ヤマの方向たる南のほうに

第8章 ランカー城におけるハヌマト

引きずって行った。死と破壊が行き渡っていた……ヴィビーシャナだけは別で，彼の上には権力の白い天蓋が覆っていた。四方八方，何千もの女羅刹たちが大洋に転げ込み，わめきながら，糞を食らっていた。私はラーヴァナ，ランカー，私たちのために恐れているんだ。シーターに触れてはいかん！ 彼女を放してやりなさい。彼女はラーマに，私たちの弁護をしてくれるだろう。彼女は私たちのたった一つの希望なのだ」。

シーターは立ち上がりました。嵐のような悲しみは過ぎ去りましたが，彼女はみじめで絶望的なままでした。彼女は髪の塊を結んでいた紐をほどいて，首つり自殺する決心をしたのです。花の咲いている枝につかまりながら，彼女は黙ってお別れするためにラーマに思いを集中して立ちました。目を閉じて瞑想していると，彼女は左目が震動し，それから左腕と左股が震動するのを感じたのです。これらは良い前兆でした。彼女はこれを無視するわけにいきませんでした。ラーマがきっと近づいているに違いない！ 彼女の全身が希望で脈打ち，懸命に生きようと元気づきました。死が敗北して引っ込んだのです。生命が彼女を救いに突進してきつつあったからです。

この間ずっと，ハヌマトはじっと静かに座ったまま，シーターを凝視し，何事も見逃さず，あらゆる表われ，あらゆる反応に注意していました。彼女に話しかける瞬間がやってきたとき，事態は正しく運び，正しい方向に動くはずでした。それでも，彼はただ事態がすべて悪化するかも知れぬということだけに十分気づいていたのです。たとえば，彼の話し方があまりに洗練されすぎ凝っていれば，彼女は裏切りを疑ってしり込みするかも知れません。とどのつまり，彼女がここに初めてやってきた状況がそれだったのです。つまり，ラーヴァナは口調の柔らかな禁欲者だったのでした。人間の言葉がハヌマトの唯一の伝達手段だったのですが，猿から発信されれば，彼女をびっくりさせるかも知れません。そして，彼女が叫び声を上げるかも知れず，女羅刹たちは彼を攻撃しに殺到するでしょうし，そしてそうこうする過程で彼女は殺されるかも知れません。ハヌマトは彼女らと闘うことはできるでしょうが，それから，あまりにも消耗してしまい，逃げ帰ることはできないでしょう。しかも，戦闘では誰もどうなるか分かりません。それに，彼は生きて戻らなくて

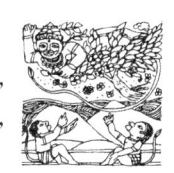

はなりませんでした。彼に取って代われる猿はほかにいなかったのです。全使命は今や一本の糸に掛かっていましたし、彼がまさにその糸だったのでした。

ただ一つの方途しかありませんでした。それは、ラーマの手柄を語り、彼女の信用、信頼をかちうるような言葉で彼を称えることでした。ハヌマトは冒険することにしました。時機は好都合のようでしたし、そういう瞬間は一瞬に過ぎ去って、決して戻りはしないものです。猶予は致命的となるかも知れません。

ハヌマトはラーマの話をし始め、それを一新してから、彼がランカーにきて居ることを説明して終わりました。

はらはらさせる緊張の瞬間が続きました。シーターの耳はラーマへの最初の言及にそば立ちましたし、彼女は熱心に周囲を見回したのです。見上げてみて、彼女はその音源を発見したのです。一匹の猿から顔をのぞかれているのを見て、彼女は卒倒してしまいました。生き返って、しかも彼がまだそこにいるのを見て、彼女は自分が夢見ているに違いないと思ったのです。それに、猿は悪い前兆だったのです。彼女は落胆し、嘆き始めましたが、すぐさま落ち着きました。自分は眠っていないのに、夢見れるはずがないではないか？ とにかく、これは幻想ではなかったのです。ラーマもラクシュマナも無事だったし、この猿は彼女へのメッセージを持ってきたのです！ ハヌマトも、彼女の顔を眺めていて、彼女の思いをほとんど読みとれたのでした。彼は安堵しました。もう彼女に近づいても無事かも知れない。そこで、彼は降りてきて、両手を組み合わせながら、彼女に尋ねたのです。「どなたさまですか？ なぜ泣いていらっしゃるのです？ どうやら女王さまか、王女さまとお見受けしますが。もしや、ラーヴァナに誘拐されたシーターさまでは？ どうかおっしゃってください」。

ハヌマトは率直な態度と思いやりのある口調で、すっかりシーターの心をかちとりました。彼女は悲痛をぶちまけました。「私の運命は封印されているのです。二カ月後には、私が嫌がる返事に耳を傾けようともしないこの羅刹に殺されて、死ぬことでしょう」。

シーターはハヌマトに自由に話しはしたのですが、依然としていくら

第8章　ランカー城におけるハヌマト

か疑念や不安を抱いていました。それで，ハヌマトはそれら疑惑を晴らし始めました。彼女を完全に味方にしてしまうまでは，続けるわけにいかなかったのです。まず，ラーマとラクシュマナをごく詳細に，長々と説明したのです。ハヌマトの観察力は驚くべきものでしたから，自分は見てのように猿の姿をしているが，スグリーヴァの大臣であって，彼女を発見するという厄介な使命を任されているのだということを，彼女に納得させることに成功したのです。彼は彼女がリシャムーカ山に落とした装身具や衣服についても語ったのです。

　彼女がすっかりくつろぎ，信用したとき，彼はラーマの印形つき指輪を彼女に手渡しました。すると，シーターはそれがラーマ本人ででもあるかのように，不在の夫への愛と憧れにすっかり押しつぶされて，いとしげに愛撫したのです。

　「ラーマは貴方(あなた)がどこにいるのか分からなかったのです」とハヌマトは告げながら，彼女が必要としているように思われた安心感を彼女に与えようとしたのです。「彼は途方もなく，想像を絶するぐらい貴方(あなた)を愛しています。彼は厳しい，禁欲的な，節制と禁酒の生活をしています。彼は鳥であれ，木の実であれ，花であれ，何を見てもただ貴方(あなた)にしか見えないのです。このことはすべて，誓って申し上げているのです。私は地上の大きな山々——マンダラ，ヴィンディア，マラヤ——や，すべての木の実や木の根にかけて申しますが，彼は寝ても覚めても終始貴方(あなた)のことを思いつめているのです」。

　ハヌマトはもう一度，ラーマがきっと助けにやってくるだろうことを彼女に請け合いました。しかも，もしも彼女が望むのであれば，彼ハヌマトはシーターを今連れ帰ることだってできることも。「私は大洋の上を超えて，貴方(あなた)をご主人の許へ運ぶつもりです」，と彼は言ったのです。

　「それはできないわ。御身は小猿です。なのに，どうして私が御身の背中に乗れるというの？」とシーターは言い返したのです。

　すると，答える代わりに，見る見るハヌマトはかさを増していき，巨大な姿になりました。シーターはすっかり圧倒されてしまい，ハヌマトの申し出に感謝しながらも，断ったのです。

　「私は気絶するかも知れぬし，落下するかも知れないわ。ラーヴァナ

第8章　ランカー城におけるハヌマト

が御身を引きずり戻し，御身を殺し，私を殺すでしょう。しかも，私に触れられるのはたった一人，私の主人ラーマだけです。ラーヴァナは触れました，でもそれはまったく別の問題だったのです。彼は暴力を振るったのですから」。

実はこれは口実に過ぎませんでした。シーターは本音を漏らして言うのでした。「御身は私を取り返すという名誉と特権をラーマに拒むつもりなの？　彼の名誉がかかわっているのよ，私の名誉もね」。

ハヌマトは了承しました。彼が見て取ったように，ここでは個々の名誉や幸福以上のものが危うくなっていたのです。問題はラーマとシーターをも超えていたのです。正邪，善悪の問題だったのです。ラーマとラーヴァナは出会い，戦って決着をつけなくてはならなかったのです。ラーマはラーヴァナに対抗して当然でしたし，不正と悪行に対する抑制力だったのです。ですから，真正の光，その栄光たるシーターはラーマと再結合されることになるでしょう。賢明なハヌマトは運命の作用に服したのです。

ハヌマトは二人が出会ったことの証拠として，宝石，彼女の髪飾りを持って，立ち去りました。

ハヌマトはその仕事を果たしてしまったのです。彼はシーターを発見しましたし，ラーマの伝言も伝えたのです。でも，彼はそれ以上のこともできるように感じていました。彼はたんなる使者ではなかったのです。彼は密使，代理人でもあったのです。彼はシーターから，ラーヴァナがその民の助言を無視することを選んだのだということをすでに知っていました。この羅刹王は対決と戦闘の道に従う決心をしているようでした。そういう状況では力の誇示，来るべき物事への好みがきちんと整えられることでしょう。立派な使節は数歩先のことを考え，あらゆる可能性を考慮し，ときには，主人のために行動するものです。そして，ランカーの状況はまさにそういう行動を必要としていたのです。敵なら当然するような，反応を敵がしたときには，ハヌマトは自らの力を査定する機会を持つことになるでしょう。

無憂樹の苑の牧歌的な環境，ラーヴァナの女たちの快楽の庭，その樹木，プール，日陰の散歩道を見回したとき，ハヌマトに或るアイデアが

ひらめきました。彼は自分の計画が形を取り始めたとき,自信の高まりを感じるのでした。彼はこの苑そのものを破壊し台なしにしようと思ったのです。あまりの破壊のせいで,ランカー城の主もその自己満足から動揺させられることになるだろう,と。

　ハヌマトはかさを増し,大股で歩きながら,樹木の根を引き抜いたり,東屋を破壊したり,岩石をつぶしたり,引き裂かれた蔦や倒木を踏みつけたりしました。ただ一つの箇所だけは手つかずのまま残されており,そして実はそこの木の下で,シーターは立ちながら,じっと眺めていて,ハヌマトの込み入った巧妙な心の働きを理解し始めていたのです。それはラーヴァナを挑発するために計算された,奔放な破壊行為でした。ハヌマトは奮起し,待ち構え,十分に準備した上で,城門をまたがったのです。

　女羅刹たちはハヌマトが暴れ回るのを見るや否や,シーターに襲いかかりました。「あの猿は何者だ？ お前にいったい何を言っていたんだ？ 見分けのつかぬほど巨大なあの猿を,さあ見るがよい！」しかし,シーターは彼女らがこれまで相手にしてきた,怯え震えている女ではもはやなかったのです。シーターは冷静沈着に答えるのでした,「私が知っているわけがないでしょう？ あなたたち羅刹なら,意のままに姿を変えられる。あなたたちは好きなことをしなさいな。あなたたちなら話をすることができるでしょうよ。蛇たちが残した跡を読み取れるのは,蛇だけですもの」。

　すると,女羅刹たちはパニックに陥って,ラーヴァナの許に走ったのです。「巨大な猿が混乱を起こしている……シーターに話かけた……しかも彼女はすべてのことを言い逃れしている……苑の中のすべてはシーターが下に居た樹木を除き,破壊されている……これに意味のないわけがあろうか？」

　ラーヴァナの赤い目は火葬用の薪の山のようにくすぶり,怒りの涙がまるで燃えているランプからしたたる油の滴みたいに,したたり落ちてきました。彼は八万の強力な女羅刹たちを送り出したのですが,彼女らはハヌマトによって撃退されたのです。ハヌマトの力は攻撃のたびに大きくなるようでした。巨大猿の情報が広がり始めました。ハヌマトは真

第8章 ランカー城におけるハヌマト

意を表明し自ら宣言するのに頃合いの時機と判断するや、公言するのでした、「ラーマの勝利だ！ ラクシュマナの勝利だ！ 猿族の長スグリーヴァの勝利だ！ 余は風神ヴァーユーの子にして、ラーマの召使いのハヌマトであるぞ。余はラーヴァナ一族の千名でも粉砕できるのだ」。

ハヌマトは好戦的なエネルギーで燃えていました。「寺院の東屋(あずまや)がまだ立っている。余はこれを攻撃しなくてはならぬ」。そう言うなり、彼は踏み込み、金めっきされた支柱を引き抜いたのです。それを猛烈な高速でぐるぐる振り回しながら、火を点け、それから寺院にも放火したのです。見張り役がハヌマトと闘うために駆け出してきたのですが、彼は耳を聾するような咆哮とともに、彼らを感覚がなくなるまで殴りつけたのです。それから、もう一度ラーマの勝利だ！ と叫びながら、空へと昇り、ランカー城の上に現われて睥睨(へいげい)したのです、「スグリーヴァは余のごとき幾百幾千の者を指令しておる。彼らはそれぞれが群象の力を備えた猿軍を指揮しておる。彼らは数百万の猿を連れてランカーに降下し、御身らを歯と爪で攻撃するであろう。それもこれも、御身らと御身らの主がイクシュヴァーク族のラーマの怒りを招いたからなのだ」。ラーヴァナへの挑戦は明白かつ紛れもないものでした。

ラーヴァナはひどく興奮しました。事態が深刻になったことが分かったのです。「余は戦闘中にヴァーリンとスグリーヴァを目にした。彼らは確かに手強いが、われらにとっての好敵手というわけではない。御身らが怖じ気づいて話題にしているそのハヌマトとは、ただの猿ではない。猿を装っているのだ。ただちに始末しなくてはならぬ」。

そこで、彼の最強の戦士たちがハヌマトをやっつけに出掛けたのです。すなわち、ジャンブマーリン、彼の五人の将軍たちが次々に、そして、彼の大臣たちの七名の息子たち、ラーヴァナの王子アクシャが続きました。ところが、ハヌマトは彼らをことごとく殺害してしまい、戦闘とともに高まるかに見えるその力を誇示したのです。

ラーヴァナはそれから、インドラ神にも比べられるほどに強盛な息子インドラジトを派遣したのです。「汝は最強だ、インドラジトよ。ほかの者たちが失敗しても、汝なら成功することを余は存じておる。この生き物を屈服させてくれるものと、余は汝を信頼しておる」。

第8章　ランカー城におけるハヌマト

　まさに，似合いの闘いでした。インドラジトはハヌマトを捕らえる方法を考えながら，全力を集中したのです。彼を殺すことがそう容易ではないだろうことを悟っていたからです。

　「どうやって奴を一瞬の間静まらせたものか？」とインドラジトは考えました。奴を動けなくするようなブラフマー神の強力ミサイルを使おうと決心をしました。すると，ハヌマトは倒れて動かなくなったのです。しかし，実は彼もやはり一つの戦略を考えていたのです。「インドラジトは私が捕えられたと思うだろう。私は簡単に逃げられるだろうが，そうはしまい。このやり方で，私は想像していたより早く，ラーヴァナの前に出られるだろう。彼は好奇心から私を見たがるに決まっている」。

　女羅利たちはハヌマトを縄で縛り，彼に侮辱の言葉を投げつけ，ぶん殴りました。ミサイルの効果はもうなくなっていたのですが，ハヌマトは生きている素振りを示しませんでした。手足を縛られたまま，彼はラーヴァナとその羅利たちの集まりの前に引きずり出されました。ハヌマトが実は冒されていないことに気づいたのは，インドラジトだけでした。

　ハヌマトはラーヴァナや，その玉座，その黄金と真珠の冠，白檀で飾られたその体，その権勢の霊気の輝きを見て，内心敬意を表するのでした。「何という美しさ，何という武勇，何という光輝だ！　彼なら邪悪でさえなかったとしたら，上天やインドラ本人をも支配することができただろうに」。

　自分に逆らい，ラーマに肩入れしようとしたこの不思議な，どうしようもないものについてあれこれ考えながら，ラーヴァナはハヌマトの品定めをするのでした。

　「これはシヴァ神の従者，大牛ナンディンではあるまいか？　かつて余は彼を嘲笑し，彼がかんかんに怒ったことがある……。」

　こう思いつつ，ラーヴァナは大臣のプラハスタに尋問するよう命じたのです。すると，プラハスタは非難がましく罵し始めました，「汝は見掛けどおりのものではないな。なぜここへきたのか？　誰に遣わされたのか？」ラーヴァナはこれはインドラ神か，クヴェーラ，ヴァルナ，ヤマもしくはヴィシュヌ神が遣わしたのでは，と考えたのです。「どうしてここへやってきたのか？　真実を告げるがよい，そうすれば汝を解放

しよう。もし嘘言を弄すれば，死罪を受けるであろう」，とプラハスタが明言しました。

　ハヌマトは単刀直入でした。彼はそうするのがふさわしかったのです。「私は見てのとおり猿であります。私はラーヴァナさまにお会いしたかったものですから，苑を破壊しました。あえて捕らわれることを忍んだのであります。ここに参りましたのは，聖雄ラーマの大義を推し進めるためであります」。ハヌマトはラーヴァナに訴えかける気でいたのでした。

　「王よ，私はスグリーヴァの命を受け，彼のために伝言を伝えにきた次第です。傾聴されるのも一興かと存じます。私はシーターに会い，彼女にお話しました。御身は厳しい難行苦行により学識と功徳を得られた方として，善悪をわきまえておられます。他人の妻を暴力にて奪うのは邪悪な所業です。それゆえ，シーターをラーマに戻されるようお願いします。彼女は蛇または毒物入りの食物みたいなもので，御身の内臓を害し，御身を滅ぼすに決まっております。

　御身を神々，天人，羅刹でも殺し得ないことは存じ上げています。御身が難行苦行により獲得された功徳は実に大きいからです。しかるにスグリーヴァはこれらのいずれでもありませんし，ラーマは死すべき人間であります。このことをとくと心されたい。

　御身は私が御身の大切な苑ですでにやらかしたことをご存知です。私はそれ以上のこともやれたのですが，しかし，それはラーマの特権なのです。残りは彼がやることでしょう。彼はそうすることを誓っていましたから。

　運命の思うつぼにはまらないようにしてくださいませ。ランカーをラーマとの戦争の恐怖に従属させないでください。彼の怒りは御身や御身の一族を破滅させることになりましょう。ラーマは尋常な敵ではございません。御身の無知から彼と争うようなことはなさらないように。」

　ハヌマトの口調は穏やかでした。彼の言葉には知恵と常識にあふれていました。でも，それらは傲慢で聞こえない耳に注がれたのです。彼が自信たっぷりに話したために，ラーヴァナはかんかんに立腹したのでした。彼は命じたのです，「奴を運命に任せろ。殺してしまえ」。

　ところが，ラーヴァナの弟ヴィビーシャナが初めて口を開いたのです。

第8章　ランカー城におけるハヌマト

「それは礼儀正しい行動の掟に反します。使者は免責を与えられております。彼を殺すのは慣行に反することです。どうか納得されたい。御身は幾年も法律を学んでこられた。御身は判断力を曇らすために，怒りにまかせておられる。どうあろうと罰せられよ。でも，死刑を宣告される前に，状況をとくと考慮されたい」。

ラーヴァナは憤って言いました，「こいつは悪行者だ。死こそ奴が受けるに値するものなのだ」。

それでもヴィビーシャナは言い張るのでした。「いかなる場合でも，使者は職務中に殺されるべきではありません。たしかにこの猿はひどい破壊をしたし，われらに重大な損害を及ぼしましたし，ですから罰せられて当然です。傷害刑，剃髪刑，笞刑ならいずれか，あるいは三つともすべて許されましょう。でも，死刑は排除されているのです。

彼は伝言と使命の提供者に過ぎません。御身の怒りは召使いではなくて，主人のほうに向けられるべきでしょう」。

ラーヴァナはヴィビーシャナの必死の嘆願にしぶしぶ同意しました。侮辱に満ちた声で言うのでした，「猿の最大の誇りは尾である。ただちに奴の尾を焼却した上で放免せよ。その姿で親類知己の許に帰還すれば，面目を失うであろう。これで奴の丈は切り下げられよう！」

ラーヴァナはなおも逆巻いていました。すでに傷ついている者に追い打ちをかけるだけでは，十分ではなかったのです。侮辱の山を高く重ねることこそが，この猿の僭越行為にはふさわしかったからです。

「奴をここランカーで曝し者にせよ。燃える尾のまま，奴を引き回せ。」

するとラーヴァナの部下たちはただちに命令を実行しました。彼らはハヌマトの尾を，油を注いだ襤褸で包みました。すると，ハヌマトは大きくなり始め，そのため彼らはますます多くの布を巻きつけ，ますます多くの油を注いだのです。

「これは自分が思ったよりはましだわい。醜悪な鼻の先以上は見られないこれら愚かな女羅刹どもに引き回されながらでも，自分は日中にランカーを見ることができるのだから。ラーヴァナは正しい助言に耳を傾けないばかりか，未来——しかも，ごく近い未来——にも盲目なんだ。」

ラーヴァナは女羅刹たちが公道，街路，小道にハヌマトを引き込みな

第8章 ランカー城におけるハヌマト

がら,ほら貝を吹いたり,太鼓を叩いたりしたとき,勝ち誇ってハヌマトの尾を振り回すのでした。ハヌマトはランカー城の輝き,金持ちや権勢家の館,庭園や公園や苑を眺めました。「ほら,間者だぞ」と羅刹どもは公言しながら,その間ずっと,嘲ったり,ばかにしたりし続けました。ハヌマトは彼女らにとっては芸当のできる大猿,日中の特別な手品だったのです。

　シーターもハヌマトの屈辱について耳にしていました。目の前の燃える火に向かって両手を合わせて祈りました,「おお,殿よ,もし私が貞淑な妻であったのでしたら,そっと燃えてくださいませ。私の難行苦行が何らかの意味を持つのでしたら,彼を焼かないでくださいませ」。

第8章　ランカー城におけるハヌマト

　彼女の祈りは顧みられずにはいきませんでした。火は実際，涼しく燃えたのです。なにしろ，彼の友，ハヌマトの父である風神が，氷のお手かざし〔信仰治療〕で吹きつけたからです。
　「ラーマの力，わが父上の愛情，シーターの大きな功徳が自分を守っているのだ」とハヌマトは推測しながら，歩き回り，視察し，査定したのです。周囲に何が起きているのかはほとんど聞こえませんでした。
　そのとき事件が起きました。ハヌマトは枷(かせ)を切断し，都の番人たちを殺して，逃げたのです。「この要塞を壊さなくてはなるまい。尾の先の火は報われるべきだ。火神アグニを宥めよう。ランカー城の都をわが奉納物にしよう」。

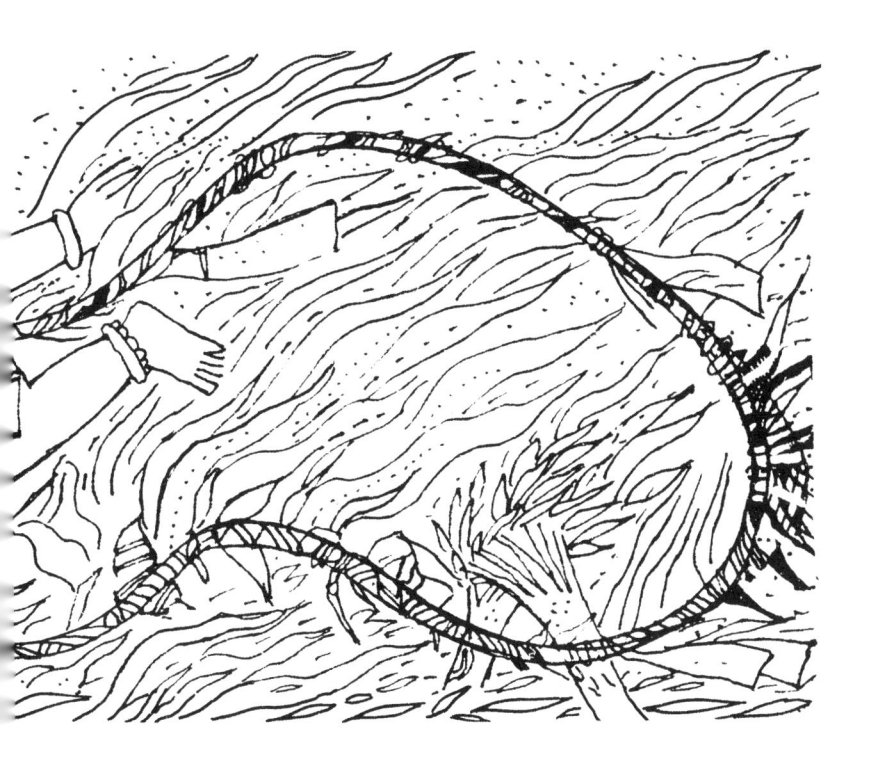

第8章　ランカー城におけるハヌマト

　彼は屋根から屋根へと跳びながら、都を燃え上がらせたのです。黄金、宝石が、館や宮殿から溶けて流れ出しました。彼は破壊、燃焼、殺戮を引き起こしたのです。ランカーは紫煙の螺旋に引き留められた、炎の花束、神々への奉納物、そして羅刹たちへの教訓となったのです。ハヌマトはおそらく洪水で運命により、彼の短命をはるか超えたところへと運び去られていったのでした。そしてとうとう、破壊に飽いて、彼は燃える尾を大洋に浸け、ランカー王ラーヴァナとの戦いの松明を照らした炎を消したのでした。

　ハヌマトは大いなる尽力から立ち直ると、疑い始め、それから、恐れだしました。はたして物事をやり過ぎたのか？　彼は怒りに身を任せてきたのです。シーターは彼の愚行と嫌悪のおかげで、危害に、ひょとして焼死にさえ遭ったのかも知れない。ランカーというこの灰の砂漠には、動くものが皆無のように見えたのです。「自分の行動は、実際に猿みたいだったのだ」と彼は後悔だらけになって、反省したのです。

　でも、どうして火が火を焼くことができたでしょう？　シーターは美徳と貞淑の炎だったのです。彼でさえ大火に生き延びていたのです。どうして彼女が火に触れられたりできるでしょう？　すると、天上の声が彼の思いに反響したのです。「シーターは無事なり、シーターは無事なり」。そこで、ハヌマトはほっとして、帰還する前にシーターに会う決心をしたのです。

　ハヌマトは無傷で無事な彼女の姿を見ました。彼女は不安げでした。他人にどうやって伝えたものか？　ハヌマトは彼女を元気づけてから、飛び立つ態勢で山の上に立ちました。それから、樹木を衣服みたいに着飾って、空中に飛び出したのです。それら樹木は、風がそれらの間をさっと吹き抜けると、幸せそうにハミングしながら頭を動かしたり、後ろへ反らしたりするように見えました。ハヌマトは大急ぎで帰還の途につきました。空の中を泳ぎながら、彼は魚みたいに雲の塊の中に入ったり出たりして飛び去りつつ、その塊を大網みたいに背後に引っ張るのでした。

　猿たちはハヌマトがマンダラ山に降下するのを見ました。そして、彼の歓喜の叫び声から、朗報をもたらしにきたものと結論したのです。「ハヌマトは成功したんだ」と熊のジャーンバヴァトが言うと、猿たち

第8章　ランカー城におけるハヌマト

はハヌマトを見ようと首を伸ばしながら，押し寄せるのでした。彼らは手を合わせてハヌマトに挨拶し，彼が座るために枝を広げ，果物や根菜を差し出し，興奮を抑えながら，彼が話すのを待つのでした。

　ハヌマトはアンガダとジャーンバヴァトに話しかけました。彼は自分の行動について単刀直入に簡略に語るのでした。

　「私はシーターに会ったんだ」，と言うのでした。そして，若いアンガダの手をとって，こう続けました，「無憂樹の苑の中で，彼女は悲しみで衰弱し，待っておられた」。

　彼らの心配は歓喜の叫びにとって代わられました。アンガダとハヌマトが成功と満足でほてりながら，マンダラ山に座ると，尾がどしんどしんと激しく当たる音がしました。猿たちはどんな細部に至るまでも，すべて聞こうとしましたし，そしてハヌマトはどうやってシーターを見つけたか，またラーヴァナには自分らの力のほどをすでにほのめかしたこと，など一部終始を彼らに話しました。

　アンガダはその先を進めたくてたまりませんでした。「早くシーターをここに呼び寄せて，ラーマを驚かせようではないか。われらが健在で有能だというのに，他人をわずらわすまでもあるまい」。ハヌマトの成功は彼を夢中にし，勇気づけていたのです。かつての落胆は消えてしまっていました。アンガダはスグリーヴァと未来に対して，王子および法定推定相続人として向かい合うことが可能となったのですから。

　でも，ジャーンバヴァトが彼を制するのでした。「われらに命ぜられていたのは，シーターを発見することであって，彼女を連れ戻すことではない。ラーマはわれらがランカー城を征服するのを好まれないであろう。ラーマはそれをご自身でやりたがっておられる。彼がこの冒険の主人公なのだ。われらは彼の栄誉も地位も減じるようなことは何もしないようにしようではないか」。

　猿たちはスグリーヴァに告げるために出発しました。彼らは珍しい花をつけた樹木や果樹でいっぱいの，スグリーヴァの私有庭園マドゥヴァーナへと駆けつけたのです。彼らは根菜や果実や蜂蜜を食べ，騒がしい猿らしく，ハヌマトの勝利を祝いました。木から木へと走ったり，跳んだり，ぶら下がったりしながら，彼らは大量の蜂蜜を蜂の巣からがぶ飲み

第8章　ランカー城におけるハヌマト

したり，空の蜂の巣をふざけて互いに投げ合ったりしました。まさしく浮かれ騒ぎ，酔いどれ笑いの光景が展開し，そしてもらい涙はすぐさま小躍りに化していったのでした。

スグリーヴァの老いたおじダディムーカはこの庭園を任されていたのですが，まず見張り人を遣わし，それから自分自身でも彼らを静かにさせるために出掛けました。しかし，彼らは彼の部下を追い払い，彼に挑んできたのです。蜂蜜と勝利で酔ったアンガダとハヌマトは，彼らを甘やかしていたのです。それで，ダディムーカはスグリーヴァの許に駆けつけて言うのでした。

「殿……」，と彼は恐怖と混乱に陥りながら語り始めるのでした。

「マドゥヴァーナは御身がいるから万事順調に運んでおると思うが。御身は悩んでいるようじゃな……」，とスグリーヴァが言いました。

「殿」と老ダディムーカは勇気を振りしぼって言いました，「事態はかんばしくありません，まったく。庭園はひどく荒れはてています……。連中は私に厚かましく盾つき，私の部下に攻撃しました。私には理解し難いことです」。

ラクシュマナが知りたがりました。そこでスグリーヴァは唇に微笑を浮かべながら彼に言うのでした，「それでハヌマトは浮かれているに違いない。連中は明らかに，歓喜でわれを忘れている。でも私に関する限りは，彼らが余の貴重な庭園マドゥヴァーナをたとえ荒廃させても，仕方がない」。

ダディムーカはハヌマトの好運が信じられませんでした。彼らは出掛けていましたし，しかも彼も彼らと一緒だったというのに！「ダディムーカよ，彼らには飲食させ，楽しませておこう――とスグリーヴァが言うのでした――心配しなさんな。彼らには，余が聞きたくて待っている，と伝えておくれ」。

ダディムーカは帰って行きました。アンガダに取り入りたくて，彼はお世辞を言うのでした。「われらが御身をさえぎろうとしてすみません。とどのつまり，御身は王子であられます。この庭園は御身のものゆえ，お好きなようになされよ。スグリーヴァは少しも立腹してはおりませんでした。彼はマドゥヴァーナを御身が自由にされても至極満足なように

第8章　ランカー城におけるハヌマト

見えました。彼はすぐにでも御身ら全員に会いたがっております」。

　ところで，スグリーヴァは目下，ラーマを励まし慰める立場にあったのです。「長い待機は終わりました。きっとハヌマトが朗報をもたらします。彼らは私が課した時限を超えていますし，もう帰還しております。彼らは報告するための有利な間を取っているのです。彼らは普通なら決して足を踏み入れない，貴重な先祖代々の財産を破壊しました。こうしたことはすべて迅速な成功の兆候なのです。歓声，騒音，叫びが聞こえませんか？　ハヌマトはわれわれを失望させたりはしないでしょう，あ

第8章　ランカー城におけるハヌマト

りがたいことに」。

　猿たちは跳躍しながらやってきました。ハヌマトはうやうやしく手を頭に触れ，ごく短く魔法の言葉を発して，ラーマの耳を甘いネクタルで満たすのでした。「私は貞淑なシーターさまがご無事で無傷でおられるのを見かけました」。

第9章
ランカー城を覆う戦いの雲

　事態は動き始めていました。ラクシュマナはスグリーヴァを尊敬と優しい目で見つめました。ラーマも，そこに立ち，頭を低くして降り注ぐ献身の情に胸襟を開いているハヌマトに対して，すっかり感心していました。この追放中の王子は，愛妻への悲しみから，心を痛めていたのです。

　ラーマはハヌマトに，シーターについて，彼女の精神状態，健康について尋ねました。すると，ハヌマトは見たこと，聞いたこと，試したこと，一切合財を彼に語るのでした。シーターが月末に自殺しようとしたことをも告げたのです。「これは彼女の髪飾りです」と言いながら，ハヌマトは宝石をラーマに手渡しました。シーターと同じく，ラーマもこれを愛撫して，つぶやくのでした，「シーターなしでこの宝石を見ることより大きな悲しみがあろうか？　これは彼女の父上が婚礼の日に彼女に与えた贈り物なのだ。ハヌマトよ，彼女は何と言ったのか？　もう一度繰り返しておくれ。彼女の言葉は病人にとっての薬みたいなものなのだから」。

　「彼女はチトラクータでの出来事，カラス……のこととかを話されました。」

　「そう，そう。憶えている。あれが彼女を悩ましていたんだ……。」

　「……また，御身がカラスの目を草の葉と呪文で破壊されたことも」，とハヌマトは言うのでした。

　「よく憶えている！　余は彼女がカラスにでさえ悩まされるのを見るのに忍びなかったんだ！」

　「そのとおりです」とハヌマトはラーマが溺れているらしい悲しみの海から彼を引き出そうと決意して，口をはさみました。「シーターさまはこの同じラーマさまがどうして今助けにやってくるのがこれほど遅いのか，といぶかっておられました。『彼にあの出来事のことを思い出さ

第9章 ランカー城を覆う戦いの雲

せてください，私の現在の屈辱状態を述べてください。そうすれば，風の速さでここに駆けつけて，私を救ってくれるでしょうから！』と彼女は申されました。」

ハヌマトは論旨を十分たたき込んで言うのでした。「私は彼女を力づけるために，われわれが軍隊とともにランカーに到達するだろうこと，御身の追放期間が終わればすぐさま御身が彼女を傍にアヨーディヤー王に即位するのを彼女は目にされるだろうことを伝えておきました」。そして，ラーマへのこの催促で，ハヌマトは話を止めて，待ったのです。

ラーマはハヌマトに称賛の言葉を送りました。「仕事に出掛けてしくじった者たちや，頼まれたことだけしかやらない者たちがいる。ところが，スグリーヴァよ，御身の大臣ハヌマトのように，任命された以上のことを行う者たちもいる。彼らは精鋭である。けれども，余はふさわしい仕方で彼に報いることができない。余のできるすべてのことは，せいぜい愛情と感謝とでもって彼を抱擁することぐらいだ」。

ラーマは沈思黙考しました。来るべき戦いで猿たちはどう振る舞うだろうか？　ハヌマトが為したことをやれるだろうか？「余は危ぶんでいる。それでも広大な大洋を渡らねばなるまい」。

たしかにそのとおりでした。彼らは難儀の海の岸に立っていましたし，そのことには何らの疑念もなかったのです。

ラーマとは違って，スグリーヴァは希望と行動計画でいっぱいでした。「私たちは橋を架けねばなりません。それが第一歩です」と彼は言うのでした。ラーマも応じて言いました，「そのとおり。もう一つは，大洋を干上げるか，償いの難行苦行をするかだ。時がきたら決定しよう」。

ラーマはハヌマトに，ランカー城，その状況，その力量について完全明確な説明をしてくれるよう頼みました。するとハヌマトが説明し始めました，「そこの都は四つの門で厳重に閉ざされており，それぞれの門が数千名の重武装兵によって見張られております。彼らの武器は極めて精巧です。また，都を侵入から守るための塁壁や堀もあります。都の中心には軍隊が配備されているのです。ラーヴァナは絶えず警戒を怠ってはおりません。でも，土台はもうなし終えてあります。私が堀を埋め，内側の塁壁をならしておきました。私たちは海を渡りさえすれば，都は

第9章　ランカー城を覆う戦いの雲

もう手に入れたようなものです」。

そこで，ラーマはすぐ出発の準備を整えました。「スグリーヴァよ，正午が出発の好機だ。余の右目が震え，勝利が手招きしている」。

ラーマは自ら軍勢を配備して，指示しました。ニーラは先行して探索の使命を遂行することになりました。「御身の通路で十分な果実，根菜，水が供給されることに疑いはありません。敵に剥ぎ取られて，御身の部隊が餓死させられる前に，あたりを占領しに出陣なされよ。私はほかの軍勢の者の中心に居るつもりです。私はハヌマトの両肩の上に，ラクシュマナはアンガダにまたがって参ります。後衛を繰り出すのは，賢明な老ジャーンバヴァトと医者スシェナの仕事になりましょう。左右の両翼はケサリとガジャが護衛することでしょう」。

一行は出発し，道を切り開きながら，ラーヴァナの居るランカーへと突進して行きました。希望と勇気でいっぱいの高揚した気分がみなぎり，ラクシュマナはみんなの思いを反映して言うのでした，「風は涼しく吹き，森は満開だ。季節は穏かだし，運命とても同じだ。わが軍は行進中なり」。

一行は着実に前進して，森や，村々や，河川を通り過ぎ，山々を越えました。ラーマは猿軍を手にしていることの利点に気づき始めました。彼らは足の確かな，敏捷で器用な部隊だったのです。難路もうまく切り開きましたし，山々を登って，見渡したり，偵察したりすることもできたのです。

軍隊は大洋に到達し，猿群は立ち止まって，その広大さを見て驚くのでした。「大洋の見えるこの楽しい森の中で野営しよう」，とラーマは言うのでした。「相談して，戦略を考え出す必要がある。各自それぞれの部署に付くように。秩序は整然と保たれなくてはならぬ」。

大洋は月光を浴びてミルクのように白く泡立ちながら，波高くうねったり，幾度も上下にはね返ったり，寄せては後退したりして，絶えずざわめきました。

ラーマの思いはシーターに向けられていました。「おお，風よ，彼女に触れてから，余に触れるがよい。余を焦がすこの愛と離別の炎を冷やしておくれ！　いつになったら，この切望で汚れた衣服を脱ぎすて，彼

第9章　ランカー城を覆う戦いの雲

女の抱擁の歓びと温かみでわが身を包めることやら？　時は去り，若さもそれとともに去って行く」。

ランカーでは，ラーヴァナが閣僚と相談中でした。ハヌマトは彼らに選択肢を残してはいなかったのです。戦争あるのみでした。

ラーヴァナは大臣たちに長広舌をふるいました。「相談は勝利の土台だ。勝利というものは三つの源に由来する。第一には，戦場に熟練した専門家たち，第二には，友だちや支持者たち，そして第三には，御身ら自身の親類知己に由来するのだ。これら三つの忠告をすべて守るのがもっとも賢明かつ最善の者なのだ。その次にくるのは，自分自身だけの見解と結論に依存する者だ。そして，最後に位置するのは，無思慮な行動をやらかし，起きていることの追跡すらもしくじる者である」。

どの大臣もあえて遮ったり反論したりしようとはせずに，じっと聞いていました。まるで心を奪われた聴衆のようでした。ラーヴァナは続けて，掟を定め，相談および諮問の説を提示しました。万事を知ると思われている博識者だったからです。

「もちろん，忠告には三種類がある。最善のものは，よく議論と相談をした後で到達した，伝統的信条に基づく，全員一致の見解だ。次善のものは，一部は妥協，一部は互譲を含む，多様な意見の調停ながら，結局は明白な合意である。最悪なものはもちろん，議論百出で合意の完全欠如である。なにしろ，合意にこそ国家の繁栄はかかっているのだからだ。

ラーマは間もなくここにやってこよう。彼は超人的な力を持っており，彼が指揮する力はわれらが目撃し始めたばかりである。されば一緒に座って，相談し，それから行動に移るとしよう。」

ラーヴァナの博学で分別のある話に対して異議を唱えることは誰もできませんでした。彼が相談や合意のための事例を論じたり，提示したりするやり方は見事なものでした。実は戦争がどうしても必要かどうかを疑問視する者は幾人もいたのですが，少なくとも当面のところは沈黙したのです。こびへつらう多数派のほうが，まず発言しようとしました。彼らはラーヴァナを称えようと互いに張り合うのでした。

「殿は地下の領域，北方の山々，四方八方の守護者たち，聖なる存在

第9章　ランカー城を覆う戦いの雲

や半ば聖なる存在を征服されてきました。でも，今いるのは猿たちに過ぎません。インドラジトでも猿たちを一人で操れます。人間となれば，殿の好敵手とはいきません。ハヌマトもわれらを不意打ちしました。でも，今はわれらも準備ができています。都は荒らされてしまいました。こうなったからには，われらは容赦なく殺すつもりです。」

彼らは性急な，思慮分別のない考えを漏らすのでした。「われらはバラタの味方である振りをして，敵の陣地に入り，奴らを殺そうではないか」。

やがて猿の肉やしかばねが累々となると考えて，大いに自慢したり，いきまいたり，大言壮語したり，大いに舌なめずりしたりするのでした。

そしてそれから，ラーヴァナの弟ヴィビーシャナから，当初は警告の声が発せられたのです。

「攻撃するなら，敵が弱いときです。敵は目下，警戒している。ハヌマトの勇気を推し測れる者はいまい。彼らを過小評価してはいけません。ラーマがどんな悪事を働いたというのですか？ 彼がラーヴァナの弟カラを罰したのも，ひどい悪さをしたり，境を踏み越えたりしたためです。これは防衛措置だったのです。シーターはわれらには危険です。彼女は御身が越えようとしている境，正法(ダルマ)により課された境，を代表しているのです。このもめごとを放棄しましょう。正法(ダルマ)とは誰も闘えないのに，まさにそんなことを御身は今行おうとしているのですよ。この都がそのすべての美しさと繁栄もろとも破壊されてしまう前に，シーターを返しましょう。私は御身への愛からこんな話をしているのです。御身は私の兄上なのですもの。」

この長い訴えに対して，ラーヴァナからの返事はありませんでした。彼は集会を解散させて，自室に退いただけだったのです。

それでもヴィビーシャナは諦めようとはしませんでした。彼は夜明けにラーヴァナの許に出掛けました。すでに述べたことに対して，何らかの考えを付け加えたいと希望していたからです。

「シーターの到着以来，私は悪い前兆に気づいているのです。供儀の火の燃え方もあまりぱっとしないし，蟻が供物にはいっていたり，蛇が祭壇に棲みついたり，馬が力なくいなないたり，雌牛が乳を出さなかっ

第9章 ランカー城を覆う戦いの雲

たり,禿鷹が金切り声を発したり,ジャッカルが市の門で遠吠えしたりしています……。お願いです,彼女を諦めてください!」

ラーヴァナは言い返して強弁するのでした,「余には怯える理由など全然見当たらぬ。ラーマにシーターを手に入れさせるものか。余は神々をも打ち負かしてきた。ラーマをどうして逃がしたりするものか!」

ラーヴァナはシーターに夢中でした。彼はほかのこと,差し迫った戦争すらにもあまり注意を払わなかったのです。大臣や友人は彼の注意を国事に向けさせねばなりませんでした。「全軍に集結するよう命令せよ」,と彼は言い渡しました。「余が彼らに話し掛けることにする」。

兵隊たちに向かって,彼は宣言しました,「余は一年間シーターに求愛してきた。でも,彼女はラーマのことだけを考え続けておる。彼女を獲得する唯一の方法は戦争のように思われる。説得も忍耐も失敗した。余は弟クンバカルナが六カ月の長い眠りから覚めることだけを待ち続けてきた。弟はそれをすませて,今ここに居る。もうわれらを止めるものは何もない。余は御身らが勝利のために闘うだろうことを確信している」。

すると,クンバカルナが怒りだし,反抗して,勇敢にも口を開くのでした。「御身はわれらに相談もなされずに,あえて言わせてもらえば,やや性急にこんな事態になったのです。そして,困っている今になって,御身は躊躇しない支持を期待されています。御身は行動した後でひと思案なされる。こういう弱みは敵が遅かれ早かれ見抜いて,利用するに決まっています」。ラーヴァナは内心煮えくり返っていたのですが,今度だけは賢明にも冷静を保ちました。「私は殺すために闘い抜くつもりです。その間御身はここに座ってワインをあおっていてください。私がラーマをあの世へ送り込んだとき,御身はシーターを手に入れられましょう」,とクンバカルナは嘲笑って言葉を結んだのです。

ラーヴァナがなぜシーターを無理やり奪うのをためらうのか理解できない者たちもいました。彼の将軍マハーパールシュヴァはこう忠言したのです,「シーターに打ち勝たれよ。殿,何ものも御身の楽しみを邪魔すべきではありません」。

ラーヴァナは告白する気になりました。「ずっと昔,余は待ち伏せして,天女が創造主ブラフマーの許に赴くところを誘惑した。彼女が創造

第9章 ランカー城を覆う戦いの雲

主の許に着いたとき，主は出来事を推測して余を呪われた。『汝が女を無理やり奪うならば，汝の頭は割れて百個の破片となるであろう』。それゆえに，余はじっと待って，時間に注意しなくてはならないのだ。誰もこのことは存じておらぬ」。

するとヴィビーシャナが警告を繰り返しました。「殿はひどい蛇をかくまっておられる。それの鎌首はシーターの指です。その毒は彼女の恐怖です。彼女はラーマに返されたい」。

インドラジトは立腹していて，おじをこう非難するのでした。「恐れているのは，御身だけです。どうしてこの根拠のない恐怖をばらまくのですか？ 羅刹でさえそんなものは終わらせることができます。御身は世間知らずです。御身は歓迎されぬ忠告を発して，御身を滅ぼすことになるでしょう」。

ヴィビーシャナは途方に暮れるのでした。彼は反対にみんなを責めて言うのでした，「御身らの殿にして後援者が，ラーマという危険な大洋の中で溺れつつあるんだ。御身らは殿を引き上げるべきなんだ。それなのに，御身らは殿にその大洋にまっさかさまに飛び込むよう進言している。私に言わせてもらえれば，シーターは贈り物と友情の身振りとをもって返却すべきなのだ」。

すると，ラーヴァナは腹立しげに，彼らの口論にけりをつけるのでした。「ヴィビーシャナよ，御身は余の繁栄と成功を妬んでおる。親類一同もそうだ。奴らは本音を隠して，裏切ろうと待ち構えている。群れの一頭が狩人によく自分たちを密告するというのは，象の民間伝承の一部だし，周知の事実だ」。彼はヴィビーシャナをひどく責め立てて，侮辱に侮辱を重ねるのでした。「御身は一つの花から飽きるほど蜂蜜を集めてから，次の花へと飛び回るハチにそっくりだ。友愛の水が御身から干上がっても，動じはしない。さながら，ハスの葉から水滴が転がり落ちるみたいだ。ほかの誰かが御身のような話し方をしたとしたら，今ごろ殺されていたろうに」。

ヴィビーシャナはこれにもう耐えられませんでした。「甘い嘘つきならいたるところにいるけど，苦い真実の話し手は稀です。彼に耳を傾けようとする者はもっと稀です。私は傍にいて，御身が死と破滅を招くの

を見たくはありません」。
　ヴィビーシャナは四人の忠実な従者とともに、ラーマとラクシュマナの許へ直行したのです。一行は着地しようと、大洋の上をさまよいました。スグリーヴァがこれら五名の羅刹を眺めていて気がかりになりました。「連中は殺す意図をもってやってきているんだなあ」と彼が言ったものですから、猿たちは樹木を引き抜いて、攻撃の身構えをしました。
　すると、ヴィビーシャナが単刀直入に、みんなに十分聞こえるぐらいに話すのでした。「ラーヴァナは邪悪です。彼はシーターを誘拐した上、目下、彼女の意に反して捕虜にしています。私は彼の弟のヴィビーシャナです。私は兄が私たち全員を破滅させるのを止めようと試みました。でも、兄は私を侮辱しまくりました。だから、ラーマさまの保護を求めにここにやって参りました。どうか私どもがきたことをお伝えください」。彼らは相応に立派な装いをしていて、その姿は壮観でした。実はヴィビーシャナは王家のあらゆる目印や装身具を身につけていたのです。
　スグリーヴァはひどく興奮しながら、ラーマの許に駆けつけました。「あれは私たちの弱みを探り、不和の種をまくために遣わされたスパイです。殺してしまわねばなりません」。
　しかしラーマは冷静沈着でした。「御身らはどう思う？」と彼はスグリーヴァの顧問たちに尋ねたのです。
　アンガダのやり方はスグリーヴァほど極端ではありませんでした。「あの者を受け入れる前に、じっくりと検査する必要があります」。
　ジャーンバヴァトはこう忠告するのでした、「これは思いがけぬ到着ですから、疑ってかかる必要があります」。
　すると、ハヌマトは状況をまとめ上げて言うのでした、「殿、御身は一番の物知りでいらっしゃいますが、真偽善悪は別として、私の意見を申し上げます。よそ者を調べるのは容易ではありません。質問しても往々にして徒労に帰しますし、怒りを買うことにさえなりかねません。ただ会話を通して推測できるだけでしょう。ヴィビーシャナはどうやらたいそう開放的で、とても悪漢には見えませんし、彼は私どもから大いに得るものがあるようです。彼は賢明な選択をして、正しい季節の正しい時に変節する決心をしたようです。彼は、私の見るところでは、ラーヴァ

第9章 ランカー城を覆う戦いの雲

ラーマが大洋を強襲する
この絵はラーマがその有名な我慢強さと節制を失する唯一の瞬間を描いている。だから,彼の混沌たる動きは,彼の気分の動揺や激しさの反映なのである。〔口絵XI参照〕

第9章　ランカー城を覆う戦いの雲

ナの後継ぎを狙っているようです。彼は実際家でありますから，私どもは彼を受け入れるのがよいでしょう」。

スグリーヴァは依然として疑っていました。「あれは羅刹で，脱走者です。困っているときに兄を裏切ったのです。そんな者をどうして信頼できましょう」。

するとラーマがヴィビーシャナの弁護をするのでした。「ときによっては，親族が敵よりも悪くなりうるものだ。彼はラーヴァナよりも私どものほうを信頼しているんだ。彼は私たちが彼の王国を欲しがってはいないことを知っている。彼には害を働くつもりはないのだ。何よりも，彼は余の保護を求めている。余は彼を追い払うつもりはない。ラーヴァナだって，余の情けにすがる場合には，余の保護を得ようとするだろう」。

スグリーヴァはラーマの意見に同意しました。それで，ヴィビーシャナは訪れる許可を与えられ，ラーマに拝謁を許されたのです。

ヴィビーシャナはラーマの足元にひれ伏しました。「ラーマさま，御身は世の避難所です。私は祖国も，家庭も，友だちも捨てました。御身は私の生命，私の幸福そのものなのです」。

ラーマは刺すような目で彼を眺め，試験にかけながら言うのでした，「ラーヴァナの力の程度はどれぐらいかい？」

ヴィビーシャナは手始めに，ラーヴァナがブラフマーから得た恩恵のせいで，神々も，羅刹たちも，半ば神聖な者たちも彼を殺せなくなったという次第をラーマに告げるのでした。「ラーヴァナより若く，私よりも年長のクンバカルナも，勇敢さではインドラ神に匹敵しています。シヴァ神の強力な従者たちと闘ったプラハスタは，ラーヴァナの総司令官です。ラーヴァナの長男インドラジトは不可視という力があります。彼は見られずに闘うのです。マホダラ，マハーパルシュヴァ，アカンパーナは彼の勇敢な将軍たちです」。

ラーマはこれを聞いて満足しました。「余はラーヴァナが殺されて，御身がランカー王に即位するときに初めて，アヨーディヤーに戻ることにしたい」，と彼は誓いました。

ラーマはヴィビーシャナを抱擁しました。それから，自分の意志の証明として，ラクシュマナに命じるのでした，「海から海水を運んできな

第9章 ランカー城を覆う戦いの雲

さい。ヴィビーシャナの即位式をここで挙行しよう。余に関する限り，ヴィビーシャナはもうそなたにより清められた，ランカー王なのだ」。

ヴィビーシャナとその従者たちは今やラーマの軍の一部となってしまいました。ハヌマトとスグリーヴァはヴィビーシャナを自分の協議に加えたのでした。「まず，渡る方途を考えよう。これがわれらの最初の関心事となるはずだから」。

ヴィビーシャナは，ラーマが大洋に対して，猿軍のために道を開けるよう頼むべきだと感じました。「海水を分離することは，そんなにむずかしいことではありません。とどのつまり，大洋はイクシュヴァーク族の王サガラによって創造されたものです。王は自分の高名な子孫ラーマを必ず喜ばすはずです」。

この考えには，みんなが小躍りしたのでした。これは行動へ向けての第一歩になったのです。猿たちは落ち着かなくなっていました。

ラーマには，早速スグリーヴァとラクシュマナによる計画が告げられました。彼は彼らの前にその計画を示して，決行するよう頼んだのです。すると，彼らはすぐさま同意しました。「これはすばらしく気の利いた指示に思われます。ただちに遂行しましょう。われらの軍隊はあっという間にランカーに着いているでしょう」。

ラーマは一瞬の重みをかみしめながら，海岸へと歩いて行きました。その一部はクシャの草で覆われていました。彼はうやうやしくへり下って大洋の助けを求めようと思ったことでしょう。これは愛しいシーターへの長くて骨の折れる旅への第一歩でした。しかも，隠すべき大地はまだいっぱいあったのです。

ランカーでは，この地域を探るために派遣されていたラーヴァナのスパイ，シャルドゥラがこう報告したのです，「対岸に集まり，待ち構えている，あれら猿の波は，第二の大洋みたいに見えます。伝言を送り，戦略を練り上げる時機です」。

そこで，ラーヴァナは伝言を持たせてシュカをスグリーヴァの許に遣わしました。「スグリーヴァに告げなさい，彼は余にとり弟なのだと。スグリーヴァはどうして掛かり合いになっているんだ？ 早くキシュキンダーに戻るべきなのに。ことは余と二王子との間の問題なんだから」。

第9章　ランカー城を覆う戦いの雲

　すると，シュカはオウムの姿を取り，伝言を伝えたのでした。ところが，猿たちはシュカを攻撃し，彼を打ち倒したのです。
　「使者を傷つけてはいけないよ」，とシュカが抗議しました。
　「これは使者ではない。これはわれらの力を測り，われらの員数を見積もるためにやってきたスパイだ。殺されて当然だ。」
　猿たちがシュカに襲いかかり，その翼や目をむしり取ろうとしたため，シュカは助けを求めて叫びました。すると，ラーマが介入して言うのでした。「彼をあまり手荒らに扱ってはいけない。彼は命令を受けて行動しているだけなのだから」。
　スグリーヴァはその後で，ラーヴァナへの伝言をシュカに与えたのです。「ラーヴァナに告げよ。余は彼には何の恩義もない，と。ラーヴァナはラーマの敵だし，したがって，余の敵でもある。ラーヴァナは殺されるべきだし，ランカーも滅ぼされるべきなのだ。ラーヴァナには，ジャターユの死のことも告げなさい」。ところがシュカは不具にされ，打撲傷を加えられてから，釈放されたのです。
　ほかの者たちが懸命に立案立計していた間に，ラーマはクシャの草のベッドの上で，腕枕をし，大洋のほうを眺めながら，横たわっていました。この腕はかつてはシーターの枕になってきましたし，それは戦闘においては矢を放つために幾度も引っ張られる，引き締まった弦をマークしてきた腕でした。戦士の腕，長くて気前のいい，遠くまで伸び，安心させる，強力な，保護する腕でした。
　それは孤独な監視でした。三日三晩が過ぎましたが，依然として海洋の神は現われませんでした。
　ラーマの我慢はもう限度にきていました。彼はひどく立腹したのです。「謙虚は引き合わない。善行が弱みと誤解される。成功するのは，傲慢で攻撃的な連中なのだ。これが世のならわしなのだ。
　今こそ余は矢を海洋に射る時機なのだ。余はラーヴァナをかき乱して，混乱に投げ込まれ，彼の境，限度に海洋をあふれ出させよう。それから，彼を干上がらせてやる。彼も余もともに秩序の限度を超えて，カオスの王国に突入することになろう。それ以外の道はない」。そして，彼は弓を引いたのです。

第9章　ランカー城を覆う戦いの雲

　ラクシュマナはラーマを抑えようとして，言うのでした。「冷静になさってください。怒りは見苦しいです。怒りは御身の力，御身のエネルギーを取り去ります。それは自滅です」。ところが，ラーマはこれを無視して，緩慢な海洋に教訓を垂れようとするのでした。

　たちまちカオスが，大きな騒動が持ち上がりました。波が山々の上にまで高く上がり，水中動物が投げ上げられて，苦しまぎれに火や煙を吐き出しました。風は疾風怒濤し，大地は震動して，下界すらも混乱に陥れました。それから，海洋の神が海中からむっくと起き上がったのです。金鉱脈の筋が入ったエメラルドの山みたいに聳え立ち，自らの海中の宝石の富で光り輝きました。その黒い頭上には花々の冠をつけていました。その侍女たちである，世界の河川がうやうやしく彼の周りに仕えていました。

　海洋の神はがらがら声でラーマに話しかけるのでした，「四大はそれぞれの性質があり，これに呼応しなくてはならない。余は本性上，深くて，渡り難い。これは余の性格だ。余は汝を喜ばすために，一夜で干上がって消え失せるというわけにはいかぬ。分かっておくれ。だが，余は汝の猿どもが渡られるようにはしてやろう。落ち着くがよい」。

　ラーマはいささか悔い改めて言うのでした，「私の弓は引かれており，矢はすでにふさわしい位置に設定されております。私は狙いを定めるだけでよいのです。どこにすべきかお教えください」。

　すると，海洋の神がラーマを案内するのでした。「あそこにいる部族が余の海水を汚しておる。あれが余の邪魔なのだ。汝の矢を用いて，滅ぼしておくれ」。

　そこで，ラーマは指示に従いました。すると海はその場所から引っ込み，砂漠を残しました。また矢は泉を引き出しましたし，その周囲には草木が芽生え出し，不思議な薬効のある薬草も芽を出し始めたのです。海洋の神は満足し，それからラーマには橋を架けるよう忠告したのです。

　「ナラなる猿は聖なる建築家ヴィシュヴァカルマンの息子である。彼は父により特別の技を恵まれている。彼なら余の海岸の上に橋を架けられよう。」

　そこで，五日間，幾千匹もの猿がナラの指揮の下，岩石，丘，樹木を

第9章　ランカー城を覆う戦いの雲

用いて働いたのです。ナラは仕事を容易にする道具や機械を設計しました。そして，計画はてきぱきと処理されたのです。橋の構造は堅固なすばらしいもので，厖大な猿軍の行進に十分に耐えられるようになっていました。橋が暗く波打つ海の上に，細長く伸びているさまは，さながら女性の光沢のある頭髪の分け目みたいでした。

　猿の部隊は渡る準備をしました。スグリーヴァが命令を発します，「ラーマはハヌマトにまたがり，ラクシュマナはアンガダにまたがること」。彼らは前線に立ち，スグリーヴァとともに先導して行きました。残りの猿たちは，あるものは行進したり，あるものは飛行したり，あるものは泳いだりして，後に従いました。実に騒然たる海洋超えでしたし，彼らは海以上に大きく咆哮したのです。神々や天人たちはひそかにラーマを海水で聖別して祝福したのでした。

　ラーマが見た前兆は，羅刹たちにも猿たちにも危険を予告するものでした。暴風が大地を揺るがして，震るわせました。雲は血の雨を降らせ，暗く赤く光を放つ月は，破滅の伝言を伝えているかのようでした。

　「ラクシュマナよ，ぐずぐずしてはおれぬ。今日にも攻撃しよう。不正に対する戦いは遅延を許さないのだから。大隊を組み，軍勢を配備せよ。将軍たちには突撃のための準備をさせなさい。」

　ラーマはいろいろと指示を出し，指揮官たちを自分で選び出しました。彼らは人体の特徴で整列しました。「アンガダとニーラは手勢とともに胸部となられよ。勇敢なリシャバは右の側面を防護し，剛腕のガンダマダナは左の側面を防護されたい。ジャーンバヴァトとその援軍は腹部区域を防護されたい。王スグリーヴァは尻の部分を防護されよ。ラクシュマナと余は頭部を防護しよう」。

　ラーマは今度はスグリーヴァにシュカを解放するよう命じました。シュカはすぐにラーヴァナの許に駆けつけて，ラーマのことは気にかけずに，ラーマたちの到来を告げることができました。こうして，兵隊はきちんと整列し，戦闘態勢を取りながら，然るべく配置され，ランカー城とその羅刹軍に立ち向かう準備はできていたのです。

　シュカはラーヴァナの許に戻ってきたとき，惨めな状態になりながらも，スグリーヴァの伝言を伝えるのでした。「私は叩きのめされ，手ひ

第9章　ランカー城を覆う戦いの雲

どく扱われ，縛られもしました。しかもラーマはもうすでにここに着いています。彼らは海洋の上に橋を架けました。もう講和の見込みはございません。シーターを戻されるか，さまなくば戦いの準備をすべきです。彼らは今にもすぐ戦闘に突入してきます」。

ところが，ラーヴァナは少しも動じませんでした。「わが矢は春の花々の上を跳ぶ蜂のごとくに彼らの上に落ちかかるであろう」。彼はさらに豪語するのでした，「ラーマは余が弓（ヴィーナ）であやつる音楽をまだ聞くことができないでいる。余の敵どものうめき，余のブーンとうなる弦の調べに合わせて響く死のメロディーを聞いたことがないのだ。奴は学ぶ運命にある。誰も余を征服することはできぬのじゃ」。

ラーヴァナはさらなる委細を知りたがりました。「奴らの正確な数を知りたいものだ。橋はたしかに立派な妙技だ。でも，奴らがどうやってそれを造ったのかを知りたい。奴らのもっとも手強い指揮官は誰かい？見つけて教えてくれたまえ」。

そこで，シュカとサーラナは両方とも猿に変装して調査に出掛けたのです。彼らは峡谷，洞穴，山頂に至るまで猿を追跡しているうちに数え切れなくなりました。猿たちは四方八方に散在していたからです。

そうこうするうち，ヴィビーシャナは彼らの変装を見破りました。ただちに捕えられて，ラーマの前へ引きずり出されました。すると，シュカとサーラナは恐れおののきながら白状したのです。「汝らが間諜の仕事をやり終えたのであれば，帰還するがよい」とラーマは微笑して言ったのです，「また，もし何かをやり残しているのであれば，ヴィビーシャナが自ら汝らにすべてを示してくれようぞ。恐れることはない。降伏せよ，そうすれば汝らは救われよう」。

しかも彼らの去り際に，ラーマはラーヴァナ宛に伝言を託したのです，「明日，御身は余の力を味わうであろう。御身がいつもシーターを連れ去るのに使っている軍勢を召集して，それを御身の羅刹軍とともに余にさし向けられよ。御身はランカー，迫持（せりもち），城門，砦の陥落を目撃することになろうぞ！」

シュカとサーラナはラーマの勝利を望まないではおれませんでした。それほどまでに，ラーマの寛容さ，正義感にすっかり圧倒されてしまっ

第9章　ランカー城を覆う戦いの雲

たのです。二人はラーマと戦うつもりで鍛えられたはずのラーヴァナの許に戻って行きました。「ラーマとラクシュマナはスグリーヴァとヴィビーシャナの助けをもって，ランカー城を撃退し，彼らの好きなところにそれを建設することができます。それほどに彼らは強力です。ラーマは独りでもこの都を破壊できます。ラーヴァナ殿どうか戦争の考えはすっかり放棄なされたい。講和を結ぶべきです。シーターをお返しなされよ」。

ラーヴァナは嘲笑いました，「汝らにそんなことを言わせるのは，個人的な苦しみのせいだ。乱暴に扱われて汝らは懐柔された。それだけだ」。

こう言って，ラーヴァナは猿の軍勢を見える範囲で，観察するために，宮殿の屋上にのぼりました。「サーラナよ，どれが戦士で，どれが王子で，どれが指揮官か，それぞれ指摘せよ」。

するとサーラナが言い始めました，「あの雄叫びを上げているのは，スグリーヴァの軍の総師ニーラです。高くて赤色をして立ちながら，尾を地面に打ちつけているあれは，バーリンの息子で，スグリーヴァの法定推定相続人アンガダです。そしてあちらにいるのは，海洋の上に橋を架けたナラです。そのほか，ハヌマト……パナサ……ヴィナター……ケサリといった，あらゆる色と種類の猿たちで，彼らは一つの旗，ラーマと正法(ダルマ)の旗の下に団結しております」。ラーヴァナの目は遠方を見つめたとき，精神集中して狭められるのでした。「あそこにいるのは，黒くて大きな目をしたラーマです。学者，王子，戦士で，ジャナスターナのあの英雄は，愛妻を取り戻すためにやってきたのです」。サーラナはラーマが自分に寛大だったのを思い出したとき，声の調子がかすかに変わりました。「彼の右手にいるのはラーマの弟ラクシュマナで，勝利に慣れた，経験豊富な戦士です。彼もやはり御身を根絶すると誓っていました！」シュカはラクシュマナの大きな力が破裂しかけていることを思い出して言うのでした。

「ヴィビーシャナが見えます。彼をラーマは先んじてランカー王に即位させました」。サーラナはラーヴァナをびくびくと見やり，そして彼の目が恐怖をぎらつかせるのを見るとすぐさま視線を逸らすのでした。

「彼の隣にいるのはスグリーヴァです。彼はその中に幸運の女神(ラクシュミー)が住まい，彼の繁栄を守っている黄金のハスの首飾りを身につけております。

第9章　ランカー城を覆う戦いの雲

あれは、ラーマがヴァーリンを殺して、スグリーヴァをキシュキンダーの王にしたとき、ヴァーリンから彼の手に渡ったものなのです。

あそこの幾百万に及ぶ猿軍は、ラーマ、スグリーヴァ、そして大義のために死ぬ覚悟をしております。御身は彼らを打ち負かさなくてはなりますまい。容易なことにはなりそうもありませんが。」

ラーヴァナは様子を眺めることができました。思案で憂鬱になったのですが、彼は真実がかくもはっきりと語られたとき、怒りの反応を示したのです。

「汝らは余の前に立ちながら、しかもラーマへの賛辞を謳歌しようというのか！　偉大な教師たちによってさんざん教育されたくせに、汝らは学に乏しい。汝らは貧しい策士だ。王の怒りをあえて冒すとは。この怒りは森の火事よりも烈しく燃えるというのに。余が汝らを軽く許すのは、汝らの過去の奉仕に免じてのゆえに過ぎぬのだ」。シュカとサーラナはさっさと挨拶してから消え失せたのでした。

ラーヴァナはもう独りの間者、シャルドゥラを遣しました。すると、打ちのめされ、出血して戻ってきたのです。彼の情報はさらに心配させるものでした。「彼らの血統は立派なものです。正法(ダルマ)の息子スシェナ……月ソマの息子ダディムカ……火の神アグニの息子ニーラ……風の神ヴァーユの息子ハヌマト……太陽神スーリヤの息子ジョティムーカ……水の神ヴァルナの息子ヘマクータ……それに、死の神ヤマの五人の息子たち。殿、ここには考えるための材料がいっぱいあります」。

今回はラーヴァナはこの情報提供者を罵りはしませんでした。彼は座って意見を聞いてから、心配になって宮殿に入るのでした。ラーマとは力以上のものをもって渡り合わねばならなかったのです。そこで、彼は幻覚を生じさせる技術の巧みな、羅刹の一人を呼びにやりました。「二つのものをただちにこしらえろ。ラーマの頭と、彼の弓矢を」。

ラーヴァナはこれらをもって、シーターの許へ出掛けました。「あの女は驚いて従順になるに違いない。これでラーマと余自身との間の問題もうまく片づくはずだ」、と彼は悦に入っていたのです。

大喜びしながら、彼はシーターにこう言い放ったのです、「ラーマは戦死したぞ。さあ、せめて屈服して余の妻となられよ、傲慢にして強情

第9章　ランカー城を覆う戦いの雲

なる女よ。彼の最期がどうだった知りたいのか？　それでは聞かせよう」。彼の口調には嘲りが見られました。「ラーマの猿軍たちは真夜中にここに疲れはてて到着し，熟睡した。そこで，わがプラハスタがラーマの寝首を掻いたのだ。偉大なるラーマよ！　その彼が裏をかかれたのだ。はっはあ！」

　シーターは茫然として座ったまま，何も応えませんでした。「ヴィビーシャナは捕らえられ，スグリーヴァとハヌマトは殺されてしまった。ラクシュマナは絶望しておる」。

　ラーヴァナはじっと彼女を見守りましたが，この言葉は何の効果ももたらさなかったのです。「彼らはすっかり総崩れになってしまったんだ」。そして，彼は例の魔法使いを大声で呼び出したのです。「出血し，埃まみれの頭を彼女の前に置け。それに彼の弓矢もな。百聞は一見に如かずだ」，とラーヴァナは無情な言葉で終えたのでした。

　シーターはショックと悲しみでほとんど失神しかけました。泣き悲しみ，大声で嘆くのでした，「殿，どうしてあなたはいとも簡単に打ち負かされてしまわれたのですか？　カイケーイー妃は思い通りに振る舞われました。ラーヴァナよ，私も亡きラーマの許に行けるよう，私を殺してくだされ」。

　そこへプラハスタ将軍から急に呼び出されて，ラーヴァナは立ち去ったのです。ラーマの首，その弓矢も，不思議なことに消え失せたのでしたが，シーターはあまりに茫然としていたため，そのことには気づきませんでした。彼女の見張り役の女羅刹の一人サラマーは，彼女を慰め，甘い言葉で宥めようとしました。サラマーはシーターがすっかり好きになっていたのです。彼女をそっと抱き起こしながら，サラマーは言ったのです，「ラーマともあろう人がどうして寝首を掻かれたりすることがあり得ましょう？　これはラーヴァナの陰謀です。信じてください，ラーマはきっと勝ち誇って姿を現わすことでしょう」。

　シーターが希望を抱いて振り返ると，サラマーは元気づけるように言うのでした，「軍勢を戦闘へと召集しているあのとどろき，象たちのらっぱのような声，武具のかち合う音をお聞きなさい。彼らは嵐にもてあそばれた海みたいに，ランカーの公道に殺到しているのです」。

第9章　ランカー城を覆う戦いの雲

　サラマーは彼らの全容を生き生きと説明し、シーターの顔が和らぐのを見つめるのでした。「あなたはラーマの膝の上に頭を休め、彼の胸に喜びの涙を注ぐことでしょう。彼のほうはあなたの垂れている髪を両手に集めて、自分で束ねることでしょう」。彼女の親切は不思議な働きをしました。シーターは元気を回復したのです。
　サラマーはラーマへの伝言を受け取りたいと申し出るのでした。「私は風よりも速く動くのです。ラーマにあなたの情報をお伝えしたいわ」。
　「私はラーヴァナが何を考えているのか、彼が私をどうしようとしているのかをまず知りたいわ」、とシーターが答えました。
　「彼は断固あなたを引き渡すのを拒んでいます。彼の母親の願いでさえ失敗しました。戦争は避けられないようです。」
　一方は人間、他方は女羅刹ながら、シーターが来るべき無用な破壊のせいでわが身を責めたとき、両者とも共通の同情の絆を感じたのでした。これも元をただせば、彼女の頑固さ、彼女の気まぐれが招いたことでした。彼女の心はラーマにすっかり引き寄せられていましたし、この状況と運命の渦巻きに引きずり込まれていたほかの全員も同様だったのです。
　ラーヴァナは顧問たち全員を集めて、最後の相談を行いました。「御身らはラーマの腕力と財力に威圧されて、彼を称賛してきた。御身らは御身ら自身の力を過小評価しておる」。彼は自分自身でも少々動揺していながらも、何とかして彼らの消沈した心を奮い立たせるために手筈を尽くさねばならなかったのです。
　すると、彼の母方の叔父のマーリャヴァンがまず口を開きました。「臨機応変に行動することです。王たる者は戦いを宣言する前に、こういうことを正確に判断すべきです。この期に及んでは講和が有意味のように思われます。神々にしてからがラーマと結託しています。理由を申させてください」。マーリャヴァンには年の功がありましたから、ラーヴァナに遮られることなく続けて進言するのでした。「どの時代にも正邪、善悪の間の葛藤がありました。御身は悪の道を選ぶことにより、神々や仙人たちを遠ざけられました。彼らの供儀の煙は御身の運命を曇らせております」。
　すると、ラーヴァナはこうどなりつけたのです、「されば御身はラー

第9章 ランカー城を覆う戦いの雲

マを称え、余を貶すよう敵に買収されたのかい？ ラーマは軍隊のために猿の一群を率いている一介の人間であるぞ。海洋に橋を架けさせるがよい！ 奴が渡った橋には戻れない。目に物見せてやる。御身もだ！」

マーリャヴァンはがっかりしましたが、年長者、親戚の者として、ラーヴァナを祝福し、彼に幸運を祈ったのでした。

相談はラーマの陣営でも行われていました。ヴィビーシャナはランカー城へ大臣たちを遣わしてありましたし、そのため、ラーマにはラーヴァナの兵力やその配置についての概要を伝えていました。「彼らの兵力にわれらの兵力を合わせねばなりません。彼らの精鋭にはわれらの精鋭を戦わせねばなりません。細心の計画が求められています」。

彼の情報により、ラーマは最終の訓示を出しました。「ニーラは東門においてプラハスタに挑戦せよ。ヴァーリンの息子アンガダはマハーパールシュヴァに挑み、南門においてマホダラを攻撃せよ。ハヌマトは西門に突入し、インドラジトと対決せよ。北門はラーヴァナ自らが操る主要な入口だから、余がそこで彼を待ち構えよう。スグリーヴァ、ジャーンバヴァトおよびヴィビーシャナは中央を攻めてそこを占領せよ」。

戦闘の深刻さはその影を軍勢に投げかけつつありました。彼らは正面から臨機応変に立ち向かうべく張りつめており、各自が立派に蜂起しようと待ち望んでいたのです。

最後の戦略が一つありました。「われらのうち七名のみ——ラクシュマナ、ヴィビーシャナおよび彼の四人の大臣、そして余——が人間の姿で戦おう。残りの者たちは猿の姿に留まり、戦闘が勃発したとき敵の軍隊の中に容易に配置できるようにせよ」。

ラーマが軍隊を立ち去らせたとき、その目は祝福と祈りの大いなる涙にあふれていました。

一行はランカーをはっきりと観望できる、スヴェラ丘の頂きに登りました。トリクータ山の上に築かれたその都の美しさや、羅刹の見張り役たちの黒い輪で覆われた、その黄金色の塁壁に見とれるのでした。こうして一行は一夜を明かし、戦闘の夜明けを待ったのです。

第10章
大出撃

　夜明けに，ランカーは鮮やかな空を背景にしてくっきりと刻まれていました。ラーマとスグリーヴァはよりはっきり眺めるために，スヴェラ山の頂上に登りました。すると，ラーヴァナが王宮の屋上で，王家の天蓋の下で真紅の衣服を着て輝いているのが見えました。

　スグリーヴァは彼の姿を見て，突如自分を制御できなくなりました。一跳びして，成り行きも考えずに，ラーヴァナの前に立ちました。「余はラーマの友スグリーヴァだ」とびっくりしているラーヴァナに向かって言うなり，彼の王冠をひったくり，地面に放りつけ，猛然と攻撃したのです。

　するとラーヴァナはスグリーヴァをつまみ上げ，球みたいに投げつけました。しかし，スグリーヴァはラーヴァナのほうに跳ね返ったのです。二人は野良猫みたいに闘いました。ラーヴァナが疲れ果てた素振りを見せると，スグリーヴァは飛び上がり，満足して去って行きました。これが彼の羅刹たちとの最初の小競り合いでしたし，しかもそれはそれほどまずかったわけではなかったのです。両者とも傷つき出血しましたが，スグリーヴァは身に受けただけのことを相手にやり返してもいたのです。

　彼が戻ったとき，ラーマは彼を穏やかに叱責しました。「御身は余に相談もせずに急に突進した。余は御身に何か起こりはしないかと心配したのだ。それに，物事は計画に則って運ばなくてはならぬのだ。余はラーヴァナを殺し，シーターを解放し，ヴィビーシャナを即位させねばならぬのじゃ。これは余に指定された課題なのだ」。

　スグリーヴァは後悔していました。「私はラーヴァナがあのように燦然と輝いているのを見て，自制できなかったのです。どうもすみません」。

　ラーマも我慢できなくなりつつありました。「われらは即刻攻撃せねばなるまい。敵ももう警戒しているのだからな」。

　山を降りながら，ラーマは前進の合図をしました。間もなく，一行は

第10章　大出撃

城門に着き，あらかじめラーマにより指示されていたとおりの配置を取りました。猿たちはさながら炎の周りを舞う蟻の大群のように，黄金の都の周囲に落ち着いたみたいでした。

ほどなく，彼らの使者の一人がラーヴァナへ伝言を伝える時間となりました。ラーマはアンガダを呼び出しました。「ラーヴァナに告げなさい，余が行使する罰の鞭を受ける用意をしておくように，と。彼に告げなさい。場所を選び，彼の葬儀の準備をしておくように，と」。

それで，アンガダはラーヴァナの宮廷へ飛び込んで行き，伝言を伝え，十の頭をもつこの羅刹に恐ろしい結果が待っているぞと言って脅したのです。

すると，ラーヴァナは，「奴を殺せ。厄介者だ」，と命じたのです。四名の羅刹がアンガダの両側を二名ずつで包囲し，彼の両腕を摑えました。彼がひょいと起き上がり，鳥みたいに空中に飛び上がると，彼の上昇の力で羅刹たちの握力はゆるんで彼らはずしんと地面に倒れてしまいました。それから，ラーヴァナが見ている前で，捨てぜりふを残しながら，アンガダがそこの宮殿の屋根を蹴ると，屋根の一部が倒れるのでした。

猿たちは今やすっかり統制されていました。彼らは殺到して木々を引き抜いたり，岩石を取り上げたり，歯をきしらせたり，腕を振り回したり，尾を打ちつけたりするのでした。戦闘の嵐が吹き始めていたのです。ランカーはすっかり幾重にも包囲されていました。

ラーヴァナは猿たちの活動ぶりの報告が耳に届くと，ひどく心配になってきました。ラーヴァナの黄金のトランペットとほら貝が怒りの抗議をけたたましく吹き鳴らすと，ラーマ，ラクシュマナ，スグリーヴァへの勝鬨(かちどき)の声が聞こえたのです。各門は急襲されました。戦闘が本格的に始まっていたのです。集団でも単独でも戦いは行われたのです。死体や，髪の房や，それに苔みたいにくっついた猿の毛皮が，丸太のようになって血の川を漂いながら下って行くのでした。

ラーマは四名の羅刹から同時に攻撃されました。彼は四本の矢で彼らをみな一度に殺してしまいました。六匹が彼の上に襲いかかると，彼はしっかり狙いを定めた六本の矢で六匹すべてを殺したのです。

猿たちは樹木，岩石，歯，爪，いろいろのものを総動員して，引き裂

第10章　大出撃

いたり，押しつぶしたり，嚙んだりしました。日没で空が赤らみました。薄暮に続いて，暗い夜となりました。血に飢えた羅刹たちは，敵を突き止めるのが困難でしたが，それでも闘い続けたのです。ラーマの矢は飛び交い，金色のホタルの網みたいに先端を輝かせながら，暗闇を突き刺したのでした。アンガダはインドラジトを選び出して，二人は長く血みどろの決闘を行ったのです。

　インドラジトの戦車は破壊され，彼の馬たちは殺されました。彼自身は疲労困憊でめまいを感じていました。その瞬間，彼は神与の力を発揮して，不可視になってしまったのです。するとアンガダと猿たちは，彼が退却したものと思って喜びました。ところが，彼は見えないまま活動し始め，ラーマとラクシュマナをその魔力で攻撃したため，とうとう彼らは矢の罠に引っかかり，蛇の魔法に襲われてしまい，もはや身動きができなくなってしまったのです。

　ラーマは策略を疑い，素早く猿たちを四方八方に遣して，インドラジトを探させたのです。猿たちは疾風のように速く飛んだのですが，それ以上に速く飛ぶミサイルに追跡されて，滅ぼされてしまいました。

　「インドラ神でさえ余を追跡することはできない。余は不可視なのだから。なのに御身らにそれができるわけがあるまい」とインドラジトに嘲られたのですが，彼らは彼の魔力で麻痺させられてしまい，どうしようもなかったのです。彼らは毛穴のいたるところから出血しており，彼らの上に降り注いだ矢のベッドの上に倒れ込んだのです――まずラーマが，次にラクシュマナが。

　猿たちの間にはパニックが起きました。彼らは悲しみ，勇ましい指揮者たちが死んだものと思って，絶望しだしていました。その間，羅刹たちはなおも攻撃を倍加したのです。

　インドラジトは豪語するのでした，「余はカラとドゥシャナの殺し屋どもを滅ぼしたぞ」。

　ヴィビーシャナはスグリーヴァに落胆しないように言い含めるのでした。「戦闘は思いがけぬ転回をするものだし，勝利は去りやすいものです。兄弟お二人は死んでいないことをお誓いします。お二人は再び意識を回復します。死体をよく見守っていてください。害が加えられないよ

第10章　大出撃

うに注意してください」。

　スグリーヴァは子供みたいに泣きじゃくっていました。ヴィビーシャナは彼の目を洗ってやり、彼を慰めて忠告するのでした、「軍隊は勇気をなくしています。これでは致命的となるでしょう。われらは何とかして元気を出さなくてはなりません。御身は動き回って彼らの耳にありのままを囁く必要があります。私も言葉を広め、隊伍を狼狽させ弱めるような噂に反撃するようにします」。

　ヴィビーシャナは聞き耳を立てました。羅刹たちがラーマとラクシュマナの死を大喜びして、空気を引き裂く勝鬨（かちどき）が聞こえてきました。ところが、彼らの歓喜の叫びに混じって、猿たちの囁き、うめき声、うなり声も漏れていたのです。「スグリーヴァよ、早く行動したまえ。われらの軍隊がパニックに襲われる前に。早く移動しよう。さもないと軍隊は退却し始めるかも知れない」。

　そして彼らはすばやく、こっそりと針路を変えながら、猿たちが有望で、支えになることを思い出して、彼らを決闘に適した態勢に戻したのです。

　インドラジトは朗報をもって父ラーヴァナの許に駆けつけました。この若い戦士は自信ではち切れながら、勝ち誇って言い放ったのです、「ラーマとラクシュマナは死にました。われらの仕事はほとんど終了しました」。

　ラーヴァナは息子を抱擁し、彼を褒めちぎりました。彼の思いはシーターへと飛んでいたのです。早速、王家の娯楽庭園の中でシーターを見張っている女羅刹たちを呼びにやりました。「彼女に伝えよ。ラーマとラクシュマナはインドラジトに殺されて死んだ、と。彼女を余の天の戦車プシュパカラタに乗せて、彼女に彼ら二人の死体を目撃させよ」。

　ラーヴァナは彼女が今にも手に入るだろうと思って、大いに満足したのです。今に彼女は着飾り輝きながら、恐怖から解放され、彼女がラーマに結び付いてきた結婚の絆からも自由になって、彼の許にやってくるだろう。「きっと愛らしさをふりまきながら、彼女は余の許にやってくるだろう」と彼は空想に浸るのでした。欲望が彼の脈拍を速め、その羅刹の血管を駆けめぐったのでした。

第10章　大出撃

　女羅刹たちはプシュパカラタを用意し，シーターはラーヴァナ本人により都の周りを列をなして行進させられたのです。彼女は旗や優勝旗がはためき，祝いの横断幕がなびいているのを見ました。なにしろラーヴァナがすでにラーマとラクシュマナの死を布告していたからです。

　シーターは次に，戦禍を見るためにプシュパカラタに乗せられました。彼女は，以前彼女に親切と思いやりを示したことのある女羅刹トリジャターと二人だけにされたのです。実に恐ろしい眺めでした。いたるところ出血した死体が転がっており，手足の取れた死体が散在していたのです。猿たちは混乱した集団をなして寄り集まっているか，悲しそうに走り回っていました。シーターはラーマとラクシュマナがじっと生気なく，矢の林立したベッドの上に載せられているのを見ました。その美しい身体には大きく口を開いた傷が刻まれていたのです。

　「ああ！　私に栄光を告げていたあのすべての予言はいったいどうなるの？　あの占星術師たちは今どこにいるの？　彼らは私の両足にハスの印があるのを見て，私は女王になるはずだと言っていたのに。決して寡婦になりはしまい，と彼らは約束していたのに。

　彼らは頭のてっぺんから足のつま先まで入念に見渡してから，私が瑞祥に恵まれている，と言っていたのです。私の髪は細く，なめらかで黒く，私の眉毛はかち合っていないし，私の歯は均等に並んでおり，私の肌は真珠のように輝かしく，柔らかい羽毛に触れるようになめらかで，無毛です。私は見事に均整がとれており，幸せ人のゆったりとした，物思いの微笑を浮かべている……とか何とかと彼らは言ったのです！　すべては嘘だったのよ」と彼女は嘆くのでした，「すべては嘘なのよ，虚偽の束を私は愚かなことに，すっかり信じてきたんだわ」。シーターはがっくりして，ヒステリックに，悲嘆にくれてむせび泣くのでした。

　トリジャターはシーターを落ち着かせようとしながら，同時に，ラーマとラクシュマナの死体を凝視していました。彼女はシーターを両腕に抱いて，彼女を慰めました。「よく聞いて。あなたの夫は死んではいません。あなたの義弟も死んではいないわ。意識がないだけです。理由を語らせてください。

　彼らの顔の表情——怒り，熱気，喜び——をよくご覧ください。死人

第10章　大出撃

の顔なら，無表情です。第二に，プシュパカラタは聖なる乗り物であり，悪運の者がそれに乗ることを許しはしないでしょう。この顔にはみじめさや悲しみの影が少しも見られません。だから，あなたにもラーマにも，万事がうまくゆくに違いありません。第三に，みんなが二人の身体をいかに注意深く見守っているかはご覧のとおりです。きっと生気の兆しがあるに違いありません。二つの死体なら，誰があんなふうに見張ったりするでしょう？　第四に，私はあなたにこんなことについて嘘をつくつもりはありません。あなたの性格と行動は当初から私を感動させてきました。どうか私を信じてください。私はそれが死かどうかということは，見れば分かるのです」。

シーターはラーマとラクシュマナが傷つき蒼白になって横たわっているのを見て深く動揺したのですが，泣き止みました。彼女は二人の傷の手当てをしたり，健康を回復するための介抱をしたり，英雄に当然な歓迎をしたりしたいものだ，としきりに願望しました。

やがてラーマが最初に意識を取り戻しました。ぼんやりと周囲を見回して，ラクシュマナに気づいて言うのでした，「御身は私に森にまで付いてきたのだから，私も死の国にまで御身に付いて行こう」。彼はラクシュマナが死んだものと思い，彼の自分への大いなる愛，その忠誠心や服従心を思い出して，悲嘆に暮れるのでした。「スグリーヴァよ，お別れを言わねばならぬ。御身はキシュキンダーに戻っておくれ。私はもうこれ以上戦いたくはない」。まさにこのとき，ヴィビーシャナが帰還してきて，ラーマのこの言葉を立ち聞きしたのです。

「御身は私を裏切っておられる。私にランカーの王座をかつて約束されたのは御身です。誓って申しますが，ラクシュマナは存命なのです。これはすべて策略なのです」。しかしながら，ラーマは意識不明に陥ってしまいました。

まさに重大な危機でして，これまでに彼らが直面したうちでもっとも深刻でした。スグリーヴァは事態をしっかり収拾することにしました。「ヴィビーシャナよ，御身は王国を引き受けられるがよい。余は告げられているんだ，霊鳥金翅鳥ガルダが到着すると，ラーマとラクシュマナが精気を取り戻すだろう，と」。それから，ターラーの父スシェナに猿

第10章　大出撃

たちの世話を委ねたのです。「御身は猿たちを故郷に戻るよう導き、ラーマとラクシュマナも一緒に連れて行っておくれ。余はラーヴァナを殺して、シーターを奪還する」。

すると、スシェナはより実際的な提案をするのでした。「私は過去の経験から、神々の師傅なるブリハスパティが意識のない神々を蘇生させるために、伝説上の乳の海の近くの地域からの薬草を使用したことを知っています。猿たちならきっとこれらの薬草を突き止められます。もうこれ以上ぐずぐずしていて時間を浪費しないようにしましょう」。

彼らがこうして、次になすべきことも分からずに論争していますと、突如疾風が起こりました。大木が傾き、海に倒れ込みました。蛇たちがにわかにしゅーという音を立てながら、多数海洋の中に滑って潜り、姿を消したのです。ラーマとラクシュマナが驚いたことには、二人を束縛していた蛇の力がだんだん握力を緩め始めました。

蛇の恐ろしい敵たる強力な金翅鳥ガルダが着地したのでした。金翅鳥が二人の体に近づいて羽ばたき、彼らの顔に触れると、二人は束縛から解かれ、傷は癒え、皮膚はもう一度金色に輝き、彼らの力とエネルギーが回復したのです。

ラーマはガルダに抱き起こされたとき、尋ねました、「どなたです？」

すると金翅鳥は答えるのでした、「私は御身の友です。たぶん私はそれ以上に、御身の生命―呼吸そのものです。あの蛇どもは魔法により束縛と化していたのです。彼らは御身から生命を搾り取ったのです。このことを聞くや否や、私は解放すべくこちらに飛んできたのです」。

金翅鳥の目は愛情と敬意で輝いていました。「御身はシーターとともに凱旋帰郷されるでしょう。そしてそのとき、御身は私と私の御身への感情をもっと知られることになりましょう。当面はご無事をお祈りしております」。ガルダはこう言い残すと旋回し、鳥の王のための特別な天の道を通って飛び去ったのです。

ラーマとラクシュマナの指揮が回復すると、猿軍はにわかに活気づきました。欣然としてきーっという音を立てたり、咆哮したりしながら、猿たちは元の配置につき、攻撃態勢に戻りました。みんなはひとしきり浮かれ騒ぎを起こしてから静かになり、服従させられたのでした。

第10章　大出撃

　この騒音はラーヴァナの耳にも達しました。彼は遠くからでさえ、この歓喜の様子を察知できたのです。「ラーマは無力だし、実際上死んでいる。げんに連中は彼が死んだと思っている。なのに、連中はいったい何を祝っているのだろう？」と不安になって思案したのでした。

　ラーヴァナは大臣に原因を探査するよう命じました。すると、そこではラーマとラクシュマナがまるで希望の出現みたいに、完全に生き返り、羅刹の様相を帯びようとしているのでした。使節たちはラーヴァナに告げるために走って引き返しました。「死の魔法をかけた蛇の縄からもあの兄弟は逃れられる以上、ランカー城は本当に危険に瀕しております」。ラーヴァナの顔はこの恐怖のほのめかしだけで蒼白になりました。そこで、将軍ドゥームラークシャを呼びにやりました。「戦闘に突入だ。ラーマを殺せ……」。

　ラーマは羅刹の軍隊を見渡しながら、兵士が次々に倒れるのを眺めたり、ラーヴァナの各兵士——アカンパナ、インドラジト、アティカーヤ……ニクンバ、ナランタカ……——の大きさを知るようになりました。

　ドゥームラークシャは勝利を確信して黄金の戦車で出撃したのですが、悪い前兆が彼の希望を暗くしたのです。頭のない死体が血を滴らせながら地面に転がり落ちてきたり、秀鷹が戦車の屋根飾りに止まったりしたのです。

　ドゥームラークシャは、岩を片手に攻撃してくるハヌマトを相手にしなくてはなりませんでした。戦車は破壊されてしまい、ハヌマトがそれから彼の頭蓋骨を砕き、それを山頂みたいに押しつぶしたのです。最強の羅刹たちが次から次と送り込まれました。それぞれが武勇で拮抗する者と対峙し、それぞれが血なまぐさい決闘の後で死んで行きました。まず、ヴァジュラダンシュトラがアンガダによって殺され、次に、アカンパナが数百匹の猿を殺し、全軍を混乱に陥れましたが、彼はハヌマトによって殺されました。それからは、プラハスタの番でした。ラーマが四名の勇敢な猿将を次々に殺したのです。このためプラハスタは激怒し、猛然と歯向かったのですが、結局はこのために自らの死を招いたのです。それというのも、巨大な猿ニーラが岩をひっつかみ、それを彼に投げつけて押しつぶしたからです。これは効果てきめんでした。プラハスタの

第10章　大出撃

死によって，羅刹の軍勢は大損失を被ったのです。ラーヴァナは状況の深刻さを認めて，戦闘に加わる決心をしました。

「都を守れ，入口地点，公道，宮殿を監視せよ。連中は余がもはや城門には居ないことを知って，先手を打ち，食い込んでこよう。余は今や連中を一手に引き受けねばならぬ。連中が奮起して突入してくる前にな。わがほうの精鋭の多くはすでに斃れてしまった。」

ラーマはラーヴァナが激昂しているのを見届けました。彼の王家の白い天蓋がその十個の頭を日光から遮り，彼の首飾りは彼が王らしく威圧しながら戦闘に突入するとき，広い頬の上で揺れるのでした。ラーマは恐怖がさざ波を打ち，それから広がっていって，大きな奔流へと深まり，戦う猿軍の海を掻き立てるのを目撃しました。パニックの津波が彼らを沈めそうになると，ラーヴァナの壮麗な存在も影を帯び，嵐にすっかり襲われてしまったのです。

「何という光輝がここを闊歩していることか」，とラーマは思いました。「彼は破壊，盲目，燃焼の日光だわい」。

それから，過去数カ月の悲しみと怒りが噴出し，ラーマの心をあふれさせ，頑固にするのでした。彼もやはり，自分の内にきたるべき恐怖や破壊の高まりを感じたのです。それは彼の上にも残忍な決断の波となって打ち寄せたのです。

「奴は復讐への私の渇望をいやし，シーターへの憧れで渇いた私の喉を和らげるためにやってくる。私はこの大地の表面から，こ奴をぬぐい落としながら，彼女を誘拐した悪行をも拭き取ってやる。奴の命運はもう尽きかけている。」

ラーヴァナと最初に対決したのはスグリーヴァでした。彼は巨木で覆われた山頂もろとも突進したのです。スグリーヴァは怪力で岩塊を投げつけたのですが，ラーヴァナの黄金張りの矢の嵐がそれを粉砕したのです。ラーヴァナは激怒して，蛇のように恐ろしい矢を選び出し，それをスグリーヴァに命中させて，負傷させてしまいました。

次にラクシュマナがラーヴァナとの戦いに乗り出しました。「奴を始末する許可をください」。すると，ラーマは彼に先に行っておくれ，と頼みながら，こう祝福したのです。「御身の武勇が奴のそれを上回らん

第10章　大出撃

ことを。奴の弱点を探し出して，御身の弱点を注意深く隠しておくれ。御身がラーヴァナのような強敵にぶつかるときには，武器と同じぐらい御身の目は大事なのだから。さあ，行きたまえ！」

　そうこうするうち，ハヌマトとニーラもラーヴァナに攻撃を開始しました。当初一，二回小ぜりあいの後で，ニーラは微小な姿になって，ラーヴァナの旗の上に飛び上がりました。そこから，彼はラーヴァナの弓に跳びはね，それから彼の王冠の上に止まりました。ラーヴァナはこの無礼な行為に明らかにひるむのが見てとれました。ニーラのほうは前後，上下と移動しながら，この羅利王を混乱と立腹の状態に投げ込みました。他方，猿たちは周囲で笑ったり，嘲ったりしていたのです。

　実におかしな光景でした。この大戦士も，その二十本の腕をばたつかせて摑まえようとするたびに敏捷な小猿にひょいとすり抜けられるときには，滑稽な緊急発進の姿にされてしまったのでした。

　ニーラがとうとう矢に当たって倒れたとき，ラーヴァナは振り返ってラクシュマナを発見し，今度は彼に戦いを挑んできました。「死に急ごうとする連中は良識をなくしているんだ。さもなくば御身が余に挑戦したりはすまい」，とラーヴァナは言うのでした。

　「ほら吹きを止めて，戦え」とラクシュマナが言い返しました，「相手をしてやるぞ」。

　ラーヴァナの返事はすみやかでした。七本の羽毛で飾った矢がラクシュマナのほうに飛んできたのですが，彼はこれらを巧みに叩き落としました。五分五分の戦いでした。ラーヴァナは一度気を失いましたが，またも回復して，その執念深い武器をラクシュマナに投げつけました。ラクシュマナはこれをかわそうとしたのですが，胸を負傷して，失神してしまいました。

　ハヌマトは傍に立っていたのですが，今度は自らラーヴァナに躍りかかり，その胸に強力な一撃を加えました。「おぬしの醜い魂もろとも消え失せろ。おぬしの身体に長居し過ぎたのだ」。

　羅利はバランスを失って倒れました。その口，耳，目のすべてから血がどっと噴き出していました。彼は埃の中に転がって，気を失ったまま，自分の戦車の下に横たわりました。ハヌマトはラクシュマナを優しく抱

第10章　大出撃

き上げて，ラーマの許に運んで行きました。

　弟の姿を見て，ラーマは拍車を当てて，すばやく行動に移りました。彼の傍では，ハヌマトが懸命に仕えようとして，しっかりと，愛情と献身に燃え立っていました。今やラーヴァナが運命に直面する瞬間が間近に迫っていたのです。ハヌマトとラクシュマナは手だてを用意するだけでした。

　「わが肩にまたがりたまえ」，とハヌマトは自分の英雄ラーマに屈服するかのように低く身をかがめて言うのでした。ラーヴァナのほうは意識を回復して，出血しながらよろよろと立ち上がり，猛然ともう一度戦いを挑もうとしました。

　「走り去るなよ。お前はジャナスターナでお前の部族一万四千名を滅ぼした男と対決しなくちゃならぬのだ」。ラーヴァナが一言をも発する前に，ラーマはラーヴァナの戦車，その矢，その弓，その輝く王冠を次から次へと打ち砕いたのです。

　ラーヴァナが頭をむき出しのまま，へり下って立っていたために，ラーマは言うのでした，「余は汝が邪悪だとはいえ，今は汝を攻撃しないでおこう。汝は今日の戦闘で疲弊し切っている。すみやかに家に帰り，汝のいつもの勇気と力を回復し，しかる後に完全武装し，戦車に乗って戻ってこい。そのときには汝と戦おう」。

　時も状況も加速して，指定された瞬間へと容赦なく過ぎ去りました。運命の大いなる鋳型はラーマによって描かれ，指示されつつあったのです。場違いの，的外れなことはすべて，間もなく正しい位置に戻されるでしょうし，正法はもう一度きちんと完全な形を取り戻すことでしょう。

　ラーヴァナは帰還しても一語も発しませんでした。喜びが天上に広がりました。形勢は逆転しつつあったからです。ラーヴァナも敗北とはいわないまでも，少なくとも勝利の覚束なさを感じ始めていました。

　その日，宮廷に話しかけたのは，悲しげな王でした。「余のすべての難行苦行，ブラフマー神の恩恵ですら，余には何にもならぬ。余は人間からであれ動物からであれ，攻撃に無事ではおれないのだ。余は傲慢さから，余の弱点が見えなかった。

　だが，落胆するでないぞ。御身らは殊のほか用心し，殊のほか懸命に

第10章 大出撃

戦うだけでよい。勝利は依然としてわれらのものとなろう。クンバカルナを起こしなさい。余のあの弟は数カ月もぶっ通しで眠り続けている。彼はわれらが九日前に最後に会って以後,意識を失ってしまった。でも,彼はわれらの唯一の希望の星なのだから」。

羅刹たちはクンバカルナがぐっすり眠っている洞窟へと向かいました。

彼らは食物,花々,香料の供物を取り出しました。その場は一面に,血や,骨の髄のにおいがしていました。クンバカルナが起きていたときに,肉の山を食べ尽くしたからです。とてもくつろいだ気分にはなりそうにありませんでした。彼の息で,彼らは入るなり吹き飛ばされました。中に入って,地面に足場を保つのは,まさに闘いだったのです。

第10章　大出撃

　彼らはまず，持参した食物——巨大な水差しいっぱいの血，鹿，野牛，猪などの山——を広げました。次に，白檀の液汁を彼に塗り付けてから，彼の鼻孔が息をするたびにぱっと大きく広がるために，恐る恐る彼の王冠を付けた頭を見守るのでした。その後で，彼らは絶えずほら貝を吹いたり，銅羅太鼓を打ち鳴らしたりするのに合わせて，乳棒，権標，岩でクンバカルナを叩き続けたのです。

　それでもクンバカルナはぴくりともしませんでした。彼の呼吸は彼らに大混乱を引き起こし，彼らを周囲に投げ飛ばし，とうとう直立し続ける努力でくたくたに疲れ果ててしまったのです。一万の羅刹たちは咆哮し，動物たちは打ちのめされて，大声でうなったりうめいたりする破目

231

第10章　大出撃

に追いやられました。ランカー城全体が騒音で目覚めたのですが，それでもクンバカルナのほうは眠り続けたのです。

　ついに彼らは巨大な丸太で彼を打ちつけ始めました。彼の耳を引っ張ったり，彼の耳孔に水を注いだり，彼の頭髪をぐいと引っ張ったり，鞭打ったりしたのです。

　彼らは絶望し始めていました。どうしたものか？　ラーヴァナにどう告げようか？　彼からは，クンバカルナを目覚まして，ランカーのために戦うのは命令だぞ，と言われていたのです。

　羅刹たちは努力を増強しました。千頭の象が彼の体を踏みにじったのです。すると，彼は何かがかすかに身にいざこざを起こしたかのように，ほんの少しながら身動きしたのです。

　「クンバカルナが身動きしだしたぞ」，と彼らは叫びました。そのとき，大口を開けたあくびが，洞窟の中に小さな暴風を起こしました。

　クンバカルナは立ち上がり，食べ物をひもじそうに眺めました。その食べ物は彼がすべて平らげて，数秒のうちに消えてしまいました。そして羅刹たちをにらみつけて言ったのです，「なにゆえに余の眠りを妨げたのか？　余はラーヴァナ王がご無事なことを望んでおる……だがそうではあり得ないのだろう。さもなくば，王は余を平穏に眠らせておこうとされたはずだから」，と彼は不平を言うのでした。

　すると羅刹たちは異口同音に答えて言うのでした，「恐怖が，人間の恐怖がランカーに忍び寄っております。ランカーはその人間の部下の猿たちに攻囲され，取り巻かれているのです」。

　クンバカルナがこの不快な報らせを聞くのを待つ間，悪いことが続くのではないか，と羅刹たちの間に一瞬の沈黙が走りました。「ラーマはラーヴァナを襲ってから，彼を手放し，武装して戻って来い，と要求したのです！」

　すると，クンバカルナはもうすっかり目覚めていました。「死んだ羅刹どもには血の酒を献じてくれようし，余自らはラーマの血をたっぷり飲むことにしよう」と彼は咆哮しながら，飛び出したのです。

　クンバカルナはのどの渇きをいやすために千杯もの酒を飲んでから，ラーヴァナの宮殿へと赴き，戦場へ出掛ける前に明確な指示を求めよう

第10章　大出撃

と思いました。

　各門の外にいた猿たちは，樹木の天辺や丘の中腹から都をじっと見つめていたのですが，クンバカルナが公道を大またで歩いてくるのを見るや，怖くて散り散りになりました。ラーマはヴィビーシャナに尋ねました。「猿たちはいったい誰をあんなに怖がっているのだ？」

　ヴィビーシャナは遠方を眺めました。「誰だかまだ分かりません。でも，きっと私の兄クンバカルナに違いありません」。そして，彼はラーマにこの兄の強大な力と一つの障害のことを語ったのです。

　彼は問題児だったのです。幼児のときからすでに恐ろしかったのです。目にする誰かれかまわずに呑み込むのが常でしたし，飽くなき食欲に悩まされていました。それで，インドラ神は心配し，ブラフマー神に苦情を伝えに行ったのでした。

　「クンバカルナがこんなことをし続けるのを許されたなら，この世はじきに人が絶えて，荒廃するでしょう」。それから，インドラ神はその象アイラーヴァタにまたがり，クンバカルナを攻撃したのです。しかし，彼はアイラーヴァタの牙を引き抜き，それでインドラ神の胸を突き刺したのです。

　ブラフマー神はこの羅刹の子を呪いました。「今日から，かのクンバカルナは死人のように眠り続けるであろう。インドラよ，汝の部下は安全だろうよ！」

　そこで，ラーヴァナが口を挟んで，嘆願したのです。「あれは御身の孫です。あまり過激な制裁を行わないようにしてください。あれに覚醒の時間を少し持たせてやってください」。

　ブラフマー神はしばらく考えました。「よし，それじゃ六カ月間かそこら眠り続けさせることにし，さらに六カ月間眠りに陥る前に一日だけ覚醒することにしてやろう。ただし，その一日間は，彼は荒れ狂う火みたいに，無差別に貪欲に食べ回るであろう」。

　さて，ヴィビーシャナはラーマに忠告して言うのでした。「猿たちにクンバカルナは機械なのだと告げなさるがよろしい。そして，この恐ろしい装置に歯向かう用意をして各門に全員集合させるべきです」。

　「了解」，とラーマは答えました。「遠くに彼の姿が見えるだけでも彼

第10章　大出撃

らには恐ろしいのだから，彼が実際に戦い始めるとしたら，彼らにはいったい何が起きることやら？　考えるのも怖いわい」。とにかく，猿たちは混乱し驚いて，この機械的存在物——岩と石と根こそぎにされた樹木で武装していました——に攻撃しようと集合したのです。

さて，クンバカルナはラーヴァナの宮殿に到着し，王の部屋での謁見を許されました。「御身は何に恐れているのかな？」と彼は知ることを要求したのです。

ラーヴァナは「余が恐れているのは，ダシャラタの子ラーマという人間だ。彼と無数の猿たちがランカー島の森や洞窟を侵略してしまっているのだ。弟よ，どうか余たちを救ってくれたまえ！」

クンバカルナは嘲りました！「王よ，御身はまず行動してから，後で後悔なさる。御身の非行の果実を刈り入れえているのです。いかなる忠告も御身にはためにならなかったのですぞ——御身の妃マンダリーであれ，ヴィビーシャナであれ，どちらの忠告もね」。

これを聞いて，ラーヴァナは怒りの反応を示しました，「クンバカルナよ，余は汝の兄だぞ。余は父親や師傅としての敬意を受けて当然なのだ。ところが反対に，汝は余に説法をするとは！　今は汝が質問しないで出向き，無条件に支援を差し伸べるべきときなのだぞ」。

しかしながら，ラーヴァナは変わり身が早い人物でした。これまでになく謙遜な態度で，彼はこう告白したのです，「たぶん余はこの狂気への盲目の欲求で惑わされてきたんだ。とにかく余の損失を埋め合わせ，余の皮膚と余の名誉を救うために汝の力を用いてはくれまいか？　これは過大なお願いだろうか？　汝は弟で友人なのだ。それらしく行動してくれたまえ！」

クンバカルナは兄に調子を合わせるのが好都合だと考えたのです。それで，彼は口調を変えました。「安心されよ。私はラーマを屠り，彼の頭を御身の許に持ってきましょう。私は猿どもを滅ぼし，羅刹たちを救います。決して怖じ気ないでください！」

すると，賢くて経験のある羅刹マホダラがクンバカルナを叱責したのです。「クンバカルナ殿，御身は愚か者のような駄弁を弄している。しかも，御身の勇気を過大評価している。ジャナスターナの破壊者ラーマ

第10章　大出撃

を，御身は単独でどうやって殺せるというのです！」

それでクンバカルナはラーヴァナに，彼ら五名が一緒にラーマを攻撃するように提案したのです。「もし成功すれば，万万歳です。失敗したとしても，われらは勝った振りをして，祝えばよいのです。シーターは屈服するでしょう。私見では，一騎打ちをしても御身のためにはならないでしょう。われらは策略に訴えなくてはなりません」。

これは雄弁な申し立てでしたが，それでもクンバカルナの独りよがりとラーヴァナの狂気とが勝利を収めたのです。ラーヴァナはクンバカルナを頭のてっぺんから足のつま先まで，派手な飾りで装い，彼に無事を祈り，武装兵を付けて送り出しました。クンバカルナは空を背景に巨人のように，恐ろしい姿を浮かび上がらせながら，大きな鼻孔を血の臭いにぴくつかせたり，戦闘の思いに勇猛心を奮い立たせたりするのでした。

猿軍にはパニックが広がり，飛び立ったり，退却したりする話さえなされていました。

「御身らの女房に笑われるぞ……御身らはさんざん豪語しておきながら……」。猿将アンガダは同僚にそう想起させたのでした。

猿たちとしてはどうでもよくなっていたのです。品位はとても生命の引き換えにはなりそうになかったのです。「まだ死にたくはないよ」，と彼らは言い合ったのです。

それでもアンガダは何とかして自分の考え方を彼らに説き伏せようとしたのですが，彼らは戦闘に行くまいと心を堅くしたのです。猿軍にとっては，死と大損失の一日でした。クンバカルナは彼らを幾千匹も滅ぼしたのです。彼は彼らの群をつまみ上げて，むさぼり食らいました。丸呑みされた，より小さな猿は，彼の鼻や耳から逃れ，こぼれ落ちました。残忍ながらも，滑稽な光景でした。

猿たちはクンバカルナを攻撃したのですが，何の効果もありませんでした。ハヌマトでさえ槍を折っただけでした。そんなものでクンバカルナは阻止されはしなかったのです。彼はスグリーヴァを叩いて意識を失わせ，彼を持ち上げながら，意気揚々とランカーのほうへ向かって歩き出しました。「余は奴らの王を捕まえたぞ。奴らは四散し退散するだろう」と歩き続けながら，満開の楽し気に歓迎する花の雨あらしを受けつ

第10章　大出撃

つ考えるのでした。都は祝っていました。暗がりは晴れ上がっていたのです。

　ハヌマトは苦境に陥りました。「僕はスグリーヴァを救助もできようが、それでは彼の誇りを害するであろう。彼は気を失っているだけなのだ。彼のことだから、自ら抜け出すほうを好むだろう。彼の不興を招くようなことはすまい」。

　咲きにおう花、新鮮な空気、歓声でスグリーヴァが元気づきました。素早く、何の警告もしないで、スグリーヴァはクンバカルナを攻め立て、彼の鼻、耳を引きちぎったのです。クンバカルナはかんかんに怒って、スグリーヴァを地面に叩きつけたのですが、スグリーヴァは跳ね上がりながら、ラーマの許へとまっしぐらに飛んで戻ったのです。

　猿たちはクンバカルナを恐怖と嫌悪の気持ちで眺めるのでした。クンバカルナは血の臭いや光景にひどく興奮したために、猿たちも羅利たちも一様にひっつかみ、呑み込んだり、がりがりと噛んだりしました。

　最期が近づきました。ラーマが彼の前に立ちはだかっていたのです。「余はおぬしを成敗(せいばい)にやってきた」。すると巨魁のクンバカルナはひどく興奮し、哄笑して身を揺らしたのです。

　でも、それは長くは続きませんでした。クンバカルナが鎚矛(つちほこ)をラーマに振り回すと、自分の片腕が矢の一撃を受けただけだったのです。そこで、彼はもう片腕で木を引き抜きました。しかし、ラーマはその腕をもすぱっと切断してしまったのです。クンバカルナがラーマに突進してくるや、ラーマは彼の両足をも三日月形の矢で切り離してしまいました。この羅利は口を大きく開けて、苦痛と怒りのうめきをさんざん発しましたが、それも矢を次々に浴びて止んでしまいました。クンバカルナが転がりながら近づいてくると、ラーマは最後の武器を取って、注意深く狙いを定め、その頭を切り離してしまいました。

　巨大な頭でした。それはランカーのほうへ回転して行き、止どまるまでに、多くの高い館を倒しました。頭のない、手足を欠いた胴体はびしゃっという轟音とともに海中で横倒しになりました。

　ランカーの大いなる希望クンバカルナはとうとう死んでしまったのです。

第10章　大出撃

　クンバカルナの死の報らせは，ラーヴァナの心を動転させました。彼はすべての希望をクンバカルナに託していたからです。
　「生きていても，もう何の喜び，希望もなくなった。ランカーや，シーターでさえ，もう取るに足りぬわ」。自己憐愍と空しい後悔が取って代わったのです。「余は自分の罪の償いをしているんだ。ヴィビーシャナの言葉に耳を傾けるべきだったんだ」，と彼は嘆くのでした。
　でも，すべてが失われたわけではなかったのです。まだ彼の周囲には，息子たち，残っている弟たち，おじたちという力の非常線が張られていたのです。実際ラーヴァナには，インドラジトのほかにも，四名の息子，ヴィビーシャナとクンバカルナ以外に二人の弟，そして二人の勇敢なおじがいたのです。彼らはラーヴァナの周囲を将来にとっての光と希望の光背みたいに囲んでいたのです。ラーヴァナはなおも彼らから栄光に浴することができたのです。なにしろ彼らはみな神々に祝福されていましたし，みんなが過去の戦闘で試験ずみでしたし，勝利者として揺るぎないことが判明していたからです。彼らの間に座ったとき，彼の希望は湧き上がり，自信がそのつぶれた心に洪水のように舞い戻り，彼に勇気を授けたのです。
　勇気が出るや，ラーヴァナは死物狂いでむだなことでも試みるのでした。アンガダ，ハヌマト，ラクシュマナとの烈しい一騎打ちで，彼らはとうとう全滅してしまったのです。それは神力にあふれる奇妙な兵器で闘われた，一種の機転の戦いでした。両側とも敵をびっくり仰天させるために秘密の武器を持ち出したからです。戦士と戦士は釣り合っており，戦略には戦略をもってしたのですが，羅刹たちは疲労のあとを示していました。
　ラーヴァナは座りながら，絶望の連祷みたいに，勇敢な死者たちの名前を唱えました。彼は息子たちのために泣くのでした。そして，とうとう敵の本当の力量を見抜き始めていました。「ラーマは本当に強力で不屈であるに違いないな。われらの力は不足している……」。終始見張りを増強するように，との命令が発せられました。ラーヴァナは敵の急迫を感じることができたのです。
　インドラジトはまだ生存していました。彼は父の希望がなくなり，勇

第10章　大出撃

気が欠けてゆくのを見てとりました。「父上，心配には及びません。日が尽きる前に，ラーマはきっと私に屈服するでしょう」。

インドラジトはブラフマー神の武器を用いるために特殊な儀式を行いました。その弓，矢，戦車に秘法を誦しました。生贄の炎が煙を立てずに燃え上がり，勝利の兆しが見えました。太陽，月，星辰はインドラジトが自分のほうに引き寄せている諸力の震動を感じさせて，鳴り響くのでした。祈りと瞑想のときが過ぎると，彼は不可視の魔法の衣を着て戦車に乗り，空中へ昇りました。猿群への屠殺が始まりました。ニーラ，アンガダ，スグリーヴァ，ハヌマトを初め，老ジャーンバヴァットも重傷を負ったのです。

ラーマはインドラジトが居合わせているのを感じ取りました。「あれは目に見えぬ動きをしているインドラジトに違いない。今日もブラフマーの武器を使っているのだ。これに打たれても，じっとしておこう」，と彼はラクシュマナに告げたのです。「その力に屈服しよう。そうすれば，われらが死んだと考えて，インドラジトは喜んで，都へ引き揚げるであろう。ラーヴァナは警戒を緩めるだろうから，そのときにはわれらは好機を得ることになろう」。

そのとおりになりました。ラーマとラクシュマナは打ち倒され，気を失ったまま横たわりました。猿たちは狼狽して散り始め，インドラジトは心配している父親に吉報をもたらすために取って返したのです。猿の首領たちは周囲にぼうっと立ったまま，いかなる行動も起こそうとはしませんでした。彼らの指導力は引っ込められ，彼らは無力を感じていたのです。

ヴィビーシャナは彼らを元気づけねばなりませんでした。「二人は死んではいない。創造主への敬意の印として，ブラフマー神の矢を受けたのに違いないのだ」。

最初に応じたのはハヌマトでした。「みんなは戦場を離れる前に，出掛けて行って，激励しよう。そして，出血したり不具になったりした者の看護をしよう」。両人は負傷した大海のように涯ない猿軍の間を通り抜けて行きました。ハヌマトが探していたのはジャーンバヴァトです。ヴィビーシャナがジャーンバヴァトを見つけると，出血と息切れで衰弱

第10章 大出撃

していました。

「ヴィビーシャナ殿か！ 生きておられたのか！ 安心した。風神の子ハヌマトはご無事で？」

これを聞いて，ヴィビーシャナは不審に思ったのです。「御身はラーマ，ラクシュマナ，アンガダ，スグリーヴァの安否を尋ねられないのか？ ハヌマトのことしか気になさらないのは，なぜなのか？」

ジャーンバヴァトは愛情のこもった優しい声で答えるのでした。「私がハヌマトのことをお尋ねしたのは，彼が何より大事だからです。すべては彼の安否にかかっているのです。彼が存命ならば，われらは生き残ります。もし彼が亡くなれば，われらは破滅です」。ちょうどそのとき，ハヌマトがジャーンバヴァトの前に姿を現わしました。この二人，風神ヴァーユーの強力な息子と賢い老熊とを結びつけている愛情と相互賛美の絆は感動的でした。そこには信頼と，大いなる尊敬もあったのです。「ハヌマト，よく聞いておくれ。海を越えて飛んで行き，遠いヒマラヤに着地し，リシャバの峰，またカイラーサの黄金色の峰をしっかり見張っておくれ」。ジャーンバヴァトの声はだんだん弱まっていきました。「この両目印の間に，ひときわ輝いているのが薬草の山なのだ」。ハヌマトはうなずきました。「そこで四種の光を放つ植物を探さねばならない。とても鮮やかだから，見逃がすことはあるまい。それらを摘んできなさい。ラーマとラクシュマナを蘇生させるだろうから」。

ハヌマトはジャーンバヴァトが言い終えるのを待つだけでした。それから，大きな姿になって，空を横切りながら，下の大地にじっと目を凝らしました。神々の社，大地の中心，そしてすべての創造行為が始まった神聖な場所を通り過ぎました。彼は薬草の山を見つけたのですが，集めるためにやってきた者がいると知って，当の植物は，輝くのを止めて，隠れてしまったのです。

ハヌマトは待てませんでした。彼は峰全体引き剥がし，それを空中に摑んだまま，帰還の飛行を始めたのです。太陽がその輝く鉱物や輝く薬草のある峰を照らし，ハヌマトを燃えるような色彩の波に浸けました。

ハヌマトが戻って上陸すると，芳しい薬草の芳香が広がり，死んだり負傷したりしていた猿たちを治したのです。彼らは動き出し，身体を伸

第10章　大出撃

ばし深呼吸したとき、蘇った生命で輝き始めました。ラーマとラクシュマナも目を開き、喜ばしいことに全軍が活動を取り戻したのを目撃したのです。それで、ハヌマトは魔法的な薬草の山を摑んで、ヒマラヤへとひと飛びし、元の所に置いてから戻ってきたのです。

死んだ羅刹たちに関しては、彼らはラーヴァナにより海へ投げ込まれていましたし、それゆえに薬効のある空気を吸って治癒することは拒まれたのです。幸運がラーヴァナにしかめ面をしたかのようでした。

スグリーヴァはハヌマトと軍略を練り、そしてラーヴァナはもう戦意を失っているだろう、との結論に至りました。彼の軍隊は打ちのめされていましたし、彼の有能な息子のうちの四名は死んでいたからです。今やもうランカーを攻撃すべきときでした。「全軍に命じて、要塞を襲撃させるとしよう」。

猿軍は殺到し、羅刹たちは櫓から高台、塔へと跳んで逃げ、激しい攻撃から脱出しようとしました。

都は炎上していました。残りの少数の将たちも殺されました——クンバはアンガダにより、弟ニクンバはハヌマトによって。カラの息子は父の死の報復をしたくてラーマに挑んだのですが、ただちに殺されてしまいました。

今や戦闘は敵の陣地の中で行われていたのです。ラーヴァナがインドラジトを呼びにやると、彼はただちにまたしても参戦するのでした。彼は煙幕を張り、あらゆる武器、あらゆる戦略を駆使して戦い、何百という猿を殺し、ラーマとラクシュマナに矢を放ったため、とうとう二人は命中して、いたるところ出血しました。

ラクシュマナはブラフマー神の恐ろしい武器を使って、皆殺しにしたいものだと欲しました。しかし、ラーマは無差別の殺戮には反対でした。「蛇の矢を用いたまえ。これらは十分に致命的となる。インドラジトは遅かれ早かれ倒れる運命にあるのだから」。

一方、インドラジトのほうでも、計画の見直しを行っていました。彼は、たんなる戦略だけでは、どれほど巧みであっても何にもならぬことを悟ったのです。彼は策略に訴えたのでした。

それは演ずるのには残忍な策略でした。インドラジトはシーターの幻

第10章　大出撃

影をつくりだし，彼女を戦車に座らせて，相手と対峙するために疾駆してきたのです。シーターを最初に見たのはハヌマトでした。インドラジトが彼女を無憂樹の園からどうやって連れ出したのか？ ラーヴァナの許しを得てそうしたのだとしても，なにゆえなのか？ ラーヴァナならきっと彼女を失う危険を冒してまでそのように曝すことはすまいが，とどのつまり，それは起きていたのです。ハヌマトの慌ただしい猿らしい脳味噌の中に，夥しい疑問が湧き上がりました。インドラジトが近づくにつれて，ハヌマトに導かれた猿たちは，インドラジトに向かって飛び掛かりました。

修羅場のときがやってきたのです。インドラジトはシーターが助けを求めて哀れっぽく叫んでいるのに，彼女の髪の毛を摑んで引きずり回しました。

ハヌマトは激怒しました。「卑怯者め，彼女の髪に指を触れやがって。愚か者め，そんなことをしたら死を招くぞ！」

「いや，彼女こそ存分に迷惑を引き起こした。今儂が彼女を殺すのをとくと見ておれ」，とインドラジトは叫び返しました。「その後で，儂はラーマ，ラクシュマナ，貴様，スグリーヴァ，それにヴィビーシャナを殺してやる」。そう言うと，彼はシーターの首を切り離したのです。

ラーマはシーターが死んだとの報らせを受けたとき，ハヌマトを助けにジャーンバヴァトを遣わすつもりでいました。しかし，ラーマは卒倒してしまいました。それでラクシュマナはわめき，彼にどなったのです，「御身は正法(ダルマ)に守られているはずだ。これじゃ哀れな，臆病者だ。さもなければ，ラーヴァナこそ今ごろ地獄行きのはずだったのに。御身の主義主張はもうたくさんだ。

正法こそ御身の指針なのに」と意識が戻って，うめきかけていたラーマに，彼はなおも訴えかけたのです。「ところが正法は御身を実際には思い誤らせ，邪道に引き込んだのだ。われらはさかさまの世界に生きているんだ。邪悪な人間だけが繁栄しているように見える」。

彼から流れ出てくる非難を止めることはできませんでした。「正法ではなくて，権力の問題なのだ。しかも，富こそが世間的成功の根底なのだ。追放を受け入れて，御身は貧乏になってしまった。御身は善良だが，

第10章　大出撃

貧しい。だから，御身は世間の失敗者の部類に入るのだ。」今やラクシュマナは以前ラーマを称賛していたのと同じだけ，非難するのでした。「御身の正法(ダルマ)がわれらにこの災厄をもたらしたんだ」。

そこへヴィビーシャナが到着し，いつものように，インドラジトの策略を彼らに教えてやったのです。「私はラーヴァナのことだけは十分に知っています。彼はシーターを傷つけたりはしません。これはたんなる惑わしです」。彼の声には切迫感がありました。「迅速に行動しましょう。たまたま知ったのですが，インドラジトは守護女神に祈り，不可視になるようにと生贄を捧げているらしいのです。われらはこれを妨げなくてはなりません。これはすべてわれらを動転させるための策略なのです」。ヴィビーシャナは猿軍に全力で攻撃するよう命令してから，ラクシュマナと一緒にインドラジトを探しに出発したのでした。

古木でうっそうと暗い果樹園の中に，一本の輝くベンガルボダイジュが生えていました。「ここは女神ニクンビラの棲む果樹園です。ここでインドラジトは生贄を捧げて，不可視と不敗の力を獲得しているのです。彼が儀式を行えば，われらは殺されます」。

ところが，インドラジトはもうすでに輝く武具をまとって，現われていたのです。彼は新たな攻撃のことを耳にして，儀式を途中で止めていたのです。ヴィビーシャナはラクシュマナに囁きかけるのでした，「見て，ラクシュマナ。ほらインドラジトがやってくるよ。目に見える，傷つきやすい姿で。われらは救われるぞ」。

インドラジトはヴィビーシャナを見て，苦々しげに言い放ちました，「御身は余の父の弟だし，叔父だぞ。われらと一緒に成長したんだ。家族の絆は御身には無意味なのかい？」彼の非難は厳しくて，容赦しませんでした。「御身は異邦人の走り使いに行く奴隷，愛も忠誠心もない逃亡者だ」。

叔父と甥とは心中に苦痛と悲しみを抱きながら，お互いに対峙しました。ヴィビーシャナは防御しようとしていました。彼の声は後悔でいっぱいでした。「御身には私の意図が分かりもせず，認められもしないにせよ，叔父，年長者に払うべき敬意ぐらいは私に果たすべきだ。私は羅刹ながら，人間の価値と資質を備えておる。私は権力よりも正法を重ん

第10章　大出撃

じている。正法を打ち負かすために権力を振りかざすラーヴァナを，私はどうして支持し続けたりできようぞ？　不正な者は燃える家から逃げ出すみたいに見捨てられるべきなのだ！」

ヴィビーシャナは少年にこう警告したのです，「インドラジトよ，御身はもうのっぴきならない羽目に陥っているぞ。御身の顔には死相が出ている。なにしろラーマは死なのだし，悪行者にとっての死なのだからな」。

ラクシュマナは叔父と甥とのこのやり取りが終わるまで起ち続けていたのですが，今や弓を手に取りました。するとインドラジトが叫ぶのでした，「ラクシュマナよ，儂は少し前に御身を無意識にしてやったのだ。忘れたのか？」

そして，両者は相手をへとへとに疲れさせ，闘志をなくするまで戦い合いました。ラクシュマナはインドラジトの戦車を破壊し，その馬を殺してしまいました。

インドラジトは羅刹たちに戦い続けるよう要求しておきながら，自分は夜陰に乗じて，戦車と新しい武器を手に入れるためにランカー城へ戻りました。それでも，彼はラクシュマナの激しい攻撃にも，彼の勇気にも，長く耐え続けることはできませんでした。今では不可視という防具がなかったために，途方にくれたのです。とうとう頭を切り取られて，倒れてしまいました。

ハヌマトとヴィビーシャナはラクシュマナにお祝いの言葉を述べるのでした。ラーマはラクシュマナに愛情をこめて挨拶するのでした。「御身はインドラジトを殺すことで，実際上，ラーヴァナを殺したことになる。ラクシュマナよ，シーターはもう手に入るよ」。インドラジトが去って，今度はラーヴァナが現われざるを得なくなるでしょう。悪が善の力と対峙しなくてはならなくなるでしょう。ラーマは待ち構えていました。正法なる名分は忍耐を必要としたのです。

第10章　大出撃

第11章
ラーマとラーヴァナの対決

　インドラジトの死はラーヴァナを深く動揺させました。彼はどうしてもそれが理解できなかったのです。とどのつまり，少年はインドラ神に対してさえ自分の力を見せつけてそれを証明したのです。このことから彼はその名インドラジト（インドラ征服者）を得たのでした。
　「世の仙人たちも，彼らの大敵インドラジトが死んだ今では，平安に眠ることだろう」とラーヴァナはもぐもぐ言いながら，最も勇敢な息子の死を悼んだり，嘆いたりしつつ，行ったりきたりしたのでした。
　この思いで彼は新たな怒りがこみ上げ，自分の無気力を追い払ったのです。彼はもう一度，自分の徳と勇気に熱中したのです。「余の苦行は長くて険しかったし，余のブラフマー神からの恩恵は十全な防護なのだ。余に挑もうとしたりする者がはたしているだろうか？」
　ラーヴァナは両肩を怒らして，咆哮するのでした，「太鼓の音で戦場への余の到着を知らしめよう。戦車の準備をさせよう。余の弓をその中に置くのだ」。彼は興奮状態に陥りました。破壊への取り憑かれたような衝動に彼は捉えられたのです。「まず余はシーターを殺さねばならぬ。インドラジトは彼女を殺すふりをしただけだった。余は本当のことをやって見せようぞ」。
　ラーヴァナは理不尽な破壊の思いに酔いしれて走って行き，無憂樹の園に入り，剣を振り回し，空中を数回にわたって切り分けながら，シーターをにらみつけました。シーターは蒼白になりました。「彼は欲求不満のあまり私を殺そうとしているのだわ」，と彼女は考えました。「おそらく，私は死んで当然なのだわ」。勝利の叫び，祝福の音が聞こえました。「彼がラーマとラクシュマナを殺したのか知ら？」それから大いなる後悔とともに言うのでした，「私はハヌマトと一緒に行くべきだったんだ。私はラーマの膝に安全に座っているべきだったのに」。彼女の目は涙にあふれ，彼女は最期を待ちながら，身を縮こませたのです。

第11章　ラーマとラーヴァナの対決

　ラーヴァナは顧問に止められました。「御身は一人の女を殺すことよりましなことを知っているはずです。聖典でもそれは禁じられていますし，しかも御身は博識の方です。御身の怒りをラーマにぶちまけられよ。御身の不平は彼にあり，彼の弱くて無力な妻にはありません」。
　ラーヴァナはしぶしぶ引き下がり，顧問はほっと安堵のため息をつきました。
　ラーヴァナは会議を召集して，戦争の用意をしました。彼は軍将たちに対し，これまで戦ったことがないような戦いをするように，と命じました。「たった一つの目的——殺すこと——をもって出発せよ。よく覚えておけ，ラーマを残忍に攻撃するのだぞ。奴を傷つけろ，でも生かしておけ。余が自ら奴を殺したいのだ」。
　羅刹たちはただちに戦闘態勢に入りました。犠牲者は双方に多く出て，数千に達しました。とうとうラーマが現われて猿軍に有利をもたらしました。ラーマは敵の軍隊の間を，跡を残す破壊の中でのみ感じられる暴風みたいに駆け抜けたのです。
　彼はどこにも居るとともに，どこにも居なかった——それほどに速く動き回り，時間と空間に挑んだのです。千人ものラーマが羅刹の生命を脅かしたのですが，どのラーマも掴まえるには至らなかったのです。彼の黄金の弓は実体もなく遍在し，ちらりと通り過ぎながら，燃え立つ松明みたいに旋回し，羅刹の目や彼らの眩惑された心に穴をうがったのです。
　「ほら，そこに居るぞ……ほらそこだ……。どちら？　ここには居ないぞ……。そう，確かに居たんだが……そこにも。ほら……。」
　ラーマは正義と復讐心に駆られて，目もくらむ死闘の中で時の車輪に乗せて羅刹たちを回転させたのです。彼らは叩かれ，打撲傷をつけられ，へとへとになって，ランカーへとちりぢりに帰って行くのでした。
　神々は喜び，天は神々の拍手に反響しました。なにしろラーヴァナの厖大な軍隊——馬，象，戦車，部下——は，来るべき破滅の予兆として，無敵の武勇を展示したラーマによってみな敗走させられていたからです。
　羅刹女たちの間では号泣やむせび泣きが起こり，過去の出来事へのいろいろの思いがこみ上げてくるのでした。

第11章　ラーマとラーヴァナの対決

「シュールパナカーは万民のラーマにどうして恋したりしてしまったのか？　これがあらゆるきっかけになったのだ。ラーヴァナがヴィビーシャナに耳を傾けていたとしたら，ランカー城が――大埋葬地と化すようなことはなかったろうに」。「インドラジトが死んでも，彼の正気は戻らなかったんだ」。「シーターはきっと私たちを滅ぼすだろう」。こうして，彼女らは泣いたり，嘆いたり，責めたりするのでした。

　女羅刹たちの叫び声はラーヴァナの耳にひしひしと達して，彼はもうそれが我慢できなくなりました。盲目の激しい怒りに襲われて，彼はこう誓ったのです，「今日こそすべての死の仕返しをしてやるぞ。どの女たちも慰めてやる。大地は猿の死骸でぎっしりと覆われて，一片の土地も見えなくなるようにしてやる！」

　ラーヴァナの左目はひきつり，左腕は震えました。でも，こういう凶兆にもラーヴァナはひるみはしませんでした。彼は自らの不敗を感じていたのです。すばらしい戦車にまたがり，ラーマとラクシュマナが陣地を張っていた城門を突き抜けて疾走しました。彼の三部将ヴィルーパークシャ，マホダラ，マハーパールシュヴァが彼の後に従いました。猿たちはもう一波の攻撃と殺戮に曝されたのです。でもまたたく間に，ラーヴァナの三部将はスグリーヴァとアンガダによってみんな殺されてしまったのです。

　ラーヴァナは激昂しました，「ラーマというこの大樹も今日切り倒され，余はその甘い果実シーターを吸うことになろうぞ」。

　ラーマとラーヴァナは世界の力とエネルギーに満ちた異常な武器で闘いました。彼らの頭上では火や怒りや地獄の暗黒が，破壊の踊りみたいにたなびきました。

　ラクシュマナはラーヴァナの旗を引き裂き，その戦車を攻撃しました。ヴィビーシャナは彼の馬たちを殺しました。仕返しに，ラーヴァナはエネルギーの充満した武器をラクシュマナに狙い定めて的中させました。ラーマは祈りと祝福とをもってこの衝撃を減じようと試みたのですが，やはりラクシュマナは倒れてしまいました。ラーマはくすみながらも奮起して，再びラーヴァナを攻撃したのです。

　「ラクシュマナの身体を見守っておれ」，とラーマは猿軍に命じながら，

第11章　ラーマとラーヴァナの対決

戦い続けました。真の戦士らしく，彼はこの挫折により新たに高揚する勇気へと急き立てられたのでした。「御身らはラーマかラーヴァナか，いずれかが居ない世界を見ることになろう」，彼は叫びました。「われらの闘いぶりを見ておれ。余の気力が高まって，ラーヴァナという悪玉を滅ぼすのをしかと見定めるのじゃ」。この闘争には小康期間があり，その間，ラーマは悲しみと落胆に捉えられるのでした。「弟が傍に居ない人生に何の用があろう？　余の力も衰えゆくのが感じられる」。

スシェナが彼を慰めるのでした。それからハヌマトにヒマラヤへ飛んで行き，薬草を持ち帰ってくれるように頼んだのです。「御身はその場所を知っている。以前に一度行ったことがあるのだから」。すると，ハヌマトは飛び去り，もう一度頂き全体もろともひっ下げてに戻ってきました。それからスシェナは薬草を選んでから押し潰し，数滴をラクシュマナの鼻に垂らしました。すると，ラクシュマナはすっかり治ってしまい，生気にあふれてすくっと立ち上がったのです。

「ラクシュマナよ，御身は死から生還して，御身のことを死ぬほど悲しんだ余をも立ち直らせてくれたよ」，とラーマは叫んだのです。

「戦い続けてください」，というのがラクシュマナの陽気な返事でした。

万事を照覧しており，とりわけ，ラーヴァナとラーマとの一騎打ちに興味を寄せていた神々は，ラーマが戦車を必要としていることを感じ取りました。「彼は徒歩で戦っているのに，羅刹は馬を御しています」，と神々はインドラ神に訴えかけたのです。すると，インドラ神は自分の戦車ばかりか，馭者マータリをも提供したのです。マータリは手を組み合わせてラーマの前に現われ，奉仕を申し出ました。それで，ラーマはインドラ神の黄金の戦車にのぼり，戦闘が再開したのです。

ラーマとラーヴァナが出くわしたとき，ラーマはラーヴァナに対してその悪行を責めました。彼の口調は皮肉めいていました。「御身はありふれた泥棒みたいに余の妻を盗んだ。大したものだな」。すると，ラーヴァナはラーマから自分の性格を端的にずばり攻撃されたことにひるんだのです。「御身は美徳と善行の限度を踏み超えた。こうなったからには，許すわけにはいかぬ。余は御身をジャッカルへの餌食にしてやろう」。

ラーヴァナはラーマが低い声で脅迫するように，不名誉な過去を責め

第11章　ラーマとラーヴァナの対決

立てたために，そのことの焼けるような効果を感じ取れたのです。

　神経戦でした。ラーヴァナは次第に負けつつありました。日の出の勢いの善が，悪に重くのしかかったのです。ラーマが強くかつ能弁になるにつれて，それだけラーヴァナは弱まったのです。「御身の行動の苦い果実を味わうがよい」，とラーマは警告しました。ラーヴァナの馭者には主人が弱まり，勇気をなくするのが見て取れました。そこで彼はすばやく脇へと謙虚に逸れて，回復する時間をラーヴァナに与えたのでした。

　ラーヴァナは無気力から目覚めて，馭者を非難するのでした。「お前のほうからは余を弱虫で，さえない，無力者とでも思うのかい？」と彼はぶつぶつ不平を言ったのです。「お前のほうから率先して，引っ込んだではないか？」馭者としては，ラーヴァナが苛立ちをぶちまけている間は静かにしておくのが最善と考えたのでした。するとラーヴァナは続けたのです，「お前は敵に買収されたのかい？　ラーマが去る前に余を引き戻せ。余が危険に直面して退却する卑怯者として汚名を着せられるじゃないか！」

　すると，馭者は注意深く言葉を選んで答えました。「私はただ御身の美名と名声を守っただけです。御身は消耗しておられ，馬どもは疲れ，汗をかいております。私は時間かせぎをしていたのです。それに，凶兆が出ていましたから，私は御身がこれを無視してはなるまいと思っただけなのです」。

　さらに，馭者は自己弁護をしにかかったのです。「良い馭者というものは，戦闘の気配に敏感だし，いつ前進すべきか，退却すべきか，足踏みすべきかを心得ています。彼は主人の先回りをします。御身は私を信用すべきです」，と彼は物静かに言い終えたのです。

　ラーヴァナは落ち着きました。「余をラーマのところへ連れて行っておくれ」と静かに言い，そして忠実な馭者には装身具を謝礼に与えたのでした。

　ラーマはラーヴァナが戻ってくるのを目にしました。神々はすでに仲裁に入っていましたし，今や大仙アガスティヤが霊力でラーマの両手を力づける番でした。

　「さあ，伝統のまとわりついたこの昔の宝を私から受け取られよ。こ

第11章　ラーマとラーヴァナの対決

れは『アーディティヤ＝フリダヤ（太陽賛歌）』です。太陽神(スーリヤ)という光，力，名誉へ御身の思いを伸ばせられよ。アーディティヤ＝フリダヤを三回唱えれば，勝利は御身のものとなるであろう。神のご加護あらんことを！」

ラーマは思いをぐっと引き寄せ，祈りの響きが知識の光，太陽の輝きで頭を満たすようにしました。彼の炎が燃え出し，ラーヴァナという闇を滅ぼすためには，こういう燃料が必要だったのです。ラーマは準備万端整い，完全に泰然となりました。身体，心，精神が今や一つとなり，なめらかに機能しつつあったのです。

「さあ，戦車の向きを転換して，ラーヴァナに立ち向かわせろ」，と彼は命じました。「マータリよ，早くせよ，御身はインドラ神の駅者なのだ」と言いながら，急ごうとするのでした。戦車は疾駆し，ラーヴァナを埃の雲で覆ったのでした。

ラーマとラーヴァナが相まみえて，ぶつかると，両側の軍隊は恐怖で凍りつきました。ラーマがラーヴァナの頭を切り離すと，別の頭がそこに生えてくるだけでした。こうして，百箇もの頭がすぐにぱっと出現して，倒れ落ちた頭に取って代わったのです。連日連夜こうして過ぎて行き，いずこにも終わりは見えませんでした。すると，マータリがラーマに言ったのです。「こんなことをしても無駄です。もうブラフマー神の武器を使うときです。この武器のことは私がよく知っています。それはブラフマーがインドラのために作ったもので，それからアガスティアに与えられ，そして今それを御身がお持ちなのです。私はそれの力には慣れています。私の言うことが正しいとお認めください。御身を守るために，この致命的な武器をうまく使うことになりましょう」。

それははなはだ格別な武器だったのです。いかなる防壁も破壊することができ，いかなる目標にも到達できましたし，神々が聖なる合意により，あらゆる洗練された基本的元素から形成されたものでした。武器の両翼には風が坐し，その刃には火と日輪が宿り，その体には蒼天が宿っており，その重圧は世界の高山の数々にも比べられるものだったのです。輝かしい創造で貫かれていたため，その武器が用いられるとブーンという轟音を立てて，死の調べを発したり，公正なほどよい破壊のエネルギー

第11章　ラーマとラーヴァナの対決

ラーヴァナの敗北

この絵における明暗の色彩の対照——ラーマの直立姿勢と，ラーヴァナのかしげた頭——は，善が悪に勝利するという主題と，悪魔的な諸力に対する神聖な諸力の究極的な支配とを説明している。風，火，太陽，空間からつくられたブラフマーストラ——道徳的な力であるとともに，戦士の武器でもある——の描写に注目のこと。また，多様かつ強力な文化的含意を有するいくつかの円（カルマやダルマの輪と，ヴィシュヌ神の武器たる円盤）への強調にも着目されたい。〔口絵XII参照〕

第11章　ラーマとラーヴァナの対決

を放出したりしたのです。正法(ダルマ)の手により牛耳られていたため、それは決して目標をはずれはしませんでした。それは間違いなく血を吸い出していたのです。今やそれがラーマの籠(えびら)の中に収まっていて、ラーヴァナに向けて飛び立ち、死の贈り物を運ぼうと待ち構えていたのでした。

　ラーマはヴェーダ聖典を誦してから、弓を引き、ラーヴァナの胸に狙いを定めました。矢は彼の心臓を射抜き、大地に当たってから、羅刹の血に塗られたまま、元の籠に戻ってきました。果たすべき仕事を成就したのです。

　ラーヴァナは戦車から倒れました。彼の生命維持に欠かせない息は出口を探していました。彼の大弓はこの命綱の武器への握りこぶが緩むや、がたがたと落下してしまったのです。この戦士たる王を取り巻く恐怖、震え、やきもきや、王族としての虚飾に満ちた環境は、すぐさま静止させられるに至ったのでした。

　ヴィビーシャナは悲嘆にくれていました。「ランカーの栄光は御身とともに滅びます。兄上、どうしてそれほどまでに無頓着だったのですか？御身は名声に根づいた大木で、武勇の花を咲かせてこられたのです。御身には難行苦行の真価の樹液が満ちていたのです。ところが今、御身はラーマという荒れ狂う嵐により打ちのめされて、伸びたまま横たわっておれらる」。

　幼時や青春期の思い出、血のつながった同胞の絆に、彼の心の琴線は力いっぱい引っぱられましたし、そしてヴィビーシャナはこの兄、保護者、王のことを嘆き悲しんだのです。

　すると、ラーマがヴィビーシャナを慰めて言うのでした。「彼は屈服することなく倒れた。戦死する戦士を嘆き悲しむには及ばぬ。勝つも負けるも、これは戦争の運次第なのだから」。

　ヴィビーシャナはラーマの同情に感激しました。ヴィビーシャナはラーマ本人のラーヴァナへの感情がラーヴァナとのいさかい以上に古くて、たいそう深かったのだということを悟ったのです。「ラーマよ、ラーヴァナはほとんどの人びと、おそらく御身を除くすべての人びとよりも勇敢だったのかも知れません。でも、彼の力も御身に触れられて粉砕されてしまったのです。波が海岸で砕けるように」。

第11章　ラーマとラーヴァナの対決

　ヴィビーシャナは，ラーマから真の君主の慈悲をもって許されたため，次の言葉で，兄への忠誠の誓いをすることにしたのです。「ラーヴァナは敬虔にして博識でしたし，真の英雄でした。彼は多く与え，多く受け取り，多く楽しんだり経験もして，生を全うしました。御身の許しを得られれば，彼への最期の供儀を執り行いたいものです」。

　ラーヴァナの後宮の女羅刹たちは泣き悲しみながら，城門へと出てきました。彼女らはラーヴァナの上に倒れ込んで泣きながら，彼の頭を膝にのせるのでした。ある者は地面に転んで泣き悲しみ，ある者は気絶し，ある者はそっと呻（うめ）くのでした。第一の后妃マンドダリーの嘆きはもっとも激しいものでした。まるで彼が生きていて聞いているかのように，死んだ彼を叱責したのです。「三界を震わせたあなたが，一介の人間に打ち殺されてしまいました。でもこの男は尋常の人間ではなかったのです。あのカラが森で殺されたとき，あなたはそのことを悟るべきだったのです」。彼女はラーヴァナを苦々しげに非難しだしました。「あなたのシーターへの情熱があなたの現実感をひん曲げてしまったのです。あなたは激昂した貞潔の火炎で滅ぼされたのです。シーターは清純そのものでした，それなのに彼女はあなたのしつこい注目で虐げられてきたのですから。

　あなたは彼女よりも美しい多くの妃を持っておられた。この私自身にしてからが，シーターより多くの点で優れています。なのにあなたは情熱で盲目になられた。あなたはうつつを抜かしておられたのです。死はみんなに訪れますが，あなたはそれを追い求めたのです。シーターはあなたの死の前兆だったのです。私たちみんなが見通すことができていたのです――あなたのために死が，その後には，私たちのために破滅がやってくることを」。

　彼女の目は思い出にふけりながら，愛情で曇ってゆくのでした，「私はあなたの傍で，あなたの天の戦車にのって世界の山々を経巡りました。ところが今では……？」彼女は彼の軽薄な恋愛遊戯，彼の遊び心，彼の美しさを思い出すのでした。「あなたの顔は日輪，月，蓮の光りで輝き，それから次々とまぶしく，やさしく，静かになられました。私はあなたの酔いしれた，浮気癖を思い出しては，過ぎ去って二度と戻らない日々

第11章　ラーマとラーヴァナの対決

や時間が嘆かわしくなります」。

　彼女は連れ去られましたし、ヴィビーシャナは王家の葬儀を準備するためにランカーに入りました。

　ラーヴァナは絹布で包まれ、宝石で飾られて、黄金の柩に安置されました。旗を高く掲げ、頌歌をうたい、太鼓を叩きながら、南のほうへ送られました。バラモン僧たちや哀悼者たちは葬儀の火を掲げながら先導しました。後宮の女たちはその後に従いました。白檀その他の香木の火葬用の薪の山の上にラーヴァナは置かれ、ヴェーダの吟誦に合わせて黒羚羊の皮で覆われました。さまざまな葬儀の品がきちんと置かれました。彼の足許には手押し車が、腿の上には乳鉢が。また、彼の周囲には木造船、それに香木の小枝が置かれました。彼の肩には、凝乳や清められたバターが注がれ、生贄の山羊が捧げられました。ヴィビーシャナが濡れた衣をまとい、乾燥米をふりまきながら、火を点じました。これに次いで、水とゴマの供物が捧げられました。ラーヴァナの遺骸は慣例に則って、今生の国から死者の国へと渡るように準備されていたのです。

　羅刹たちは泣き、ラーマは喜びました。これは善と正法の勝利を意味する、もう一人にとっての敵の死だったのです。

　怒りや暴力への必要が去るとともに、ラーマは武器を捨て、もう一度温和な微笑する顔の表情——穏やかな態度——を取ったのです。ラーマはインドラ神の戦車を天に返し、また馭者マータリには、すべてのことに感謝しながら、その奉仕を解いてやったのです。

　ラーマはヴィビーシャナへの約束を忘れてはいませんでした。葬儀の直後に、早速彼はラクシュマナを召喚して言うのでした、「ランカーは新王を待っている。われらには戴冠式を行う特権がある。ラクシュマナよ、式典を行う準備をしておくれ」。ラクシュマナは海洋から水を持ってこさせました。黄金の壺から水を少し注ぎながら、ラクシュマナはヴィビーシャナを清め、そしてこの簡単な式典とともに、友だちや同胞戦士たちの間で、正式にヴィビーシャナをランカー王に任命したのです。ヴィビーシャナは大臣たちや臣下たちからも喜んで迎え入れられました。曇っていたランカーの栄光がヴィビーシャナの下で新たに輝き出すことだろう、と彼らは期待したのでした。

第11章　ラーマとラーヴァナの対決

第12章

アヨーディヤーへの帰還

　こうした義務の数々を果たした後で初めて、ラーマはシーターとの再会のことを考えたのです。ハヌマトは頭を低くし両手を組んで待っていました。自分に或る伝言が伝えられるであろうことを知っていたからです。彼はすでにラーマの許で考えたり感じたりすることを学んでいたからです。

　「王ヴィビーシャナの許可を得てから、ランカーに入り、シーターにすべての情報を与え、それから彼女が余に伝え報告し、返すべきことを考えよ」。これは短い伝言ではありましたが、ハヌマトは行間を読み取ることができました。彼は無憂樹(アショーカ)の園へ直行して、シーターが或る木の下で悲しげにしょんぼりと座し、女羅刹の見張りたちに囲まれているのを発見したのです。

　彼女は辛うじて見上げるのでした。すると、ハヌマトが話しかけました。「ラーマは無事です。スグリーヴァやラクシュマナも……」。彼女は当惑でものが言えず、目を喜びと驚きで大きく開きながら、彼をまじまじと凝視するのでした。愛らしいその顔には、血色がさっと戻ってきました。ハヌマトがすべての情報を与え終えるまでじっと座っていました。それから彼は尋ねるのでした。「奥さま、何をお考えでいらっしゃいます？　一言もおっしゃらないで」。

　すると、彼女の答える声で遮られたのです、「私は幸せで言葉に言い表わせません。伝えられた朗報の返事にどうお伝えすべきか分からないのです。天であれ地上であれ、どんな謝礼でも十分ではないでしょう」。

　ハヌマトは感動で圧倒されました、「奥様の愛情あふれた甘い言葉で、私は十分報われました。それ以上に何も欲しくはありません」。

　それから、彼は女羅刹たちを見回して、言うのでした、「奥さまをずっと悩まし続けてきたこれら不格好な怪物どもを、私が処分して欲しくはないのですか？」彼は彼女らに歯をむき出しにして、殺すか拷問にかけ

第12章　アヨーディヤーへの帰還

るかしてやろうと思ったのです。そしてシーターに向かっては，「一言おっしゃってくださりさえすればけっこうです」，と告げたのです。

　すると，シーターは彼女らに対して許す態度を取ったのです。「どうして彼女らを責めるのです？　彼女らはただ命令を実行しようとしただけなのです。彼女らに責任はありません。これは私の運命なのです。人は復讐心を起こしてはいけません」。こう言って，彼女は女羅刹たちを安心させるように一瞥するのでした。「私たちは慈悲深く，寛容でなくてはいけません。完璧な人はいないのですから」。そこで，ハヌマトはシーターに，ラーマへの伝言がないかどうかと尋ねたのです。すると彼女は言うのでした，「殿にお目にかかりたいわ」。そこで，彼はこの伝言とともに，急いで引き返したのです。ラーマは見るからに感動していました。そして，ヴィビーシャナのほうを振り向いて言うのでした，「彼女を入浴させ，自分で香水をふりかけて，身づくろいをさせなさい。それから，余の許に連れてきておくれ」。ヴィビーシャナはすぐに彼の言葉に従いました。シーターはありのままで出発したがりました。それほどまでに彼女は主人に会いたくて仕方がなかったのです。そこでヴィビーシャナは彼女に思いとどまらせました，「ラーマの言うとおりにしてください。彼は奥さまの旦那さまなのですから」。

　シーターは一大護衛団を従え，女羅刹たちの担ぐ肩かごで到着しました。彼女らは少し離れたところで止まり，ラーマがシーターの許へやってくるのを待ちました。ところが反対に，ラーマのほうは彼女がもっと近づくように要求したのです。女羅刹たちも猿たちも集合して，懸命にシーターをちらり一目見ようとしました。しかし，ヴィビーシャナは彼らに散るように命じたのです。棍棒で武装した衛兵たちが彼女のために通路を切り開き始めました。ラーマはいらいらしていました。「彼らは放っておけ。彼女は降りて徒歩で余の許にこれる。彼らはかぶり物をしていない彼女を眺める許しを余から得ている。女性を保護するのは，その美徳であって，壁やカーテンではないのだ」。これが一つの試練であることは明らかでした。

　ヴィビーシャナは群衆の間をずっと彼女に付き添いました。ラクシュマナ，スグリーヴァ，ハヌマトは，シーターが公衆に眺められて萎縮し，

第12章 アヨーディヤーへの帰還

顔を動揺と混乱で曇らせながら、ゆっくりと、不確かな足取りで歩いたとき、傍観していながら悲しくなったのです。でも、彼女がラーマを見上げたとき、彼女の恐怖はかき消え失せてしまいました。彼女の顔つきは晴れやかになり、長年にわたり、とりこにしてきた美しさと輝きを顕わしたため、アヨーディヤーの王子ラーマは有頂天になったのです。彼女は挨拶なり愛情表現なりの何らかの言葉を待ちながら、ラーマの近くに立ったのです。

ラーマが語りだしたときのその調子は真面目で味気のないものでした。「余は御身を取り戻した。余は侮辱も敵(かたき)もすすいだ。余は御身になされた悪の報復をした」。それは回復された名誉の公言でした。第三者たちから彼にさし伸べられた援助への感謝がそれに続きました。「ハヌマト、スグリーヴァ、ヴィビーシャナはずっと余と一緒だった。たいそう感謝しておるし、余は彼らに然るべく謝礼をしてきたのだ」。

シーターはそれから続いた不愉快な休止、ラーマの声調や表現におけるかすかな変化にはほとんど気づきませんでした。それほどまでに彼女は彼と一緒になれたことが嬉しかったのです。「御身の性格に疑念が振りかかった。そして、そのことが余を傷つけ、苛立たせるのだ。余はこれをも無視することはできぬ」。

シーターがはたして正しく聞いていたでしょうか? 実はラーマは彼女の不貞を疑っていたのです!「余はもう御身と関係を保つべき何ものもない。余から自由になってよろしい。好きな者の許へ、どこへなりと行ってよろしい。私たちを結びつけている絆は解消されたのだ」。

ですから、ラーマはシーターを拒絶していたのです! 彼女は彼の信頼をなくしたことに衝撃を受け、夫から自分の美徳に投げかけられている中傷を恥じ入りました。後に続いた非難は絶対的でしたし、最終審判だったのです。彼は彼女に弁護したり釈明したりする機会を与えようとはしなかったのです。

「他の男の家で過ごしたような女を、信義を重んじる男が取り戻そうとしたりするであろうか? 御身の美しさや、ラーヴァナの性格からして、御身が汚されたことはほとんど明白だ。それ以外にはあり得まい。」

シーターは泣きました。彼女は何か愛情ある言葉を待っていたのです

第12章　アヨーディヤーへの帰還

が，その代わりにこういう激しい非難を受けたのでした。彼女は涙をぬぐってから，ラーマに立ち向かいました。「御身が私を呼びにやられたときに，その伝言を伝えられたでしょうに。そうしたら，私は自殺することもできましたわ。そうしたら，こんな屈辱的な拒絶を受けずにすんだことでしょう」。彼女はラーマをも容赦しようとはしませんでした。「御身の言葉はびっくりするほど粗野です。御身の話し方は普通の女に対する町の人みたいです。御身はどういう性格か疑いもない私のような女性を測定するのに，一般の判断基準を用いておられるのです」。彼女の弁明は雄弁でした。「私がラーヴァナに触れられたとしても，それは偶発状況だったのです。何も私が欲した結果なのではありません。私は誘拐されたのです。私の心は御身のものですし，誰にも左右されないままです」。

　シーターは当然の憤りをもって語ったのです。「御身の怒りで御身はみすぼらしい，小心者になられています。私はジャナカの娘なのかも知れませんが，私は母なる大地(プリテイヴィー)からの血統を主張したいです。何でもご存知の御身も，明らかに私のことはご存知ないのです」。彼女の目は涙でいっぱいになり始めました。「御身は私と結婚なさった。ところが，この事実を無視することを選ばれました。それなら，御身への私の義務も無視なさってくださいな」。

　話しながら同時に泣きつつ，シーターは涙ながらにラクシュマナに言うのでした，「葬送の火の準備をしてください。それしかこの憎らしい状況を抜け出す道はありません。私は夫から間違って告発され，見捨てられたまま，生きたくはありません。世の最高の目撃者なる火に，私の純潔を証言させてください」。彼女の言葉は同意の沈黙を受けたのです。

　ラクシュマナは腹立たしげにラーマを見つめたのですが，あえて反論を持ち出すことはしませんでした。シーターは火の周りに行き，神々に祈り，火神(アグニ)に懇願して訴えかけるのでした，「三界の守護者にして三界の最高の証人よ，私を守ってくださいませ！　私の思いはラーマからそれなかったのですから，私を守ってくださいませ！　たとえ彼が私を汚れていると考えようとも，私は清純なのですから，私を守ってくださいませ！」そして，彼女は恐れることなく炎の中に入り込んだのです。

第12章　アヨーディヤーへの帰還

　神々は一団となって到着し，抗議しました。ブラフマーは神々全体の代弁をするのでした。「御身はどうして彼女にこんなことをさせられるのかい？　御身はどうしてシーターの不貞行為を疑うことができるのかい？　御身は出自のことをわきまえるべきだ。御身は神そのものだし，天聖の中の天聖なのだ」。
　ラーマはへり下って答えるのでした，「私の知る限り，私はダシャラタ王から生まれた，一介の人間です。いったい私が何者なのか，おっしゃってくださいませ」。彼は異常なくらい冷静のように見えました。
　「御身はナーラーヤナであり，御身は存在そのものなのだ……。御身はヒマラヤ山脈，ヴェーダ聖典の真髄であり，御身は聖なる真言オーム（唵）なのだ。御身は生命の大海の上に横たわり，世界なるとぐろ巻きの蛇の上に休息しているのだ……。御身は猪ヴァラーハ，侏儒ヴァーマナとして化身した，そして御身がラーマとして生まれたのは，ラーヴァナから大地を奪い取るためなのだ。御身は正法(ダルマ)であり，御身は遍在であり，御身は神ヴィシュヌであり，そしてシーターは幸運の女神ラクシュミーなのだ。」
　こういう賛辞はさながら即位式みたいでしたし，またラーマは普遍的な責任の覆いを受け取るだけの広い肩を持っていたのです。
　ラーマはシーターが消え失せた火のほうを眺めました。すると，そこからは火神アグニ自ら，シーターを抱えながら立ち上がったのです。黄金の装身具をつけ，赤い衣をまとった彼女は，早朝の太陽みたいに輝きました。最高の証人たるアグニ自ら，彼女の無実をこう証言するのでした，「彼女は潔白である。思いでも，言葉でも，むら気な凝視でも汝を裏切ったことはない。彼女は気が狂れたことはない。彼女を受け入れるよう，余は命令する。もうこれ以上議論の余地はない」。
　ラーマは一瞬，思い迷ったのですが，それから自分が差し控えていた喜びを全身にあふれさせたのです。「浄火によるシーターへの公けの神判が必要だったのです。さもなくば，さんざん嘲られたり，指を差されたりしたでしょう。私は彼女が無垢なことを知りました。もう証拠は要りません。彼女は私の栄光と同じように，私の一部です。私は彼女を放棄したくはありません」。こうしてラーマはシーターを再び心と魂の中

第12章　アヨーディヤーへの帰還

アグニがシーターを弁護する
火神アグニは，偉大な清め人であるとともに，あらゆる儀式の最高の証人でもある。ここでは，同神は美徳の権化たるシーターの清浄さを立証している。
〔口絵XIII参照〕

第12章　アヨーディヤーへの帰還

に喜んで迎えたのでした。

シヴァ神は彼を祝福しました。「アヨーディヤーの都と，汝の家族のもとへ戻りなさい。馬の生贄を挙行し，イクシュヴァーク王朝をしっかり固めなさい」。

父王ダシャラタの霊が現われて，愛しいラーマをまじまじと眺めながら，こう公言するのでした，「汝なくしては天上の神々も喜びがなくなる。カイケーイーの残酷な行為は今でも苦しめている。さあ，弟のバラタの許に戻りなさい」。

それから今度はインドラ神がやってきて，ラーマを祝福し，彼に恩恵を与える約束をしました。そこでラーマは死んだ猿たちを蘇生させるようにと乞うたのです。「彼らがどこに居ようと，季節であれ季節外れであれ，花々や果実に満ちあふれ，流れは清らかであるに違いない」。インドラ神は寛大に微笑するのでした。「こんなことは容易に行われることではないが，しかし必ずや叶えて進ぜよう」。

ヴィビーシャナはラーマにせめて一日滞在して欲しかったのだが，ラーマは一刻も早く帰還してバラタに会いたがりました。「プシュパカの乗物なら，一日で御身を当地にお届けするでしょうに」とヴィビーシャナはラーヴァナの特殊な空中戦車のことを引き合いに出したのですが，ラーマとしてはこれ以上帰還の旅を引き延ばしたくはなかったのです。

準備万端整い，すぐに出発することになりました。プシュパカも整えられました。ヴィビーシャナはラーマの要求に従い，猿どもに金品を分配しました。彼らの奉仕に寛仁大度をもって報いたのです。ヴィビーシャナとスグリーヴァも最後に一つの要求をしました。「われらをもアヨーディヤーへともに従えられよ。御身の母君カウサリヤー妃に拝謁し，その上御身の即位式にも出席させてくださいませ」。

ラーマは彼らを同行させることはこの上ない喜びでした。それで，スグリーヴァ，ヴィビーシャナ，彼らの大臣たちや顧問たちも興奮しながら戦車に乗ったのです。幸せで親密な一団でした。彼らは一緒に多くのものを見たり為したりしました。猿も羅刹も人間も，互いに親密にさせていたのでした。

彼らが見慣れた領土の上を飛びながら，自らの足跡，思いや記憶をた

第12章　アヨーディヤーへの帰還

どっていたとき，ラーマはシーターに重要な目印を指し示しました。ランカーと戦場……リシャムーカを。「ここでちょっと立ち止まり，猿の妻たちもわたしらと一緒に連れて行きたいと思います」，とシーターが提案しました。そこで，スグリーヴァの妃ターラーや，彼の宮殿の他の猿軍の将の妻たちも加わったのです。そして，とうとうアヨーディヤーに到着しました。十四年後に，何百マイルも丘や谷や海を超えての旅の後で。

彼らは都から少し離れた，大仙バラドヴァージャの庵で停止しました。ラーマはここで最初にいろいろ質問することにしたのでした。ラーマは心配だったのです。「師よ，アヨーディヤーの都に流行病はありませんか？　バラタは正しい政治を行ってきましたか？　妃たちはまだ存命でしょうか？」

バラドヴァージャは彼のすべての質問に答えるのでした。「私の弟子たちが出掛けるときにはいつも都からの情報をもたらしてくれます。私は自分ですべてを知っているのです」。彼はみんなが一日だけ彼の許に滞在するようにと主張し，樹木は花と果実で覆われるように，ハチの巣は蜂蜜がいっぱいにじみ出るように手配したのでした。そして猿たちはくつろぎ，心ゆくまで飲み食いしました。

アヨーディヤーはラーマの心の負担になっていましたし，バラタのことはなおさらでした。ラーマは，何が起きているかについていくらかを知るために，あらかじめ使節を派遣しなくてはなりませんでした。彼にはハヌマトという，理想的な人物が手元にいたのです。「英雄よ，ただちにアヨーディヤーに赴き，それからシュリンガヴェーラのグハ王の許に行って，最新の情報を得られたい。われらのことも彼に伝えられよ」。

この使命のもっとも難しい部分は，バラタを訪ねることでした。「彼には余が強力な同盟軍とともに凱旋帰還したことを伝えられよ。そして，彼の反応をよく観察し，彼の顔色を細かく見きわめられたい」。ラーマは「十四年間も気配りしてきた王国を欲しがらずにいるような者がいるだろうか？　もしバラタが少なくとも権力を放棄するのをいささかでも渋るのであれば，彼に王位を続けさせよう。でも，余は心を確かにしなくてはいけない。ハヌマト，ただちに戻ってきておくれ」と念押しした

第12章　アヨーディヤーへの帰還

のですが，それには彼なりの理由があったのです。こういう使命を帯びて，ハヌマトは人間の姿を取り，アヨーディヤーのほうへと空をひと飛びしました。アヨーディヤー近くのナンディグラーマで，彼は樹皮と羚羊の皮をまとったバラタを見つけました。彼は衰弱しており，体は埃まみれ，髪の毛はからまり，つやがなくなっていました。大臣，僧侶，将軍，秀でた市民も彼と一緒でした。

　ハヌマトは予告することなく彼に伝言をいきなり持ち出して，しらばくれる暇を与えませんでした。「ラーマは御身の繁栄を気遣っておられます。彼はシーター，ラクシュマナを伴い，凱旋の帰還をしつつあるのです……」。これを聞き，バラタは突然の喜びのあまり卒倒しました。意識を回復したとき，バラタはハヌマトを抱擁しながら，嬉し涙を流すのでした。「御身にどうやって余は十分なお礼ができようか？」と言いながら，彼はハヌマトのために贈り物の数々をかき集めるのでした。十万の牛，百の栄えた村，十六人の乙女——金持ちで美しく，しかも良家に属している女性——を彼に贈ったのです。

　ハヌマトは別れ際に，ラーマは翌日到着するだろうと確言したのです。

　バラタは弟シャトルグナ王子に対して，音楽，踊り，花輪，旗でもってラーマを受け入れるためにすぐアヨーディヤーにやってくるように命じました。通りに沿って兵士たちを整列させ，ラーマの入場のために通れるようにさせたのです。労働者の大群が公道を平らにならしたり，滑らかにしたりしました。武装した護衛者たち，象，馬，戦車の行列が，ダシャラタ王の三人の妃とともに，ラーマを出迎えるための準備がなされました。そして，この王家の出し物はすべて，ナンディグラーマへと移動したのです。そこでは，バラタがラーマのサンダルを頭に載せながら，待機していたのです。権力の天蓋が彼らの日覆いとなり，彼らはヤクの尾のはたきでパタパタと扇がれていました。

　バラタが心配そうにハヌマトに尋ねました，「これは御身の猿たちの策略の一つなのですか？　どこにもラーマの姿が見えないのだけれど」。

　「そんなことはないでしょう」，とハヌマトはにやっとして言うのでした。「あそこの樹木を見られよ。季節外れの花をつけています。仙人バラドヴァージャが猿の客たちのためにあれを整えたのです。踏みつけら

第12章　アヨーディヤーへの帰還

れた果樹園を見てください。私の同胞がいつもの気まぐれな破壊ゲームを行ったのです。空中のあの光の山が見えますか？　あれは富の神クベラのためにヴィシュヴァカルマンによって造られたラーヴァナの聖なる戦車プシュパカです。あれは今やラーマに帰属しているのです」。

バラタは感きわまって合掌し、うっとりと注視するのでした。プシュパカが着陸し、ラーマが現われました。歓迎の挨拶が交わされました。猿たちはみなこの機会のために人間に化身していました。バラタは公言するのでした、「スグリーヴァよ、われらは四人兄弟でしたが、今や御身は第五の弟となられたのです」。

バラタは屈み、うやうやしくラーマの足もとにサンダルを置きました。このサンダルは彼の代わりに象徴的に支配してきたものでした。「私に委任されました責任、私に任されました王国をただ今お返しします。御身がアヨーディヤーの王に即位されるのを拝見したく思います。どうか御身の財宝、御身の倉庫、御身の軍団をお調べくださいますよう。ご威徳により、それらは十倍に増加しました」。

ラーマはバラタを抱擁し、彼をさながら愛しい父親のように膝の上に載せました。バラタはしっかりと保護されているのを感じ取りました。

行列はバラタの庵へと移動しました。そこで、ラーマはプシュパカから外に出て、願いと思いを込めながら、戦車の正当な元の所有主クベラに返させたのです。

ラーマは霊的な師匠の傍に座りました。バラタはコサラーを支配するのに味わってきた大変な時代を譲渡しようとしました。「ラーマよ、時の輪が回転する限り、末長く支配されんことを！　ロバが馬より速く歩いたり、カラスが白鳥より上手に飛んだりすることがどうしてできましょう？　これが私の状況だったのです。王冠は御身のような方のために作られているのです」。

バラタは長い別離の苦痛、罪悪感、そしてコサラー国のような広大かつ扱いにくい王国を統治するという苦難で疲労困憊していました。「国境を無事に維持するのは、ダムを良好な状態にしておくようなものです。いつも警戒していなければなりません。漏れ口は詰められねばならず、弱点は強化されねばならないのです。」

第12章　アヨーディヤーへの帰還

　一行は旅の緊張や再会の興奮で疲れ果てていたため、入浴したり、元気を回復したり、着飾ったりする用意をしました。シーターは長年月の後で王家の豪華な化粧用品に身を委ねました。彼女は年上の女王たちに手助けされたのです。猿の妻たちは入浴し、さっぱりと美しくなりました。カウサリヤーがその息子への感謝と愛情から、個人的に彼女らの世話を焼いて、手助けしたのでした。

　ラーマはバラタ、ラクシュマナ、シャトルグナによって装われ、飾られました。彼らは都に入ろうとして、豪華に新装し盛装して集合しました。スマントラは王室の天蓋を掲げ、ラクシュマナとヴィビーシャナはヤクの尾の白払子を持ってラーマの両脇に侍りました。スグリーヴァは王室の象シャトルンジャヤに乗り、猿たちは九千頭の象に乗って後に続きました。厳粛で感動的な行列でした。道中、ラーマはスグリーヴァとの同盟、ハヌマトの勇気、羅利たちの力量、猿たちの手柄について語るのでした。アヨーディヤーの人びとは、ラーマの猿族との友情や、ラーマへの彼らの愛を不思議がるのでした。

　アヨーディヤーでは、大臣たちや顧問たちがヴァシシュタ仙の精神上の指導の下に、すでにラーマの戴冠式や祝典について決めていました。スグリーヴァも助言を求められました。猿族の主(あるじ)として、彼は鍵的な役割を演じていたのです。彼は猿の将たちに、四つの海と五百の河からの水のための、宝石をちりばめた四個の黄金の水瓶を与えたのです。「夜明けまでにこれらで準備しなさい」と彼が言うと、彼らは命令を遂行するために四方八方へ飛び去ったのです。

　即位式の日には、ラーマはシーターを傍に、アヨーディヤーの宝石をちりばめられた玉座に昇りました。バラモンの高僧バシシュタと、顧問たちは二人を香ばしくて清い水で沐浴させました。天人たちは二人に聖なるあらゆる薬草の汁を塗るために集まりました。

　宝石や贈り物が与えられたり受け取られたりしました。風神ヴァーユーはラーマに黄金の首飾りを、インドラ神は真珠の首飾りを与えました。ラーマはお返しに、出席者たちにお金や贈り物を気前よく施したのです。スグリーヴァは王冠を、アンガダは腕輪一対を受け取りました。シーターには、ラーマは月光の輝きを発する貴重この上ない真珠の首輪を与えま

第12章　アヨーディヤーへの帰還

した。

　シーターは特別の好意の印として，何かをハヌマトに与えようと思いました。それで，彼女は真珠の首輪を外して，意味ありげにラーマのほうを一瞥したのです。するとラーマは理解して，笑いながら大声で言ったのです，「それを御身の好きな者に与えるがよい」。そこで，彼女はハヌマトのほうを振り向き，それを差し出したのです。勇敢なハヌマトが首輪を身につけた姿は，さながら高山の上に白い雲が美しく憩いにやってきたみたいでした。

第12章　アヨーディヤーへの帰還

戴冠式
この絵は人間の戴冠以上に，栄光のうちに即位する神の配偶者たちを示している。ラーマは，女神ラクシュミーとしてのシーターと一緒に，ヴィシュヌ神としての元の神性に戻ったのである。この考え方は，鮮やかな光輪と，崇拝者たちの信心深い態度とによって強調されている。〔カヴァー参照〕

第13章
正法の名において

　ラーマは戴冠式に集まった三百人を超える王たちに別れを告げました。バラタ，ラクシュマナ，シャトルグナが王たちの帰郷を護送しました。王たちは目撃しなかった戦争のことや，ラーマに奉仕し損ねた機会のことを話題にしました，そして，これら三王子には贈り物や貢ぎ物を持たせて送り返したのです。

　もう一カ月歓待された後で，ラーマは猿たちやヴィビーシャナに別れを告げるのでした。彼はヴィビーシャナにはこう忠告するのでした，「正法(ダルマ)を常に心して統治したまえ。正法(ダルマ)から脱すれば，御身は悲惨な破目に遭うだろう。そして，愛情と情愛をもって余のことを思い出しておくれ」。

　ハヌマトは忘れ難い言葉で忠誠を公言するのでした。「御身の話がこの世で語られる限り，その限り私は生きたいです。それ以上はもう生きたくありません。御身の徳行の甘露が私の恐怖と不安を追い払い，私の生命の息となってくれましょう」。

　ラーマはハヌマトを優しく抱擁しながら，確言するのでした，「かくありなん。余の話は生き続け，それとともに汝も生き続けよう。余の心には汝が余のために尽くしてくれたすべての行為――いかに小さいものであれ――それらの愛慕の思い出が生き続けるであろう」。こう言いながら，ラーマは自分の体から貴重な首飾りを取り外して，それをハヌマトの首のまわりに親しく懸けてやるのでした。

　涙ながらの別れでした。彼らは異常な状況下の異常な戦争で一緒に軍事行動を取ったのです。それは彼ら全員を変えましたし，彼らを永続的な愛，忠誠，献身の絆で結びつけたのでした。

　宮廷と都で正常な生活が再開されました。ラーマはその王国，弟たち，母たち，愛妻に恵まれたのです。ラーマの治世（ラーマ・ラージュヤ）は幸せな出来事と，災厄の欠如とで記録されてきたのです。

第13章 正法の名において

　病気も，幼児や若者の死もなくなりました。女性で未亡人になる者もいませんでした。急死とか早死はなかったからです。
　風は穏かに芳しく吹き，適度の降雨が大地を肥やし，樹木はふんだんに花や果実をつけるのでした。
　人民は満足し，それぞれの義務や運命の遂行に没頭しました。嫉妬，敵意は生じる前に消失してしまいました。ラーマの慈愛に満ちた一瞥が友情と甘い親密を広げたからです。
　ラーマもシーターも，それぞれ王および廷臣として，また家庭内調和の見張り人および世帯主として，各自の義務を進んで果たしました。ラーマは懸命にも相談したり，また日常の国事を然るべき注意と配慮をもって遂行したりしました。シーターは祈ったり，礼拝したりし，また朝の雑用を全部行い，着飾ってから，夫と一緒に幸せな時間を享受したのです。宮殿の苑は二人の特別な楽しみの場でした。ユリやハスの房の垂れ下がった池は彼らの五感を和らげましたし，蜜蜂たちの満足げな羽音は彼らを静寂状態へと宥めるのでした。花咲く樹木や，緑陰の東屋(あずまや)は，彼らを私的な愛と待望の世界へとかくまってくれたのでした。ラーマはシーターに蜂蜜酒を差し出し，二人は音楽と踊りで慰められながら，選り抜きの食事を取ったのです。
　ある日のこと，ラーマはシーターを殊のほか自慢げに見入るのでした。彼女は迫りつつある出産前の母性美で輝いていたのです。ラーマは彼女という幸せの杯が縁(へり)まで満杯になることを欲して言うのでした，「シーターよ，御身は私たちの子を孕んでいる。余は御身のためにどんな楽しい小旅行を用意したらよいかなあ？」するとシーターはにっこり微笑んで答えるのでした，「ガンガーの両岸に住んでいる仙人たちを訪ね，一夜を彼らの庵で過ごし，彼らから祝福を受けたいわ」。ラーマは妻の素朴さ，謙虚さ，献身ぶりに魅せられるのでした。「それはたやすいことさ。明日にも連れて行くよ」と彼は約束しながら，立ち去って，仲間や，廷臣たちや，おかかえ道化師たちの一団に加わったのでした。この集まりは愉快そのもので，みんなが上機嫌でした。いろいろからかいの言葉が交わされたり，多くの楽しい軽口が飛ばされたりしました。みんなが王を楽しませ，もてなそうと懸命だったのです。

第13章　正法の名において

　ラーマはいつも自らの責任の数々を心にとめていながらも，国事からそれた言及を見分けて，道化師の一人に真剣な調子で尋ねるのでした。
「バドラ，言っておくれ。町や田舎の人々は余や，余の弟たちや，シーターのことを何と言っているのかい。余の統治については？　王たちはいつも批判の的になるものだからね。臣下たちの脈に手を当てて，決して脈拍を見逃さないようにするのが大事なのだ」。

　すると，バドラは答えて言うのでした。「殿，万事順調でございます。みんなが御身のランカー侵入やラーヴァナの打破を称賛しております。海洋超えのことは，彼らがそれに言及するたびに驚嘆しておりますし，彼らはシーターさまとの御身の生活のことも……」。

「どうして中断するのじゃ？」とラーマは僅かなためらいにすぐ気づいて，尋ねるのでした。「良いこと悪いこと，何でも語っておくれ。統治者たるものはこうやって時代の雰囲気を嗅ぎ分けるべきなのだから。怖がるには及ばぬ」。

「殿，それならば」，とバドラは言うのでした。「ラーヴァナが無理やりシーターさまを連れ去ったとき，シーターさまが彼の膝の上に座っていたのに，どうしてそのシーターさまが御身を喜ばせられるのか，といぶかっているのです。しかも，シーターさまがあんなに長くラーヴァナのような羅刹(ラークシヤサ)の家で過ごされたということに，御身が憤慨なさらないことも」。

「続けなさい」とラーマは言いながら，来るべきより悪いことに気構えをしたのです。「余の怒りを恐れるには及ばぬぞ」。

「殿，彼らはそれ以上のことも語っています。彼らは御身が危険な先例を立てられたのでは，と恐れているのです。女どもは堕落するでしょうし，男たちはそういうことを軽く扱うでしょう。なにしろ王が今日なさることを，臣下は明日踏襲するでしょうから。殿，以上が彼らが語っていることでございます」と言って，彼は自分自身の無遠慮さに動揺したのでした。

「それは本当かい？」とラーマは支持者たちの集まりに尋ねました。すると彼らは頭(こうべ)を垂れ，最高の敬意を表しながら，異口同音に答えるのでした，「はい，殿，彼の言っていることは本当です」と。

第13章　正法の名において

　ラーマは深く思いにうち沈みながら，顔は苦痛を浮かべて，精神的損傷を吸収しようとしました。シーターが無垢なことを彼は疑いもなく知っていました。彼女はランカーで火の神判を通過してさえきたのです。それでもアヨーディヤーの人びとは彼女の名誉回復の妥当性を問題視したのです。彼らはシーターをまずく判断したわけですが，それでも民の声は聞かなくてはなりませんでした。彼らは正しかったのです。王は模範を示すものですし，それゆえ見本とならなくてはならなかったのです。これは第一の義務でした。ほかのすべてのことは二義的だったのです。

　ラーマは揺れる五感を制御して，護衛を呼びにやりました。「急いで行って，ラクシュマナ，それにバラタとシャトルグナも来るように頼んでおくれ。喫緊の国事があるのだ。一刻も猶予はならぬ」。

　弟たちはただちに駆けつけました。目が悲しみの涙でぬれているのを見て，王の混乱ぶりが彼らには分かりました。ラーマは彼らに触れて安心を求めるかのように，一人一人を胸に抱き締めるのでした。「御身らは余の富，余の生命，余の力の基盤そのものだ。余が統治するのも御身らあればこそだ」。彼らはラーマが要点に触れるのを待ちました。いったいラーマが何を持ち出そうというのか，と彼らはいぶかったのです。すると，ラーマは大して面倒をかけずに事柄に切り込んだのです。「弟たちよ，よく注意しておくれ。余の臣下たちがシーターについて言わずにおれぬことを聞きおいてくれ」。

　言葉がこぼれ出てきました。忌まわしい真実に彼らは直面したのです。「余は彼女が無垢なことは存じていたが，あらかじめ一度彼女の性格をはっきりさせねばならなかった。彼女，ジャナカの娘は火の神判を通過した！　ところが，問題が再燃したのだ。シーターの実名も余の支配者として評判も，ともに問題視され，不十分なことが分かったのだ。

　出口は一つしかない──彼女と余は別居しなくてはならない！」ラーマの話しぶりは，権力というよりも正法による支配者でした。王子たちはこのまったくの悲劇に直面して，沈黙し，途方に暮れるのでした。

　ラーマは長年に及ぶ追放の悲しみにおいてずっと伴侶だった弟のラクシュマナのほうを振り向きました。「彼女を国境の向こうへ連れ出しておくれ」。

第13章　正法の名において

　ラクシュマナは王命やそれに続くいろいろの酷い細目を抹消できたならなあ、と願うのでした。「彼女をガンガー河の傍のヴァールミーキの庵の近くに連れて行っておくれ。この件について何も議論するつもりはない。いかなる抵抗も余の不快を招こうぞ」。

　弟たちがこの異様かつ残酷な統治法に畏敬と驚嘆で唖然としていますと、ラーマはまたもラクシュマナのほうを振り向いて、むせび泣きで声を震わせながら言うのでした、「彼女も昨日余に言ったのだ、この聖なる隠遁所を訪ねたい、と。さあ、すぐ行きなさい！」

　翌朝、ラクシュマナはスマントラに対して、もっとも足の速い馬たちを王家の戦車に馬具でつなぐように命じました。「柔らかくて豪華な席を用意しなさい。女王は今日、森へ乗って行かれるのだから」。

　ラクシュマナはそれから、シーターのもとに出掛けました。「御身はガンガー河の近くの苦行者を訪ねたがっておられるのですね。私が自分でそこへご案内致しましょう。戦車の用意ができています」。

　シーターは高価な衣服や装身具の山を揃えて、準備していました。「これらは女性たちに分配したいの」と彼女は説明するのでした。彼女は庵を訪ねるという期待で興奮しており、彼女の心は楽しい思いでいっぱいでした。ただし、僅かな凶兆に彼女は悩まされていたのです。彼女ははたして宮殿や宮廷がすべてうまくゆくかどうかと案じていたのです。ラクシュマナは彼女に心配なことは何もないと確言しました。そして、来るべき別離のことを思いながら、彼は重い心で戦車に乗ったのです。

　二人は夜間はゴマティー河の岸でひと休みし、翌朝再び出発しました。ラクシュマナは馬車から降りて、ガンガー河の岸辺に立ちました。

　シーターは当惑していました。「あなたは二日間ラーマから離れていることができなくて、泣いているの？　子供っぽいわね。でもラクシュマナ、私だって戻りたいわ。仙人たちに会い次第すぐに戻りましょうよ。勇気を出しなさい」。

　二人は船に乗って、河を渡り、他方スマントラは馬から降りて、夜のために馬たちを連れ去りました。彼は二人が引き返すのを待つつもりだったのです。

　二人は対岸に到着しました。ラクシュマナの不安はもう隠せ通せませ

第13章　正法の名において

んでした。彼は両手を合わせて，大きな体をすすり泣きでねじりながらシーターに言うのでした。「この大厄から私を救えるのは，死あるのみでしょう。世間は私のこの使命を非難するでしょうが，私がそういう無礼な行為を犯していないことは神のみぞ知る，です」。

シーターは驚きました。「彼は死よりもひどい運命，無実，犯罪のことを問題にしている！　いったいこれは何のことなのか知ら？」そこで彼女は大声で尋ねたのです，「ラクシュマナよ，私は理解できません。あなたは謎めかして語っておられるし，ひどく興奮しているようね。この落胆の理由は何なの？」

「どう申してよいか？　またしても人びとはラーマさまの心を破りたがったのです。彼らは御身の貞操を疑い，ラーマさまが御身を連れ戻されたことを咎(とが)めているのです。それでラーマさまは御身を排斥せざるを得なくなったのです。私はラーマさまによって，御身をアヨーディヤーから離れた，彼からも離れたここに引き離すようにと命じられたのです！」

シーターはあっけにとらわれて黙って聞き入りました。ラクシュマナのほうはあえて身動きしないようにして，頭(こうべ)を垂れながらじっと立ったままでした。

「仙人ヴァールミーキは私どもの父ダシャラタの友人です。御身は安全でしょうよ。ラーマのことだけをお考えなさい。彼のことを信用すれば，御身は祝福されるでしょう。」

シーターは茫然となりました。涙ながらで，答えるのに手間取りました。「たしかに，私の体は不幸だらけです。ただ悲しむためにだけ創られたように思うの。ラーマのような同情的な人から，見捨てられ責められて，たったひとりで生活しなければならないのでしょうか？　しかも理由なく責められるなんて！」彼女は絶望的な言い方をするのでした，「しかも私は生きるのを止めることもできないのだわ。そんなことをしたら，王家が絶えるでしょうから。イクシュヴァーク家の種子をもう宿しているのだもの」。

ラーマへの彼女の伝言は胸を引き裂くものでした。「ラーマには，私が彼を愛してること，私が純潔で汚れていないことを告げてください。彼もそのことは知っています。それなのに，彼は臣下を満足させるため

第13章　正法の名において

に私を犠牲にしようとしてるのです。その気なら，私はこんな苦痛を味わずにおれたことでしょう。でも，それを私は忠実な妻らしく耐え忍ぶつもりです。夫は神にして指導者ですし，掟を定めるものです。妻たちはただ服従することだけを期待されているのです」。

この最後のコメントには傲慢な挑発の調子が見られました。離別の銃弾が命中したのです。「私の言葉をラーマに繰り返してください。いいですか，私はもう妊娠してずっと経ってから，ここにやってきたのだということを証言してください」。この辛辣な言葉，とげのある言葉を誤解するわけにはいきませんでした。「少なくともこのことには疑念をさし挟まないようにしてください」と彼女はほのめかしているように見えたのです。

ラクシュマナはこう言うことしかできませんでした，「どうして御身はそんなことをするよう，私に要求することがおできなのですか？　私が御身の御足より上に目を上げたことがないのをご存じのくせに！」

こう言って，ラクシュマナは離れ際に何回も繰り返しシーターを振り返るのでした。シーターは今や大声で，制御できぬぐらい泣きじゃくっていました。

ヴァールミーキの庵から出てきた少年たちがシーターを見つけたのは，こういう状況のときだったのです。彼らは仙人のもとに走って帰りました。「良家の，誰か偉人の妻に違いないと思われる貴婦人が来ております。彼女は心も裂けんばかりに泣いております」。

苦行による洞察力を通して何でも知っていたヴァールミーキが，彼女の許に近づいてきました。「奥方，泣くのはお止しなさい。私は御身がどなたで，なぜここに来られたか，分かります。御身が無垢なことも知っています。私が知っていることで安心されよ」。

シーターは泣き止みました。すると，ヴァールミーキは優しい慰めの言葉を掛けたのです。「ここから遠くないところに，女苦行者たちがいます。私は御身が潔白なのを知っています。彼女らがあなたを世話してくれましょう。御身の宿はあります。絶望しないでください」。彼は少し先頭に立って歩きながら，シーターを女たちの許に連れて行きました。彼女らは仙人に思いやりをもって挨拶するのでした。

第13章　正法の名において

「御身のために，私どもは何をしたらよろしいのでしょうか？　私どもを訪ねられたのはずいぶん以前のことですね」。ヴァールミーキはシーターを紹介してから，シーターを彼女たちに任せました。「彼女はダシャラタの義理の娘さんです。彼女は潔白なのに，彼女の夫から拒絶されたのです。彼女はわれらが与えられる限りのあらゆる世話と愛情とを必要としているのです。それに彼女は十分それにふさわしいお人です。そのことは私が保証します。然るべき尊敬と名誉とをもって遇してあげてください」。

ヴァールミーキは十分に手筈を尽くしました。シーターは良好な世話を受けることになりました。

帰路ではスマントラがラクシュマナを慰めました。「ラーマは多く苦しみ，多く悲しむ運命なのです。彼が愛する人々から離別することは，予言されていたのです。ラクシュマナさん，人は運命に屈服しなくてはならないのです。御身もこれを受け入れ，それに耐えることを学ばねばなりません」。

スマントラの賢明かつ成熟した態度は，ラクシュマナが残酷で不可避な運命の道に屈従するのを助けました。ラーマもラクシュマナにより，自らのあらかじめ定められた運命を告げられていましたから，思慮深く落ち着き，政治事(まつりごと)に没頭して，あらゆる点に注意を払い，心，魂を王国の繁栄に傾注したのです。

ある日のこと，ラーマが国事のことを座しながら論じ合っていると，一群の苦行者の来意が告げられました。彼らはいつもの問題を抱えてやってきたのです。「私どもはヤムナー川の反対側に住んでいます。羅利のラーヴァナが，シヴァ神御自らにより自分の父に授けられた強力な武器三つ叉の槍を振り回して，大混乱を生じさせております。彼は私どもに攻撃を加えて大勢殺害したのです」。

バラタも行くことを申し出たのですが，シャトルグナは彼の要求に口をだしたのです。「バラタはもうすでに奉仕の役割の割り当て分を果たしたが，私はいまだ果たしていない。私に行かせてください。この仕事

第13章　正法の名において

シーターとその息子たち
揺りかごの中の双児の王子は，ヴィシュヌ神の青色をもつ顔色のうちに，彼らが神に由来することを示している。仙人ヴァールミーキは聖なる草クシャを手にしているが，これは王子たちの名前の由来となるものでもある。花づなの飾りや，マンゴーの木の葉が，王子たちの誕生を祝うために上に吊るされている。〔口絵XIV参照〕

第13章　正法の名において

は私の好機なのです」。

「けっこうだ」とラーマが言いました，「それなら，御身は羅刹からかつて手放した領土を接取する覚悟をしなくてはならぬ。だから，御身が出発する前に，ここで戴冠式を行いたまえ」。するとシャトルグナはラーマを助けることにより，どこに居ようと大変幸せだったのですよ，と言って抗議するのでした。彼には個人的野望はなかったのです。「私には王国を支配する気はありません」。それでも，ラーマは言い張ったのです。もう弟たちが自分自身の生活をし，それぞれの別個の責任分野を持ち始める時だ，と彼は感じていたからでした。

「用心して」とラーマは言うのでした。「ラーヴァナが獲物を求めてうろつき出ているときに奴を攻撃しなさい。そういうときには，奴は三つ叉の槍を置き忘れているから。そのときだけ，御身は奴を殺しおおせるだろう」。

シャトルグナはラーマから多くの忠告や大勢の軍隊を引き受けて，出発しました。「軍人たちを幸せにしてやりなさい。彼らにはきちんと十分に支払いなさい，そして甘い言葉で彼らを説き伏せなさい。彼らを慰め続けるために，踊り子たちや楽隊を連れて行きなさい」とラーマは言ったのでした。

それはシャトルグナの最初の独り立ちの冒険でした。彼は注意深く聞きいれたのです。

「ラーヴァナの住んでいる森マドゥヴァナに入るときには，ひとりだけで武装して入り，彼と一騎打ちを挑みなさい。この遠征をやり抜くと，御身は夏の，しかも雨季に差し掛かるだろう。道中つつがなきことを祈る」とラーマは言ったのでした。

一カ月後，シャトルグナが最初に休止したところは，ヴァールミーキの庵でした。彼は軍隊をやや離れた所に駐屯させて，聖域にひとりだけで入りました。彼は同仙人から歓迎され，その夜はそこで過ごすよう求められました。

同じ夜，シーターは双児を産みました。ヴァールミーキに報せがもたらされ，仙人はただちに彼女に祝福とおめでとうを言いに行ったのです。一握りのクシャ草を手にして，仙人は誕生したばかりのすべての人間の

第13章　正法の名において

上にさまよう邪気をはらいました。彼は女たちに長男の上にその草の葉をかぶせるように命じ，そして長男をクシャと命名しました。次男もクシャの低い部分で祝福されましたし，それゆえに，ラヴァ（「少し」とか「一片」の意）と名づけられたのでした。

　シャトルグナもその報せを聞き，深く感動しました。彼は小屋の近くに思い切って出掛け，シーターにあらゆる幸福を願って，心からの祝福の言葉を述べるのでした。彼はラーマの称賛が謳われ，幼児たちの名前が受け入れられるのを聞くことができたのです。彼は兄にしておじになったことが誇りでした。雨にずぶ濡れの夜のしずくが垂れて，数百マイル離れたところで父になった喜びを拒んでいるラーマへの思いで，沈黙を掻き乱されながらも，シャトルグナは長時間立っていたのです。

　シャトルグナは夜明けにヤムナー川を渡り，弓で武装して，都の門前に立ち，ラーヴァナが腹いっぱい食べて満足して戻ってきたところを捕らえようとしていました。

　両者が出会いました。ラーヴァナは嘲笑って言うのでした，「もっと詰め込む隙間はあるぞ。俺はまだ満腹していない。お前のようなのを何千も食ったのだが。ところで，その弓で何をやらかそうとしてるのかい？まさか，俺の開いた口の中に入り込もうというんじゃあるまいな，愚か者めが！」

　するとシャトルグナがどなり返しました，「死ぬ覚悟をしろ！」ラーヴァナはにやりと嘲笑うのでした，「ラーマは俺の叔父とその家族を殺したんだ。お主は風の中の藁みたいに吹き飛ばされようぞ。俺に武器を得させてくれ」。

　シャトルグナはすばやく彼に反応しました。「儂がお前を行かせるとでも思うのかい？　儂は馬鹿じゃない。今すぐ攻撃してやる！」実にひどい闘争でしたが，ラーヴァナのほうは三つ叉の槍がないため，勇敢なシャトルグナの敵ではなかったのです。

　神々は大喜びして，シャトルグナを祝福しました。彼は都に入り，王座を占有しました。彼は十二年間支配し，この場所を改善し，そこの繁栄を強めたのです。でも，彼の思いは絶えずラーマとアヨーディヤーに向けられていました。彼は少年時代のこの首都を訪問して，自分自身の

第13章　正法の名において

人民との接触を再構築する決意をしたのでした。

　シャトルグナは僅かな兵士と召使いを引き連れてアヨーディヤーへ向けて出発し，そしてもう一度ヴァールミーキの庵に逗留したのです。この仙人はラーヴァナとの闘いを天上から眺めていたのですが，伝統的な愛情の身振り法に従い，自分の鼻をシャトルグナの頭に触れて，彼に祝いの言葉を述べるのでした。

　二人が然るべく飲み食いし，元気を回復したとき，弦楽器の響きが絶えざる甘美なつま弾きへと増大し，それとともに，高揚した歌詞が，まるで森の静寂の中の鐘みたいくっきりと跳び出したのです。するとそのとき，ラーマの物語がその英雄的な行為で魂を揺るがし，その哀感，その悲劇に同情の念を生じさせて，二人の上に大波となって押し寄せたのです。シャトルグナは過去を甦らせながら泣きむせび，仲間たちは頭(こうべ)をうやうやしく垂れながら，立ちすくんで聞き入るのでした。みんなはすぐに好奇心でいっぱいになり，質問したくてうずうずしだしたのです。当惑し混乱して，彼らは王に向かって言うのでした，「殿，このことについてヴァールミーキに尋ねてくださいませんか。私たちは夢見ていたのか……？　と」。すると，シャトルグナはこう言うだけでした，「彼のような仙人に質問するのはふさわしくない。ここでは，奇跡は日常茶飯事なのだから。これだけで私たちは満足すべきだろう」。

　シャトルグナは部下たちが詮索するのを思いとどまらせたのですが，彼本人もほとんど眠らなかったのです。ラーマの伝承歌謡は喪失感と離別感を鋭くしただけでした。それで，彼は夜明けにアヨーディヤーに向けて出発したのです。

　シャトルグナは都に入り，見慣れた通りを馬車で走り，間もなくラーマの前に立っていました。その輝かしい存在を見て大いに楽しみながら，彼は告白するのでした，「私は御身から十二年間もずっと離れておりましたから，まるで母親から隔離されていた子牛みたいな気がします。私を帰還させてください」。

　ラーマは彼を優しく抱きしめて，愛情をこめて叱責するのでした，「御身は王なのだ。王たる者は外国のために自分の王国を見捨てたりは

第13章　正法の名において

しないものだ。そう，アヨーディヤーは今や御身にとってそういう外国なのだ。ときどき余を訪ねるがよい，でも御身は戻らなくてはならぬのだ。御身は臣下たちへの責任を負うている」。シャトルグナはこの避けられぬ事態に屈服したのです。ラーマは正しかったのです。彼が戻るというのは道理に合っていたのです。幸せな一週間を過ごしてから，彼はラクシュマナとバラタによって国境まで護送されたのです。それは彼ら四人にとって，兄弟愛の絆でしっかりと結ばれていた旧き時代のようでした。

　ラーマは今度は，支配権を確立するために王家の生贄（ラージャスーヤ）を挙行しようと考えて，常々ラーマがその意見を高く評価してきたラクシュマナとバラタに相談したのです。バラタは自分の疑念を素直に表明して言うのでした。「御身は世の支持者，宇宙の保護者，全人類の救済者です。ですから，ラージャスーヤを挙行なされるのは不適切と考えます。そんなことをすると，多くの王家の破滅，無数の勇敢な戦士たちの死に至るでしょう。大量の暴行や流血を生じさせるでしょうし，そんなことが御身の名誉になりはしないでしょう」。

　ラーマは思いとどまりました。バラタは練達の論争者でしたし，要点をどうやってきっちり押し込んだり，論じたりすべきかを心得ていたのです。「バラタよ，御身の言うとおりだと思う。御身は若いのに老人の頭をもっている」。すると，今度はラクシュマナがラージャスーヤに代わる代案を提案したのです。「馬祠祭（アシュヴァメダ）は高揚させ，浄化する祭式です。それが良い効果を発揮した聖なる前例があります。インドラ神でさえ，殺人の罪をぬぐおうとしたときに，これに訴えました」。すると，ラーマは同意したのです。早速アヨーディヤーで馬祠祭を挙行するための準備がなされたのでした。

　ラーマはラクシュマナに一任し，彼に対して，生贄の祭典，とりわけ，馬祠祭の挙行に熟練した仙人たち――ヴァシシュタ仙，ヴァーマデヴァ仙，ジャーバーリ仙，カシュヤパ（カンヴァ）仙――を招くように指示しました。また，入念に手配するように頼みました。招待状がスグリーヴァや猿族の長たち，ヴィビーシャナやその他ランカー島出身の傑出し

第13章　正法の名において

た羅利たち、ならびに学者たち、苦行者たち、近隣の王たちに発信されました。

生贄の場所が布告されました。「余はそれをゴマティ（グームティー）河岸に近いナイミシャ森に定めることにしたい」、とラーマは命じました。

上質の食料が多量に注文されました——米、ゴマ、ヒラマメ、塩、食用油、香料、白檀油が。

調理人、お手伝い、踊り子、音楽家、役者、道化師からなる町がそっくり一夜にして急に出現しました。宮殿つきの女性たちも王妃たちも、当地に住まいを構えることが期待されたからです。特別の天幕やパヴィリオンが、来訪する王たちや高官たち、その家族、随行員、王の宝器を収容するために建立されました。ラーマは痛切な遺憾の印として、不在の妻の黄金像を象徴的に儀式に参加していることを暗示させるために設置するように命じました。実はラーマはこの像をいつも傍に置いて、その長期の首尾よい統治の間に、多くの生贄の祭典を実行してきたのです。

式場や生贄の祭壇が完全に設置されると、ラーマは軍隊とともに到着しました。彼は目にしたものに非常に満足し、生贄の式典の開始の合図をしました。然るべく豪華かつ儀式に則って、慎重に選ばれた生贄用の黒馬が自由に放たれたのでした。ラクシュマナは僧侶や兵士の一団に介添えされて、その馬の周囲を追い、大君ラーマへのいかなる挑発行為にも警戒しながら、馬の動きを周到に見守ることになりました。その馬に公然たる敵意の素振りが見つかって捕えられたり縛られたりしなければ、馬は一年後には連れ戻されることでしょう。

一方で、儀式や、祝典は続いていました。ふんだんに施し物、金、銀、宝石がふるまわれました。「いかなる欲求も満たされ、いかなる願望も叶えられ、いかなる欲望も成就されるべし」、というのが王命だったのです。贈り物やお金が、記憶に残っている限り、いかなる生贄の祭典でも前代未聞なぐらいふんだんに、湯水のごとく差し出されたのでした。

ヴァールミーキ仙とその弟子たちもそこに来ていました。彼らは魅力的な木立の中に小屋の群れを自分たちで建て、そこに必要な食料——苦行者たちのみすぼらしい献立たる果実と木の根——を保管したのです。

第13章　正法の名において

　この仙人には実ははなはだ特別の出し物があったのです。それはラーマの息子たち，クシャとラヴァのことでして，二人は英雄生活の紛れもない要素から彼本人が創作した詩作品『ラーマーヤナ』を歌うよう訓練されていたのです。それは入念に計画された，きちんと整序されている立派なミュージカルの演出，長期にわたって形成されてきた信義の行為だったのです。

　「仙人たちや学者たち，王子たちや僧侶たちの前で，公道や街路で，御身らのラーマ賛歌を歌いなさい。このすばらしい機会に，ここに一堂に会したすべての人びとを音楽で魅惑させなさい」。少年たちは頭を下げて黙従しました。二人は自信に満ちており，熱意にあふれていました。「余は山から特別に集めた果実を持っている。これを食べれば，御身らは長時間でも絶えず歌い続けられるであろう」，とヴァールミーキは言うのでした。彼は自分の詩に対する観方が活気づき，英雄詩の精髄が聴衆をあっという間に魅了し，聴衆をアヨーディヤーのラーマへの崇拝へと引き入れてしまうのを見ることにしていたのです。彼，ヴァールミーキはまた，宿命の再会のための時機が熟したこと，自分がこの進行式次を遂行するために選ばれてきたのだということをも知っていたのです。「まず第一に，ラーマのパヴィリオンの入口で歌いなさい。王の願望と命令に従いなさい。そして，二十歌篇を一度に歌いなさい」。少年たちは青春の情熱で顔を輝かせながら，敬虔かつ注意深く待ち構えていたために，仙人は彼らに念を押すのでした，「いかなる報酬も期待したり受け取ったりしてはいけない。われら苦行者にとって，お金は何の役にも立つまいから」。

　これが最終の指示でした。朝になると，二人は叙事詩の特別な演目を有する有能な遍歴吟遊詩人として世に出掛けるつもりでした。彼らは黄金の幕開けの夜明けをしきりに予感しつつ，一夜を過ごしました。

　二人の若い声は太陽とともに湧き上がり，陽気な献身的忠誠の調べに乗って飛び拡がりました。音楽と言葉両方の拍子，律動，流出は，たまらないほど魅力的でした。ラーマはこれを聞いて好奇心をそそられました。それで，ただちに問い合わせたのです。

第13章　正法の名において

休息の合間に，彼は二人を迎えにやりました。彼本人も音楽，踊り，詩，リズム，韻律の名人たちを集めていました。そのほか，天文学や占星術に通暁した者，生贄の祭祀の執行に巧みな者，芸術の玄人，美の通，踊り手，音楽家をも。実に感動的な集まりでした。

少年たちが歌い始めました。彼らは二人の天人みたいに歌い，聴衆を忘れられぬ歌の海に溺れさせるのでした。人びとはクシャとラヴァの眺め，音色を自らの目と耳で見とれたり聞きほれたりして，すっかり魅せられたまま茫然と座っていたのです。

ところで，この若者たちがラーマに似ていることが気づかれないままではすまなかったのです。そのことは公然と噂になりました。「彼らの樹皮の衣服を脱がせてご覧，そうすればきっとラーマの小さなレプリカみたいに似ているぞ」。

計画どおり，二人は二十歌篇を歌ってから止めました。拍手が鳴りやんでから，ラーマは一万八千の金品と，さらにそのほかの贈り物を二人に与えるように命じました。ところが，二人がそれらを拒んだとき，彼はびっくりしたのです。二人は言ったのです，「私どもはお金や高価な贈り物には無縁です。私どもは森に住む隠者なのですから」。

するとラーマが尋ねるのでした，「この詩作品の作者は誰なのかい？彼はどこに住んでいるのか？」

「苦行者ヴァールミーキがこの詩作品を書きました。彼は当地に来ており，生贄に出席しています。御身の生涯に関する叙事詩は二万四千行から成っており，百の語り的挿話を含んでおります。六部に分かれており，第七部は結びの部分です。殿，お時間を割いて頂けますれば，それのほとんどを小休止入りでお聞きになれましょう。」

ラーマはこの叙事伝承歌謡を聴くために多くの時間を割きました。そしてすぐさま，この若い音楽家たちが自分の息子であることを悟ったのです。彼はシーターを取り戻すときだ，と思いました。

そこで，彼はヴァールミーキに伝言を送り，シーターの無実を公けに証明するために，自分の面前に彼女を連れてくるようにと依頼したのです。集会も，機会も正当なように思われたからです。そこで，ヴァールミーキは承諾し，そしてラーマの無実の妻シーターの審理がもう一度，

第13章　正法の名において

明日開催されることに定められました。

　好奇心は熱狂に達していました。噂や推測は蔓延していましたし、馬祠祭（アシュヴァメダ）への厖大な数の来客は言うまでもなく、アヨーディヤーの市民たちも、審判と開示の指定された瞬間を待ちました。正法の支持者ラーマは、シーターを試練にかけ、そして愛する臣下たちの心から、すべての疑念や懐疑を永久に払拭しようとしたのです。みんなはこの見世物を決して見逃そうとはしませんでした。

　シーターは黄土色の衣をまとい、頭（こうべ）を垂れ、両手を合わせて、ゆっくりした歩調で到着しました。彼女はラーマのことを思って、泣くのでした。今まではラーマの不在のことでいっぱいだった彼女の頭が、彼の存在で満たされるのでした。

　群衆は興奮しました。ある者は「シーターに勝利を」、他の者は「ラーマに勝利を」と呼ぶのでした。彼女に同情する者が大勢いました。彼らは「ああ、哀れなシーターよ」、とため息をつくのでした。

　ヴァールミーキはラーマを直視しました。「御身は公けの咎めだてを恐れて彼女を拒まれたけれども、彼女はそのうち無実を証明するでしょう。ここにいる二人の少年は彼女の息子さん、御身の息子さんなのです。もしシーターが有罪だと判明すれば、私のすべての苦行が無効となってもかまいません。私は恐れることなく宣言します、彼女が清純で純潔であることを」。

　すると、ラーマが応えました、「余は彼女を疑ったことは全然ない。でも、ランカーでの火の試練の後でさえ、余の臣下たちは彼女の貞操を疑問視した。余は正法、王としての責任に縛られて、彼女を見捨てざるを得なかったのだ」。

　ラーマは二人の少年を優しく見つめました。「余はクシャとラヴァを余の息子と認める。そして、シーターは自分が完全に無実なことをここに集合したすべての人びとの満足のゆくように証明するだろうことを承知している」。

　神々はその要求では厳格かつ残酷であり、奉仕し難いものなのですが、この正当な審判の儀式を目撃するために到着しました。

　シーターは手のひらを敬礼のために合わせ、目を伏せ、あたかも意思

第13章　正法の名において

のすべてをもって地面に張りつけようとするかのように，地面に釘づけにしたままじっと立ちました。それから，彼女は自らの無実の宣言をはっきりと表明したのです。

「私が束の間であれ，ラーマ以外に誰か男の人のことを思ったことがないのであれば，大地の女神マーダヴィー（ラクシュミー）よ，私に道を開けたまえ。もし思い，言葉，行為の中で私にはラーマだけが存在するのであれば，おお，マーダヴィーよ，私を御身の傍に行かせたまえ。もし私が本当にラーマ以外にほかの誰も知らなかったのであれば，おお，マーダヴィーよ，御身の腕を開いて私を受け入れたまえ！」

第13章　正法の名において

　すると大地が開き，そこから頭部が頭巾状にふくらんだ四匹の蛇によって支えられた宝石入りの玉座が立ち上がりました。それらの本体は支配領域たる地下の宝で輝いていました。玉座の上には大地の女王，女神マーダヴィー御自身が座していたのです。女神はシーターを両腕に引き寄せ，彼女を傍に座らせました。花々の雨が両者の上に色彩と芳香のシャワーを浴びせかけ，そして空は神々や天人たちの祝福でとどろいたのです。

　玉座は，そこに集まっていた群衆が驚いて見守るうちに，ゆっくりと降下し始めました。裂けた大地が，その玉座とアヨーディヤー女王シーターの地上の生命の上で閉じてしまったのです。

　世界とそのすべての被造物は，傷つけられた無実に黙ったまま，賛辞を呈するために，一瞬しーんと静まり返ったのでした。

第14章
梵天の王国

　ラーマは衝撃を受けました。生贄棒にもたれながら，彼は腰を曲げ，老人じみて，失った妻を泣き悲しみながら立ったとき，まるでぶたれたように見えました。それから，彼は激怒したのです。わめきちらし，どなり散らし，大声を張り上げるのでした，「シーターを余に返せ，さもなくば余を汝と一緒に連れて行け。余は汝をよく存じておる。汝は余の義理の母ではないか。汝はジャナカが大地を鋤で掘り返したとき，彼にシーターをもたらした。余は海洋を渡り，彼女をランカーや羅刹どもから取り戻せる以上，汝を引き裂ける，彼女がどこに居ようと彼女の所にたどりつけるのだぞ」。
　ラーマは脅迫するのでした，「大地はもう存在することを止めるはずだ。余が汝を氾濫させて，存在させなくするであろうからな！」ラーマの反応の激しさに，集まっていた者たちは肝をつぶしたのです。すると梵天が彼を制止しました。「御身は保持神ヴィシュヌであることを忘れるでない。こんな怒りは御身に似合わない。御身は頃よいときに彼女と一緒になろう。自制したまえ」。
　ラーマは冷静になって，梵天がこう言うのを聞いたのです，「御身の未来はヴァールミーキの叙事詩の結びにおいてはっきりと予告されている。明日，選ばれた仙人たちの一団と一緒にその叙事詩の部分に聞き入りなさい。そうすれば，御身は一部始終を知るだろう。御身は最高の苦行者なのだから」。
　それから，ラーマはヴァールミーキの小屋に引っ込み，シーターのために嘆き悲しんで一夜を過ごしたのです。翌朝，ラーマはクシャとラヴァを召喚し，二人に叙事詩の残りの部分も歌うように求めたのです。そうすれば，地上での自分の運命の働きを知るようになるかもしれないからです。
　二人が結びの部分を歌い終えてから，ラーマは二人と別れを告げて，

第14章　梵天の王国

アヨーディヤーに帰還しました。彼が生きなくてならぬ残りの人生は，今や空虚の連続でした。彼の砂漠の日々を潤したのは，コサラー国を統治する義務と，生贄の祭典の執行だけでした。この祭典を彼はシーターの黄金像をいつも傍に置きながら，熱烈さと献身とをもって執り行いました。

　女王たる母親たちは，老いて死んでいきました——まず，カウサリヤー，それからスミトラー，それからカイケーイーが。年月は転がり去り，生命，幸福の損失をもたらしました。ラーマはアヨーディヤーおよびコサラーの幸運な住民たちのために，全体で一万一千年という，成長と繁栄の長い歳月に渡って，統治したのです。

　ラグ家のまったく新しい世代が出現しましたし，彼らの諸問題が解決されなくてはなりませんでした。バラタの二人の息子——タクシャとプシュカラ——はもう責任を引き受けられるようになっていました。カイケーイーの弟ユダジダは天人たちの住む海辺の王国についての情報を発しました。そこで，ラーマはバラタに自分の若い息子たちと一緒に行軍して，そこの領土を併合するように頼んだのです。この作戦行動は成功し，バラタはタクシャシーラーにタクシャを，プシュカラヴァタにプシュカラをというふうに，二つのすばらしい首都を建設したのです。この遠征には五年を要しました。

　次にラクシュマナの息子たち——アンガダとチャンドラケトゥ——がやってきました。ラーマはラクシュマナに敵対的な隣人や反抗的な部下からの危険の少ない，楽しくて平和な地域を捜すように忠告しました。バラタとラーマの助けで，息子たちは間もなく二つの要塞都市に落ち着きました——アンガダはアンガディヤに，チャンドラケトゥはチャンドラカーンタに。ラクシュマナは課題をなし終えてから，アヨーディヤーに帰還しました。バラタはチャンドラケトゥがしっかり確立するまで一年間滞在し続け，それから，彼も帰還しました。

　バラタとラクシュマナはラーマの治世を通じてずっと彼に仕えました。三兄弟は絶え間ない生贄の炎みたいに，名声と栄光と善意で鮮やかに輝いたのでした。

第14章　梵天の王国

　ラーマの地上の日々は制限されていました。時代の精神，その成熟，死が一苦行者の形をとって，間もなく彼の宮殿の門前に立ったのです。
　この苦行者を受け入れたのはラクシュマナでした。「仙人全員の主，全能の仙人からの伝言をもって参上した旨をラーマ殿にお伝えください」。
　そして，ラクシュマナはラーマに伝えに入って行きました。「ひとりの隠者が門で待っています。御身に拝謁したがっている使者です。彼の周囲には日光みたいな後光がさしています」。「彼を迎え入れなさい」とラーマはことの重要性，その重大な意味を嗅ぎ取って言うのでした。苦行者が，すでにラーマの現前で輝いていた部屋の中にさらに光を増しながら，入室しました。
　ラーマは礼儀正しく尋ねるのでした，「御身の師匠からいかなる伝言を持ってこられたのか？　使節としてやってこられたのは解ります」。すると仙人はためらうのでした。「私たちは二人だけで会う必要があります。妨害は悲惨な結果を招くことになるでしょう。御身で御自ら，私たちを妨害する者を誰であれ殺害しなくてはならなくなるでしょうから。私の師匠は完璧かつ不可侵な，最大限の秘密を求めていますので」。それで，ラーマはラクシュマナのほうを向いて言うのでした。「衛兵を立ち去らせ，御身は自分で戸口に立ちなさい。使節と二人だけにして，ほかに邪魔されないように注意しなさい」。
　すると来客はラクシュマナが立ち去るのを見てから，ラーマと対面するために勢いよく近づいてきました。「余は梵天の出である。余は時または死である。どちらでも御身の好きなように余を呼ばれよ。創造主は御身に次の伝言を持っておられる。
　『ラーマよ，御身の課題は遂行され，御身の目的は達せられた。もう御身の元の姿に戻るときだ。もう一度，アナンタ竜という，とぐろ巻きの果てしない蛇──世間──にもたれた，川・湖・海のナーラーヤナ（那羅延）になりなさい。その姿で御身は余ブラフマー（梵天）を創り出された。御身が創造の眠りの中で横たわったとき，御身のへそから跳び出したハスの上で。
　御身の地上時代は終わった。御身は一万一千年も支配してきたのだ。

第14章　梵天の王国

ブラフマーの使節

この絵は，ラーマが最終的に宇宙的な姿で輝きを取り戻したことを視覚的に讃えたものと考えられる。〔口絵XV参照〕

第14章　梵天の王国

もうわれらの元に戻られよ』」。
　死神は言うのでした,「御身が望まれるのなら、この伝言を無視して,しばらく滞まれてもよろしい」。
　すると,ラーマは死神に快く自信をもって対面したのです。「御身がこられたことを嬉しく思います。私は立ち去りたいです。梵天の言われるとおりです。ぐずぐずと遅延する理由はありません」。
　二人が立ち話をしていると,ドゥルヴァーサス仙がラーマの宮殿の門に到着して,即刻面会を求めるのでした。けれども,ラクシュマナはラーマが忙しくて邪魔されるわけにはいかぬことを説明したのです。ラクシュマナは大層礼儀正しく如才がありませんでした。なにしろドゥルヴァーサス仙が癇癪持ちだということは周知だったからです。しかし,それも無駄でした。ドゥルヴァーサスはかっとなったのです。「いや,私はただちに彼に会わねばならぬのじゃ。さもないと,私はラーマ,バラタ,王国,それに御身の一族全体を呪うだろう」。ラクシュマナは二者択一の余地がありませんでした。「私が妨害したとしても,私は死ぬだけだ。私が妨害しないとしても,すべては破滅する」。それで,ラクシュマナは中に入って行ったのです。
　ラーマは急いでドゥルヴァーサスのところにやってきました。「おお,ラーマ。私は腹ペコなのです」,と仙人は言うのでした。「私は一千年間断食してきたのです。すぐに私に食べさせてください」。すると,ラーマは自ら食事を統括するのでした。仙人がラーマに感謝し祝福したとき,ラーマは死神が言ったことを思い出しました。ラクシュマナは死なねばならず,ラーマは彼を殺害しなくてはならなくなるでしょう！
　ラクシュマナは十分に覚悟していました。「ラーマ,悲しまないで。御身は約束を大事にしなければなりません。それが正法というものです」。
　ラーマは僧侶と大臣の会議を開催しました。ヴァシシュタが一つの方法を見つけ出しました。「ラクシュマナを追放しなされ。それは彼を殺害するのも同然なのです。これがわれらのなしうる最善のことなのです。御身は死神を欺くことはできません。彼の言葉は掟なのですから」。
　ラクシュマナはラーマから追放され離れ離れになるのだ,との思いに涙ぐみながらも急いで立ち去りました。正式のいとま乞いで帰郷するこ

第14章　梵天の王国

とさえしなかったのです。彼らの幼年時代の河たるサラユー（ゴグラ）のほうに向かって歩き出し，精神で五感を制御しながら，全身を内心に集中しつつ座って瞑想状態に入りました。呼吸を抑えて，自分が見えなくなり，体が天に運ばれるまでじっと待ったのです。この大いなる魂の離脱を画したすべてのもの，それは彼を最期に祝福して降りかかってきた花々の山でした。彼はとうとう天上の神々に加わったのです。

　ラーマは心も精神も打ち砕かれていました。彼はもうこれ以上生き続けたいとは思いませんでした。「余はバラタを王に任命して，森に隠棲すべきだ。ラクシュマナの後を追うべきなのだ」。ところが，バラタは同意しようとはしなかったのです。「御身の息子さんたちを──南コサラーにクシャを，北コサラーにラヴァを──任命されよ。すぐに伝言をシャトルグナに発してください。私も御身と一緒に立ち去ります」。バラタはナンディグラーマでのさみしい監視のことを想起しており，そういう試練をさらに耐え抜くつもりはなかったのです。

　アヨーディヤーの人びとやランカー戦争での同盟軍たる猿，熊，羅刹も，ラーマに従って行くことを望みました。出来事はいよいよ定められた最期へと動きつつあったのです。

　二つの首都──クシャのためにはクシャヴァティ，ラヴァのためにはシュラヴァスティ──が計画されて，突貫工事で創建されました。シャトルグナには知らされておりましたし，彼は自分の二人の息子が王国を継ぐための手筈を整えたのでした。長男スバーフはマドゥラを次男シャトルガティはヴァイディシャを支配することにしました。それからシャトルグナは飾りもないたった一台の戦車で，アヨーディヤーへ向けて立ち去ったのです。

　アヨーディヤーの全員，そして馬祠祭のためにやってきていた客の大半が，ラーマと一緒に立ち去る決心をしました。ラーマは彼らに止まらせようとはしませんでしたし，ただ若干の例外しか許しませんでした。「ヴィビーシャナよ，余の名が存続する限り，御身の帝国は盛えよう。御身はランカー島へ引き返さねばならぬ」。

　ラーマはいつものように，ハヌマトのための特別な言葉を知っていたのです。「余のことが話題になるたびに，御身の心は喜びで満たされる

第14章　梵天の王国

であろう。さらば友よ、いつも余のことを思っていておくれ」。「ラーマよ、私は御意に従い、御身の永続的な栄光のために生き続けます」。

　元の古参の熊の運動家ジャーンバヴァトに対しては、もう一つの愛情深いさようならがあったのです。「御身は第四の最後の時代カリ・ユガ（末世）まで生き延びなくてはならぬ。われらは目下、第二の時代に差しかかっているだけなのだ。老友よ、まだ幾千年もあるのだ」。

　夜明けに、ラーマはヴァシシュタと協議しました。「鮮やかに清浄に燃えている生贄の炎と、生贄用の雨覆いもわれらの前に出しておくれ。御身が道案内をするためじゃ」。ヴァシシュタは離別の儀式のための用意万端に忙殺されたのでした。

第14章　梵天の王国

　ラーマは繊細な絹をまとい、ヴェーダ聖典を唱えながら、聖なるクシャ草を手にして、サラユーに通じる小道をはだしで降りて行きました。彼の右側にはシュリー（ラクシュミー）が、左側にはブーデヴィ（母なる大地）が付き添いました。

　彼の武器も蘇ってきて、人間の姿を取り、行列に加わりました。聖なる呪文も苦行者や学者の誠実な従者たちの舌で鳴り響き、震動したのです。実に幸せな行列、歓喜の行進でした。誰も泣いたり、嘆いたりする者はいませんでした。なにしろみんながラーマと一緒でしたし、彼によってみんながそれぞれの運命に導かれていたからです。

　アヨーディヤーでは、木の葉一枚も、どんな生き物もじっとして動きませんでした。まるでこの都が存在しなかったようでした。川岸は陽気な様相を呈していました。空中戦車や天上の群れがこの両岸の上に舞っており、天上の音楽が空気を満たし、聖なる輝きが空をあふれさせ、そよ風が涼しく吹いて芳香を放つのでした。

　ラーマはサラユーに歩み入り、梵天によって歓迎され、そして彼の元のありのままの姿である輝かしいヴィシュヌに吸収されてしまいました。彼が大勢の従者や心酔者のための場所を求めると、梵天は彼らに彼自身の世界ブラフマロカに間近な天上の区域サンタナカを割り当てるのでした。スグリーヴァは頭を高くして、彼の元祖、彼の要素である太陽と合流する準備をするのでした。

　みんなは聖なる河サラユーに分け入り、そして、死すべき運命にある身体をすっかり取り去って、私たちの手の届かぬ世界へと運ばれて行ってしまったのでした。

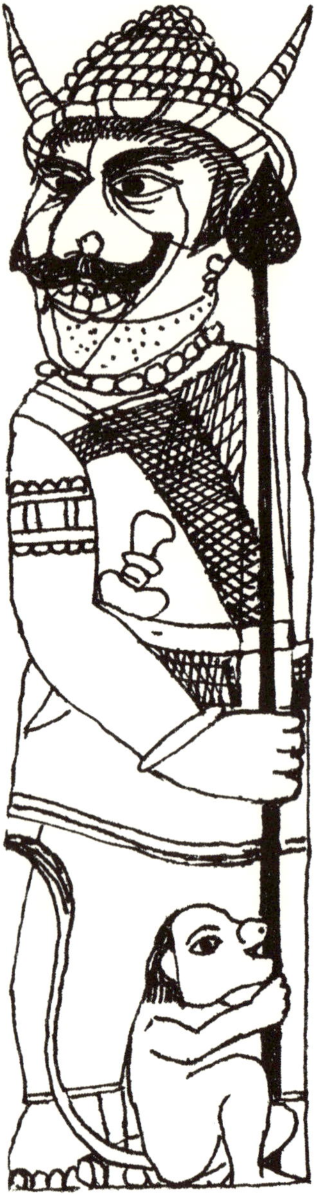

付　録

『ラーマーヤナ』時代のインド

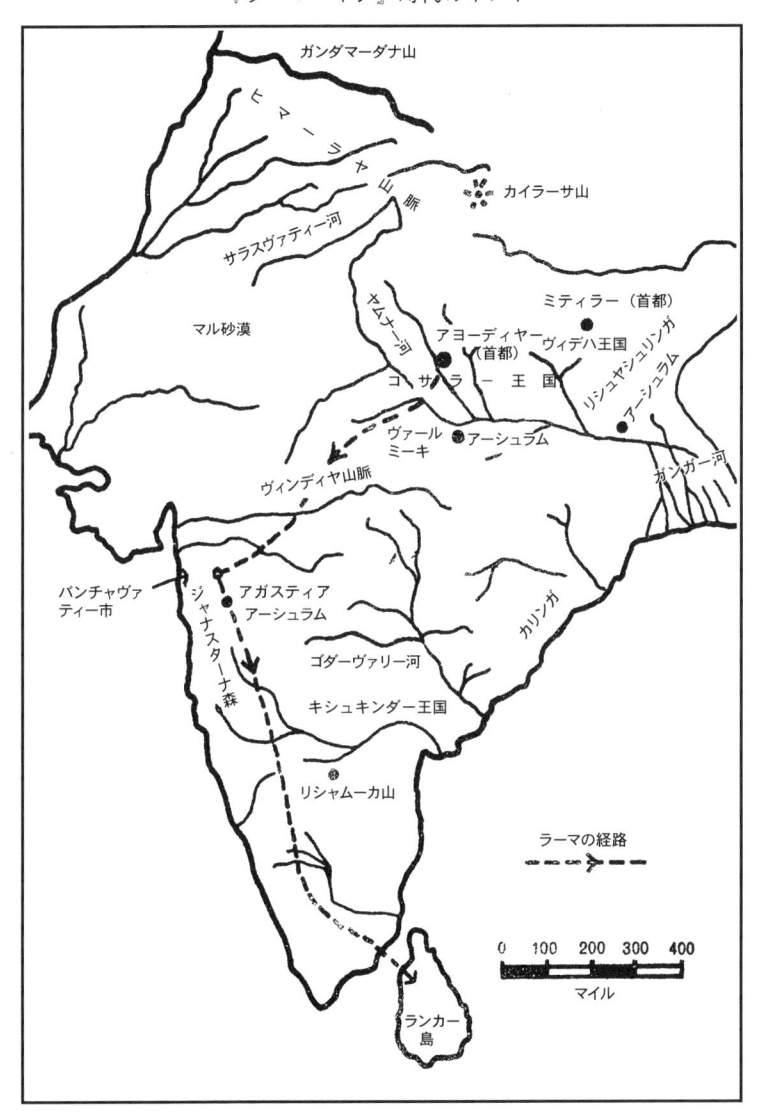

典拠：Plal, *The Ramayana of Valmiki* (Delhi : VIKAS Publishing House, PVT Ltd., 1981, p. vi)

『ラーマーヤナ』の所伝

```
        梵　天
         │
       プラスティア ＝ トリナビンドゥの娘
                         │
カイカシー ＝ ヴィシュラヴァス ＝ デーヴァヴァルニニー
    │              │          （イラヴィラー）
  ラーヴァナ      ヴァイシュラヴァナ（クベーラ）
```

（上村勝彦著『インド神話』，東京書籍，1981年，185頁）

『ラーマーヤナ』の主要作中人物

アガスティヤ（Agastya）
　南インドと結びつきのある仙人。ラーマが生涯においてきびしい時期に，武器，祈祷，祝福を施した。

アカンパナ（Akampana）
　ラーヴァナの使節役の羅刹（ラークシャサ）。

アグニ（Agni）
　火神。

アジャ（Aja）
　コサラー国の王ダシャラタの父。

アナンタ（Ananta）
　ヴィシュヌ（ヒンドゥー教の三大神の第二神で保持神）が寝台としてその上で眠る大蛇（シェーシャ竜）。

アハルヤー（Ahalyā）
　聖仙ガウタマの妻。夫から不貞を呪われた。ラーマが彼女をこの呪いから解放した。

アンガダ（Aṅgada）
　ラクシュマナの息子で，アンガディの王。

アンガダ（Aṅgada）
　キシュキンダー王国の猿王ヴァーリンの息子で法定推定相続者。

アンシュマーン（アンシュマット）（Anshmān；Anshmat）
　サガラ王の孫。ラーマの祖先で，六万人のおじ探しに出掛けた。

イクシュヴァーク（Ikshvāku）
　ラーマの有名な先祖。人祖マヌ——立法者——の息子だった。彼に因んで，イクシュヴァーク王朝と称されている。

インドラ（Indra）
　帝釈天。神々の王。

インドラジト（Indrajit）
　字義上は「インドラの征服者」。ラーヴァナの長男だった。

ヴァシシュタ（Vasishtha）
　ダシャラタ王の宮廷における最高司祭官で顧問。仙人。

ヴァジュラ（Vajra）
　インドラの武器（金剛杵（こんごうしょ））。工巧神トゥルヴァシュトリの製造したもの。

ヴァーマデヴァ（Vāmadeva）
　聖仙。ダシャラタ王の宮廷の顧問。

ヴァーマナ；ヴァラーハ（Vāmana；Varāha）
　ヴィシュヌ神の化神（アヴァターラ）。それぞれ「侏儒」と「猪」。

ヴァーユー（Vāyū）
　風神。

ヴァルナ（Varuna）
　水神。ヴェーダ時代には，正義と道徳の神だった。

ヴァールミーキ（Vālmīki）
　叙事詩『ラーマーヤナ』の作者。聖仙。

ヴィシュヴァカルマン（Vishvakarman）
　字義上は「一切を造った者」。神々の建築家。

ヴィシュヴァーミトラ（Vishvāmitra）

『ラーマーヤナ』の主要作中人物

字義上は「世間に有害な」の意。聖仙。ヴァシシュタ仙の苦行林を焼き払った。ラーマがその庵シッダシュラマを羅刹たちから取り戻すのを助けようとした。

ヴィシュヌ（Vishnu）
　ヒンドゥー教の三大神中の第二神で，保持神。

ヴィナター（Vinatā）
　ガルダの母。カシュヤパ仙の妻たちのうちの一人。

ヴィビーシャナ（Vibhishana）
　ラーヴァナの弟。

ヴィラーダ（Virādha）
　ラーマに殺害された羅刹。

ヴィシュラヴァス（Vishravas）
　クベラとラーヴァナの父。

ヴィリアシュルカ（Viryashulka）
　シーターの呼称で，「徳への賛辞」を意味する。

ヴィルーパークシャ（Virūpāksha）
　字義上は「目の歪んだ者」。ランカー島の有能な羅刹。

ヴェダヴァティー（Vedavatī）
　シーターの以前の化身。

ウマー（Umā）
　シヴァ神の妃。別名パールヴァティー（「山の娘」）。

ウルミラー（Urmilā）
　ラクシュマナの妻。ジャナカの娘。シーターの妹。

ガウタマ（Gautama）
　仙人。アハルヤーの夫。

ガジャ（ガヴァクシャ）（Gaja；Gavaksha）
　スグリーヴァの陣営の傑出した猿族。

ガーディ（Gādhi）
　聖仙（リシ）ヴィシュヴァーミトラの父。

ガルダ（Garuda）
　ヴィシュヌの山。伝説上の大鷲（迦楼羅（かるら），金翅鳥（こんじちょう））。ガルダ鳥。

ガンガー（Gangā）
　バギーラタ王の苦行の結果として，大地や下界に降った天上の河。ガンジス。

クシャ（Kusha）
　ラーマの王子。クシャ草（ダルバ草）。

クシャドゥワジャ（Kyshadhwaja）
　ミティラー王のジャナカの弟。

グハ（Guha）
　ニシャーダ族（蛮族の一種）の王（ラージャー）。コサラーの封土を受けた部族で，ラーマの友。ラーマ，シーター，ラクシュマナのガンガー河越えを助けた。

サガラ（Sagara）
　ラーマの先祖。その六万人の息子たちは，カピラ仙によって燃やされた。

サラマー（Saramā）
　シーターの監視役の一人，ヴィビーシャナの妻。

サンパーティ（Sampāti）
　禿鷹ジャターユの兄。シーター捜しにおいて最初の鍵を提供した。

シャターナンダ（Shatānanda）
　ジャナカ家の僧侶。ガウタマ仙とアハルヤーとの間の息子。

『ラーマーヤナ』の主要作中人物

ジャターユ（Jatāyu）
　巨大禿鷹で，ダシャラタ王の友。

シャトルグナ（Shatrughna）
　ダシャラタ王とその妃スミトラーとの間の息子。ラクシュマナの弟（双児の兄弟）。

シャトルンジャヤ（Shatrunjaya）
　ラーマが所有している象。

ジャナカ（Janaka）
　ヴィデハの王（ラージャー）で，シーターの父。

ジャーフナヴィー（Jāhnavī）
　ガンガーの別名。ガンガーはジャフヌ仙によって飲みほされてから，彼の両耳からその水が放出されたため，「ジャフヌの娘」（ジャーフナヴィー）と呼ばれている。

ジャフヌ（Jahnu）
　ガンガーの高慢さを怒って，その水を飲みほした仙人。

ジャマド・アグニ（Jamadaguni）
　七仙の一人。パラシュラーマの父。ラーマとその武勇を疑問視した。

シャラバンガ（Sharabhanga）
　ラーマが訪れた苦行者のうちの一人。

シャルドゥラ（Shardula）
　ラーヴァナがラーマの陣営に送り込んだ密偵。

シャルバリー（sharbarī）
　老いた女苦行者。ラーマが彼女の庵を訪ねたとき，不動の信仰心のゆえにラーマにより祝福を受けて，葬儀の薪の山に上り，天に召された。

ジャーンバヴァト（ジャーンバヴァン）（Jāmbavat ; Jāmbavan）
　梵天（ブラフマー）のあくびから生まれた，賢明な古老の熊。

シュカ（Shuka）
　ラーヴァナの間諜。

シュルタキールティ（Shrutakīrti）
　シャトルグナの妻。クシャドゥヴァジャの娘。シーターのいとこ。

シュールパナカ（Shūrpanakhā）
　字義上は「唐箕のような爪を持つ女」。ラーヴァナの妹。この女羅刹（ラークシャシー）はラーマに恋するが，彼に拒絶され，屈辱を受け，ラクシュマナによって鼻を切断された。

シムヒカー（Shimhikā）
　ハヌマトを待ち伏せして，彼を料理しようとした女羅刹（ラークシャシー）。

スカンダ（Skanda）
　シヴァ神の息子。その落とした精液から生まれたため，「スカンダ」（落下した）と名づけられた。カールティケーヤ（韋駄天）としても知られている。

スグリーヴァ（Sugrīva）
　字義上は「魅力的な者」。ヴァーリンの弟。

スシェナ（Sushena）
　猿の指導者であるヴァーリンの（そして後にはスグリーヴァの）妻ターラーの父。

スダルシャナ（Sudarshana）
　ヴィシュヌ神のチャクラ。

スティークシュナ（Sutīkshuna）
　ダンダカの森に住んだ仙人。ラーマとシーターの訪問を受けた。

スバーフ（Subāhu）
　ターラカーの息子。マーリーチャ

『ラーマーヤナ』の主要作中人物

の兄弟。

スマティ（Sumati）
　ガルダ（スパルナ）の妹で，サガラ王の六万人の息子の母。

スマリ（Sumali）
　ラーヴァナの祖父。

スマントラ（Sumantra）
　ダシャラタ王の顧問官で御者。

スミトラー（Sumitrā）
　ダシャラタ王の第二妃で，ラクシュマナとシャトルグナの母。

スラサー（Surasā）
　字義上は「甘い液」。ハヌマトがランカー島へ飛んだとき邪魔立てをした女羅刹。

スーリヤ（Sūrya）
　太陽神。

ソマ（Soma）
　月神。

タクシャ（Taksha）
　バラタの息子。ラーマチャンドラの甥。

ダシャグリーヴァ（Dashagrīva）
　字義上は「十頭者」。ランカーの羅刹王ラーヴァナの異名。

ダディムーカ（Dadimūkha）
　スグリーヴァのおじ。スグリーヴァの遊園地マドゥヴァーナの見張人。

ターラー（Tārā）
　ヴァーリンが殺されてから，その弟スグリーヴァの妻となった。

チャンドラケトゥ（Chandraketu）
　ラクシュマナの二人の息子中の弟。兄はアンガダ。

ディリーパ（Dilīpa）
　アンシュマーン（アンシュマット）の息子。バギーラタの父。ラーマの先祖。

デヴァラタ（Devarata）
　ジャナカの祖先。後者から彼はシヴァの大弓を受け継いだが，後にラーマによって引き伸ばされ，破壊された。このために，ラーマは花嫁シーターを獲得した。

ドゥシャナ（Dushana）
　ラーヴァナの弟。カラ軍の指導者。ラーマによって殺害された。

ドゥームラークシャ（Dhūmrāksha）
　ランカーのラーヴァナの軍隊における羅刹の将。

ドゥルヴァーサス（Durvāsas）
　気短で怒りっぽいことで知られた仙人。

ドゥンドゥビ（Dundhubi）
　水牛の姿をした羅刹。ヴァーリンによって殺された。

トリジャター（Trijatā）
　ランカー島でシーターを見張った女羅刹（ラークシャシー）。

トリパトハガ（Tripathaga）
　字義上は「三つの路を旅する者」。ガンガーの別名。

ナラ（Nala）
　本土から海を超えてランカー島へ至る橋（ラーマセトゥ；ラナセトゥ）の建造を助けた，神々の技師。ヴィシュヴァカルマンの息子。

ナーラダ（Nārada）
　遍歴楽師で仙人。ラーマに関する描述で，ヴァールミーキに『ラー

『ラーマーヤナ』の主要作中人物

マーヤナ』創作の着想を与えた。

ナーラーヤナ（Nārāyana）
　那羅延。「海・湖・川の王」としての姿から、ヒンドゥー教ではヴィシュヌの異名にされた。

ニクンビラ（Nikumbhila）
　ランカー島の羅刹たちの守護女神。

ニシャーダ（Nishāda）
　コサラーの蛮族。

ヌリガ（Nṛiga）
　延引ぐせのせいでカメレオンに変えられた王。

バーギーラティー（Bāgīrathī）
　ガンジス川の別名。バギーラタがこの川を地上に降らせてから、こう呼ばれた。

バギーラタ（Bhagiratha）
　ディリーパの息子。ラーマの先祖。サガラの六万人の息子の遺骸を発見し、それから、彼らの遺骸を浄化するために、天からガンガー（ガンジス）河を降ろさせた。

ハヌマト（ハヌマーン；ハヌーマット）（Hanumān；Hanūmat；Hanumat）
　スグリーヴァの大臣。

バラタ（Bharata）
　ダシャラタとカイケーイーとの間の息子。ラーマの弟。ラーマの追放中の十四年間、しぶしぶ王座を受け入れて統治した。

パラシュラーマ（Parashrāma）
　ジャマード・アグニの息子。戦士を嫌悪し、地上を二十一回旋回してクシャトリヤ（王族、武士）を抹殺しようとした。

バラドヴァージャ（Bharadvāja）
　アヨーディヤー近辺に住んでいた仙人。

ヒマヴァット（ヒマヴァン）（Himavat；Himavan）
　ヒマラヤ山脈の王。ガンガーとウマーの父。

プシュパカ（Puṣhpaka）
　天車。ヴィシュヴァカルマン（毘首羯磨）によりクベラのために造られた。

ブーデヴィ（Bhūdevi）
　大地の女神。別名プリティヴィー。

プラジャーパティ（Prajāpati）
　字義上は「子孫の主」を意味する。ここでは創造物の梵天（ブラフマー）のことではなくて、梵天の心から生まれた十人の息子（マリーチ、アトリ、アンギラス、プクスティヤ、プラハ、クラトゥ、ヴァシシュタ、プラチェタス（またはダクシャ）、ブフリグ、ナーラダ）のこと。『マハーバーラタ』では二十一人が挙げられている。

プラスティヤ（Pulastya）
　プラジャーパティのうちの梵仙。梵天（ブラフマー）の息子で、ラーヴァナの祖父。

プラハスタ（Prahasta）
　ラーヴァナの軍隊における将の一人。

ブラフマー（梵天）（Brahmā）
　ヒンドゥー教の三大神中の創造の神。別名プラジャーパティ（創造主）。

ヘティ（Heti）

梵天（ブラフマー）によって創造された最初の二つの羅刹（ラークシャサ）のうちの一つ。

マーダヴィー（Mādhavī）
　大地の女神。プリティヴィーおよびブフデヴィーとしても知られている。

マータリ（Mātali）
　インドラ神の二輪馬（戦）車の御者。ラーマがラーヴァナとの戦闘中に，派遣された。

マハーデーヴァ（Mahādēva）
　字義上は「偉大な神」。ヒンドゥー教の三大神中の破壊神（大自在天）。

マホダラ；マハーパールシュヴァ（Mahodara；Mahāpārshva）
　ラーヴァナの軍隊における羅刹の戦士。

マヌ（Manu）
　立法者で，ラーマの最初の先祖。

マーリーチャ（Mārīcha）
　ラーヴァナのおじ。この羅刹（ラークシャサ）は宝石で飾った鹿としてラーマを引きつけて，ラーヴァナにシーターを誘拐させた。

マーンダヴィー（Māṇdavī）
　ラーマの弟バラタの妻。クシャドゥワジャ王の娘。

マンタラー（Mantharā）
　妃カイケーイーのせむしの家政婦。

マンドダリー（Mandodarī）
　ラーヴァナの正妻で，インドラジトの母。

ラヴァ（Lava）
　ラーマとシーターとの間の双児。クシャの弟。首都はシューラヴァスティーだった。

ラーヴァナ（Rāvana）
　ランカー島の十の頭を持つ羅刹王。

ラヴァナ（Lavana）
　ラーマがアヨーディヤーの王として統治していたとき，シャトルグナによって殺された羅刹。

ラクシュマナ（Lakshmana）
　ダジャラタ王と妃スミトラーとの間の王子。シャトルグナの双児の弟で，ラーマの弟，伴侶。（ラージャヤー）

ラグ（Raghu）
　ディリーパ王の息子で，ラーマの偉大な先祖（そのため，ラーグハヴァはラーマの名となっている）。

ラーマ（Rama）
　ダシャラタとその第一妃カウサリヤーとの間の王子。

ランバー（Rambhā）
　天女。その美しさのゆえに，羅刹王ラーヴァナによって凌辱された。

ルーマー（Rūmā）
　猿王スグリーヴァの妻。

参考文献

John Dowson, *A Classical Dictionrry of Hindu Mythology and Religion, Geography, History, and Literature*, New Delhi : Munshiram Manoharlal Publishers Pvt. Ltd. 2000.
Romesh C. Dutt (英訳), *The Ramayana and Mahabharata*, Condensed into English Verse. New York, Mineola, Dover Publications, Inc., 2002^2.
S. Nagaiah, *Valmiki Ramayana – An Appreciation*, Madras : Super Power Press, 1981.
Shantilal Nagar (英訳), *Torvey Rāmāyaṇa* by Torvey Narahari (Kumārā Vālmīki) (A Work of 15th Century A. D.), Delhi : B. R. Publishing Corporation, 2004.
Plal (英訳), *The Rayamana of Valmiki*, Delhi : VIKAS Publishing House Pvt Ltd., 1982^2.
Ranchor Prime, *Ramayana. A Journey*, London : Collins & Brown Ltd., 1997.
Ravi Prakash Arya (編訳), *Rāmāyaṇa of Vālmīki*, Sanskrit Text with English Translation, 4 vols, Delhi : Parimal Publications, 2002^2.

阿部知二訳『ヴァールミーキ　ラーマーヤナ』世界文学全集Ⅲ－2（河出書房，1966）
岩本裕訳『ラーマーヤナ』1, 2（東洋文庫，平凡社，1980, 1985）
池田運訳『ツルシダース　ラーマヤン──ラーム神王行伝の湖──』（講談社出版サービスセンター，2007^2）
上村勝彦著『インド神話』（東京書籍，1993^7）
田中於菟弥著『インドの神話──今も生きている神々──』（筑摩書房，1989^8）
R・B・ボース／高田雄種『中村屋のボースが語るインド神話ラーマーヤナ』（書心肆水，2008）

訳者あとがき

　西洋古典『イリアス』『オデュッセイア』を研究したことのある身にとって，インドの同じぐらい重要な二大古典に取り組むことは院生時代からの夢だった。それが現実化したのはもう20年ほど前に国際ブックフェア（東京）のインドのブースで本書 Lakshmi Lal 編（Badri Narayan のイラスト入り）を発見しかたらである。まずカヴァーのイラストに魅かれたのだが，それも当然で，1989年ライプツィヒの国際ブック・デザイン展で「優秀賞」に輝いているのである。(『マハーバーラタ』も同じく Narayan が描いている。）拙訳ではカラーは口絵方式を採用し，本文の該当ページを付記しておいた。Narayan 氏には申しわけないと思っている。（訳者を除き，誰にも関心を魅かなかったとは，これまた驚きである。最近ではインドはブックフェアに参加もしなくなってしまった！）
　もっと早くに実現すべきだったのだが，専任校の勤務の都合でなかなか暇が見いだせず，停年退任後の今日に至ってしまった次第である。
　編者ラクシュミ・ラーはビルマ生まれ（父君はラングーン大学の英語教授）で，マドラスで優秀な成績を収めたらしい。マドラスのプレジデンシー・カレッジで英語を教えた後，多国籍会社で働き，それから，文学・文化研究に没頭するようになったとのことである。彼女はインド文化，哲学，宗教に関心を持ち，ヒンドゥー哲学にも特別興味を寄せているが，サンスクリット研究は生涯にわたって続けられている由である。
　彼女の英文は多彩この上なく，おかげで終始新しい英単語や慣用句につき合わされる羽目になった（この本を素材に，英語参考書が一冊書けるのではないかと思われるほどである）。
　邦訳に際しては，阿部知二訳が参考になるところが多かった。わが国の本格的な『ラーマーヤナ』訳は岩本裕氏（故人）の2巻本の後を継いで，門弟の中村了昭氏（鹿児島経済大）が新訳（全訳）5巻本として2012年以来刊行されている（平凡社）。また，池田運氏のヒンドゥー語版（17世紀）からの邦訳は想外の出来事である。前田行貴氏の『ラーマーヤナ物語』（青娥書房，2012）という英訳からの語り和訳まで存在する。

訳者あとがき

　もっとも，サンスクリット原文から精密に邦訳すれば，今日の日本人には通読に耐えられないかもしれない。その意味では Lakshumi Lal 版『ラーマーヤナ』は独自の構成に再編されていて，充分味読しうるものと思われる（拙訳がどれほどそれに成功しているかは度外視しての話だが）。とはいえ，やはりネイティヴ・スピーカーの手になる英文とは違って，なかなか把握し難い点が多かったことは告白せざるを得ない。（こういう英文に接する機会がこれまでなかったからだ。）訳者が工夫したことはいうまでもない。いずれにせよ，「作品への手引き」に詳細は解説されているので，これ以上は多言を要しまい。

　最後に，早くに版権を取得しながら，想外の多年にわたる遅延をきたしたことをインドの出版元に深くお詫びしておく（原著者に対しては言うまでもない）。願わくば，このユニークきわまるフレッシュな現代版『ラーマーヤナ』物語が，楽しい挿絵とともに，日本の読書界に広く迎え入れられんことを。（現代版 マハーバーラタ物語も続刊を予定している。）

　不肖の身ながら，訳者にサンスクリット語の手解きをしていただいた恩師田中於菟弥先生に本訳書を献じることをお許し願いたく思う。先生からはむしろインドにまつわる雑談から多くの学恩を受けている（『百喩経』や『パンチャタントラ』華訳について，など）。後に中世ペルシャの『センデバル』研究において，訳者に大いに役立った。逸話としては，先生が一言も話さない怖い教授に習われたということが，記憶に残っている。一年後には全員が梵語をマスターしたとのことだった。

　なお，不備な点については大方からご指摘を賜れば誠に幸いである。
　　　2013年5月10日　行徳にて

谷口　伊兵衛

付記1　『ラーマーヤナ』に匹敵する西洋古典『イリアス』については，L・デ・クレシェンツォ著『ヘレネよ，ヘレネ！ 愛しのきみよ！──現代版「イリアス」物語──』（共訳，而立書房，近刊）をご参照いただきたい。これまた今日の読者にとり，十分味読・通読に堪える興味深い内容になっている。

訳者あとがき

　固有名の母音の長短表記については，S. Sörensen の *Index to the Names in the Mahābhārata* (Delhi, 1904. 2006²) を参考にした。

付記2　『ラーマーヤナ』をもっとも端的に把握するには，「叙事詩ラーマーヤナ」（シブサワ・コウ他編『歴史人物笑史「爆笑インド神話」』第10章，151-167頁（光栄，1995）が便利と思われる。簡単なイラストも付いている。

〔訳者紹介〕
谷口　伊兵衛（たにぐち　いへえ）
1936年　福井県生まれ
翻訳家。元立正大学教授。
主要著書『クローチェ美学から比較記号論まで』
　　　　『ルネサンスの教育思想（上)』（共著）
　　　　『エズラ・パウンド研究』（共著）
　　　　『都市論の現在』（共著）
　　　　『中世ペルシャ説話集──センデバル──』

現代版　ラーマーヤナ物語

2013年6月25日　第1刷発行

定　価　本体5000円+税
編著者　ラクシュミ・ラー
訳　者　谷口伊兵衛
発行者　宮永捷
発行所　有限会社而立書房
　　　　〒101-0064　東京都千代田区猿楽町2丁目4番2号
　　　　振替 00190-7-174567／電話 03(3291)5589
　　　　FAX 03(3292)8782
印　刷　株式会社スキルプリネット
製　本　有限会社岩佐

落丁・乱丁本はお取り替えいたします。
©Ihee Taniguchi 2013. Printed in Tokyo
ISBN978-4-88059-369-2 C0097
装幀・大石一雄

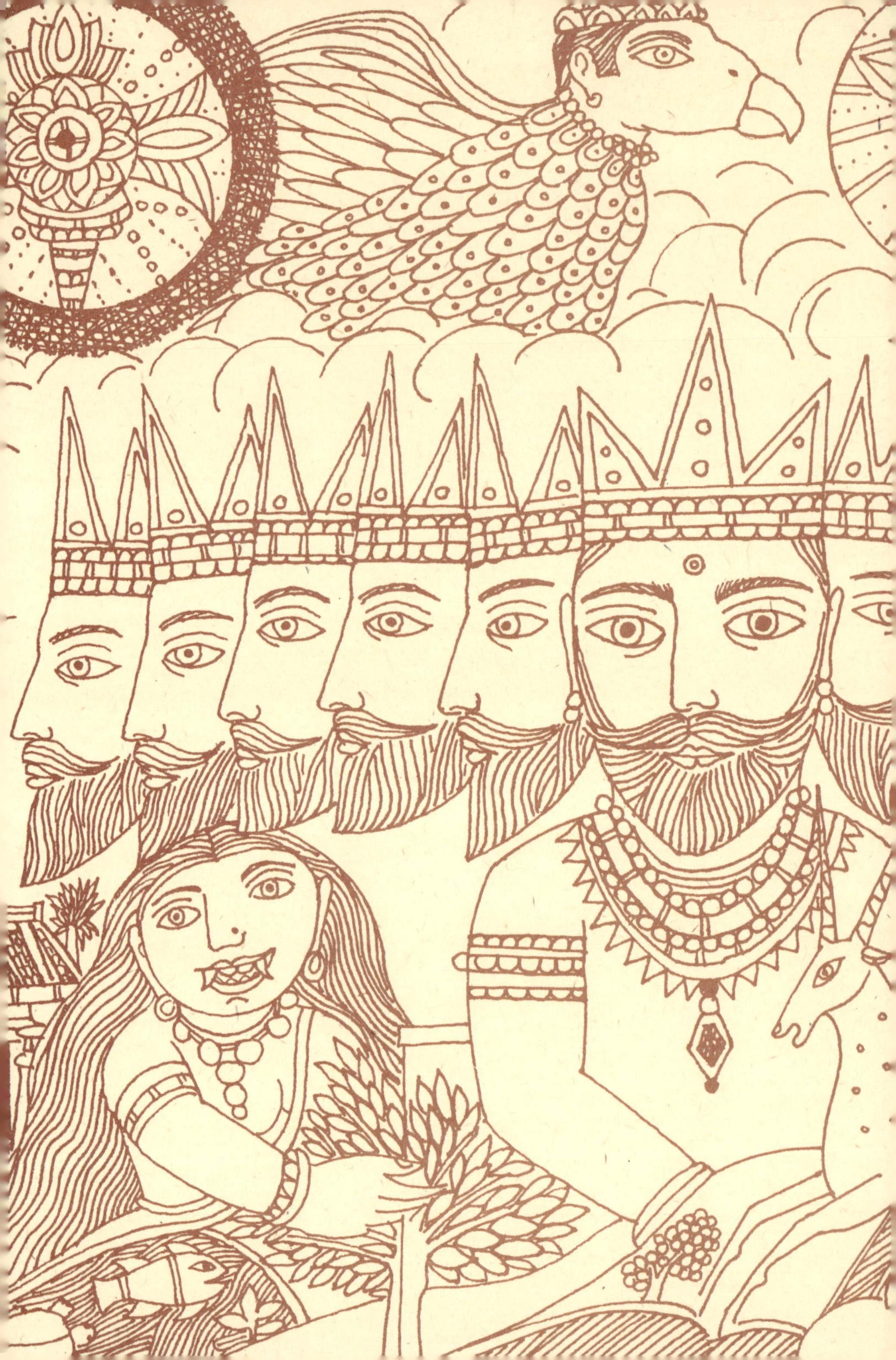